# 信仰照亮生命
## 伊莎白与兴隆场

张鉴——著

### 图书在版编目（CIP）数据

信仰照亮生命：伊莎白与兴隆场 / 张鉴著.
—重庆：重庆出版社，2023.12（2024.6 重印）
ISBN 978-7-229-18184-0

Ⅰ.①信… Ⅱ.①张… Ⅲ.①报告文学—中国—当代
Ⅳ.①I25

中国国家版本馆 CIP 数据核字（2023）第 223428 号

### 信仰照亮生命——伊莎白与兴隆场
XINYANG ZHAOLIANG SHENGMING——
YISHABAI YU XINGLONGCHANG
张　鉴　著

责任编辑：李云伟
责任校对：杨　婧
封面设计：琢字文化

重庆出版集团　出版
重庆出版社
重庆市南岸区南滨路 162 号 1 幢　邮政编码：400061　http://www.cqph.com
重庆豪森印务有限公司印刷
重庆出版集团图书发行有限公司发行
E-MAIL:fxchu@cqph.com　邮购电话：023-61520646
全国新华书店经销

开本：710 mm×1000 mm　1/16　印张：23.5　字数：375 千字
2024 年 4 月第 1 版　2024 年 6 月第 2 次印刷
ISBN 978-7-229-18184-0
定价：68.00 元

如有印装质量问题，请向本集团图书发行有限公司调换：023-61520678

**版权所有　侵权必究**

佩戴中华人民共和国友谊勋章的伊莎白

伊莎白（摄于1940年）

# 目录

序　奇人与奇书　　　　　　　　　　　　　　1

自序　　　　　　　　　　　　　　　　　　7

楔子　惊心动魄的旅程　　　　　　　　　　12

第一章　初到兴隆场　　　　　　　　　　　26
　　1　兴隆街二十三号　　　　　　　　　　26
　　2　出生于成都华西坝　　　　　　　　　30
　　3　加入协进会　　　　　　　　　　　　33
　　4　走上人类学调查之路　　　　　　　　37
　　5　晏阳初的引导　　　　　　　　　　　50
　　6　合作伙伴俞锡玑　　　　　　　　　　54

第二章　走进兴隆场　　　　　　　　　　　62
　　1　第一次赶场　　　　　　　　　　　　62
　　2　走近兴隆场的女人们　　　　　　　　69
　　3　救助童养媳　　　　　　　　　　　　77
　　4　痛怜孙陶氏　　　　　　　　　　　　82
　　5　透过柔弱看到坚强　　　　　　　　　87
　　6　遇见爱情　　　　　　　　　　　　　92

| 第三章 | 开办妇女识字班 | 99 |
|---|---|---|
| | 1　扫盲运动 | 99 |
| | 2　挨家挨户劝说 | 102 |
| | 3　妇女识字班开课了 | 109 |
| | 4　姐妹情深 | 113 |

| 第四章 | 西医诊所的正面与背面 | 122 |
|---|---|---|
| | 1　少年猝死并非新闻 | 122 |
| | 2　冒险犯忌调查巫医 | 124 |
| | 3　打破接生的"禁区" | 132 |
| | 4　博弈渐胜 | 135 |

| 第五章 | 手握打狗棒逐户调查 | 139 |
|---|---|---|
| | 1　蒋旨昂的指导 | 139 |
| | 2　不断丰富调查经验 | 146 |
| | 3　在兴隆场过年 | 154 |

| 第六章 | 触目惊心的匪盗和征兵 | 166 |
|---|---|---|
| | 1　强盗土匪横行 | 166 |
| | 2　征兵那柄达摩克利斯剑 | 175 |
| | 3　"九·一三"空战 | 186 |
| | 4　土地和土地庙的思考 | 196 |
| | 5　大卫来到兴隆场 | 203 |

| 第七章 | 食盐合作社的创建与失败 | 210 |
|---|---|---|
| | 1　创建缘起 | 210 |
| | 2　信心满满地创建 | 216 |
| | 3　意外发生 | 219 |
| | 4　泸定桥上的求婚 | 226 |
| | 5　风波再起 | 231 |
| | 6　无法挽回的失败 | 233 |
| | 7　黯然告别兴隆场 | 235 |

第八章　告别兴隆场之后　　　　　　　　　　　　240
　　　　1　从成都到伦敦　　　　　　　　　　　240
　　　　2　十里店的土改调查　　　　　　　　　245
　　　　3　从此留在中国　　　　　　　　　　　251

第九章　重回兴隆场　　　　　　　　　　　　　260
　　　　1　四十年后记忆醒来　　　　　　　　　260
　　　　2　重回兴隆场　　　　　　　　　　　　263
　　　　3　再回兴隆场　　　　　　　　　　　　273

第十章　创设"伊·柯基金"　　　　　　　　　　278
　　　　1　目光投注乡村教育　　　　　　　　　278
　　　　2　"伊·柯助学基金"的设立　　　　　　285
　　　　3　九旬老人大雨中步行七公里　　　　　290
　　　　4　您是我黑暗中的太阳　　　　　　　　295
　　　　5　托起孩子们的梦想　　　　　　　　　303
　　　　6　一株扎根中国大地的麦子　　　　　　306

第十一章　写作《兴隆场》　　　　　　　　　　311
　　　　1　艰辛写作四十年　　　　　　　　　　311
　　　　2　一定要署上你的名字　　　　　　　　316

尾声　璧山荣誉市民与今日大兴镇　　　　　　　321
　　　　1　您是我们璧山的骄傲　　　　　　　　321
　　　　2　无偿捐赠"兴隆场记忆"　　　　　　330
　　　　3　今非昔比大兴镇　　　　　　　　　　336

后记　遇见与感恩　　　　　　　　　　　　　　341

附录一　伊莎白·柯鲁克（饶素梅）年谱　　　　346

附录二　参考书目及资料来源　　　　　　　　　353

伊莎白与丈夫大卫·柯鲁克

20 世纪 80 年代，伊莎白重回兴隆场（大兴镇），与当地群众亲切交流

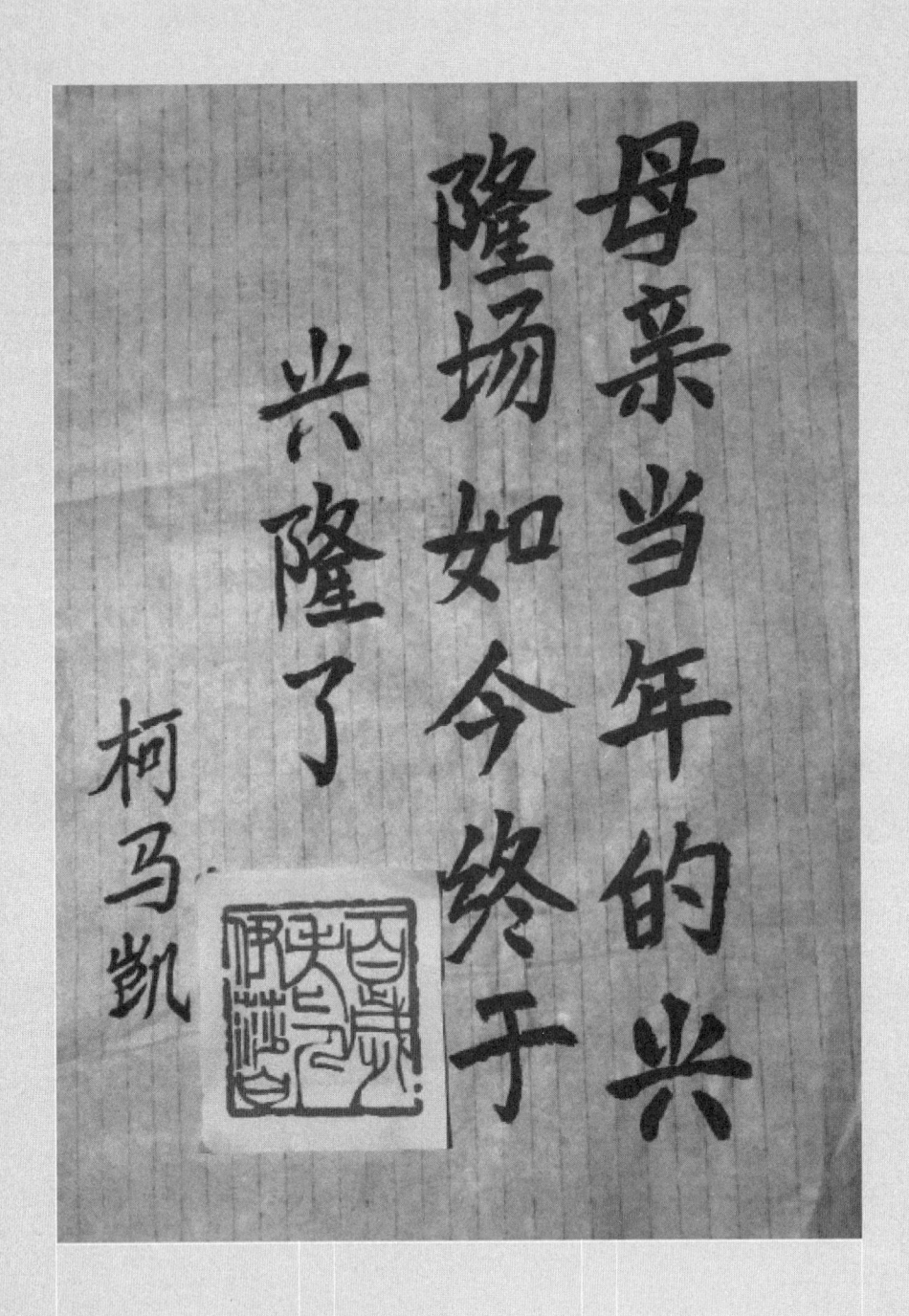

母亲当年的兴隆场如今终于兴隆了

柯马凯

柯马凯给本书的题词（2022年）

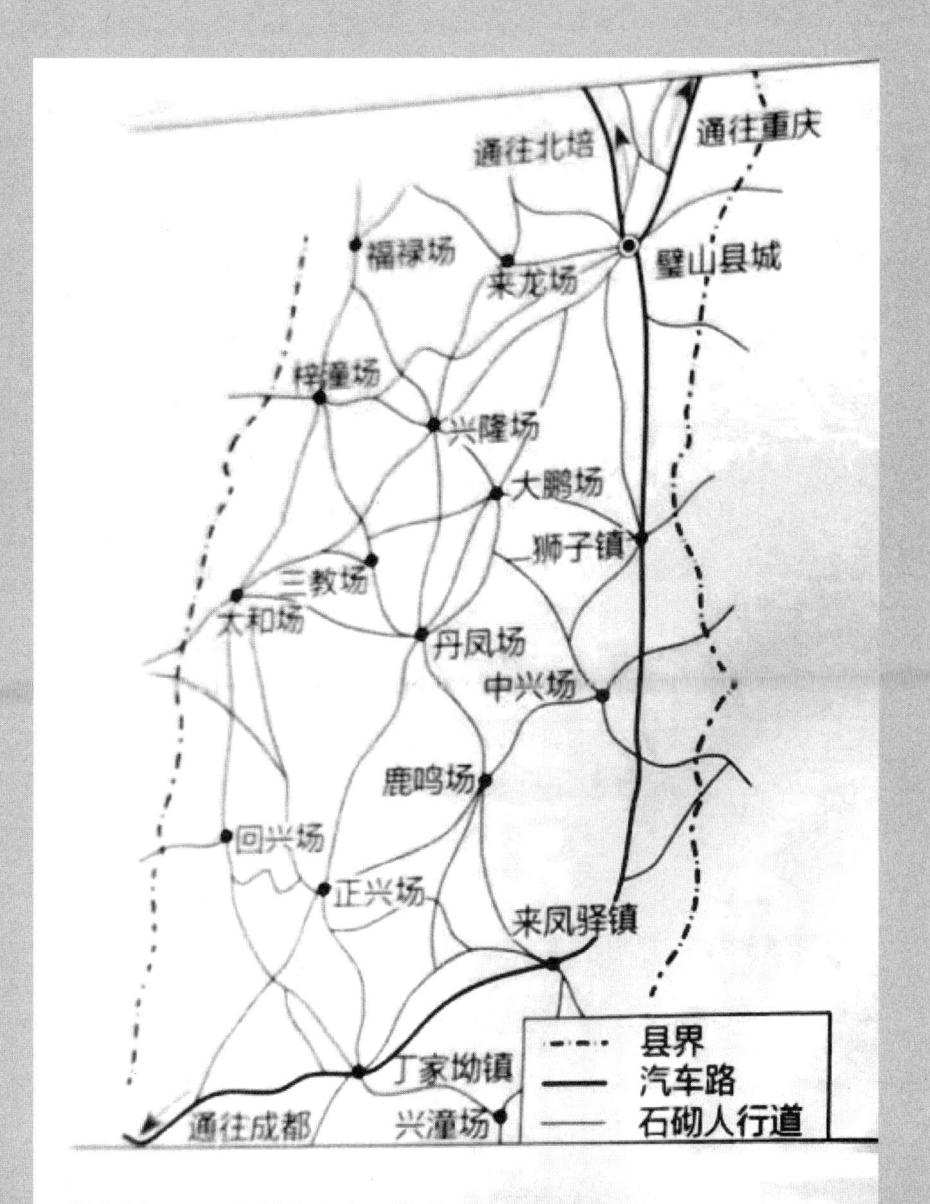

连接璧山中部定期集市的石砌路 1940年

1940年的璧山县地图

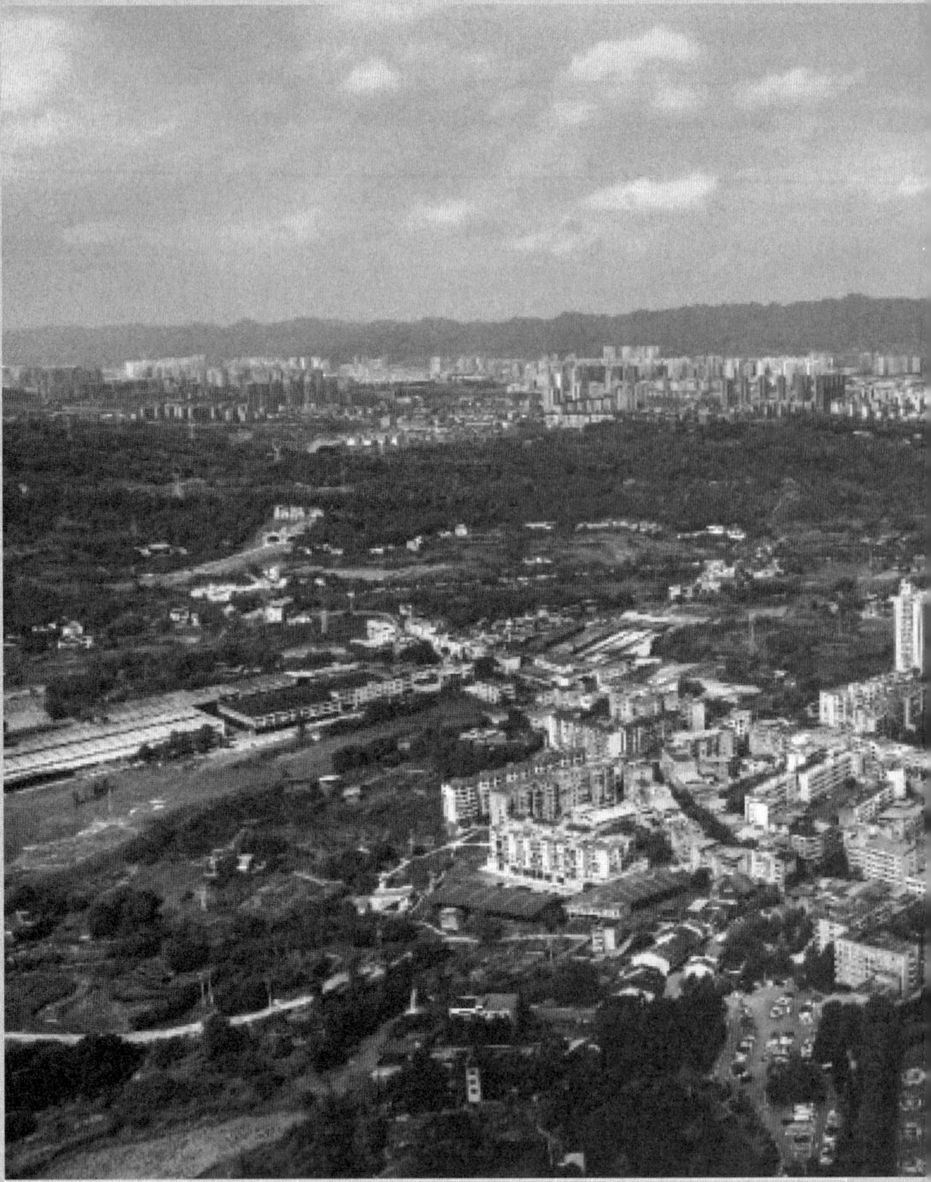

大兴镇（兴隆场）全景图 李晟摄于2022年

15. Approach to Prosperity Market, with poplar-lined highway and western Great Mountains in distance (Prosperity 1983, Hu Xiping)

兴隆场的村庄和梯田（胡希平摄于1983年）

兴隆场水田（胡希平摄 于1983年）

作者与伊莎白（潘家恩摄于 2020 年 9 月）

手持年轻时照片的伊莎白

# 序　奇人与奇书

黄济人

璧山区作协原主席周厚勇、现任主席欧文礼分别打电话给我，要我为璧山女作家张鉴的新作写序。他们与她都是我的文友，几十年相处下来，友谊深厚，情同手足，所以我在对新作内容全然不知的情况下一口气答应了。新作是由快递小哥送来的，拆开看时，顿觉一头雾水，满目惊诧。书名叫《信仰照亮生命——伊莎白与兴隆场》，写作式样定为报告文学。现在的问题来了，这洋与土的结合究竟是怎么回事？作者张鉴原本是诗人，出版过诗集《如果有一个地方》《慈悲若云》，也是散文家，结集出版过《背着花园去散步》，那么她为什么找到这样一个遥远的题材，用一种陌生的文学样式完成了写作？

回答我的，自然是这本书。

书的主角伊莎白是位奇人。

她的父母都是来自加拿大的基督教传教士，上个世纪初出生在成都仁济医院。为了感恩生命的延续，她的父亲参与创建了华西协合大学，并在这里任教，担任了教育系主任，其母则在成都创办了幼儿园、弟维小学和聋哑学校。第一次世界大战结束，其母将她带回加拿大，三年后重返中国，回到成都华西坝。伊莎白在华西坝加拿大学校上完了小学、初中和高中。孩提时代，父母常常带她去四川山区游玩，接触到了中国西部的少数民族，从而让她对人类学渐渐产生了兴趣。二次世界大战期间，伊莎白回到加拿大，在多伦多大学念书，获得了该校文学学士学位，同时辅修了人类学，又获得了该校儿童心理学硕士学位，毕业之后再返成都，继而在汉源、理县八什闹做人类学的社会调查。

　　成都探亲期间，伊莎白结识了在成都金陵大学任教的大卫·柯鲁克，柯鲁克是英国记者，曾经加入过西班牙的反法西斯国际纵队。抗战中期，经中国平民教育家晏阳初介绍，伊莎白参加了中华全国基督教协进会创办的乡村建设试验区工作，来到了璧山兴隆场（现重庆市璧山区大兴镇），与合作伙伴一起，对兴隆场进行逐户调查，了解当地农民的经济生活状况，创建食盐合作社，并且在这里开办了妇女识字班，教孩子唱歌、跳舞等。出于对共产主义信仰的崇拜，伊莎白与柯鲁克花四十多天时间重走中国红军长征路，并且在他们视为圣地的泸定桥完成了订婚仪式。婚后，柯鲁克加入英国皇家空军，参加反法西斯战争，伊莎白则在伦敦北部的一家军工厂工作。英国期间，伊莎白结识了伦敦政治经济学院弗思和李德两位教授，两位人类学者唯一叮嘱她的，竟是务必把对兴隆场的研究撰稿成书。正当伊莎白回到加拿大，继续准备出版尚未完成的《兴隆场》时，柯鲁克飞赴战场，先后在锡兰（斯里兰卡）、缅甸、中国香港、新加坡等地驻防，而伊莎白在加入英国共产党后，又在加拿大加入妇女军，为着反法西斯事业奔波操劳，夜以继日。二次世界大战结束，柯鲁克获退役军人资助，入伦敦东亚学院学习中文，最终与伊莎白一起来到中国解放区的河北武安县，着手对县境十里店开展为期八个月的土地改革调查。在此期间，夫妻二人受邀到石家庄创办中央外事学校，并登台讲课，教授英文，后来又随解放军入城，在大前门观看解放军的入城式。当年春天，外事学校搬至北平，伊莎白担任教师，柯鲁克担任系主任。当年秋天，夫妻二人受邀出席开国大典，参加天安门观礼，见证了新中国的诞生。

　　尽管他们时不时返回加拿大探亲，尽管他们收到了英国利兹大学的就职聘请，但是夫妻二人把他们的家安在了北京。教书之外，伊莎白与丈夫合著的《十里店——中国一个村庄的革命》分别在伦敦和纽约出版，此后她六访兴隆场，终于在2013年和2018年分别出版了关于兴隆场的两本书，亦即《兴隆场：抗战时期四川农民生活调查(1940-1942)》《兴隆场：战时中国农村的风习、改造和抗拒(1940—1941)》。有鉴于此，外国专家局建局六十周年之际，伊莎白荣获中国政府授予的"十大功勋外教"称号；数年之后，又荣获中国国家对外最高荣誉的"友谊勋章"，由习近平总书记亲自颁授在这位百岁老人的胸前。

传奇的人生记录在《伊莎白与兴隆场》里面。

书如其人，这本书同样写得神奇。

作家张鉴是璧山人，老家八塘镇虽然隔兴隆场尚有距离，但是早在孩提时代，她就知道伊莎白这个人，至于这个人是什么人，她并不知道。直到上了中学，她才知道加拿大有个白求恩，不远万里，来到中国，为的是救死扶伤，助力抗日。那么，同样来自加拿大的伊莎白，不远万里，来到自己的家乡，这又是什么缘故呢？以后考上大学，在西南大学汉语言文学专业的攻读中，张鉴思考得更加深刻，从而更加成熟了。她想到白求恩是加拿大共产党员、国际主义战士、著名的胸外科医师，而伊莎白是英国共产党员、英语教师、人类学专家，他们基于同样的共产主义信仰来到异国他乡，前者堪称中国战场的医疗救世主，后者无疑是中国农民的心理分析师，信仰照亮了他们的生命，理想铺就了他们的归宿。这样想时，张鉴想到了自己，自己是中国共产党员，共同的信仰与理想，让她对这两位加拿大人肃然起敬。如果说白求恩是她的偶像，那么伊莎白便是她的女神。对于女神的礼赞，是她的义务与责任，何况她已经写过几百万字的作品，并且以文学的成就，担任着璧山区作协副主席。

令张鉴感到愈加亲近的是，在深圳召开的中国国际人才交流大会上，伊莎白荣获"改革开放四十周年最具有影响力的外国专家"，而就在第二年，重庆市璧山区人民政府授予了她"璧山区荣誉市民"的称号，就是说，伊莎白成为了璧山人！老乡见老乡，两眼泪汪汪，老乡思老乡，满脸放红光。张鉴深知，写伊莎白就是写璧山，记录家乡的历史，挖掘本土的文化，她遇见了一个可遇而不可求的题材。有道是，作家寻找题材，题材也在寻找作家，事既如此，她自然当仁不让。为着严谨，为着真实，张鉴采用了长篇报告文学的形式，尽管这个形式的作品她写得不多，但是伊莎白知难而上、笃行不怠的品质与风范，正是她潜心创作努力的力量。几年下来，张鉴把所有的业余时间都给了伊莎白。作为这部长篇报告文学的附录之一，她为伊莎白制作了年谱，附录之二，她标注了参考书目以及资料来源，居然高达六十多条。

为着这本书的写作，张鉴流尽了心血，掏空了心思，甚至还因为用脑过度，出现过瞬间的稀里糊涂。她的诗集《如果有一个地方》出版多年了，可是在确定兴隆场之前，她想不起这个地方究竟在哪里；《慈悲若云》里面的那朵云，整日在脑海里飘来飘去，直到看见了伊莎白的身影，方才戛然而止。至于散文集《背着花园去散步》，在张鉴的心目中，此间的花园便是兴隆场，伊莎白正在那里的林荫道上闲庭信步。但这只能是幻觉与想象。与她真实的体验与感受还差一大步，好在这一大步也就是两千多公里。就在伊莎白病逝的前三年，张鉴与璧山区档案馆书记、副馆长等一起去了北京，在伊莎白简朴的家里做客，精神矍铄的伊莎白与张鉴交谈，合影，还把家中与兴隆场有关的所有调查资料及书信，无偿捐赠给了璧山档案馆。伊莎白的二儿子柯马凯得知张鉴的写作后，当即用中文用毛笔为即将面世的作品题写了贺词：母亲当年的兴隆场如今终于兴隆了！

总的说来，张鉴这本报告文学，表面看讲述的是一位外国友人与一个中国乡村的故事，实际上以伊莎白信仰照亮的百年人生为载体，展现了以兴隆场为样本的中国乡村变化，可以说，既是一部人物史，又是一部乡村发展史。翻开书页，就像翻开一幅精彩绝伦的图画。新旧交替，摇曳生姿，读者从中真切感受到一个真实、立体、全面、生动的中国乡村，同时看到以伊莎白为代表的国际友人与中国人民结下的深厚情谊，以此展现出一种矢志不渝、无私奉献的精神力量和跨越国界追求美好的国际主义精神。这本书选题珍贵，既有深远的历史意义，又深刻的现实意义，构思精妙，文字细腻生动，作品厚重大气，结构完整，首尾呼应，所以，堪称奇书一点不为过也。

无巧不成书。伊莎白离世前一年，张鉴的女儿大学毕业考入大兴镇船形村，在那里担任本土人才。得知消息的张鉴很开心，用她的话来说，伊莎白是人类学家，张鉴所撰著作有一个观点，那就是信仰照亮生命，现在，生命通过信仰得到了延续。事既如此，张鉴相信，倘若她的这本书记录着八十年前中国的苦难，那么她的女儿将见证八十年后家乡的繁荣。我想，一位奇人和一本奇书的意义，大概都在这里了。

2024年4月10日

黄济人，中国作协主席团成员、重庆市作家协会荣誉主席、国家一级作家。第七届、第八届全国人大代表，第九届、第十届全国政协委员，国务院特殊津贴获得者。代表作有《将军决战岂止在战场》《崩溃》《哀兵》《征夫泪》《重庆谈判》《命运的迁徙》《一个全国人大代表的日记》等。

# 自序

她在时光里静静闪耀。

亚里士多德说：时间碾碎万物，一切都因时间的力量而衰老。

八十年前，她是来自加拿大的青春飞扬的妙龄女孩；八十年后，她是怀有中国心的百岁老人。

时间改变一个人的容颜，也改变整个世界。

当我踩着她的足迹在重庆市璧山区大兴镇（兴隆场[1]）街上踟蹰，逆着岁月的方向怀想，出现在眼前的是《兴隆场》一书中所记载的完全不同的景象：楼房林立，街道整齐，路面干净，两边的门市摆着琳琅满目的商品，一棵棵大树如同一柄柄绿伞，伞下坐着满脸笑容悠闲自得摆龙门阵的老人，一群孩子欢快地追逐嬉戏……

阳光如水，温暖地倾泻在大兴镇的每一个角落。

时间无声流淌，往事如同潮水从四方八面无声涌来，在静谧中汹涌着。

我的目光掠过斑驳的老墙、嶙峋的古树、花草丛生的园子，然后停留在大兴政府前那片空地。就是这里，曾经是一座福音堂，满怀憧憬的她和几位中国女孩进进出出，在这里度过了两年时光。

依稀恍惚间，我看见金发碧眼、满脸含笑的异国女孩朝我迎面走来。她缓缓走过我身边，穿过兴隆街，走向远方……她的眼里写满好奇与忧虑，也藏着悲伤与喜悦，她就这样走向外面的世界。

我站在那里，等她转身。她还会回来吗？也许，她从不曾离开！因为她的身影越来越清晰地出现在我眼前。

时光如此漫长，回头望去，回忆是一条看不见尽头的甬道；时光又如此短暂，匆匆八十年，弹指一挥间，留下的只是一些浮动的光斑，唯有夏夜的星星和萤火，在乡间的天空闪耀。

兴隆场那段跌宕起伏的岁月，是她铭刻一生的记忆。她目睹并记录了战时中国一个小乡村政治、经济、文化、教育、宗教等各方面情况，并与兴隆场人一起接受战火的洗礼，体验生活的艰辛，感受时代大潮的激荡。她从不讳言："我是加拿大人，但我对中国的热爱丝毫不逊于自己的祖国。"

她叫伊莎白·柯鲁克，1915年出生于四川成都一个传教士家庭。在人生道路上，她的生命与中国紧紧相连。面对人生选择，她每一次都毫不犹豫地选择了中国。1938年，加拿大多伦多大学硕士毕业的她选择回到战火纷飞的中国；1947年，身在英国即将博士毕业的她选择跟随丈夫大卫·柯鲁克[2]回到中国，参加解放区的土地改革调查；1948年，土改结束，叶剑英的一句话让夫妻俩慨然允诺，从此改变了专业和志向，留在中国，开始三十多年外语教学的奋斗历程；1960年，英国利兹大学给他们安排了很好的工作，当时苏联专家撤走，他们还是选择留在中国；十年动乱，饱受磨难，浩劫结束，回加拿大探亲，当别人都以为他们再也不会回来时，他们的身影却再次出现在北外校园……

伊莎白真诚而炽热地爱着中国这块土地，爱着中国人民。虽然她并未加入中国国籍，但思想上、行为上，早已是真真正正的中国人。她觉得自己非常幸运，漫长的生命伴随着中国共产党的脉搏律动，奔跑。从青春少女到白发长者，百年人生经历了20世纪中国的风云变幻——军阀混战、抗日战争、解放战争、新中国的建设、改革开放……她和丈夫大卫·柯鲁克与中国人民同呼吸共命运，以国际共产主义精神，将毕生心血都奉献给了中国这片土地。他们执着坚定于自己的选择，对中国共产党充满了炽热感情，无论受到何种打击和磨难，总是以宽广的胸怀和宽容的微笑面对人生。鞠躬尽瘁百年路，一生无悔入华夏。"我们一直是中国革命的参与者，中国共产党对我们的信任使我们有了归属感，我们从不后悔来到中国。"她曾这样说过。

对这位百岁奶奶，我是从满怀好奇与崇敬开始，一点点走进她的生命的。

一个阳光灿烂的秋日上午，我见到了这位跨越东西方的世纪老人。

她静静地坐在北京外国语大学[3]校园的长椅上，看着眼前郁郁葱葱的风景。风轻轻吹动她齐肩的白发，瘦削的她，脸上的皱纹浓缩了百年时光，纵横起伏，浮雕般呈现于眼前。

我惊叹跌宕起伏的时光投影在她身上呈现出的海洋般的宁静与宽阔；惊叹岁月反复洗涤后她的眼眸依旧如少女般清澈明亮；更惊叹无数琐细与平凡铸就的生命，如同高山般巍峨与峻峭。如果不是亲眼所见，我是很难将她与中华人民共和国"友谊勋章"获得者、中国"十大功勋外教"之一、"环球英才功勋人物"等称号联系起来。

她的百年人生，有穿越炮火硝烟的艰辛，有激情燃烧的奋斗，有百折不挠的尝试，有全心全意的奉献，有初心不改的坚守，有气吞山河的行进。在时空交会的坐标上，竖立了一面国际主义的旗帜。伴随着中国共产党的百年历史，她的生命让我们看到了一个饱经沧桑的民族如何奋发图强，走向繁荣复兴的历程。

在北外院子里，风无声地吹过满头银丝的外国老人，时间的流水带走了青春与激情，留下了苍老与沉静。对她而言，老去的时间，一切皆与她无关。站在她面前，我的脑子突然蹦出一句智利诗人聂鲁达的诗："当华美的叶片落尽，生命的脉络才历历可见。"

与她聊天，她口中出现频率最高的一个词是四川，一生牵挂最多的还是四川。出生、成长和求学的成都，少女时期度假的白鹿顶，第一次参加社会调查的汉源，深入生活的少数民族地区理县八什闹，后来积极投身乡村建设实验的重庆（1997年前隶属四川）璧山兴隆场……每一个地方在她心上都有着深深的烙印。

兴隆场是她回去次数最多的地方。因为这里的每一条街、每一条巷她都走过，每一家、每一户她都熟悉，甚至这里的一砖一瓦、一草一木、每一尊菩萨、每一座寺庙、每一寸土地，她都了如指掌，用手触摸过，用笔记录过，如同刀子刻在她的心上。

她用文字记录下了抗战时期兴隆场民生真实状况，这些文字像历史的窗口，折射出一个时代的风云，抒写着一个民族的命运。这种记录，是时间不凋的花朵，是高于岁月的刻痕。

走近她的生命，阅读她的百年人生，我被这位出生在中国，生长在中国，奉献在中国的国际共产党员身上那种无私奉献的大爱精神深深感动。

繁霜尽是心头血，洒向千峰秋叶丹。这一切，皆缘于她内心崇高的信仰。信仰是不灭的星辰，是生命的太阳，照亮自己，亦照亮别人。老人脸上的每一条皱纹、头上的每一根白发都在诠释着信仰的虔诚和追求的执着。

毛泽东在《纪念白求恩》一文这样写道："一个人能力有大小，但只要有这点（毫无自私自利之心）精神，就是一个高尚的人，一个纯粹的人，一个有道德的人，一个脱离了低级趣味的人，一个有益于人民的人。"借用此话来评价伊莎白亦恰如其分。

央视《铸就——致敬中国共产党人》宣传片中归结了优秀的中国共产党员的品质：赤诚，是烈火烧灼始终不减的纯粹；奋斗，是久经磨砺愈发鲜艳的底色；极致，是每一次"微不足道"的全力以赴；壮美，是一次次"习以为常"的舍生忘死。活在中国，伊莎白用一颗平凡心，百年如一，磨砺奋斗，熔铸赤诚，成就极致。

大风泱泱，大潮滂滂。伊莎白的百年人生，无论是生命的长度，还是生命的高度，都是一部传奇，赤胆忠心，光风霁月，高山仰止，景行行止。

注：

1 兴隆场：现在的重庆市璧山区大兴镇。1931年，大兴镇一带为四川省璧山县兴隆乡；兴隆场常常指集市而非乡镇府所在地，集市是当地社会经济社会的中心。1940年兴隆场与兴隆乡的范围大致重合。1940年8月，四川省璧山县政府将大鹏乡和兴隆乡合并而成大兴乡，新的乡公所设置在兴隆场，统辖原属两个乡的各保。1994年1月，大鹏乡、同心乡（原二教乡）、五里乡部分合并为大兴镇。1997年6月18日，重庆直辖市政府机构正式挂牌，璧山大兴镇隶属重庆市管辖。2014年7月15日，重庆市撤销璧山县，璧山区正式挂牌运行，大兴镇隶属重庆市璧山区。

2 大卫·柯鲁克（David Crook, 1910—2000），也译为戴维·柯鲁克，伊莎白的丈夫。出生于英国伦敦，新中国英语教学园地的拓荒人、国际共产主义战士、教育家、中国人民的朋友。是与埃德加·斯诺、白求恩同时代的杰出人物，以中国为家，并为之奉献半个多世纪。

3 北京外国语大学：简称"北外"，是中国共产党创办的第一所外国语学校，学校前身是1941年成立于延安的中国人民抗日军政大学三分校俄文队，历经军委俄文学校、延安外国语学校、华北联大外国语学院、中央外事学校等主要阶段，建校始隶属于党中央领导。1948年6月，以华北联合大学外国语学院英语系的师生为基础成立外事学校，校址在冀中获鹿县南海山村。1949年发展成为北京外国语学校，1954年经国务院批准成立北京外国语学院，1959年与北京俄语学院（其前身为成立于1949年的北京俄文专修学校）合并组建成新的北京外国语学院，1980年后直属教育部领导，1994年更名为北京外国语大学。2017年9月，入选国家首批"双一流"世界一流学科建设高校名单。据不完全统计，截至2011年，北京外国语大学培养出诺贝尔文学奖得主1名，驻外大使400余名，参赞1000余名，部长、副部长近百位。新华社国际部三分之二的主任记者及驻外首席记者、从中国大陆赴联合国的绝大多数高级译员均是北外培养的高级外语人才。

# 楔子　惊心动魄的旅程

有些相遇，仿佛冥冥之中早已注定。

记忆如同掌心的水，总会从时光的指缝一点一滴淌尽，但是如果浸入身体，融于血液，就会刻骨铭心，成为一生无法割舍的牵挂。

"我到那里是来参加农村改造的，我希望尽我所能提供帮助，过去我并不了解农村的生活，但我很想知道，农村人是怎样生活的。农村和城市就像阴和阳一样，他们虽是平等的，但是毫不相同。"很多年后一位西方女人类学家在接受记者采访时这样说道。

她就是伊莎白·布朗。她说的"那里"是重庆璧山兴隆场。她与兴隆场就有这样一份相遇，一份意想不到的灵魂相遇。

在重庆西部，有一座田园牧歌式的小城，小城两山环抱，如同一块柳叶状的碧玉，纹路清晰，玲珑剔透。东边一线是缙云，西边一线是云雾，中间突兀的，便是茅莱。碧玉内部，绿畴青野，花果飘香，如诗如画。这里属于北纬29度，山峦与平地连成一个整体，构成世界上独一无二的风景，因山出白石，明润如玉而得名"璧山"。如果从高空俯瞰，这片飘浮在大地之上的柳叶，道路河流经络密布，山峦田野风光秀美。当镜头不断向下推近，你能清楚看见阳光下稼穑葱茏，村庄散落，田野中辛勤劳作的农夫和小路上奔跑着的孩子。

往前追溯，早在五千年前，这片夹在两山之间的土地就有先民劳动生息。唐至德二年（公元757年）建制，至今已有1200余年的历史，

青年伊莎白（摄于1945年）

四季轮回中，璧山一直保持着勃勃生机，一片盎然绿意。

这里，仿佛是上苍眷顾的世外桃源。当然，如果没有战争，天下太平。

然而，当我们把时间回拨八十余年，回到20世纪三四十年代，这里却一派兵荒马乱民不聊生的惨状。日本人的铁蹄在中华大地上肆意横行，整个中华民族为争取和平与解放，进行着不屈不挠的奋起抗争。在这重要而特殊的历史关节，重庆肩负起时代使命，成为国民政府行政职能新的所在地。国民政府各部门不断搬迁而来。小小的璧山，因为毗邻重庆主城，成为了战时首都的卫戍区和重要迁建区。这座缙云山下的安静小城，被时代巨浪裹挟，随着时代的脉搏跳动，成为风云际会的人文重地。无数名流会聚于此，创办实业，兴办教育，他们激情燃烧，全力以赴，共同演奏着一曲铿锵激昂的时代交响乐，为璧山的政治、经济、文化、教育等发展带来了新的契机，表面呈现出一片繁荣兴隆的景象。

时间聚焦于1940年10月的一天，小城西风猎猎，黄叶纷纷，一片愁云惨雾。在县城拥挤凌乱的车站，穿着各种服饰操着各种口音的人，行色匆匆，来来往往。有的身着长衫，戴着眼镜，目光焦虑；也有的西装革履，脚步沉稳，一脸肃然；当然更多的是衣衫褴褛满脸疲惫、为生活奔波逃难的寻常百姓，他们如同黑色的潮水涌动着，弥漫着。就在这时，黯淡的人潮中浮现出一位外国女孩的漂亮面孔，如同一朵盛开的白莲花，清纯美丽，惊艳绝伦。恰如庞德一首诗：人群中这些面庞的闪现，湿漉的黑树干上的花瓣。

众人的目光不约而同聚焦于美丽的花瓣上。人头闪现的画面似乎瞬间定格：女孩身穿白衬衣，黑短裙，外套一件米色风衣，脚穿一双黑色皮鞋，个子高挑，肤如白雪，金色长发如同阳光下的瀑布从头顶倾泻下来，一双深邃的蓝眼睛好似一泓光波闪动的湖水，写满自信和好奇，与那些从外地奔波、逃难而来，双眉紧锁，满脸忧虑的"下江人"[1]相比，她的清新脱俗像来自另一个世界。此刻，惨白的太阳透过云层，似有若无地悬浮于空中，她抬头朝前走去，身后是淡淡的影子。

刚出车站，迎面而来是一位中国中年男子，看上去不像璧山本地人。男子中等个子，身穿西服，清瘦的脸上，架着一副黑框眼镜，镜片后是一双不大但明亮有神的眼睛，看上去儒雅自信，自信中又带着几分倔强。

"您好，饶小姐！这边！"男子挥动着手臂，微笑着用英文大声与外国女孩打着招呼。

"您好，孙先生！"饶小姐看着眼前的孙恩三[2]先生也露出了笑容。

孙恩三的身后是一位长着一张国字脸、个子不高、身材结实，同样戴着一副眼镜的年轻人。孙恩三对饶小姐介绍道："这是我的秘书李先生[3]。"

接着，孙恩三回头又对李先生说道："李先生，这位就是我给您说的我们协进会[4]聘来的新成员，伊莎白·布朗小姐，中文名字叫饶素梅……"

"饶小姐，您好！"身穿长衫的李先生像个讷言的学者，礼貌地伸出一双大手与饶小姐握了握。

"您好，李先生！"

"在来的路上我还在跟李先生夸你呢，说你聪明能干，又是学人类学专业的……"孙恩三兴奋地说。

李先生表情认真地朝着饶小姐点了点头。

"哪里，孙先生过誉了！我是喜欢，喜欢中国，喜欢人类学[5]，我觉得人类学很有意思……"伊莎白羞涩笑着，脸上如同春花映日。

"是啊，人类学确实很有意义。你来加入我们这个项目，主要是做入户调查，换句话说就是以全面的方式了解当地农民的生存方式，掌握他们真实的生存状态，为我们接下来的社会改良服好务。"

"孙先生说得好，我所理解的人类学就像……一个广角镜头，全面广泛地了解世界，但又如一副显微镜需仔细地观察世界，很多事情的本质通过人类学、社会学调查彰显出来。"

"对对，这是一个基础研究，是为其他组织和政府提供信息，起指导作用的。"

"我也希望我们的调查能为改善民生，为社会发展服务。"

伊莎白和孙恩三愉快地聊了起来。

"辛苦了，饶小姐！"李秘书接过伊莎白手里的行李箱，安静地听着二位谈话。

"谢谢，不辛苦。"

"这个木炭汽车的滋味，我可是体会过的。一去二三里，抛锚四五回，修理六七次，八九十人推。哈哈，这四川人硬是幽默，把一路的颠簸和折腾说得轻松又好玩。"孙恩三学着四川话，逗得大家哈哈大笑起来。

起风了，街道两边的树叶如同蝴蝶从空中飘落。惨白的夕阳又被一团乌云遮住，天空变得更加暗淡下来。孙恩三抬头看了看隐在一片烟尘里的灰蒙蒙的璧山县城，骂道："这鬼天气！可能要下雨了，我们走吧……"转身对李秘书说："待会儿你去安排下，今晚我们就住璧山，明天一早再出发回兴隆场。"

三人裹了裹衣服，踩着窸窸窣窣的落叶，朝着灰色的前方走去。

第二天一大早，李先生便雇好了两辆滑竿，等在旅店门口。

兴隆场位于璧山县城西部，是璧山的一个乡，两地相距二十里。兴隆场被茅莱山隔断，形成一个长方形的山谷，又与梓潼、丹凤两乡毗邻，以一条宽浅的山谷为界。山谷一路绵延向南，在兴隆场以南三里处与东面的璧山河谷相汇合。连接两地的只有一条蜿蜒曲折的小路，除了步行，唯一的代步工具就是滑竿。

当伊莎白和孙恩三走出旅店，四个衣衫破烂的抬夫站在门外，面无表情地点燃叶子烟，啪啪地抽着。伊莎白看了看，微蹙眉头，转身对孙恩三说：

"孙先生，还是把滑竿退掉吧，我们步行。"

"步行？"孙恩三吃惊地望着伊莎白，"这里距离兴隆场可有二十里路，还翻山越岭的，我担心您走不了呢！"

"我是来做社会调查的，不是来享受的。二十里路，没问题。"伊莎白想起在成都华西协合大学院子里与父母告别的情景。

母亲和她拥抱，眼里含着泪说："女儿，这是你自己的选择，做人类学家，可不是那么容易的一件事，一定要做好吃苦的准备。"

父亲拍了拍女儿的肩膀："重庆是大后方，近年来一直遭遇日本飞机轰炸，兴隆场也绝非世外桃源，一定要多加小心。无论是路途还是到了兴隆场，安全是第一要务。还有，那里是偏远乡村，你必须得有吃苦耐劳的精神！"

听着父母的叮咛，满怀憧憬的伊莎白仰头对父母笑了笑："爸妈，你们一百个放心，第一，我会照顾好自己；第二，我早就做好吃苦的思想准备，再说我有过乡下社会调查的体验呢。"

孙恩三摆摆手，显得很无奈，转身将李秘书拉到一边嘀咕了一阵。

过了一会儿，李先生走向滑竿师傅。

"师傅，对不起，你们先去找活吧，我们不要了。"

一位又黑又瘦的滑竿师傅回头看了看伊莎白，不屑地说："这么娇气的洋小姐不坐滑竿？走得拢兴隆场？鬼才相信！"

"还带有大箱子，哼！"另一位个子敦实的滑竿师傅也嘟哝着，气鼓鼓的。

"好嘛，去走一趟才晓得锅儿是铁捣的[6]。"几位师傅朝着伊莎白反复打量，极不情愿地离开了。

"锅儿是铁盗的，什么意思？"伊莎白觉得这话好玩，好奇地问孙恩三。

"锅儿是铁偷盗来的。"孙恩三也不清楚，笑着胡乱解释。

"铁为什么要去偷盗锅儿？应该是锅儿从铁那里偷盗来的才对吧？"

"哈哈哈……"旅店里走出一位老者，听见两人对话忍俊不禁，"锅儿是铁捣的，就是不见棺材不掉泪的意思。"

"不见棺材不掉泪，又是什么意思？"伊莎白再次好奇地问。

"就是说不到彻底失败不知痛悔，师傅是说你真正走一趟兴隆场就晓得这一路的不容易。"老者认真解释道。

虽然伊莎白在四川生活了十多年，对四川方言很感兴趣，也常常刻意学习，但也不全懂，她觉得老人的解释很有意思。

伊莎白笑着说："好，花两个多小时，我去感受一下锅儿是铁捣的。"

"那好，我们出发吧。"李先生伸手帮伊莎白提行李，伊莎白婉言拒绝，自己提着沉重的箱子，迈开大步往前走去。

"这个女孩真能干，完全不像是来自条件优渥的外国传教士家庭的千金。你选人选对了！"不爱说话的李先生看着走在前面的伊莎白，不由得对着孙先生赞叹道。

"那是，我的眼光嘛。"孙恩三脸上泛起得意的表情。

一路上山清水秀，连绵不断的丘陵波浪一样逶迤起伏。山丘如同翡翠，青青葱葱；梯田宛若半月，层层叠叠；房屋星罗棋布，散落在山窝；乡间小路好像游动的小蛇，若隐若现……这一切充满浓郁的田园气息，伊莎白很快被这个中国西部小城优美宁静的风光深深吸引，又新奇又喜欢，脚步轻快朝前走去。

就在伊莎白陶醉于乡村美景时，天空中突然传来急促而尖厉的警报声。一时间，路上行人仿佛着了魔，一边张望天空，一边骂骂咧咧慌慌张张赶往防空洞。

"这可恶的日本鬼子，又来轰炸了！"

"快跑，快跑啊！"

"三天两头的来炸炸炸，啥时候是个尽头啊！"

一路上惊呼声、哀叹声、咒骂声不绝于耳。

空中嘶哑而沉闷的咆哮声由远及近，轰隆隆的爆炸声渐渐清晰可闻，不远处，一团浓浓的烟火腾起，随风送来一股烧焦的糊味。

"还不快躲起来，鬼子的炮弹不长眼睛哦！"有村民冲着他们大声喊。

很快，三人也跟随行人一路飞奔赶往防空洞。

当他们气喘吁吁跑到防空洞时，洞子早已密密匝匝挤满了人。从外面突然钻进洞子，只觉一片黑暗，空气憋闷，很多人挤成一团，你推我，我搡你。有孩子大声哭泣，有女人尖声咒骂，也有男人高声谈论着家长里短和战事时局，场面有些混乱，各种难闻的气味交织在闭塞的空间。过了好一阵，伊莎白才慢慢看清眼前景象。有人拖家带口，也有人随身带着箱子，背着包包，箱包里可能是一家人最值钱的东西。伊莎白挤在人群中，努力让自己站稳，一手搂着箱子，一手护着背包，听着高低嘈杂的重庆话，感觉有几分陌生，也有几分亲切。

隐约听到外面传来剧烈的爆炸声，黑暗中的防空洞摇晃着，尘土不断抖落。伊莎白的头上、脸上和身上覆盖了一层薄薄的泥土。她使劲空出手来，拂了拂遮盖眼睛的尘土。

也不知过了多久，外面传来信息，说空袭警报解除了。

人群变得激动，大家争先恐后向外拱，每个人都渴望到外面呼吸一口新鲜空气。

伊莎白、孙恩三、李秘书随人群挤出防空洞，抬头看了看刚刚经历轰炸的天空，长长地吐了一口气，拍了拍身上的尘土，继续朝着兴隆场走去。

走了一小会儿，警报突然再次拉响。刚刚放松的空气一下子又变得紧张起来，路上的人又拼命往洞里钻。

这次孙恩三他们似乎比上次有经验，没等旁人提醒，三人迅速穿沟爬坎，很快又逃回防空洞。

日本飞机仍在狂轰滥炸，爆炸声清晰可辨。长时间憋在洞中，让人有些头昏眼花，也有些窒息。黑暗中时间一分一秒流逝得极其缓慢，先前哭得厉害的孩子和咒骂的女人大约太疲惫，渐渐没了声音，伊莎白在黑暗中慢慢看清眼前一个小孩在母亲怀里睡着了，母亲头发蓬乱，蹲在角落里微闭着眼，一言不发。只有另一角落里还有男人有一搭没一搭地摆着龙门阵（四川方言，聊天）。

他们说这空袭太可怕，说某家人被炸伤，某家猪被炸死，某家房子被烧毁……

"哎呀，我就晓得兴隆场有个姓梁的中医，几年前在重庆做生意，重庆被炸后，他不得不搬回璧山，没料到没过多久璧山又成日本人的空袭目标。有一回，他的药铺遭战火烧了个精光，莫得法，他只好搬回兴隆场乡下住……搬来搬去，只为躲这该死的日本鬼子的轰炸……"听到兴隆场几个字，伊莎白侧着耳朵特别留意听着。

"我也听说一个姓成的有钱人，为了逃空袭，跑到兴隆场来躲难，当时带来了朱漆描金精雕细刻的家具，结果上个月大轰炸，他家房子、家具全炸没了……"另一个男人也接着讲了另一个人的故事。

"哎哟哟，这年月，哪里都不太平哦！……"大家都唉声叹气。

听着这些话，伊莎白看着他们痛苦无奈的表情，心里涌起一阵难过。

她的眼前浮现出童年时在田野捡子弹头玩的画面。两个军阀对抗，飞机在空中飞来飞去，轰隆隆的炮弹声响过之后，天真的孩子们争先恐后冲出教室，奔跑在田野上，细细寻找着子弹壳。捡到子弹壳的孩子故意指着对方，嘴里发出"砰砰砰"的声音，开心地玩耍。天真的孩子怎懂得战争的残酷，懂得活着的可贵？

突然，一声巨响在头上猝然响起，空气颤抖起来。伊莎白心里"咯噔"了一下，对战争的理解似乎加深了一层。

一个男人高亢的声音陡然响起："任你龟儿子凶，任你龟儿子炸，格老子我就是不得怕！""任你龟儿子炸，任你龟儿子恶，格老子豁上命出脱！"另一个男人浑厚的声音很快接过去，大家听后，忍不住大笑起来，气氛顿时活跃了很多。伊莎白并不完全听懂这些方言，但从大家的笑声里，感觉到了轻松。

也不知过了多久，警报再次解除，三人走出洞子，整理了头发，拍了拍衣服上的泥土，此刻已是下午，大家在路边吃点了干粮，再次加快步伐继续朝着西南方向走去。

一路上不时有日本飞机从头顶呼啸而过，有时炸弹在不远处爆响，轰炸声震耳欲聋，三人有时躲在路边庄稼地，有时藏在树下石头后。有一次炮弹就在几米远的地方炸响，泥土碎石飞溅过来，吓得孙恩三大叫着，李先生一把拽开伊莎白，伊莎白张大嘴巴，有些惊恐，迅速蹲在树丛中，很快镇定自若，对孙恩三和李先生含笑致谢。就这样走走停停，提心吊胆躲避着轰炸。又走过数公里，原本平坦的地形变得陡峭，石板路蜿蜒在山坡开垦出来的稻田、旱田之间。再往高处走，稻田变成了未经灌溉的山地。山坡上一片荒凉，到处都是朱红色的裸露的砂石，这与璧山外城见到的绿油油的田园风光形成鲜明对比。

爬上茅莱山顶，从高处往下俯瞰，兴隆场尽收眼底：波光粼粼的水田，葱葱郁郁的山丘，疏疏落落的村舍，人烟辐辏的场镇，就连场镇上密集的房屋和显眼的瞭望塔也看得清清楚楚，而这些景致又好像是浮动在一大片深绿海洋中的音符，共同演绎着一曲浪漫的乡村协奏曲。

"哎呀，这一路真是胆战心惊，不过翻过了茅莱山，下山就快了！"孙恩三重重地吐了一口气。

"这真是一趟美妙的旅程呢！"头上冒着汗珠的伊莎白笑着说。[7]

"还美妙？哈哈，当然，如果没有时不时传入耳朵里的炮弹声，以及路上随处可见的慌张惶恐的行人。"孙恩三补充道，"你看，二十里地，原本只需要两个小时，我们却走了将近一天。"

这趟惊心动魄的旅程，似乎没有影响到伊莎白的好心情。她脚步轻快朝山下走去，一双好奇的眼睛不断打量着眼前陌生的风景。

黄昏时分，三人终于到达兴隆场。

村口一棵枝繁叶茂的古黄葛树，在晚风中轻轻摇曳，绿色的手臂挥舞着，仿佛在欢迎伊莎白的到来。

当她靓丽的身影出现在青石板街道时，迎面走来几个背着煤、打着赤脚、衣衫褴褛的孩子。一个瘦小的男孩走在最前头，突然看见伊莎白，大叫起来："快看，仙女儿下凡！"

"哇！果真是仙女儿！"几个孩子停下脚步，同时抬起头，惊奇地大叫起来。

很快，伊莎白身后跟着的孩子从三四个到七八个，孩子们想靠近又不敢靠近，隔着两三米，不远不近地跟着。

随着孩子们的喊叫声，坐在门边忙碌的老妇停下手中的活儿抬起头来看着从暮色中飘然走近的"仙女儿"，浑浊的双眼睁得老大；木板门后的中年妇女探出头来惊奇地打量着来人；茶馆里的男人听见吆喝声，撂下手里的牌，冲了出来，有不明白的男人嘴里骂着，看着大家都往外跑，也跟着跑出来，男人们挤在门口直愣愣地望着走来的伊莎白。

"哎哟！啧啧啧，太漂亮了！"男人们站在屋檐下，张大嘴，眼睛一眨不眨地看着画中美人从暗淡的黄昏如同一道霞光闪现，瞬间照亮了暮色笼罩的兴隆场。

孙恩三带着伊莎白走过街道，街边不时冒出一些人头来。

这座乡间小镇，虽然外国人到来不是第一次，但这么漂亮的外国女孩还是惊艳了众人。

17. The Banyan tree at a turn in the village street (Huanggeshu)
(Prosperity 1983, Hu Xiping)

兴隆场场口的黄葛树（拍摄于1983年）

"我晓得了,是协进会的,你看孙先生走在前头呢!"

"哎呀,协进会又来人了!"

"哎哟喂,这次还是一个洋人!一个这么漂亮的洋人仙女儿!"

"不一定能待得到多久!前面来的人不是没待几个月就走了吗?"

"就是,看上去娇滴滴的。怎么可能在我们这些乡下待得久嘛!"

伊莎白隐隐听见身后好听的重庆话,微笑着,大步走过弯弯曲曲的街道。

"到了。"来到街中心,孙恩三指着一栋漂亮的房子对伊莎白说。

注:

1 下江人,抗战时期,长江下游地区许多民众沿长江逃难至长江上游地区(尤以逃至当时国民政府战时首都重庆为多),而被当地人称为"下江人"。

2 孙恩三,山东博兴县人。20世纪30年代在中华全国基督教协进会任职,同时在齐鲁大学兼任教授。1934年8月,与张雪岩一起在济南创办了隶属华北基督教农村事业促进会的以农民为对象、反映农民呼声的《田家半月报》。《田家半月报》又名《田家》,在当时的齐鲁乃至华北地区广大农村影响甚广,发行量曾达十几万份之多,在30年代关于新旧文学的讨论中,一度产生过"田家现象"。因为社会经验丰富,他被晏阳初聘请为中华基督教协进会璧山县兴隆场开展项目的负责人,并担任乡村建设学院的教授。孙恩三英文很好,1941年,淡出乡建实验,与葛德基(Dr. Earl Cressy),章文新(D. F. P. Jones)等一起翻译由中华全国基督教协进会出资赞助的《基督教历代名著集成》以及《圣经》等书。乡村建设实验项目失败后,返回齐鲁大学担任教务长,后被聘请为博兴县同乡会理事长、王耀武省府的高等顾问,大约于1949年前去世。

3 李秘书,无具体名字,孙恩三的秘书,沉默寡言,看上去像个学者。李先生留给伊莎白的印象踏实能干,值得信赖,连给不识字的乡民读报纸的小事也完成得一丝不苟。很多年之后,伊莎白才从朋友口中得知,李先生之所以参加这项偏远农村的福利计划,只是为了躲避当局的抓捕。合作社结束后,李先生途经成都,对朋友声称要去青海,实际上去了延安。当时所有人做梦都没有想到,李先生是一位地下党员。——《兴隆场——抗战时期四川农民生活调查（1940—1942）》第9页。

4  协进会，全称"中华全国基督教协进会"，是基督教新教一些宗派性教会和非宗派性基督教团体所共同设立的协作机构。文中指在兴隆场进行乡村建设实验的孙恩三的团队。

5  人类学（Anthropology）是从生物和文化的角度对人类进行全面研究的学科群，通常包括文化人类学、生物人类学（体质人类学）、考古学、语言人类学等分支。人类学是以人作为直接研究对象，并以其为基础和综合理解为目的的学科。人类学研究的目的就是以全面的方式理解人这个个体，人类如何行动，如何认知自己的行动等，它的应用研究，旨在为政府和其他组织提供指导。

6  锅儿，指民间煮饭炒菜的铁锅，是铁水铸造的，在各家算是值钱的不可少的厨具，居农家厨具之首。锅儿是铁捣的，言外之意是厉害，太费力，不轻松，也有不到彻底失败不知痛悔之意。

7  1940年10月13日，也就是来兴隆场一周后，伊莎白给父母写了第一封信。信中说："我非常喜欢整个旅程。……当你穿过小小的路桎井俯视兴隆场时，它就像一条从东部延伸到西部的海洋。深绿色的冷杉树覆盖在成千上万的波浪之间……"

# 第一章　初到兴隆场

## 1　兴隆街二十三号

兴隆街二十三号。

这是一栋刚刚装修一新被石灰水粉刷得雪白的房屋，在兴隆场破旧灰暗的老房中，如同一位身穿白裙的美丽公主站在一大堆灰头土脸的乡下姑娘中间，格外引人注目。

临街的木板门全部打开，旁边挂着"中华全国基督教协进会诊所"的木牌。

走到门口，孙恩三对着诊所里两位姑娘叫了一声："朱小姐！俞小姐！"

"嘿，孙先生，你们回来了？"两位姑娘，一位正在给患者看病，一位正在拿药，听见叫声，不约而同抬起头来，惊喜地看见孙先生李秘书带着一位外国女孩走了进来。

"对对，回来了。"孙先生有点如释重负般点了点头。

诊所设施简陋，但整洁干净，并排相连的两间房子，一间是候诊室，一间是操作室。候诊室两边摆有长椅，操作室前面是一个柜台，后面靠墙立有一排药柜，整整齐齐摆放着各种各样的药瓶。

"来来来，我给大家介绍一下。这位是从加拿大多伦多大学毕业的伊莎白·布朗小姐。"走进诊所，孙恩三招呼伊莎白坐在候诊室的长椅上，"对了，还是喊她中文名吧，饶素梅饶小姐！"

"您好，伊莎白·布朗小姐！我叫俞锡玑[1]。"身穿蓝色立领中式布衣的中国姑娘，热情地走过来，用英文与伊莎白交谈起来。

俞锡玑中等个子，长相娟秀，一头乌黑的短发，一双孩子般清澈的眼睛，不说话时看起来非常文静，但一说话中气十足，声音好听，笑起来时露出一口洁白的牙齿，脸上还有两个小酒窝。她撸着袖子，亲切随和中给人一种非常能干的感觉。

"对，我是伊莎白·布朗。"伊莎白满脸微笑，看着她，温柔地说，"叫我的中文名饶素梅就可以了。"

"饶小姐好！之前就听孙先生说，我们协进会又招了一位工作人员，原来是这么一位大美人啊！"俞锡玑爽朗地说道。

一中一洋，两位美女，眼神交汇，双手紧握。那一刻，彼此都感受到一份热情和单纯。

也许，冥冥之中，注定了两位姑娘的跨国合作和一生一世的友谊。

"您好，饶小姐！我叫朱秀珍[2]。"朱小姐身穿一件白色碎花中式立领衣服，清瘦文雅，说话细声细气，两根又长又黑的辫子拖在身前。"饶小姐，欢迎您加入我们的队伍！"

"朱小姐，您好！"听见朱小姐说的中文，伊莎白赶忙用中文客气地与她打招呼。

"嘿，我还没来得及介绍，你们就先熟悉起来了。对，这位是护士朱秀珍小姐，这位是调研员俞锡玑小姐，她就是你以后的搭档，你们俩一定要好好合作，任务是调查整个兴隆场的居民经济生活状况，为我们协进会后面的工作开展打好基础，做好保障。"孙恩三笑了起来。

"孙先生，我不仅仅是调研员，我还是一块砖，哪里需要哪里搬。

哈哈哈。"俞锡玑说着，再次大笑了起来。

俞锡玑的笑声很有感染力，大家都忍不住笑了，就连不苟言笑的李秘书也咧嘴笑了。

正说话间，另一位高个子短头发的中国姑娘走了进来，俞锡玑拉着伊莎白的手，赶快替她介绍："这位是教员李文锦[3]李小姐。她很能干哦，不但负责圣经识字班的工作，还在这里创办了一个幼稚园，很多时候我也在那里上课。"

几位姑娘都知书识礼，彼此介绍，打过招呼后，很快便熟络起来。

"这是我们协进会的诊所，已经开了半年多。里面还有三座房屋，临街后面石板路拐弯处是卫理公会[4]的教堂，也就是福音堂；教堂后面是牧师的住所；再往后，也就是丁二十三号，便是你们女生宿舍。"孙恩三详细地给伊莎白介绍道。

"孙先生，我马上带饶小姐过去安顿好，您放心吧！"俞小姐说。

"好，那饶小姐就交给你了，你们俩以后要好好配合，做好工作。"孙恩三说完就要离开。

姑娘们忍不住抿嘴笑了。这孙先生，一项工作总是反复强调。

"知道了，知道了，孙先生！"俞锡玑大声回答道。

就在这时，孙恩三的妻子来到诊所。

"饭中午就做好了，我现在回去再准备一下，待会儿大家都过来，为饶小姐接风吧。"孙夫人温柔地看着丈夫，客气又热情地对大家说。

"大家都听到了吗？待会儿都到我家吃饭。"孙恩三带着妻子和五个孩子住在兴隆场，但忙于事务的他很多时候来往于重庆与兴隆场之间。几天前就给妻子说好了，今天去接伊莎白小姐，只是没想到因遇上日本飞机轰炸，夜幕降临才回来。

伊莎白对众人点头微笑，打过招呼，跟着俞锡玑去女生宿舍。俞锡玑夺过伊莎白手里的行李箱快步离开，伊莎白紧跟在后。

很快到了宿舍，俞锡玑一边帮伊莎白打开行李，铺床，整理东西，一边给她介绍这里的情况。伊莎白几乎插不上手，只得连声说谢谢。

俞锡玑动作麻利，很快整理就绪，然后带着伊莎白穿过巷子，来到诊所，大家一起去了孙恩三的小洋楼吃晚餐。

为了这顿饭，孙夫人可是准备了好几天，提前买了肉，这里三天赶一场，因为时局不稳，有时想买也没有东西卖。在协进会做饭的彭嫂今晚也来孙家帮着做饭，她还带来了自己做的干咸菜丝和豆瓣，炒了咸菜丝豆瓣回锅肉，做了蚂蚁上树，辣椒炒了几样青菜，还煮了一个氽烫。

"你吃得惯川菜吗？"俞锡玑为邻座的伊莎白夹起一块回锅肉，小声问她。

"谢谢，吃得惯啊，我很喜欢吃川菜。"伊莎白微笑着，熟练地用筷子把一块半肥半瘦的回锅肉送入嘴里。

"真香！"伊莎白用中文情不自禁赞叹道。

"四川话叫……叫啥子呢？哦哦，打牙祭，今天我们跟着饶小姐打牙祭！"俞锡玑学着四川话，大家都笑了起来。

"打牙祭是什么意思？"李文锦不解地问道。

"打牙祭，就是给牙齿祭祀，让它们也享受美味哦，这个我明白的。"伊莎白饶有趣味地说道。

"哈哈，就是吃肉，吃好吃的嘛。"彭嫂一本正经地解释。

大家都哈哈大笑起来。

"你可以吃辣椒吧？"朱秀珍小姐也关切地问道。

"可以啊，没问题。"看着眼前这位金发碧眼的外国美女，说着成都味十足的汉语，吃着辣味十足的川菜，大家的目光不约而同转向她，生怕她不习惯这里的生活。

"那你很不错嘛。我觉得重庆人吃得又麻又辣，刚开始我们也不完全习惯啊。"李文锦也笑着说。

"我们是担心你不习惯这里的生活和饮食。"孙夫人接过话,关切地说,"如果不习惯,你告诉我。"

"就是,饶小姐,你是外国朋友,肯定有些口味不习惯,你有啥子吃不惯的,直接给我说嘛,我单独给你做。"彭嫂在一边也热情地说。

伊莎白笑着说:"你们放心,我有一个中国胃,我特别喜欢川菜,从小就习惯了中国的生活。"

大家听后再次笑起来,餐桌上的气氛融洽而轻松。

"哈哈,你可别说,饶小姐出生在成都,而且是在成都华西坝长大的。"孙恩三接过去说。

## 2 出生于成都华西坝

二十五年前,也就是1915年12月15日,伊莎白出生于四川成都。从睁开蓝水晶般清亮的眸子开始,她看见的除父母之外,几乎都是黄皮肤黑头发的中国人,听到的也是与父母所说不一样的另一种语言——中国四川话。

她的父母都是加拿大人,父亲叫 Homer G. Brown,中文名字叫饶和美;母亲叫 Muriel J. Hockey,中文名字叫饶珍芳,夫妻俩大学毕业时,加拿大正掀起一股传播福音的浪潮,许多基督教徒不远万里,来到中国。伊莎白的父母皆是以传教士的身份来到四川成都的。

他们和其他传教士一样,来到中国除传教外,还办学校,建医院,传播西学,将西方文明融入东方沃土。饶和美1912年来到中国,参与创建了华西加拿大学校[5](Canadian School in West China,简称CS),并在华西协合大学[6]任教,并担任教育系主任。按照教会要求,女传教士一旦结婚就不再拥有传教士身份,从而失去工作和报酬。比丈夫晚一

10岁的伊莎白（后面站立者）与父母和妹妹在华西坝（摄于1925年）

年来到中国的饶珍芳,婚后便将自己全部精力放在了教会工作以外的教育事业上。受美国著名教育家杜威(John Dewey)的教育思想启发,她创办了弟维小学[7],后来还创办了中国第一所蒙特梭利幼儿园(成都市金硕果红专西路幼儿园前身),并担任CS学校的校董和成都盲聋哑学校(成都特殊教育学校前身)校董。

成都仁济医院,刚刚生产的饶珍芳,侧身低头温柔地看着襁褓中的婴儿,脸上露出幸福的笑容。被喜悦包围的年轻的父亲饶和美,一把抱起粉嘟嘟的女儿,大声说着:"Isabel(伊莎白),我们就给孩子取名Isabel,好吗?"

"这个名字好。给人的印象是性格温和,讨人喜欢,乐观自信,喜欢自我表现,有创造力,有艺术天分,且懂得关心朋友,乐于助人,有责任感,慷慨勇敢,不会被难题打倒⋯⋯当然我更喜欢它的真正寓意——上帝的誓约。"饶珍芳说了一大串名字的好处,笑着满意地点了点头。

几天之后,饶珍芳出院,夫妻俩把女儿带回家,也是他们结婚后的住所——四川锦江区四圣祠的一栋二层的灰砖小楼[8]。

深冬时节,天寒地冻,但院子里的草木依旧生机勃勃,一片葱茏。

"我们还得给女儿取一个中文名字。"饶珍芳看着水晶般的女儿,沉吟片刻,说出了自己的想法。

"是啊,出生在中国的孩子,怎么能没有中文名字呢?"饶和美透过朱红色的木窗望出去,远处是一座尖顶教堂,近处的花园墙角,几株蜡梅疏影横斜,暗香浮动。枝上梅花有的羞涩地打着朵儿,有的迎着风雨吐着蕊。一阵西风吹来,缕缕清香在房间里流淌。

"你看,那里有几树蜡梅呢。"饶和美欣喜地告诉妻子,"墙角数枝梅,凌寒独自开。遥知不是雪,为有暗香来⋯⋯"

"难怪,我闻到梅花的香味了⋯⋯我喜欢梅,梅是中国花中四君子之一,凛冽西风中勇敢挺立,冰天雪地里凛然绽放,谦逊朴素,芬芳四溢，清幽袭人。"

"好，我们的女儿中文名字就叫——素梅，嗯，叫素梅，好吗？"饶和美开心地说。

"好呀！我希望我们的孩子生如梅花，纯美如玉，傲雪生香。寂寞而澄澈，淡泊而幽香。"饶珍芳深呼吸一口，脸上露出了满意的笑容。

## 3　加入协进会

1940年，应卫理公会的邀请，中华全国基督教协进会（简称协进会）利用兴隆场的教堂从事乡村基督教宣传的实验活动。由晏阳初[9]牵头的中华平民教育促进会[10]（简称平教会）把璧山作为试验县开始试点，兴隆场的乡建实验区，是抗战时期四川乡建运动的一个部分。

协进会选择璧山兴隆场，原因很简单。璧山距离重庆城西三十多公里路程，两地之间新修了一条公路，交通便利；而兴隆场距离璧山县城仅有十公里，是一个有着两百多年历史的古镇，早在清朝末年就有外国人来此布道传教，基督教在这里发展状况良好，入教人数逐年增加，1928年，还修建了一座教堂。

1940年春节前夕，一个冰冷的月夜，这块天寒地冻的土地迎来了一群下江人。

来者是孙恩三带队的协进会工作组。孙恩三是齐鲁大学教务长，社会学系主任。曾与张雪岩共同主编著名基督教农民刊物《田家》半月报（Christian Farmer），是战时四川乡建运动倡导者之一、社会学家、上海国际礼拜堂副牧师。1936年至1937年，孙恩三曾就读于美国康奈尔大学，英文功底很好。卢沟桥事变爆发后，他所在的齐鲁大学被迫迁到成都华西坝办学。1938年1月，他与平教会领袖晏阳初、翟菊农、姚石庵、孙伏园、谢扶雅、汪德亮等协助湖南省政府发动知识分子办理战时民众训练，成立湖南省政府民众训练指导处和干部训练班。因为长期蹲点乡村，他积累了丰富的乡建工作经验。1939年12月，身为中华基督教会执行委员的孙恩三，受中华全国基督教协进会之邀，着手组建工作组，肩负起帮助乡民消除贫困和扩大传教布道的社会基础这两个使命。

就这样，孙恩三以璧山兴隆场协进会项目负责人的身份来到这里，主持实验区工作。

这次初探，仅有一条街的兴隆场，给他们留下了很不错的印象。那个夜晚，他们入住福音堂后，乡中要人——联保主任孙宗禄、保长陈松龄、旅长蔡云清[11]等俱来相谈，对他们还算热情。彼此交谈甚欢，对合作项目充满了信心和期待。

春节刚过，大地上的枯草刚冒出点点芽尖，黑瘦的枝条上才打上零星的花苞，孙恩三拖家带口，还有面向社会招募的几位工作人员，踌躇满志地来到兴隆场。那个月色朦胧寒气流淌的夜晚，工作组正式入驻兴隆场。

协进会来到兴隆场后，孙恩三豪情万丈，雄心勃勃，很想有一番作为。

朱秀珍毕业于北平协和医学院，曾是河南信阳义光中学的教师，自己也开过医院，做过老板。后来在信阳一所加拿大人开办的教会医院里担任护士兼助产士。李文锦毕业于南京金陵女子文理学院，也是信阳义光中学的教师。两位姑娘既是同事，也是好友。一位娴静，一位热情，都很能干，也有工作有经验。孙恩三招募朱秀珍来到兴隆场主要工作是开办诊所。在同事眼中，朱小姐"为人极笃实诚恳，不多言而勤于工作"[12]，一来兴隆场，就开办起了一家乡村诊疗所。而李文锦给大家的印象是"极有宗教修养，善于唱诗作乐"，"为人也很有思想，对于信仰也有一肚子的见解"[13]，她来兴隆场主要牵头教育工作，来这里后很快便访问了全村人家，创建了幼稚园，办起了民众学校，有时也去公立学校给教员讲课。

当时一起来的还有两位工作人员，后来因为种种原因，工作一段时间后便离开了。

很快，孙恩三招募了在北平协和医院跟随蒲爱德（Ida Pruitt）[14]学习并做过医疗社会工作的俞锡玑，她的任务是教书、调研，同时在诊所给朱秀珍当助手。

"群众利益就是我们的利益。"这是孙恩三的目标，也是他常挂在嘴边的话。孙恩三想通过提供医疗、教育，跟当地百姓打成一片。工作组来此不但拯救百姓灵魂，同样关心老百姓生活，也就是说将传教活动与改善民生相结合。为此，专门为三位姑娘量身定做了三个带有鲜明时代烙印的实验项目，这跟国民党政府为配合抗战而提出的在农村地区推广公共教育、医疗服务、建立经济合作社的口号遥相呼应。

为了保证乡建工作的顺利进行，配合该项目的开展，协进会为大家提供食宿。教会把原先出租的四个店铺（兴隆街甲23号和乙29号）全部收回。但是面对这几所残破的房子，孙恩三觉得必须要彰显协进会的实力，于是一来这里便大搞建设，重新装修旧房子，新建小洋楼。

当乡亲们被生计折磨得灰头土脸的时候，协进会所属的四间沿街房，每天叮叮当当，搞得热火朝天。村民们每每路过，都忍不住要伸长脖子往里张望。

几个月后，沿街房粉刷一新，教会院子里一栋带楼梯的两层小洋楼拔地而起，孙恩三一家人住在这里，兴隆场人纷纷跑去观看。在此之前，兴隆场从未有过如此漂亮的房子，大家站在院子里驻足观看，啧啧称赞。

豪华别墅无疑抬高了孙恩三的身价，沿街房屋的改建则清楚传递出协进会志在服务社区的消息。其中一间改为图书馆，配备长桌一张、长凳两条，墙上挂着中国地图和世界地图，书架上摆满了各类好看的图书。另一间改作公共活动室，里面有乒乓球桌；地上还用粉笔画线，让人玩掷环游戏。剩余两间粉壁后成了诊所的候诊室和操作室。

旧屋装修，焕然一新，这既彰显出协进会的实力，也引起了乡民们的关注，大家纷纷投来羡慕和新奇的目光。

这几个月，诊所、幼稚园、妇女识字班在镇上崭新亮相，大大刷新了兴隆场人的耳目。几位姑娘还常常去小学教卫生学和公民学课程，给学校带来了很多新变化。孙恩三和地方势力关系搞得很好，尽力把工作安排妥当，要求大家一定要尽力做好。

1940年5月3日，大雨滂沱。兴隆场的文庙，也就是乡政府所在地，一场热热闹闹的庆典在雨水中拉开了帷幕。风把台子上方悬挂着的红色字幅——"热烈庆祝璧山县兴隆乡乡建合作实验区成立"吹得哗哗作响。那天，仿佛是兴隆场盛大的节日，地方名流、官员纷纷前去捧场，政府广场前的空地上，整整齐齐站了300多人。

孙恩三作为负责人，主持成立大会。一身灰色西服的他站在主席台上，慷慨激昂，发表讲话：

"感谢各界来宾，感谢所有前来参加会议的人，谢谢你们冒着大雨远道而来，这实在难得，让我们感动！我们（协进会）来兴隆场已有三月，做了一点小小的工作，就是卫生同教育。这小小的工作，是初步的试验，我相信，后面的工作我们会开展得更多，也会做得更好！但是到今天才开成立大会，也就是说从今天开始，才算在兴隆场正式工作，企图发展我们地方的事业……本实验区是美以美会、中华全国基督教协进会合设的，实验的目标是帮助农民以自己的力量，解决自己的问题，求新的天国实现，完成无忧无虑的新社会，人人有饭吃，家家明道理，这就是我们的目的。"

台下群众听得激动万分，纷纷鼓掌。

接下来身穿长衫的县长王士悌以及刚从上海赶来的协进会总干事陈文渊等逐一致辞，大谈特谈乡建工作的重要意义，并表示一定全力以赴支持这项事业。

孙恩三在乡建活动中的能力再次得到体现，大家对他更是刮目相看，也对这里的乡建项目充满了信心。

不久，兴隆场开始与晏阳初设在北碚歇马场的"中国乡村建设研究院"合作。歇马场派来颇有社会工作经验的专家蒋旨昂[15]先生担任指导。

孙恩三人缘很广，对前来参加乡村建设实验的青年，不论是调查研究还是乡建实验，都鼓励他们要搞最"先进"的，他也恨不得一下子就实现他们的很多目标。

孙先生把减贫作为重点项目来抓，为开展相应的社会调查，便正式邀请了伊莎白加入了工作组。

## 4　走上人类学调查之路

出生在华西坝的伊莎白早年就读华西加拿大学校，这所学校涵盖了从幼儿园到高中的课程，伊莎白一直在这里从幼儿园念到高中毕业。做手工，演戏，新年到来时，孩子们自编自演节目来迎接新年……留在记忆里的，大多数是美好的欢乐时光，但由于军阀混战，兵荒马乱，老百姓生活在水深火热中，自然也少不了与战争与贫穷有关的记忆。

有一次，阴雨密布的天空好像被捅了个洞，大雨落了几天几夜，洪水涌进成都的大街小巷，平时熙熙攘攘的街道瞬间成为海洋。老百姓仓皇无措，在及膝的洪水中抢运着东西。

街道上充满难民，伊莎白和妹妹放学回家路上不时看见。他们衣衫褴褛，瘦骨嶙峋，还有推车挑煤干着苦活的瘦小孩子和饿得奄奄一息躺在地上蓬头垢面的流浪者。

这些深深地刺痛着伊莎白稚嫩的心。为什么会这样？小小年纪的伊莎白蹙着眉头，边走边想。她很想去帮助这些不幸的人，也渴望能有一个人人平等的世界。

相对来说，饶和美一家的生活比较优裕，孩子们并没有过多体验到生活的艰辛，但是生性善良的伊莎白在耳闻目睹中对普通中国人的苦难有着较深的印象。"看到那么多穷人的孩子很可怜，我希望有一项规定，每个人必须在银行里存上 1000 块钱，才能生一个孩子，没有钱养育的孩子太悲惨了。"为此，她萌生出这样幼稚的想法，希望国家通过一些措施来改变这样的状况。

待她长大一些，饶和美夫妇一家人常去距离成都市六十公里的彭县[16]白鹿镇避暑，更加深了这种体验。

白鹿镇是一座古镇，三面环山，风光秀美，历史悠久，宗教文化浓郁。白鹿河如一条飘逸的白练，由北向南迤逦而过；巍峨高耸的白鹿山恰似一口巨钟，突兀而立，山中层峦叠翠，古木参天。在风光优美的白鹿顶上，有一座修建于 1895 年的法式天主教教堂，教堂里设了一所专门培养天主教传教士的神哲学院，叫领报修院[17]，也就是人们习惯称呼的"白鹿上书院"。那时新到四川的外国传教人员必须先在语言学习班学习汉语，饶和美和饶珍芳就是在白鹿上书院参加培训时相识相恋的。学习之余，两个志趣相投的年轻人喜欢在山中悠游，蓝天、白云、烟岚、雾霭、大树、野花交织成一片人间仙境，给他们留下了美好的印象。白鹿顶海拔 1700 米，夏季特别清凉，很早以前就是西方传教士心目中的避暑胜地。饶和美夫妻后来索性在山顶租下一个避暑房，每年夏天，一家人从成都跋涉两三天来到这里避暑度假，逃离闷热难耐的城市。

通往山上的路崎岖陡峭，交通极为不便，上山下山只能徒步。饶和美夫妇举家来此，随身带着很多生活必需品，如果遇上干旱，就连生活用水也得从山下往山上背。为了把这些东西搬上山，不得不雇请当地人为他们肩挑背扛。

刚开始爬山，孩子们兴趣盎然，说说笑笑。可爬到半山，累得上气

父母为伊莎白田野调查送行（摄于1938年）

不接下气，便不得不停在路边休息。父母心疼孩子，便为她们叫来滑竿，乘坐这唯一的代步工具上山。

滑竿是用两根结实的长竹竿绑扎而成的担架，中间用竹片编成柔软的躺椅，前面有脚踏板，躺椅可升可降，坐上去非常舒服。看到这样的工具，孩子们兴奋地嚷嚷，好奇地坐上去。破衣烂衫的苦力前后抬起她们，弓着身子，一步一履，晃晃悠悠，吃力地攀爬在山道上，凉爽的山风迎面吹来，感觉惬意极了，孩子们不再喊累。可一小会儿工夫，苦力们便累得气喘吁吁，汗流浃背。

伊莎白看到他们心有不忍，便让他们停下来坐在路边树下歇息。她打开包裹，拿出自家带的食物给他们。苦力因为劳累而满脸红涨，感激地接过东西，狼吞虎咽地吃起来。看着他们饥饿的样子，伊莎白的眼里满是惊愕和同情。她不明白为什么自己生活这么优越，而这些生活在社会底层的人却如此悲惨。她的目光掠过山峦，投向远处的村庄和田野，隐隐可见那些起早贪黑整日干活的农民，心里生出更多疑惑。她有很多稀奇古怪的问题，就是博学的父母也常常难以回答。

白鹿顶时光，宁静而美好。她和妹妹们的目光却投向了那些整日辛苦劳作、面朝黄土背朝天的农民，她们接触到中国底层很多普通百姓。在伊莎白心目中，四川很多地方是美丽而神秘的，优美的自然风光和兵荒马乱民不聊生的社会现实形成了鲜明对比，再加上一家人的优越生活与当地百姓的生活形成巨大反差，这在伊莎白幼小的心灵中留下了挥之不去的印迹，让她隐隐对人类社会产生了好奇，渴望推开那道神秘而厚重的大门。

时间如流水，从女孩蓝色的眸子里无声淌过。时间又如光影，从女孩蹦跳的脚步间一闪而逝。

1932年，17岁的伊莎白从华西加拿大学校高中毕业，已出落为亭亭玉立的美少女，对社会和人生渐渐有了独立的看法，对未来亦有着自己较为明确的打算。对社会人类学的喜欢，从隐约到清晰，从浅淡到浓郁，即将上大学的她非常想学这个专业。

父母皆毕业于加拿大多伦多大学，他们认为多伦多大学算得上自己国家综合实力第一的高等教育机构，在选择上哪所大学上，父母与女儿意见完全一致，但是在专业选择上却产生了不同意见。

院子里，夕阳淡淡地浮动在半空中，风掠过蓬勃的草木发出簌簌声，一只白蝴蝶在花树间翩翩飞舞，薄如蝉翼的翅膀让安静的空气微微起伏。院子外，隐隐传来街上的喧嚣和嘈杂。

"爸，妈，我想谈谈自己的看法。"这是一个民主的家庭，伊莎白经常和父亲自由交换意见，晚饭后，一家人坐在树下，伊莎白一双明亮的大眼睛望着父母。

"你是说专业的事情吧？好，我听听。"父亲坐直身体，点了点头；正起身收拾碗筷的母亲也停了下来，重新坐回椅子。

"对我来说，社会人类学是一个非常有吸引力的学科，我发现自己对人类社会越来越感兴趣，这段时间我一直在思考，我想报考这个专业。"

"我们知道啊，你一直喜欢社会人类学，但是这个专业面向社会，最重要的是田野调查，整天在野外劳作，这可是一个非常辛苦的职业，我觉得女孩子不太适合。"心疼女儿的父亲第一个表态。

"爸爸，我是怕吃苦的人吗？"伊莎白仰起头，看着父亲反问道。

"可是，你是我们的女儿啊！"

"我是你们的女儿，可是我还是我。"蝉鸣尖锐，涌入耳朵。伊莎白声音不高，却字字清楚。

"就算你不怕吃苦，但这个世道并不太平，一个女孩常年在外奔波，安全得不到保障，做父母的能安心吗？"父亲关切地看着女儿。

"我会照顾好自己的，爸爸，这点，您就放心吧。"伊莎白坚持着。

"我知道女儿是一个不怕吃苦的人，但我觉得专业的选择更应该从为社会服务的角度来考虑。"一直温柔地看着父女俩对话的母亲终于开口说话了。伊莎白的母亲是一个非常能干，也很有追求的人，结婚后虽不能做传教士，但她选择创办学校，服务教育，在伊莎白眼里，母亲是真正的女强人，她从小就很崇拜她。

"妈妈说得有道理。因为我看到现实社会的战争、贫穷、疾病、饥饿、流落、失散……也看到这个社会的贫富差距、等级悬殊，我觉得要改变这些现状，就应该好好研究这个社会……"伊莎白继续谈着自己的想法，她相信母亲能理解自己。

"是的，这个社会需要我们去调查，去研究，人类学自然是个不错的选择，但是我觉得现在的社会更需要实实在在的知识和能力。"显然，母亲并不完全赞成女儿的选择。

"女儿，我们家都是搞教育的，教育的作用非常明显，既可启迪蒙昧的心灵，还能播种希望的种子，实实在在为社会服务。对女孩来说，学习儿童心理学应该是相当不错的选择，可以学到为人服务的更为实际的本领。"父亲看着女儿，关切地说。

"是的，女儿，在我们看来，幼教是非常不错的选择，也适合你耐心沉静的性格。"母亲抚摸着女儿的头发，给她提出了中肯的建议。

"那好吧……"

伊莎白内心虽然坚持着自己的想法，但觉得父母也言之有理，最后还是听从了父母建议，选择了加拿大多伦多大学的儿童心理学。

来到多伦多大学后，勤奋聪慧的她认真学习，刻苦努力，两年后获得多伦多大学文学学士学位，又过四年，获得了儿童心理学硕士学位。

不过，在校期间，伊莎白依旧念念不忘人类学，忙碌的本专业学习之余，辅修了人类学专业，读了很多人类学书籍。

时值德国法西斯纳粹猖獗，动荡不安的国际局势波及校园。

恰同学少年，大家聚在一起，常常谈论世界局势，慷慨激昂，表达着自己的看法和主张。伊莎白对世界政治和人类社会的现状表现出越来越浓厚的兴趣。她在这片知识的海洋里遨游，感觉有很大的收获。伊莎白也非常喜欢各种体育活动，冰球赛场上，她像一道闪电，灵活矫健；游泳馆里，又如一条美人鱼，自由游弋……健康的体魄，抖擞的精神，让她每一天都充满活力，再加上思想活跃，追求上进，同学们经常看见她纤瘦高挑的身影出现在学校的各种活动现场。

几年的大学生涯，让伊莎白开阔了视野，提升了思想境界。这位出身于基督教家庭的女孩，虽然从小接触的是教会思想，上的是教会学校，但现在的思想越来越远离基督教教义，甚至开始怀疑天堂地狱之说，不相信"人在这个世界中的苦难是无法摆脱的"，也不相信耶稣能拯救一切……她觉得，面对惨痛黑暗的现实世界，人们就应该去努力，去奋斗，去改变。

她一直认为，只有通过细致深入的调查和探讨，才能打破过去，探索出适应时代发展的新的政治、经济等体制，才能改变落后的时代，创造一个崭新的世界。

1938年，伊莎白硕士毕业。此时她有两种选择，一是留在加拿大继续深造；二是回到中国。

大洋彼岸的中国硝烟四起，日寇的铁蹄在中华大地上肆意践踏，到处炮火纷飞，老百姓的日子一天天陷入水深火热之中。但是，父母在哪里，家就在哪里。伊莎白非常思念父母，渴望回到他们身边，于是她没有一丝犹豫，毅然选择回到中国，回到父母所在地——成都。

其实，还有一个原因，那就是留在记忆里的中国农村地区让她牵挂，也让她着迷，她希望有一天能深入那里的百姓，详细调查研究他们的生活，为社会改革带来真正有价值的资料。

父母待遇不错，生活依旧优裕，事实上战争对每一个中国人和身在中国土地上的外国人都有很大影响。

时常遭到日军轰炸的成都，三天两头，空中就会传来尖锐刺耳的警报声。当"嘟嘟嘟嘟"的声音骤然响起，市民们便惊慌失措，匆匆忙忙地跑出城，躲到农村田间。

警报一般会提前一小时拉响，伊莎白和家人听到声音，随着逃离的人群，迅速躲起来，庄稼地，树丛中，乡间农舍，到处都躲过。庆幸的是，每次都能侥幸躲过。

有一次，日军轰炸了成都北城门附近的军事驻地，现场一片狼藉，惨不忍睹。很多军人受伤，到处都是淋漓的鲜血。此时，附近的居民飞快出来，把伤员抬到教会院里，帮助他们冲洗伤口。伊莎白住在北城门附近，立刻参与其中，帮着抬伤员，给他们清洗伤口，敷药，包扎……这样的记忆让人痛心，伊莎白觉得自己仅能做一点力所能及的小事。

"女儿，如此乱世，我们可不希望你去那些贫穷落后的农村做什么调查，去学校教书吧，这样更安全一些。"听着外面隐约的枪炮声，父亲忧心忡忡。

"爸妈，相比走进课堂，我真的更愿意研究社会和人，尤其是研究大山里那些生活在社会底层的人。"伊莎白坚持着自己的想法。

"你就这么心心念念你的人类学啊，真是个固执的家伙！"父亲看着女儿，无奈地摇了摇头。

一直对社会人类学感兴趣的伊莎白，将眼光投放到自己生活范围之外，投放到残酷的现实和死亡线上挣扎的百姓身上。

"爸妈，我不想去教书，我想找一个地方进行人类学调查研究。"伊莎白提出了更加明确的目标。

"坚持理想固然没错，但这个世道无论你去哪里调查，是不是首先要保证生命安全？"许久没有说话的母亲，看着倔强的女儿，轻声说。

"是的，你去哪儿？到处都不安全啊！"父亲重复着。

"爸爸，你知道马林诺夫斯基[18]吗？"伊莎白眼里闪动着亮光，认真地问父亲。

"马林诺夫斯基？"

伊莎白口中的这位生于波兰的英国社会人类学家，是现代人类学的奠基人之一，人类学泰斗，倡导以功能论的思想和方法论从事文化的研究，著有《文化论》《文化动态论》等。在第一次世界大战中，只身一人去澳大利亚研究图腾制度，花了四年时间终于完成田野调查，当时很多人以为他是怪人，行为愚蠢可笑，但是他却将自己的调查记录写成了《西太平洋上的航海者》（*Argonauts of the Western Pacific*）一书。马林诺夫斯基最大的贡献在于他提出了新的民族志写作方法，后来去伦敦政治经济学院担任首位社会人类学课程教授，在英国人类学界有着重要影响力。伊莎白钦佩他的实践精神，也特别认可他的民族志写作方法。伊莎白在马林诺夫斯基身上看到人类学家的田野调查必须深入实地，参与聚落生活，使用当地语言，与土著建立友谊。伊莎白想在中国西南完成一项人类学调查，然后再赴英国追随他攻读博士学位。她的梦想是成为一名杰出的人类学家，像马林诺夫斯基一样。院子里风声徐徐，伊莎白娓娓道来，声音充满渴望。

面对梦想成为人类学家的女儿，母亲摇摇头，心疼地看着她："你呀，真是鸡妈妈生出的一只小鸭子，好吧，妈妈可以做的，至多就是把你带到河边。"

"行行行，女儿，既然你对自己的人生有了如此清晰的规划，你妈妈也答应了，那我没有理由不支持你哦。"父亲也终于答应了女儿的请求。

听到父母这么说，伊莎白开心地笑了。"谢谢爸爸妈妈！"

开明的父母，到底还是支持女儿参与社会实践的选择，并把她带到了"河边"，让她试一试。

伊莎白先到了四川雅安南边的彝族同胞聚居区——汉源县顺河乡赵侯庙进行田野调查，了解农村少数民族的生活状况。

她天真地以为，自己虽不会少数民族语言，但只要投进那种环境，一定也能学会，可以与当地老乡很好地沟通，就像不会游泳的人，投进大海，扑腾挣扎中也能很快学会游泳。可是到了这里，她才发现，一切并没有自己想象的那么简单！连比带划，虽能与当地妇女简单交流，但要做满意的人类学访谈，简直是痴人说梦！

三个月后，伊莎白在一场大雨中垂头丧气回到家里，把自己关在房间久久不出来。母亲知道女儿心中难过，过了许久，才推开她的房门，走进房间，抚摸着伊莎白的头，安慰道："女儿，失败很正常，没有哪个人天生就会成功！"

"妈妈，我真的没想到这么难！跋山涉水，我不怕，可是与人交流，语言不通；调查采访，别人拒绝……"伊莎白抬起泪眼，抱着母亲哽咽道。

"是啊，语言就是一大障碍，除了要学习之外，与人如何交往、交流、沟通也是一道难题……"母亲拍着女儿的后背，接着说，"我想象得到你这次外出肯定吃了不少苦。"

窗外的风雨渐渐停歇，乱云飞过，天空露出大块大块灰白色的亮光。

听到母亲的安慰，伊莎白渐渐平静下来，把这次调查过程中遇到的种种一股脑地倾泻给了母亲。

等女儿清空了自己的痛苦和烦恼，母亲看着女儿，说："女儿，天放晴了，要不，我们出去走走？"

母女二人在校园里漫步，地上依旧潮湿，到处都是水洼。话题依旧围绕着伊莎白的人类学调查，"女儿，也许真的不太适合在中国做人类学调查，毕竟有太多的困难，语言交流还是一个简单的问题，牵涉更多的还有当地的地域特征、民俗习惯等，这个挑战可不小……"母亲停了一会，试探地说，"要不，去征求一下你父亲的意见，还是找一所学校教书？"

"不不不！遇到困难就退缩，岂不被人笑话？"伊莎白几乎是不假思索地拒绝了母亲的建议。

"哈哈哈……"母亲笑了起来。

"妈妈,你笑什么?"

"我笑你呀,经历这次失败,长大了!你看,即便你没在大海里学会游泳,但你在浴缸里泡一泡,还是有些收获的。"

"是啊,妈妈说得有理。其实静下心来细想,这次调查好像也不是一无所获。"伊莎白不好意思地笑了。

"所以,你接下来应该好好反思和梳理这段失败的经历。"

"是的,我应该好好总结反思才对,为以后的调查积累些经验和教训。"

伊莎白这次在"浴缸"里泡了一下,搞到一点水性,虽然失败了,反倒刺激了她对"大海"的向往,更加渴望到"大海"深处去感受和体验。

在她眼中,四川岷江上边大山里那些少数民族地方,如果能去"畅游"就更不错。

父母很快联系了他们的一位藏族朋友。这位朋友名叫杨青云,藏名叫索囊仁清,家住四川阿坝藏族羌族自治州理县甘堡乡八什闹,曾当过袍哥,到过西藏、内蒙古,辛亥革命时剪掉辫子,后来还办过一所中文学校。因为长期在外经营和交往,杨青云精通汉语和藏语,也结识了不少外国朋友,其中包括著名考古学家葛维汉教授和伊莎白的父亲饶和美。

饶和美对杨青云说:"我女儿想找一个少数民族地区做调查,你看有没有什么合适的地方推荐?"

杨青云听后,爽快地回答:"那干脆就去我老家八什闹吧,庄学本五年前去过。"饶和美知道他口中的庄学本,是一位民国摄影大师,曾在杨青云的介绍下,走进理县,走进川西高原的阿坝,在他的故乡八什闹村等地拍下了很多珍贵的影像资料,同时也留下很多文字记录。

"那简直太好不过了!"饶和美开心地说。

1939年夏天，伊莎白向加拿大卫理公会妇女差会申请了研究阿坝藏族部落的资助，收拾行李，辞别父母，正式前往。

临行前，父母送给女儿一件珍贵的礼物——一台英文打字机。

"这是我们送给你的礼物，希望这台打字机能陪伴你，记录你的见闻，也记录你的人生。"

"太好了！谢谢爸妈！"

满心憧憬，伊莎白从父母手中接过行李奔赴川西阿坝理县嘉绒藏羌地区，开始了对藏族部落的社会调研。这也许是西方第一位女人类学家对西南地区的田野调查，从此伊莎白踏上了一条在中国的社会调查之路，开启了人类学研究的大门。

行李较多，伊莎白找了一个人帮忙挑，在杨青云的带领下，从成都出发，经过都江堰，走了五天到达汶川。来到汶川后，他们在这里住了几日，走走看看，数天后到了理县。再翻山越岭，历尽艰辛，终于抵达八什闹。这一路，伊莎白用相机记录了沿途的风景风情，留下了岷江上游的珍贵影像，其中最为珍贵的是从都江堰到理县一段连接游牧文明与农耕文明的神秘道路——茶马古道。到达后，杨青云安排伊莎白住在自己家中，并让自己的妹妹专门负责料理伊莎白的生活起居。于是伊莎白和这位能干善良的"孃孃"以及杨青云的一个孙子住在一块。

理县偏远，处于藏羌汉接合部，是藏羌文化走廊的重要节点，具有文化的多样性和开放性。偏僻的小山村，突然来了一位外国美女，很快掀起一股好奇的风暴。大家常来孃孃家中聊天，一睹伊莎白的迷人风采。村民们发现，这个年轻美丽的外国女孩非常随和，用有些生涩的汉语和谁都能聊上一阵，很快与大家打成一片。

孃孃擅长做酒，酒做好后，邀请村中人来家中。接到邀请，大家开开心心来到杨家。喝酒，跳舞，聊天，好不热闹！伊莎白也跟着大家一起跳舞，开始跟不上节奏，老是跳错，她羞涩地笑笑退出来看大家跳，但热情的姑娘媳妇们又把她拉进队伍。

伊莎白住在这里，孃孃对她很好。孃孃能干，很会做菜。比如她撒上一大把黄豆炖肉熬汤，砂锅架在柴火上，小火慢慢熬着，香气慢慢弥漫出来，钻入肺腑，简直让人垂涎欲滴！

"今天过年了过年了，有肉吃呢！"沁入心扉的香气让小男孩开心得手舞足蹈。

"是啊，真的太奢侈了！"伊莎白也开心地说。

"你在这里嘛，我们总要想办法吃一回肉。"孃孃一边烧火，一边笑着说。

孃孃的好给伊莎白留下了深刻的印象。

伊莎白来到这里从不希望人们把自己当成外国人，不要享受什么特殊待遇，她只想和大家一样，同吃同住。人们习惯叫她"饶小姐"，伊莎白教村民们说英语，村民们又教伊莎白说藏语，两种语言交替使用，煞是好玩。伊莎白还教大家唱歌识字，你来我往，和谐相处中，建立起很深的感情。

在调查访问中，伊莎白发现这里好多家庭的女子都在做纺织。孃孃们热情地教伊莎白纺线，伊莎白认真学起来，做得有板有眼。开始的时候，手脚生硬，配合不好，孃孃们便教她织简单的短袜子，看着针脚粗的粗细的细，她自己也忍不住笑了。但聪明的伊莎白，在织第二只时就好了很多。袜子终于织好，看着自己的劳动成果，一个厚一个薄，但也很有成就感。大家都夸伊莎白学得快。

当地妇女纺织全是手工，用牦牛毛搓捻毛线，非常辛苦费力，一针一线织袜子织手套，需要很多时间……看着这种情景，伊莎白想，要是有纺车就好了。

这件事她一直记在心上。回到成都后，听说港口合作社有纺车，她便兴冲冲地跑去买了一个。买到后，异常兴奋。但是纺车那么大件一个东西，怎么携带，成了问题。后来她终于想到一个办法——用绳子把纺车背在背上，从成都一路辗转，跋山涉水，艰难地回到了八什闹。

村民们看到伊莎白带来纺车，个个兴奋好奇，纷纷围上来问这问那。伊莎白耐心地教她们使用。

伊莎白在八什闹住了近一年。这一年，她卷起裤腿，挽起衣袖，深入理县的多个地方，走田垄，进村寨，在泥泞与炮火之中穿行，用荆棘与汗水为青春加冕，调查，采访，拍摄，跟着向导在一山又一山的村落里跋涉，有时太远不能回来，晚上就睡在当地人家拴牲口的屋子旁边，又脏又臭，蚊虫飞舞，但她毫不在乎，坚持努力写下大量的社会人类学日记，为理县留下了许多风土人情的珍贵资料。[19]

八什闹这段经历，锤炼了伊莎白坚强的毅力，也积累了很多宝贵经验，为她到兴隆场做调查访问打下了坚实的基础。

## 5 晏阳初的引导

作为抗战大后方的成都，吸引了晏阳初、李安宅、葛维汉、蒋旨昂等日后被学界称为"华西派"的社会学人类学家，此时群英荟萃，他们与饶和美夫妇或多或少都有接触或交往。

一次偶然的机会，伊莎白见到了乡村建设运动发起人、著名的平民教育家、社会学家晏阳初。

年近半百的晏阳初，看上去比真实年龄显得年轻，清瘦，健谈，给人的感觉宽厚而亲切。他用一口流利的英文给伊莎白讲起自己的经历。

晏阳初二十岁时被派遣到法国帮助劳工做福利工作。劳工们远离故国，思念家乡，但目不识丁，于是晏阳初帮他们写书信。后来，找他写信的人越来越多，几乎写不过来。这事给晏阳初很大触动，他决心训练

晏阳初

晏阳初在定县亲自给农民扫盲

这些苦力，教他们识字书写。"我去法国，原是想教育华工，没想到他们竟教育了我。从那个时候开始，我立志回国以后，不做官，不发财，把我的终身献给劳苦大众。"

晏阳初娓娓道来，伊莎白看着他那双发光的眼睛，听得有些入神。

"我们的平民教育是为劳苦的贫民大众，特别是为广大农民摆脱愚昧、贫穷、病弱、自私涣散，我们的社会改革是为了祖国自强、自立。我们这个时代需要为这些底层人民争取免除愚昧无知的自由，为此，我愿意奉献自己的一生！"望着这位因中华平民教育促进会的"博士下乡"而名满天下的先生，伊莎白的内心受到极大震撼。

平教会 1923 年 3 月成立于北京，1926 年在河北定县翟城村开始乡村教育计划的推行，1929 年平教总会迁往定县，在这里全力以赴开展乡村教育的实践。

抗战爆发后，大批学者和社会活动家纷纷从沦陷区转移到大后方。晏阳初与平教会的工作也被迫转移到湖南、广西、四川。连接成都、重庆的走廊地带一时间成为各方人士从事乡建运动的大试验场。

1939 年，晏阳初来到重庆，感于乡建人才的缺乏，谋划创办一个学校，经多方奔走，终于成立了私立乡村建设育才院董事会。一年后，在重庆北碚歇马大磨滩购地 500 亩，乡村建设育才院[20]（后文简称乡建院）正式创办起来，后来更名为乡村建设学院，并在璧山来凤驿设立研究生实习区，实验组织教学。而中华全国基督教协进会在四川正式创办的合作实验区，则设在璧山县兴隆场。

晏阳初说："只要一点点去做，一点点去努力，中国农民就有希望；中国农民有希望，这片土地就有希望。"当愚昧的阴霾弥漫大地，晏阳初的乡村建设实验犹如文化的星火，一点一点燃起希望，让贫苦大众通过知识来改变落后的现状。晏先生一直提倡开展平民教育运动，认为中国的大患是民众的贫、愚、弱、私"四大病",主张通过办平民学校对民众首先是农民,先教识字,再实施生计、文艺、卫生和公民"四大教育",培养知识力、生产力、强健力和团结力,以造就"新民",并主张在农村实现政治、教育、经济、自卫、卫生和礼俗"六大整体建设",从而达到强国救国的目的。

晏阳初的人生经历和为平民大众的奉献精神、实干精神让伊莎白充满敬意和感动,对乡村建设,她充满了强烈的兴趣。她在心里想,这不就是我一直要想寻找的真正意义上的田野调查吗?她再次想起马林诺夫斯基,她觉得只有像这位人类学家一样,不畏艰辛,静下心来,长时间从事实地调查才可能对某一个地方的真实情况全面了解,才能写出真正意义上的人类学著作。能有这么一次深入调查机会,以后才有可能考取自己尊崇的老师的博士生。这个愿望在她心中越来越强烈。

"晏先生,我觉得你们从事的乡村建设实验是一项非常有意义的活动,我也想参加。"

看到眼睛里闪动着星星的伊莎白,晏阳初说:"好啊,只要你愿意,我可以推荐你去璧山兴隆场,那儿的乡建活动主要由孙恩三负责。"

伊莎白很开心:"那太好了!"

通过晏阳初,伊莎白与孙恩三很快取得了联系。

孙恩三了解到伊莎白聪明能干,又具有专业知识,还在四川、西康等地从事过人类学研究工作,具有丰富的社会调查经验,邀请她和一位同样学人类学的女孩俞锡玑到兴隆场逐户田野调查全乡居民的经济生活状况,目的是为建立合作社做准备,也为乡村教会发展寻找到合适道路打基础。

在当时的乡建圈子里,逐户调查还是一个刚刚流行、相当时髦的概念,孙恩三对此充满信心。

伊莎白接受邀请,确实是因为这个项目太具诱惑力,再说她也想借此机会积累更多人类学实践经验,为将来申请攻读博士学位做准备。

伊莎白本可以直接向加拿大卫理公会妇女差会申请资助，但孙恩三让伊莎白向成都的加拿大妇女差会申请领薪水。利用家人的关系，伊莎白最终说动了差会的哈里斯嬷嬷（Miss Harris）应承下这件事，这样免去了孙恩三的麻烦。

1940年秋，加拿大妇女差会批准了伊莎白的请求，就这样，伊莎白来到了兴隆场。

## 6　合作伙伴俞锡玑

与俞锡玑认识后，伊莎白发现俞锡玑随和能干，但骨子里还是透着大家闺秀的气质，她亦非常好奇俞锡玑为何来到这里。

两个姑娘在朝夕相处中很快熟悉起来，彼此无话不谈，从家庭状况到求学经历，从所学专业到个人梦想，从人生到社会……

原来，比伊莎白大一岁的中国姑娘俞锡玑确实出身书香门第。她是浙江德清人，出生于北平，是清末经学大师俞樾的玄孙女。她的父亲俞同奎曾任北京大学教务长兼任化学门研究所主任，是中国化学教育的开拓者，中国化学会欧洲支会的发起人和组织者之一，并为中国古代建筑的修整事业做出贡献。俞锡玑是他的二女儿，从小生活在北平，直到中学毕业。1933年，古北口事变，日寇侵略长城以南，俞锡玑和家人避难南京。俞同奎在南京教育部以及国民政府资源委员会供职，全家随行搬往南京。这段时间，俞锡玑的大部分暑假，还是回到北平度过。在沪江大学社会学系读书期间，俞锡玑在上海周边的杨家浜等地从事过社会调查，但毕业论文的社会调查，仍在北平周围完成。

1937年，俞锡玑大学毕业。和往年一样坐火车回家，刚到天津杨柳青，遇上"七七事变"爆发，火车受阻，她只好和家人去天津一个亲

第一章　初到兴隆场 —55

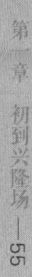

青年俞锡玑

37. Group picture:
Front L-R: Tian Hongsheng (Qu Party secr)
    Zhou Mingshi (commune vice-head);
    Isabel, Yu Xiji.
    Huang Shiquan (head of county office)
Second row: Hu Xiping (cultural office -
    (who took the pictures for us);
    Dai Jihan (who got the land reform
        classification for us)
    Mao Deliang,
    He Shuchang (vice-head of Daxing qu),
    Liu Fugen (head of Daxing Qu)
    Liu Mingyuan (vice-head of qu)
    Xie Fenghua (vice secr, qu Party ctte
        (Prosperity 1983, Hu Xiping)

1983年，伊莎白（前排中）与俞锡玑（前排右二）回到兴隆场 （胡希平摄）

戚家暂住。后来交通恢复，在恐慌中回到北京，一直住在西山的住所。她在北京协和医学院找到一份实习工作，随北京协和医学院医疗社会服务部创始人蒲爱德学习。当时蒲爱德领导协和医学院一个二十人左右的医疗社会服务部，俞锡玑跟随她接受了进一步的社会学工作训练。这个部门处理医疗与社会之间的复杂关系，还负责患者回访和康复方面的研究。当时骨科患者，有不少是西直门一带被拉煤骆驼踢伤的脚夫。但是到了1938年底，转入这里的，也夹杂着带枪伤的伤员。俞锡玑和同事们都心领神会，当时门头沟一带，已有八路军的地下抗日武装，这些伤员就是抗日战士，受伤后不得已被悄悄转入这里治疗。她们暗中帮助这些伤员，但日本手下做事的特务已渗透到医院，秘密调查伤员的来源与去向。一次偶然的机会，俞锡玑发现，医院工作的一个男了，在病人的病例上的白纸、蓝纸、黄纸标签上做特殊标注。她看见一个伤员的病例上竟然用英语赫然写着："此患者为八路军！"俞锡玑把标签扯出，拿给同在这里实习的好友吴贞看。显然，伤员和医院里的同情者均已暴露，俞锡玑的处境非常危险。吴贞建议她赶紧逃走。

　　后来她托人找到一张"通行证"，从北平乘车到达天津，然后乘轮船到大连，转至上海，一路有惊无险。上海已经沦陷，俞锡玑想要前往大后方，但需要国民政府护照和一个合适的身份。当时中国卫理公会的会督，也就是"协进会"的总干事陈文渊，是俞锡玑的表姐夫。恰巧，在法租界，陈文渊的楼上住着一个国民党的司长，陈文渊从他手里弄到一份护照。因为俞锡玑是教会大学的毕业生，所以，她便以"协进会"农村工作人员的身份派往四川。一路辗转，1939年，她终于来到四川。1940年4月，来到重庆璧山兴隆场。

　　几个月后，兴隆场实验区迎来了另一位工作人员，那就是俞锡玑一生中最重要的朋友之一——伊莎白。就这样一中一洋两位美女，因为共同的专业和爱好，为着同一目标，相遇在此，开始了逐户调查，也开启了与璧山长达七八十年的情缘。

## 注：

1. 俞锡玑（1914—2006年），浙江德清人。著名儿童教育学家，中国幼儿教育学会创始人之一。1937年，毕业于上海沪江大学社会学系。之后到北京协和医学院随医疗社会服务部创始人蒲爱德（Ida Pruitt）学习。1938—1941年，辗转奔赴西南大后方，以中华全国基督教协进会（National Christian Council of China）乡村服务部干部的身份，参加四川兴隆场的乡村建设实验，并与伊莎白一同进行人类学调查。1941—1946年，在华西齐鲁联合医院社会服务部和树基儿童学园福幼园工作；1946—1948年，在多伦多大学儿童研究中心学前教育专业学习，获心理学硕士学位。1948年6月赴美国哥伦比亚大学社会工作学院进修"儿童福利"课程，1949年回国，先后任教于华西大学教育系、西南师范学院（现在的西南大学）教育系。

2. 朱秀珍（音译），1940—1942年参加四川璧山县的乡村建设实验，在兴隆场开办了两年多西医诊所，救治了很多乡民，在乡建活动结束后去了重庆一家教会医院当护士，终身未婚，却抚养了一大群孤儿，于21世纪初去世。

3. 李文锦（音译），参加四川璧山县的乡村建设实验，在兴隆场担任教员。因东南亚有亲戚，后来移居那里并结了婚，再后来与伊莎白、俞锡玑等失去联系。

4. 卫理公会（The Methodist Church），又名美以美会，是基督教新教卫斯理宗的美以美会、坚理会和美普会合并而成的基督教教会。卫理公会在兴隆场拥有四间临街房，23号、25号、27号、29号，一共九间房。卫理公会拥有23号、29号房最早记录时间是1904年，当地人变卖房产给教会，当时教会信徒众多，租下6号房，改建成了福音堂。卫理公会于1927年买下29号房的产权后，利用两间临街房办起了一所小学，并在后面盖了一座两层小楼作为教员宿舍，接下来教会又买下和学校相邻的两间临街房。1928年，徐志平（音译）任协进会兴隆场教区牧师时，福禄场一个名叫陶佐尧的地主把25号、27号房紧挨村子的空地捐给了教会，徐牧师在后面新修建了一座教堂（乙23号）。教会学校停办后，以前的空教室作为每年两次举办的为期一个月的《圣经》讲习班和妇女识字班的教室。由璧山的一个外国女传教士带着圣经学校的女学员前来授课辅导。此后23号后面盖起了一座两层小楼做牧师住宅，之后又修建了一座楼，也就是丁23号，作为协进会的女宿舍。——《兴隆场：抗战时期四川农民生活调查（1940—1942）》180—181页。

5 华西加拿大学校（Canadian School in West China），简称CS，1909年，为方便华西协合大学的外籍教师及川内基督教士子女们上学而创办的一所全日制学校，老一辈成都人习惯叫它"弟弟学校"，后来作为华西公共卫生学院教学与办公场所，成为中国近代公共卫生的摇篮。伊莎白在这里完成了小学到高中的学习。

6 华西协合大学，四川大学华西医院前身，饶和美曾任教务长。这是中国最早的综合性医学大学，也是中国现代高等医学教育的发端之一，是成都乃至中国西部所建立的第一所现代化意义的大学。抗战时期，这里成为保存、延续中国高等教育命脉的圣地之一。这里是我国牙科学的发源地，其文理哲各科在当时的西南地区也是处于顶端的位置。

7 弟维小学，创建于1915年，是深受美国大教育家杜威的先进教育理念影响的饶珍芳（伊莎白母亲）创建的小学，后来改名为成都市红专西路小学。2004年，2019年6月25日，伊莎白两次回到该小学，受到校方和同学们的热烈欢迎。

8 锦江区四圣祠的一栋二层的灰砖小楼，即位于成都华西人民南路三投16号14栋的伊莎白故居，在2018年被列为成都历史建筑保护。现在四圣祠街还有一幢灰砖老房子，这里是伊莎白父母来成都时最早的居所，留下了伊莎白一生抹不去的童年记忆。

9 晏阳初（1890年10月26日—1990年1月17日），别名晏遇春，四川巴中人，中国平民教育家和乡村建设家，被誉为世界平民教育运动之父。出生于四川巴中一个书香世家，深受家庭环境的熏陶，接受私塾教育。1903年夏秋之际，晏阳初第一次走出家门，来到保宁府一家西学堂学习。勤奋好学的他，很快学得一口流利的英语。1913年就读于香港圣保罗书院（香港大学前身），后转美国耶鲁大学，主修政治经济。五四运动爆发后，回到中国，与朱其慧、陶行知等一起创建了中华贫民教育促进会，亲自担任了总干事。先后在长沙、烟台、嘉兴、武汉等城市从事平民教育识字教育实验。1926年，在河北定县开展了一场长达十年的平民教育与乡村建设的实验，摸索出一套适合中国国情的乡村教育与乡村建设的制度，开办了乡村平民学校、生计巡回训练实验学校等，同时还总结出了教育、科技与农业生产结合等很多宝贵经验。美国作家赛珍珠在其《告语人民》一书中这样评价晏阳初和他的同事们："平民教育是一项计划，它经历了30年的时间，改变了一代人总百万万人的状况，为了广大人民，他们愉快地投身于平民教育实验。"

10 中华平民教育促进会，简称平教会，1923年3月成立于北京，以平民教育作为救国和改良社会措施的团体。

11 旅长蔡云清，在2013年出版的《兴隆场：抗战时期四川农民生活调查（1940

—1942）》一书中称其费永庆团长，在《战时中国农村的风习、改造与抵拒——兴隆场（1940—1941）》一书中称蔡旅长，曾在军中任旅长，后文皆依镇上人习惯称呼为蔡旅长。

12　13　出自范云迁《兴隆场观感记》。

14　蒲爱德（Ida Pruitt, 1888—1985），著名作家，社会活动家，医疗社会工作者。蒲爱德生于中国山东一个美国传教士家庭，美国哥伦比亚大学毕业，后来在美国学习医疗社会工作，在洛克菲勒基金资助下，创建了协和医学院的医疗社会服务部。抗战中支持艾黎创建工合组织。她致力于向美国介绍中国文化，曾翻译老舍《四世同堂》。当时蒲爱德领导协和医学院一个20人左右的医疗社会服务部。

15　蒋旨昂（1911—1970年），先后毕业于燕京大学和美国哈佛、耶鲁、西北等大学，是社会学的双料博士。长期从事人口调查、边疆研究、社区服务工作，1939年到1941年在歇马场工作，是负责协助协进会解决兴隆场食盐合作社等问题的专家。20世纪30年代、40年代有三部学术作品《卢家村》《战时的乡村社区政治》《社会工作导论》迄今无人超越。1941年到成都华西协合大学任教，历任社会系副教授、教授兼社会学系主任。课堂教学之外，还与李安宅等一起建设石羊场社会研习站，作为学生培训和社会调查基地。同时组织学生在成都开展社会事业调查，编有《成都社会工作》一书。

16　彭县，即现在四川省彭州市。1993年11月18日，经国务院批准，同意撤销彭县，设立县级彭州市，以原彭县的行政区域为彭州市的行政区域，彭州市人民政府驻天彭镇。彭州市由四川省直辖，成都市代管。

17　领报修院（Seminarium Annuntiationis），又称白鹿上书院、上书院，位于四川省彭州市白鹿镇回水村（一称书院村），是一处法式天主教堂建筑，始建于1895年，是一所成都市教区培养天主教传教士的神哲学院。2006年，成为第六批全国重点文物保护单位。2008年汶川地震中损毁严重，大部分已经坍塌。2019年6月27日，时隔十五年，103岁的伊莎白·柯鲁克在三个儿子（大儿子柯鲁、二儿子柯马凯、三儿子柯鸿岗）的陪同下，再次踏上白鹿的土地，开启了一次故地之旅。回到白鹿，伊莎白参观了白鹿小镇，了解小镇的发展状况与法国莫雷市的友好交流情况，感受到了白鹿发展的巨大变化。

18　布罗尼斯拉夫·马林诺夫斯基（Bronislaw Malinowski, 1884—1942年），台湾地区翻译为马林诺斯基，生于波兰，在英国成为著名人类学家。他是现代人类学的奠基人之一，人类学泰斗。倡导以功能论的思想和方法论从事文化的研究，著有《文化论》《西太平洋的航海者》《文化动态论》等。马林诺夫斯基最大的贡献在于他提出了新的民族志写作方法。后来担任伦敦政治经济学院首位社会人类学课程教授。1938 年离开伦敦政治经济学院，前往美国耶鲁大学任教。1942 年 5 月 1 日突发心脏病去世，享年 58 岁。

19　八什闹这段经历，给伊莎白留下了深刻的记忆。1976 年，伊莎白一家通过各种关系，重回八什闹，非常遗憾，没能见着索囊仁清和他的家人们，却被告知皆已去世。后来才得知，当时索囊仁清一家正顶着"里通外国"的罪名，无法与之相见。伊莎白在当地安排下，在八什闹匆匆待了几个小时便离开，错失了与索囊仁清一家人最后一次见面的机会。后来伊莎白年岁渐高，不能重回故地，她的儿子代表父母重回理县，父母结下的世纪情谊在一个甲子之后再度延续。

20　乡村建设育才院，1946 年在乡建院璧山实习区基础上建立"巴（县）璧（山）实验区"，1947 年更名为"华西实验区"。

# 第二章　走进兴隆场

## 1　第一次赶场

"走,今天我们去赶场。"伊莎白从睡梦中醒来,俞锡玑推了推她的手臂。

"赶场?"伊莎白揉了揉蓝色的大眼睛,好奇地问。

"这里三天一场,一到赶场天男男女女都来集市。这个时候,我们工作组也要向当地农民购买煤球、木柴、蔬菜、粮食、肉类、鸡蛋等日用品,买卖过程中彼此变得熟悉起来。我带你去了解一下情况吧。"

听着俞锡玑这么说,伊莎白一下子来了兴趣。翻身起来,早饭后就跟着俞锡玑出了门。俞锡玑比伊莎白早来半年,对整个兴隆场已经十分熟悉。她带着伊莎白边走边聊,给伊莎白介绍小镇的地理位置、住户等基本状况。

小镇从南往北看,状若一根树枝,主街是笔直的树干,西北、东北两条分街恰如两根树杈。西北通向福禄场,东北通向璧山。而南边根部也有两个分叉。西南通向梓潼场,东南通往三教、丹凤和大鹏。南北村口各有一棵古老的黄葛树,盘根遒劲,宛若巨伞。树下总坐着一些村民,歇脚,聊天,或者买卖东西。

兴隆场的街道（胡希平摄于1983年）

兴隆场老街（胡希平摄于1983年）

曾经的武庙（张鉴摄于2022年）

沿街的房屋都是土墙夹壁木板房。最醒目的建筑当属文庙,与之对应的主街另一端有武庙。文庙飞檐翘角,华美庄重,供奉孔子;武庙青瓦雕花,厚重壮观,供奉关公。文庙是乾隆三十三年(1768)孙家(后文孙宗禄的祖先)捐地、周围农民捐钱修建起来的,庙里石刻上还可清楚看到出资捐助的村民姓名,文庙是乡政府和学校所在地;武庙修建于19世纪初,是兴隆场历史上第二座庙宇,庙内除了偶尔举行宗教仪式,并设有固定赌场。文庙、武庙建筑看起来奢华,显得富丽堂皇,带给人的是气派富庶的印象,但她们稍加留意,便发现镇上贫穷的痕迹一目了然。

这个仅有82户人家的小集镇,平日里冷清寂静,肮脏凌乱,缺乏生气,生活也单调乏味。那条青石板铺就的狭窄街道弯弯曲曲,穿过丘陵环抱的山村,向广阔的农村延伸开去。

街上有几个杂货铺、茶馆、饭店,平时非赶场天几乎没有什么人,路上偶尔冒出几个人影,但是一到赶场天,那就是另一番热闹场景了。

伊莎白行走在俞锡玑的描述中,一点点去感知和对应。

赶场是一种最简单也最直接深入到小镇内部的方式,透过表面热闹繁华可以触摸到小镇的心跳,感受小镇外表之下真实的灵魂。

天空还笼罩在一片朦胧的晨光中,原本死寂的街道已经人声鼎沸,熙熙攘攘了。天刚亮,附近的乡民挑着箩筐背着背篼,携带自家产的稻米、蔬菜、家禽等,从郊外错落有致的稻田间走来。很快,空旷的街上摆满了各种各样的本地农副产品。乡民们在自行分类的固定场所摆好东西,等待顾客上门。

雾气蒙蒙中,农民与本地的商户、流动小贩、屠户、理发师等混在一起,整个小镇如同一锅煮沸的粥。随着太阳爬上茅莱山,静静地照在兴隆场集镇上,街上已经人山人海,热闹非凡了。

人群中有年轻苦力拖着成筐的煤块打街上蹒跚走过,这些人破衣烂衫,蓬头垢面,看上去非常吃力;街边售卖的大娘,头发蓬乱花白,一张脸上清楚写着生活的艰辛。更多的人推推挤挤，站在街角摆龙门阵，远远地大声打招呼，隔着货物讨价还价……

人群如同一股股汹涌的洪流，很快淹没了集镇。

用心，细微处可窥见世事真相。留意，点滴里可洞见生存的纹路。

伊莎白跟随人潮，认真地观察村民们的穿着打扮、神态表情以及购买情况、销售情况。

整个集市看似杂乱无章，其实每一处空间都颇有讲究，而且约定俗成，买主卖主都会严格遵守。

走进宽敞的文庙，伊莎白发现这里摆满了大米。

"璧山出产稻谷，大米是主要的粮食作物，这里是兴隆场人最重要的交易市场。"俞锡玑给伊莎白介绍道。

伊莎白站在那里看见买卖双方讨价还价，价钱讲好后，卖方把大米交给庙里和尚，和尚拿出斗来称量，量好后，伸手把堆满斗里的米轻轻抹平，抹掉的部分给卖方；再抹平一次，归自己；剩下的才是买主得到的。

伊莎白满是好奇，便上前请教和尚。和尚告诉她们，这是从清道光十年就开启的商、教联姻形式，到现在已经沿用上百年了。

俞锡玑告诉她，这是小镇的约定俗成，村民们都遵守着这样的交易方式，从不会引来任何一方的不满，也不会引发纠纷。

事实上，战时物价飞涨、任何生意都不如投资大米来得更获利。因为粮食是最重要的物资，没有粮食，人就活不下去。所以，当地地主拼命囤积，而农民则是不到万不得已绝不撒手。

文庙对面的空旷操场，是搬运煤、木炭的苦力们卸货的场所，苦力们满脸汗水，一身又脏又黑又臭。来到旁边拐角处，伊莎白看见这里有十来名妇女在摆摊卖家禽、鸡蛋，相隔不远的地方是菜摊位置。而卖肉和坛坛罐罐的小贩们则是分别聚集在沿街肉铺、瓦器店附近。

一路往下，是各种卖手工品的货郎和手艺人的地盘。这当中也塞有一些剃头匠、风水先生、算命先生和专门祛痣的人等。

伊莎白和俞锡玑拉着手,挤在人群中,赶场的村民们身穿青布褂、头缠白头帕,面孔黝黑,看着身穿洋装的伊莎白,满脸好奇。伊莎白始终报以微笑,眼睛里闪着温和的光芒。

"我还是第一次见到外国女人呢!她们居然这么自由,可以在大街市上逛来逛去!"一个年轻的农村妇女小声对旁边的中年妇女说。

"是啊,外国女人可真大胆,不像我们,赶场倒还可以,但在街上走来走去,不被人戳破脊梁骨啊?"

"是啊,啧啧啧!"另一个妇女也不断赞美。

"哎呀,你看长得乖桑桑(方言,特别漂亮)的,而且看起好温和。"

"是的。"

"他们都在夸你乖桑桑呢!"一旁的俞锡玑,推了推伊莎白的手臂,笑着对她说。

"乖桑桑?"伊莎白重复着,比了一个可爱的动作表情。

"对,乖桑桑的,就是可爱,漂亮。"俞锡玑也调皮地扮了一个"乖桑桑"的表情。

伊莎白白皙的脸上飞起一团红晕,回头低声打趣俞锡玑:"人家说的是你呢,你才是他们眼中的'乖桑桑'。"

在街上闲逛的女孩,除了新奇,更多的还是专业使然,她们有着较为明确的调查目的。

她们关心和关注的是镇上人的生活状况和经济状况。

很快熟悉了镇上赶场的情况:兴隆场人赶场不光是为了买卖,还包括求亲访友,打探消息;乡民们来到茶馆"讲理",解决争端,不时传来吵架声;哥老会[1]各堂口在饭馆、茶馆或者酒铺里招待四方袍哥,举办"圣会";离家出走的女人和童养媳在附近溜达,指望被好人家收留……做完买卖,女人们急急忙忙赶回家忙活,而不少男人却三五几个一窝蜂地拥进茶馆饭馆，吃吃喝喝，打牌娱乐。

伊莎白上午看到几个人在玩麻将，下午经过时还在玩。开始气氛还不错，后来不知道因为谁输了不给钱，说要下次一起算，对方不答应。为此，两人先动嘴，后动手。旁人连忙劝架，把一个赌徒拖到一边，另一个不依不饶，追过去又打了起来，追追打打，吵吵闹闹，很快围了一拨看热闹的人。

"赌是'冲'，这里经常有打架的事情发生。"俞锡玑指着打架的人给她说。

茶馆是喝茶聊天的最佳场所。男人们在这里一边吃喝一边聊天，要么纯粹摆龙门阵，家长里短，也有人谈生意。今天，袍哥曲艺社成员上演川剧折子戏（偶尔），有些男人前去观看，更多的男人则喜欢凑到麻将桌前观战。一些游手好闲的小混混则在一旁张罗吆喝。

兴隆场的集市就这样从黎明持续到深夜。深陷赌局的男人常常变得非常疯狂，很多人一夜输掉上千元，顷刻间倾家荡产；也有人一夜之间成为富豪。还有些手头宽裕的地主、商人、有本钱赌博的乡下后生，以及一帮长相英俊专替袍哥跑腿的人在街上到处溜达。

伊莎白目睹镇上这些情况，只是摇头叹息，她同情那些辛苦劳累的妇女，也为那些失去理智的男人而惋惜。

兴隆场看似热闹嘈杂的幕布之后，是掩藏不住的贫穷和普通百姓生活的艰辛。

军阀混战，战火纷飞，时局的动荡与骚乱并没有吞噬这个自身生命力强大的小镇，倒是对塑造当地的社区起到了至关重要的作用。

兴隆场看似松松散散，定期集市却在这一带远近闻名。定期赶场为方圆二十公里的人提供了一个理想的社交平台，到镇上赶场已经成为周边乡民们一成不变的习惯，而且长久的交往中，大家彼此联系沟通，内心深处认同感也愈加强烈。集市绝非单纯的生意场所，也与场镇的政治、文化、社会生活密切联系在一起。

这一圈走下来，伊莎白用自己在兴隆场打了一个活广告，兴隆场来了一个洋人女孩的消息，随着赶场的人传遍了兴隆场的每一个角落。

收获颇丰的伊莎白心情舒畅，吃过晚饭，回到住处，点亮油灯，拿过笔记本，坐到桌前，提笔展纸，给父母写了一封不短的信，兴致勃勃地描写了她在兴隆场的见闻：

"这个村庄的面积至少是我预期的两倍……这是一条迷人的街道，大约每10码转一圈，或者更少，所以你觉得好像在探索一个迷宫……在大多数日子里，这个仅有82户人家的小集镇，看上去平淡无奇，这恰是农村单调生活的缩影。"

事实上，兴隆场确实犹如迷宫一般强烈地吸引着伊莎白，怀着强烈的好奇心，她开始一点点走进兴隆场人的生活……

## 2　走近兴隆场的女人们

来到兴隆场后，同为女性的伊莎白印象最深的是那些整日劳作的女人，最先感知和熟识的也是这些身处社会底层命运悲苦的女人。

本来孙恩三的这支由四位女孩组成的"女子别动队"，在一定程度上带有冒险性，但也有得天独厚的优势。在与兴隆场人的打交道中，女孩们带着先天的亲切感，她们温柔随和，很快让当地人接受并喜欢。

在这个还带着浓厚封建气息的偏僻小镇，四个女孩青春靓丽的身影常常出现在大街上和乡野中，四朵行走的玫瑰，无疑是兴隆场最为亮丽的风景。最开始她们穿着与当地人不一样的时髦衣裙，说着与当地人不一样的语言，女孩们有学问，有修养，气质不凡，互相之间彬彬有礼，以"小姐"互称，一举一动、一颦一笑都散发着知识女性特有的自信与知性，脸上似乎写着"天降大任"，走到哪儿都显得鹤立鸡群——下江人的派头，令当地人侧目而视，目光里透出仰慕和尊敬。

当然，最吸引人们眼球的毫无疑问是外国美女伊莎白——这位大家口中的"饶小姐"。她实在太漂亮，漂亮得耀眼：高挺的鼻梁，蓝色的眸子间带着明媚的异域情调，浑身散发着自信阳光的气质，这种气质混合着她绝伦的美，走在哪里都像一束明亮的光，吸引着众人的目光。她张嘴是一口夹着四川味的不太普通的普通话，有时又是一口流利的英语，对人非常友善，说话轻声细语，总是面带微笑，无论大人还是孩子，很快对她由好奇转变为喜欢。

伊莎白是唯一的外国成员，她的到来，为工作组注入了一股新鲜的血液。没事时，大家聚在一起，喜欢听伊莎白讲她国内国外的一些事情，她那并不太标准的中文，听起来反倒特别有韵味。伊莎白带来的不仅是一些有趣的人事，更多的是丰富的知识、新潮的思想，帮姑娘们打开了眼界，增长了见识。就连在协进会里帮工的彭嫂、古传芳等人没事时也喜欢坐在一旁鼓着一双眼睛，认认真真地听伊莎白"摆龙门阵"。

工作组成员虽是女性，但可随意出现在兴隆场的街巷，也可和镇上男女老幼随便聊天，开始的时候，兴隆场人觉得不可思议。伊莎白她们出现时，众人的目光如同聚光灯一样追逐着，久而久之，大家也就习以为常。兴隆场的女性受到性别歧视，但已婚女人特别是乡村妇女，还是可以像男人一样出门赶场干活儿，只是不方便在公共场所逗留。在那些受过老式教育的富人眼里，夫妻俩同时出现在公共场合是有失体统的事情。

有一回协进会邀请四对夫妇来吃晚饭，起初都遭到了回绝。

"俞小姐、饶小姐、朱小姐、李小姐，你们分别去做一下他们的工作吧。"孙恩三把这个工作交给了四位小姐。

那对年纪最老的夫妇，无论怎样劝说，都严守古礼，几番推托后只有丈夫前来赴宴；另外三对年纪轻些的夫妇则在协进会众人的劝说下最终接受了邀请。当然，夫妻赴约，男人走在前头，气宇轩昂；女人离男人两三米，低眉顺眼走在后头。来回都是如此。

前来赶场的乡下女人远道而来，常常走得又累又渴，巴不得能有个地方歇歇脚。位于兴隆场街中心的福音堂无疑是最佳去处。

伴随着清晨的第一缕熹光，协进会总是准时打开教堂的大门。

这里既处闹市区，又显得隐秘，女人们来这里无论做什么，歇脚，盛放东西等都方便，又随意。

当然，这为伊莎白她们认识和观察当地女人也提供了很好的机会。

"走吧，去教堂坐坐。"卖完东西，女人们三三两两相约来到教堂。协进会的姑娘们客客气气，看见有人到来，热情招呼，笑盈盈地给她们递上一杯热水。

女人们接过水，尴尬地笑笑，姑娘们的礼貌和友好让她们紧张局促的情绪很快放松下来。冒着热气的开水端在手里，轻轻喝下一口，心里便温暖起来。很快便与伊莎白她们聊起来。话题一般从亲身经历谈到从街坊邻居三亲六戚那里听来的事情……很多时候，她们有什么不能解决的问题，也尽可能来寻求帮忙。在这些乡下女人眼中，这些貌美如花又有知识的姑娘，简直是无所不知无所不能的仙女。当然姑娘们总是竭尽所能帮助她们。

很快，教堂成了妇女们赶场集会的地点，是女人们眼中一个类似茶馆的理想去处。把东西寄存在这里，赶完场再来带走；累了，在这里无论坐多久，完全不会引起任何闲言碎语；渴了，不用开口，姑娘们就会把热水送到手中。伊莎白和这些乡下女人，虽然交流并不完全畅通，但彼此都可以用语言加上手势动作，很好沟通；再说，语言天赋和沟通能力非常棒的俞锡玑常在身边，交流完全无障碍。

"谢谢你们，我走了。"一个刚买完鸡蛋的年轻媳妇，又回到这里取存放的箩筐，感激地说。

窗外的雨下得淅淅沥沥，风摇动着枯瘦的树枝，啪啪地打在窗子上，冷气一股股逼进屋子。伊莎白挽留道："外面在下雨，要不再坐会儿走吧。"

"不行，我得赶回家去干活儿。"女子搓着手着急地说。

"那要不把这顶斗笠戴上。"伊莎白取下墙上的斗笠递过去。

"那……怎么行？你们出门怎么办？"女子犹豫着。

"没关系，我们要出门，再去买一顶就是。"

"那……好吧。我下场一定带来还你们。"女子接过斗笠，连声说着谢谢。

"不客气。"伊莎白帮着女子整理箩筐。

"你们太好了！"女子对她微微一笑，戴上斗笠，一头走进风雨中。

随着她们好客的名声越传越广，来的"客人"也越来越多。

伊莎白与这些女人关系也越来越好，她们慢慢成为无话不谈的朋友，大家都很喜欢这个外国女孩。

这是了解当地妇女的渠道之一，也为她们后来挨家挨户做调查奠定了良好的基础。当她们出现在农家，很多家庭妇女惊喜地发现来者是协进会的工作人员，还去过她们的"家"——福音堂做过客呢。

伊莎白很快了解到，兴隆场这个中国无数个小镇上中的一个，妇女们撑起了一片天。无论贫富，她们都牢牢扎根于此，世世代代，任劳任怨。她们不必依靠男人，就完全找到了自己的生存之道。

因为战乱，男人上前线打仗，很多死在外面，街上五分之一的业主是寡妇，她们或从先夫那里继承了生意，不得已成为一家之主，承担起一个家庭的重担；或失去了家中顶梁柱，在困境的生活中倔强地求生存，供养着一家老小。

外出时，伊莎白和俞锡玑常常看到这样一幕幕：街道上，苍老憔悴的老妇人安静地摆点售卖；山坡上，一户人家，一老一少两个寡妇，在地里埋头挥锄种地；田野里，单薄瘦弱的女子满脸汗水在躬耕收割……她们头发凌乱，满脸皱纹，双手粗糙厚实，但熟练的劳作丝毫不逊色于男人……这样的画面深深地触动着两位姑娘的心，心酸之余又陡生敬佩。

胡寡妇是她们接触到的妇女中最为悲惨的一个。有一天，她们再次来到文庙，发现旁边有个草棚，好生奇怪。走过去一看，草棚仅有三四平方，一块木板搭在几块石头垒起的柱子上，"床"上的被子破败不堪，棉花露出，污秽肮脏。房间里除了几个破碗，一个坛坛，一堆杂七杂八的烂东西外，空空如也。寒风呼啸，吹得草棚呼呼作响。草棚旁边，竟有一个老太太坐在一只小铁锅前烙饼卖。

看着这位花白头发，瘦骨嶙峋，衣衫破烂的老人，旁边有人告诉她们说，她是孤老太太，姓胡，六十多岁，抽大烟的儿子抽光了家底于两年前死掉，儿媳改嫁，一无所有的她在这里搭了一个草棚，做点小点心，摆个地摊，勉强度日。

伊莎白站在摊子前，看着老太太双眼无神地望着小锅上的饼子，双手冻得通红，一双烂草鞋露出黑黢黢的脚趾，风吹着她枯草般蓬乱花白的头发。伊莎白看了一会，眼眶红了，俞锡玑也沉默了好一阵，两位姑娘才转身慢慢离开。

"我们能帮她做点什么吗？"伊莎白小声问道。

"……不知道。也许我们可以回去买点她做的烙饼。"

"好。"

两位姑娘再次回来，胡老太有些意外。

"买两个烙饼。"伊莎白用中文对胡老太说。胡老太动作麻利地把两个饼子包好，递给她。伊莎白把两元钱放到她松树皮一般的手上，转身离开。

胡老太的眼睛亮了，抬头使劲喊："姑娘，你拿多了，我要补你的钱……"

伊莎白和俞锡玑快步离开，没有回头，怕忍不住眼中的泪……

"姑娘，姑娘……"身后还传来胡老太苍老而急切的声音。

回去的路上，伊莎白给俞锡玑讲了最早留在她记忆里的重庆印象。

那是1921年，在加拿大生活了两年后，六岁的伊莎白跟随父母经过重庆再回华西坝。

从重庆到成都，这一路需要十天时间。对一个孩子来说，她能感受到的是回到中国的欣喜和快乐，还有旅途所见的新奇和美好。整个过程不是艰辛，而是好玩，充满童趣。饶和美一家住在船上，每天，伊莎白和妹妹在船上自由散步，奔跑，非常开心。玩累了，站在甲板上，吹着凉爽的江风，欣赏江上不断涌来的变幻无穷的美景：有时重峦叠翠，碧水如镜，清澈的江水倒映着两岸迷人的风光，让人如同置身于百里画廊；有时夕光染江，彩霞漫天，波摇影动，一只只小鸟在山水间欢快飞翔；有时水如绸带，奔腾舞蹈，逆流而上的船似乎在高唱着一首激昂的歌；有时烟波浩渺，风平浪静，鸥鸟翩翩，山间的屋舍村寨错落有致，一幅淡雅的水墨画在眼前徐徐展开……

看不够的山水画卷，让外国小女孩特别开心。

但是好几次，她又吃惊地看到另外一种画面：

岸边，几乎赤身裸体的男人，肩上勒着一根根粗粗的缆绳，绳子深深嵌进肩膀，有如绞索，他们弓着身体，贴着地面，一步一声号子，一步一把汗水，艰难地行走在一江怒涛与悬崖峭壁上。

"爸爸，你看，那是什么人？"小伊莎白叫了起来。

"是纤夫，拉船的人。"

"他们为什么要拉船呢？"

"因为这些木船必须要人拉动才能前行。"

"妈妈，你看，半山上有房子呢！"

"嗯，有人住在那里。"妈妈回答道。

"他们跟大树和云朵生活在一起吗？他们每天做什么？吃什么？……"

"傻丫头，他们也要种地才能生活。"妈妈耐心地给她解释着。

这一路，她爱上了中国的山川，但也在心中萌生了太多的疑问。

"这里太美了，真像个天堂！等我长大了，我要去看住在这里的人到底是怎么生活的。"

这就是重庆留给伊莎白的最初印象：风光如画，山水如歌，充满着某种神秘粗粝的原始气息，而她更为好奇的是生活在这块土地上的人。这一切，如同一个谜，深深地吸引着伊莎白幼小的心灵。

"文庙我们来过，但之前并没有发现这个草棚。"伊莎白有些伤感。

"我发现了，但我没有想到这里居然住着人。"俞锡玑说。

"这些无依无靠的老太太确实太可怜了！"伊莎白忧伤地说。

走进兴隆场的女人们，伊莎白发现，让她们痛心的远不止一个胡老太。

丈夫死在监狱里的年轻寡妇向田氏，用柔弱的双手独自抚养两个年幼的孩子，但从不叫一声苦，她整日里低头干活，不多说一句话。伊莎白走到她身边，蹲下与之交流，她也只是用极简单的话来回答，手里从不停下活来。"哎，她简直像一头永不知疲惫的牛！"伊莎白站在她家门前，望着弯腰干活的向田氏，心痛地说。

五十岁的王大娘也是寡妇，儿子几乎双目失明，头发花白个子矮小的她，独自支撑起整个家庭，每到赶场天，伊莎白看见她在自家门口售卖一些碗筷等日用品，但价格很低，买的人极少。有时她的盲人儿子也蹲在门口卖东西，王大娘则屋里屋外苦活脏活干个不停，完全像头骆驼。每每经过那里，伊莎白的心情就很难受。

寡妇吴曹氏命运更是悲惨，几个十多岁的儿子年纪轻轻就染上致命的肺结核，整天病恹恹的，她不得不出门去拉煤补贴家用，常常看见她瘦小的身子几乎匍匐在地，用尽全身力气，抬起头来脏乎乎的脸上满是汗水，一双眼睛充满了生活的疲惫和麻木。

……

每当看见这些女子如此艰辛，两位姑娘总是情不自禁走上去搭一把手，力所能及地帮一下她们。

穿过寒冷的风，走过萧条的兴隆街，傍晚时分，在外奔波了一天的她们回到协进会，彭嫂已做好了饭，大家聊起这段时间在外看到的妇女们的悲惨状况，个个唏嘘感慨，一向喜欢摆龙门阵的彭嫂长声叹息，不再开口说话。

伊莎白看着满脸愁容的彭嫂，问她发生了什么事。

彭嫂是一个心直口快的人，在伊莎白和俞锡玑的关心下，把自己的遭遇讲了出来。

"我的夫家姓巫，彭巫本是大姓，联姻后家底更不错，可是不幸的事接二连三找上门来。早年，我的大儿子去贵州贩卖货物，路上遇上土匪抢劫，倒霉得很，他遭打死了。更倒霉的是家中账本又被人偷了，没有账本，那些欠账的人没有一个认账，这样子我们也奈何不得，外面的债全都收不回来……"

说到这里，彭嫂一脸难过地低下头去，伊莎白赶紧递过一杯水。

彭嫂喝了两口，停了好一阵，断断续续接着讲：

"那个时候，因为家里条件还不错嘛，我们两口子都抽大烟，死鬼男人更是出名的懒鬼，我的小叔子、孩子们一个个都游手好闲，没有人理家……眼看着家就这样一天天垮下去。没多久，死鬼男人害了一场大病，走了，家中境况更糟……我没有法，不可能看着这么多孩子饿死啊，我有六个儿子，大的二十二岁，小的三岁，每天睁开眼睛六七张嘴巴要吃饭……于是我一点点卖掉地，艰难地抚养着他们，慢慢变得一无所有……后来房子也卖掉了,我只好在街后租了一间房,替人做家务,缝洗衣裳,干农活,摆摊儿卖点小玩意,常常是熬到深夜。大点儿的儿子打短工或者赌博,偶尔也挣点钱补贴家用。可是抗战爆发,老大被抓去当兵,他不老实,逃跑回来后又被抓住,揍得半死,部队立刻叫老二去顶替……实在养不起老三老四,我只好把他们送给了别人……"

她停住,哽咽着,泪水在眼眶里打转,伊莎白看着她,小声安慰着。

"哎,谁能想到日子一天不如一天,生活越来越难,我不得已又把最小的儿子送到县政府开办的育婴堂喂养,我以为他可以讨一个活,可没多久……孩子……他们告诉我说,孩子因为痢疾……死了……现在我的身边只有遣返回家的老大和老四。幸好协进会来了,我在你们这里谋到这份差事,否则,我不饿死,也会累死。"

彭嫂噙满泪水,直直地看着眼前那盏微微跳动火光的煤油灯。"幸好,饶小姐、朱小姐、俞小姐、李小姐……你们对我都那么好!从来不把我当佣人看待,有什么好吃的,都想着我们帮工的,我真的很感谢你们!"彭嫂现在靠做厨娘度日,日子好过多了。

后来去乡下走访,伊莎白得知生活在乡间的妇女更是非常忙碌,不但要和男人们一起出门劳动,还得担负起大部分家务活,另外养猪喂鸡也是她们分内事。卖菜、鸡、鸡蛋等可以给家里带来少量但稳定的收入。她们用这笔钱购买盐、火柴等家中日用品,偶尔也买点米、油,蒸一锅饭,炒一盘菜,改善全家以胡豆、甜薯为主的单调的伙食,或者买点白酒让自家男人高兴一下。

## 3 救助童养媳

入户调查中,伊莎白还有一个吃惊的发现,那就是镇上大部分人家的儿媳都是童养媳。

在兴隆场,对那些给不起彩礼的人来说,收养无家可归的小女孩或者养活别人的女孩是一种常见的做法。这些童养媳从小在婆家长大,每天干很多活。如果结婚聘礼是"一次付款"的话,那么这种做法相当于"分期按揭"。面对日渐糟糕的形势和通货膨胀,有些家庭一算计,发现养活一口人绝对不是一项划算的投资。比如战前一斗米卖1.4元,1941年12月,卖120元。于是有些人家开始"退货"——把童养媳送回娘家。

1940年11月下旬的一天清晨,协进会刚刚打开大门,梁辰璋的老婆便领着一个小女孩进来。

女人来过协进会几次,跟几位姑娘比较熟悉,一进门来,便大声嚷道:"饶小姐、朱小姐,我给你们送个使唤丫头来了!"

伊莎白正在梳头,立刻停下,走到小女孩身边,仔细端详,询问怎么回事,协进会的几个姑娘也都出来了。

小女孩看起来顶多十岁,瘦骨伶仃,小脸很脏,只看见两颗眼珠子在滴溜溜地转,头发又脏又乱,如野草飞舞。手如鸡爪,不时挠头。伊莎白低头看着这个小可怜,发现她头发上有一颗颗虱子在缓缓蠕动。女孩穿了一件青色碎花的布衣服,外面这件还勉强干净,但内衣破洞很多,不堪入目。她的脸上有一种与年龄完全不相符的无助和痛苦,双目带泪,焦虑不堪。

伊莎白见状,立刻进屋,边走边说:"天啊,这么脏的孩子,我去打水给她先洗个脸。"

她端来一盆清水,俞锡玑带着女孩,两个人一起给她洗脸。朱小姐、李小姐帮着去厨房找吃的。

梁辰璋的老婆说:"哎呀,朱小姐、饶小姐,我知道你们都是好心人,这个女孩是陶家砖房的赵家的小女儿,叫赵霍姊。昨天我在兴隆街上一个垃圾堆里看见她正在翻找东西吃,我看她饿得不行,就把她带到家里，舀了一碗稀饭给她吃，还让她住了一宿。但是我养不起哦，也没得时间照顾她，想来想去还是送到你们这里踏实些。"

赵霍姊低头狼吞虎咽吃着东西，伊莎白进了厨房。

彭嫂问她做什么，伊莎白说："还得给小女孩洗个澡啊。"

彭嫂大叫起来："哎呀喂，我的个菩萨！你这样爱干净的洋小姐，去给一个满身虱子的丫头洗澡，她哪里配？"

"这有什么关系呢？"伊莎白边说边舀水。

"你呀，心肠太好了！实在要洗，还是我去吧。"彭嫂走过去夺过她手里的水瓢。

"不不不，彭嫂，你有事忙你的，我去。"说着，伊莎白抢过水瓢，舀了半桶冷水，然后倒了两瓶开水混合。

"彭嫂，开水用完了，麻烦你再烧点，谢谢。"伊莎白一边说，一边提着水桶走了出去。

"心肠又好，还这么客客气气的。"彭嫂看着伊莎白的背影，感慨地说。

"快过来，小妹妹。"伊莎白看着吃完东西缩在一角的女孩。

女孩看着伊莎白，怔了一会儿，还是跟着这个漂亮的洋姐姐去洗澡了。

女孩洗完澡，换上干净衣服，好像换了一个人，大眼睛看着眼前的洋姐姐，伊莎白让她坐在凳子上，拉着她的小手，一字一句，慢慢和她说话。女孩开初死活不开口，后来在伊莎白和俞锡玑的反复问询下，终于开口，说自己是邹家的童养媳，"邹家不喜欢我。他们自己家人都吃不饱饭，没有闲饭让我吃。每天我要干很多活，饿得头发晕……有几次饿晕在田坎上，差点死了……幸好有人路过，将我送回去。"

女孩不想在邹家待下去，前几天趁邹家人出去干活，便偷偷跑了出来。

伊莎白和俞锡玑商量一番，觉得最好还是送回她妈妈家合适。

第二天，伊莎白带着赵霍姊吃过早饭，和俞锡玑一起送她回赵家。她们气喘吁吁来到陶家砖房时，正遇见赵家妈妈在田里干活，挽着裤管和衣袖，一身泥浆。妈妈看见女儿回来，非但没有母女相见的喜悦，反而一脸不高兴。

她根本不顾伊莎白和俞锡玑在这里，厉声呵斥："我不是告诉你不要回来不要回来吗？你回来干啥子？回来我也养活不了你！"

女孩缩在伊莎白身后，低着头，一声不吭。伊莎白握着小女孩的手，小声安慰着她。伊莎白和俞锡玑对望一眼，俞锡玑走上前给妈妈做工作："你女儿在婆家受了虐待，一直饿饭，你看她现在的状况，你不让她留下来，她会饿死的。"

伊莎白也说："到底是自己的孩子，一路上吃了那么多的苦，在邹家日子也不好过，干脆还是留在家里吧。"

两位姑娘又说了女孩这几天的遭遇，妈妈实在抹不开面子，只好把小女儿暂时留下。

离开时，小女孩紧紧拉着伊莎白的手，一个字不说，但眼睛里流露出不舍。

"没关系，就在家好好听妈妈的话。过几天我们再来看你。"伊莎白蹲下身对小女孩轻声说。

原来，赵霍姊已经十二岁，只是又矮又小，身体发育完全不像这个年龄的女孩。五年前，璧山大闹饥荒，她爸爸去世，妈妈一人拉扯四个孩子。赵家粮食不够吃，养不活那么多孩子，便把她送给邹家当时六岁的儿子做童养媳。

赵霍姊的大姐已出嫁，二哥离家去贵州做生意。现在家中是只有大哥大嫂。大哥曾发高烧，烧聋了耳朵，平常住在家里，农忙时去别人家打工扛活。大嫂在十天前刚生下一个男孩。

赵霍姊的婆家住在圣灯寺，以种田为生，日子也不好过。起初公婆待她还很好，但后来情形有了变化。今年春天赵霍姊回家参加姐姐的婚礼，一副面黄肌瘦吃不饱饭的样子，身上也穿得破破烂烂的，妈妈见状给她重新做了一身新衣裳。事实上两年前这孩子的情况就很糟糕，经常饿肚子，被接回家里住了三个月。昨天她出现在兴隆场，告诉人们说几天前她刚刚从邹家偷跑出来，第一晚睡在山上一棵黄葛树下，前天夜里则是在街上度过的。

后来遇见了梁辰璋的老婆，见她可怜便留宿了一夜，给了她一些饭吃。第二天便把她送到了协进会，伊莎白和俞锡玑帮着送回了家。

第二个赶场日，伊莎白和俞锡玑在街上茶馆里突然见到了赵家妈妈和小女孩，旁边还有两个陌生人。她们很好奇，刚走上去，低头绞着衣服角的赵霍姊一眼看见了两位好心的大姐姐，想上前，但又迟疑不敢。伊莎白走过去，拉着她的手，女孩抬起怯怯的眼睛，望着伊莎白，伊莎白问她怎么在这里，她支支吾吾说，回到家里，大嫂天天骂，说吃白干饭的人回来了，说她是别人家的，不能待在家里让他们养着。赵家妈妈也没法，只好再去找来媒人，给邹家带信，让他们把小女孩接走。

今天在茶馆见了面，邹家不承认小女孩是受虐跑的，只是说她偷懒。赵家妈妈想只要能让她回去，什么都不计较。

伊莎白和俞锡玑看着这个眼含泪水可怜无助的女孩，虽然很想帮忙，但终究帮不上什么忙。最后赵家妈妈还是坚决把赵霍姊送回邹家。

看着女孩被自己的妈妈强塞给邹家人时，众人忍不住感慨："哎呀，这个乱世，能活下去，就是大事。"

让人没想到的是，两个多月后，再次传来赵霍姊的消息。这次没人知道她去了哪里，伊莎白问过兴隆场很多人，他们都说不知道。伊莎白和俞锡玑调查时把消息再次告诉赵家妈妈，赵家妈妈听说女儿失踪后，便找人在24号房唐明轩的茶馆与邹家人"讲理"，请来了乡长和蔡旅长在内的当地许多乡绅，伊莎白和俞锡玑也请去了。

场面有些激烈。赵家和邹家不听劝说，对孩子的失踪双方各执一词。赵家说，孩子是因为在邹家受到虐待才跑掉的，要对方还人。邹家则说，是赵家把闺女藏起来打算另嫁他人，娘俩合伙上演了一出苦肉计，因此索要过去五年赵霍姊做童养媳的全部"寄宿费"。

两家人吵来吵去，最后蔡旅长说："说这些都没有用，首先是要找到孩子才行。"于是给邹家一个月时间打听赵霍姊下落。

这个月，伊莎白和俞锡玑也到处打探，但始终没有任何消息。无奈之下，赵家妈妈决定去璧山打官司。

一天外出调查，有人告诉伊莎白说，赵霍姊在狮子场，被邻居看见送回了赵家。

伊莎白和俞锡玑买了点东西，再次来到赵家，关心女孩情况。可女孩看见她们远远地躲在角落，像只受伤的小猫，敏感而恐惧。伊莎白走过去，蹲下身子极力想要安慰她，俞锡玑在边上劝说了好一阵，可这次无论怎么问，女孩只是低着头一个字不说。

赵家和邹家再次坐下来"讲理"，在俞锡玑和伊莎白等人的反复劝说下，达成协议，赵家不再让赵霍姊回家，邹家保证不再虐待赵霍姊。终于赵霍姊跟随公公婆婆回到了邹家。

伊莎白和俞锡玑站在街口，看着女孩离去的小小背影，脸上并没有一丝轻松和喜悦。女孩的命运一直是她们的牵挂，可是生逢乱世，人命微贱如草，除了叹息，又能如何呢？

## 4  痛怜孙陶氏

其实，不仅仅是寡妇和童养媳可怜无助，就是那些有丈夫的已婚妇女，命运也同样悲惨。

1941年1月7日，天气很冷，阴沉沉的天空被雾霾笼罩。沉寂的小镇上突然来了一个马戏团，一下子变得热闹起来。男女老少都跑去看，伊莎白、俞锡玑、朱秀珍、李文锦也去了。

下午两点，表演结束，散场的人碰巧撞见丙一号孙九昌家的老婆孙陶氏被一条恶狗追着咬，恶狗疯狂扑过去，手里提着一篮烂菜叶去喂猪的孙陶氏吓得尖声大叫，拼命奔跑，没想到那条黑狗咆哮着，双腿腾跃几下就撵上她，咬住她的腿。就在此时，狗主人，也就是孙陶氏的亲戚，听到吼叫，赶忙出来，把大黑狗斥骂了。孙陶氏双腿流血，痛苦不堪，趴在地上，已经不能站起来了。

围观者跟着一窝蜂拥堵在她家门口看热闹，还听说有人偷走了她菜园子里最好的一棵卷心菜。很多人捂着嘴，忍不住想乐。

四位姑娘看到躺在地上连声呻吟的孙陶氏，连忙走上去。朱小姐蹲下查看了孙陶氏伤口，对她说："大嫂，你在流血，赶快去诊所，我帮你包扎一下。"伊莎白和三位姑娘一起帮忙带着孙陶氏离开众人，来到诊所。孙陶氏一直哭，情绪躁动不安。朱小姐让她坐在长椅上，平静一下。伊莎白倒来一杯开水递给她，在边上安慰着。孙陶氏的丈夫看上去很难过，站在一旁耐心等候着。

包扎好后，孙陶氏感激地看着朱小姐，连声说谢谢。她的丈夫也不停地给几位姑娘说感谢。

孙陶氏双腿不便，那天晚上，姑娘们商议，决定安排孙家夫妇住在诊所一间闲置不用的空房子。

伊莎白、俞锡玑赶忙去打扫房间，给孙陶氏准备被褥。看着两位忙里忙外的样子，孙恩三夫人忍不住对一边的彭嫂说："你看饶小姐、俞小姐，哪里是千金大小姐嘛？架子没有，还为人这么好！"

彭嫂也有些不好意思地说："是啊，特别是饶小姐……要说做这些事情，应该我来做。"

听到两位的对话，伊莎白和俞锡玑朝她笑了笑。旁边的徐牧师（卫理公会驻兴隆场牧师）等人也是赞不绝口。

安顿好后，两位姑娘又陪着孙陶氏摆龙门阵，了解到她的不幸命运。

孙陶氏二十出头，身体有着明显营养不良的症状，结婚六年一直没有生育，想孩子想得发疯，这让她极端痛苦，整个人因此也变得喜怒无常，动不动就跟人吵架。但今天的遭遇让她完全变成另一个可怜无助的人。

晚上突然下起大雨，风在窗外发出怪叫，伊莎白想起孙陶氏，担心她冻着，赶忙起身，又找了一床被子，和俞锡玑一起去看她。窗外一团漆黑，天太冷，大家都睡得早，小镇格外安静。

敲门，里面传来孙陶氏的声音："门没关，进来。"点燃煤油灯，房间发出橘红的微光，变得温暖了一些。屋子里只有孙陶氏，没有看见孙九昌，伊莎白问道："你丈夫呢？"

"可能回去了吧。我也不知道他死哪里去了。"孙陶氏说着，眼泪流了下来。

伊莎白让她躺下，把被子给她加在身上。女人嘤嘤地哭了起来。

之后，伊莎白和俞锡玑与她聊了起来，她讲了自己的事情，还一股脑地给她们讲了自己父母的故事。

孙陶氏娘家住在离兴隆场三里地的陶家砖房，父亲陶祝真是个农民，脾气坏得出奇，经常像对待奴隶一样使唤第一个老婆陶费氏，也就是她的母亲。20年前，孙陶氏三岁，姐姐五岁。母亲即将临盆，但被父亲赶到地里干活。正值六月份收豆子的季节，太阳很大，酷暑难耐，母亲挣扎着好歹捡回一筐青豆，一身湿透，正想喘口气，却被父亲一眼瞧见，大骂她是个"懒婆娘"，母亲再次强打精神冒着烈日去拾豆子，筋疲力尽回到家，没想到两眼一黑摔倒在厨房门口。父亲以为母亲装病，气冲冲找来棍子将她痛打一顿，母亲再也没有恢复过来，几天后便死于流产。姐姐长得乖巧玲珑，长大出嫁后没多久也病逝了。

后来父亲续弦娶了梁家的女儿，没想到第二段婚姻与先前正好掉了个儿。后母非常厉害，父亲备受压抑，后母生了五个孩子，四女一男，后母对孙陶氏横挑鼻子竖挑眼，很不待见。她发起火来总喜欢站在陶家砖房大院，当着很多人的面历数父亲的不是，诉说自己的苦衷，每次都是声嘶力竭这样开头："我，梁陶氏……"她把本姓放在夫姓前是用来羞辱孙陶氏父亲的方法。

听了孙陶氏的悲惨遭遇，两位姑娘非常同情，静静地陪了她好一阵。

"过去的事，就过去吧，你现在要做的就是养好伤。"

回到宿舍后，两位姑娘与朱秀珍和李文锦讲起孙陶氏的悲惨遭遇，大家你一言我一语，谈起对爱情和婚姻的看法。

伊莎白听着她们的议论，陷入了沉思。

黑夜随着时间一点点陷入深渊，那个夜晚，姑娘们却再难入眠。

孙陶氏后来换过两次药，在家养了一段时间，腿伤渐好。

过了一段时间，伊莎白和俞锡玑上街，却遇上孙九昌和孙陶氏在街上大吵大闹。她们很好奇，上前安慰大哭的女人。孙九昌愤怒控诉："既然疯了，就该由娘家人照顾。"

原来，有一天孙陶氏和邻居去摘广柑，回来路上经过一座送子庙，邻居两口子劝她拔一根头发系在送子娘娘手里抱的小孩脖子上，说这样能早生贵子。孙陶氏照做了，可此后很长一段时间，她却变得举止怪异起来。丈夫孙九昌现在无法忍受她的疯疯癫癫，一气之下想把她送回娘家。

孙陶氏的继母正好也来了，反驳道："她的病是在你婆家得的，关我们娘家啥子事？肯定不能留在娘家。"

孙陶氏一直哭哭啼啼申诉："我回娘家会被我的继母和几个同父异母的妹妹给掐死，上次回去她们就七手八脚差点掐死我，我在婆家你又不要我，你不能这么没良心！你们都不要我，你们都是坏人！"几个人在大街上吵吵嚷嚷，纠缠不清。女人撕心裂肺的哭诉像一根无形的绳子，勒得人很难受。

伊莎白看不下去，走上前对孙九昌说："你老婆真的病了，你应该好好照顾她，送她到诊所来让朱小姐瞧瞧。"孙九昌看着伊莎白，说："我晓得你是好人，那你带她去看病嘛。"伊莎白和俞锡玑无奈地摇摇头，继而说："那好，我们先带她去看病，你也马上来诊所。"两位姑娘安慰着孙陶氏，孙陶氏的情绪慢慢安静下来。孙九昌虽然不大情愿，但面子挂不住，不得不勉强来到诊所。

朱小姐给孙陶氏看病，发现她几乎看不清东西，月经失调，多年不孕，诊断结果是缺乏维生素。继母在一边嘟哝："什么维生素缺乏，她就是鬼魂附体嘛。那根缠在送子娘娘手里小孩的头发，爬上来附在了她的魂上，鬼打了两个结，一个卡在她喉咙中，一个堵在她心口里。"

朱小姐用眼神示意她，不要乱说。可是她依旧嘀咕着："你打开的只是心口的结，喉咙的还不是堵在那里，有啥用？"

孙陶氏一双眼睛无神地瞧着继母，显然更多地还是相信了继母的话。她拒绝吃药，孙九昌和继母完全同意。

这可急坏了几位姑娘。她们劝了一阵无果后，李文锦突然想起在协进会办的幼稚园帮忙做事的姑娘孙慧穆，她是孙陶氏的小姑，于是让看门的古传芳去找来孙慧穆。可是孙慧穆人虽勤快，但与二嫂合不来，不太情愿去见二嫂。

李文锦、伊莎白和俞锡玑听说后，有些着急，亲自去找孙慧穆，诚恳劝她："你二嫂着实可怜，你们一家人，还是去帮帮她吧。"在姑娘们反复劝说下，孙慧穆答应去看二嫂。小姑到诊所后也劝了孙陶氏半天，孙陶氏终于答应吃两天的药。

孙陶氏悲惨的命运刺痛着协进会几位姑娘的心，几个女孩对女性婚姻有着很多感慨。此后不断从孙慧穆那里问询孙陶氏病情，有空也去看看她，孙陶氏每次看到伊莎白，就不哭不闹，大家笑着开玩笑说，饶小姐是不是有什么魔力。多次接触下来，孙陶氏从协进会几位姑娘身上感受到了温暖，不再觉得孤单无助，慢慢开始信赖她们。朱小姐给她开了些药，坚持吃了一段时间，病情有了好转。这让姑娘们稍感宽慰。

## 5 透过柔弱看到坚强

兴隆场的女人是柔弱的，也是强大的。

在孙陶氏被狗咬伤两周后，也就是1941年1月20日，伊莎白和俞锡玑去逐户调查，来到唐方氏家见到的却是一个羸弱女子独自撑起整个家的不屈和坚韧。

那天天气寒冷，两位姑娘在寒风中急匆匆地走了十五里地，脸上冒着汗，头发一缕一缕贴在前额，她们终于来到唐家，喊了几声，却不见人回答。已是午后，云层扩散开去，天空露出点太阳花花，转出来，看见女人有气无力靠着墙根晒太阳。三十出头的唐方氏，个子又瘦又小，面黄肌瘦，蓬头垢面，双眼无神地看着脚下山坡——那是她家胡豆田，但明显豆苗稀疏矮小，比不得别人家的葱茏。

两位姑娘来到眼前，女人不像其他妇女一样热情打招呼，只是抬起头来看了她们一眼，没有任何表情，继续坐在那里看她的地。

她们靠着她坐下，与她聊起来。

"你的丈夫以前曾到我们诊所来看过病，他现在情况怎么样？"俞锡玑关切地问。

"死了。"唐方氏好半天嘴里吐出两个字。

"啊？他是破伤风，我还记得。"俞锡玑有些意外。

"哦，在诊所回来没几天就死了。"女人的脸上并没有露出多少悲伤。

"啊，那可真是苦了你和孩子呢。"伊莎白说。

"那有什么法子呢？我现在不但要下地种田，还要打工干活，一家六张嘴都指望我啊！"

从她丈夫的离世聊开，两位姑娘慢慢了解到她更多的情况。

唐方氏娘家在离福禄场五十里远的荣市（音译），八岁时便被送到兴隆场以南十五里的唐家做童养媳。靠种田以及丈夫替人宰羊勉强度日，生活太过艰难，夫妻俩曾动过将女儿送出去给别人做童养媳的念头。然而悲惨的事情发生了：丈夫十个月前死于破伤风。守寡后的唐方氏不得不扛起种田、打工独自养活六十二岁的婆婆和四个孩子的重担。为了生活，她不得不外出扛活，整日辛苦劳作，浑身上下邋里邋遢，再加上长期营养不良，一副面容憔悴的样子。而在家的婆婆和孩子们常常是喝高粱菜叶掺一小把米熬成的粥，一个个苦不堪言。

女人丝毫没有诉苦的意思，只是有气无力地说："我已经好几天没有吃东西了，还得攒点劲预备出门做零活呢。"

"可是你都快饿死了。"伊莎白痛心地说。

"有活干才能挣到钱和吃的。至于田里的野草疯长，由着它去吧。"

年近岁尾，家家都在准备过年，唐方氏找不着活干，显然这家人的情况已经恶化到了极点，临近崩溃。

"明天，我们给她送点粮食吧。"回来的路上，伊莎白说。

"好，我们不可能眼睁睁看着这一家人饿死。"俞锡玑说，"回去就跟孙先生申请，给她一点救济粮。"。

第二天，一场大雨让道路变得泥泞。出发前，两位姑娘将双脚的草鞋绑上绳子。俞锡玑正要背起那袋粮食，伊莎白一把夺了过来，笑嘻嘻地说："锡玑，我来背，我比你高！"

俞锡玑说："我来背，我比你重！"

"哈哈哈……"两位姑娘争来争去，都笑了起来。

伊莎白还是抢先背起粮食。

"那好吧,这么远的路,中途再换好吗?"俞锡玑说。

"好吧,到时再说。"

就这样,伊莎白和俞锡玑拿着打狗棒,一前一后出发了。

一路上,深一脚浅一脚蹚过泥浆,来到女人家里。

进屋,伊莎白放下袋子,俞锡玑接过粮食,交给女人。

"给孩子做顿饭吧。"俞锡玑对她说。

女人很意外,没想到快饿死的时候,竟然有人给她们送来了粮食!

"快给孃孃说谢谢,谢谢她们!"女人推着三个孩子,双手合十,千恩万谢,几个孩子学着妈妈的样子合十致谢。

唐家确实贫如洗了,先前修缮的泥屋还算可以,有一间厨房,一间摆着两张大木床的卧室,以及一间相对宽绰的储藏室,里面放着丈夫宰羊用过的大木桶,还有给婆婆预备的一口棺材和十张沉甸甸的木凳。这一切都表明这家人的日子曾经过得不错。

伊莎白和俞锡玑一边看着,一边为唐方氏想着办法,她们觉得储藏室里的木凳可以卖掉一些,与唐方氏和婆婆商量,没想到婆媳二人都坚持说凳子要留给孩子们。

"为什么?现在你们的状况已经很糟糕了啊!"伊莎白摇摇头,很是不解。

"现在是糟糕,可是等他们长大了没准儿家境会变得更加不可收拾。"唐方氏看着身后三个小脸苍白眼巴巴望着她的儿子。

"可是你们现在得活下去啊!"俞锡玑也极力劝说。

"是啊,我在努力想办法活下去。十天前,我已把四岁女儿送到邻居翁木匠家做童养媳了……"

听到这里,两位姑娘有些吃惊。

就在这时,媒人急匆匆地来到她家,火急火燎地大声叫道:

"哎呀，不好了，唐耀古（唐方氏女儿）过去后身上长了疖子，翁家人不闻不问。"

"啊？那怎么办？"唐方氏也非常着急，"我也没钱给她医病啊！"

"你女儿还那么小，不医怕是会严重哦！你还是去看看吧。"俞锡玑担忧地说。

"还是先去看看孩子吧，要不带到我们诊所来看。"伊莎白对她说。

"我没得钱……"唐方氏眼圈发红，几乎要哭出来。

"你先带她来看病。"两位姑娘异口同声地说。

"关于钱的事，你不要担心，我们帮你想办法。"伊莎白补充了一句。

这为唐方氏打消了顾虑，唐方氏立刻带着三个儿子去看女儿。

几天之后，唐方氏带着女儿来到诊所治疗，看过病后，伊莎白和俞锡玑再次送给她一升米，两升高粱。女人激动得语无伦次，双手颤抖地接过粮食。

之后按照医嘱，她又带女儿来复诊。过了一段时间，那个小小年纪就做了童养媳的唐耀古终于好了，唐方氏把她送回了婆家。唐方氏一把鼻涕一把泪，说不完的感谢。

在兴隆场，这样的女人并不在少数。大难来临，弱小的女人想尽一切办法，"指挥"全家渡过难关。要么下地去打短工，要么帮人做家务。无奈和痛苦的煎熬中，唯有暗暗期盼儿子快点长大成人，早点改变家中状况。

兴隆场的女孩到女人，命运都非常悲惨。当女儿时，家里因为养不活，可能很早就被送出去，在夫家受尽虐待。而一旦结婚，她们信奉中国老话——"嫁鸡随鸡嫁狗随狗"，无论夫妻多么不和谐，一般不会选择离婚，原因在于认命。伊莎白和俞锡玑在调查走访中看到那些受虐妻子挨打时最简单的自救方式就是大声尖叫，或者"以暴制暴"，还以揪头发、张嘴咬、指甲挠等手段，那时邻居或许会来劝架，也有女人挨打后带上孩子回娘家，这算得上杀手锏，家里少了女人打理，男人会着急的。也有采取极端的，选择自杀；还有极个别的女人离家出走，另觅伴侣。而丧夫女人，不会选择改嫁，她们在苦难岁月中顽强活着，在煎熬中自谋生路。

这块土地上的女子在生活的重压之下，面对征兵、征役，男人奔赴战争，或者逃匿在外，女子们从骨子里迸发出一种与命运搏斗的坚韧和顽强，既让人同情，也让人敬佩。以前看见那些在田野中劳作，在道路上奔忙，背着孩子挑着箩筐的女人，她只是肤浅地感觉到她们的辛苦，现在走进她们的生活，走进她们的世界，看见套在她们身上的层层枷锁，才深深感受到她们的艰难和不易，理解她们深陷苦海的悲哀和挣扎。

关于兴隆场女性的地位、生活、爱情与婚姻等话题，几个女孩常常聚在一起讨论，每每听说那些可怜无助的女子，就义愤填膺。

俞锡玑说是中国封建时代几千年"三从四德"的封建礼教如同枷锁紧紧套在女人身上，五四运动之后，虽然女子的命运得到一定程度的改变，但是在兴隆场这样一个封闭落后、迷信传统的地方，很多封建思想依旧根深蒂固地束缚着她们的精神，女人们想要获得真正意义上的独立、自由、平等是不太可能的。李文锦则说，封建礼教犹如一件千疮百孔的破烂衣服，明知腐烂破败，但女人们还得穿在身上，哪怕浑身染上噬血的虱子。这些女人，就像男人的附属品，连拥有名字的资格都没有，她们的存在只是一个符号，即便再坚韧、慈悲、善良、勤快、能干，但依旧逃不掉悲惨凄凉的命运。朱秀珍谈到鲁迅先生一篇名叫《祝福》的小说，处在社会最底层的妇女祥林嫂在爆竹声声充满"祝福"的除夕之夜，孤独地死在了漫天风雪中。想起来就觉得心酸和可怜。这个女子充满悲剧和血泪的一生，反映的恰恰是中国几千年来封建礼教对底层百姓的压迫，可以这样说，祥林嫂的悲剧命运就是那个时代的女性的悲剧命运。

窗外是黑沉沉的夜幕，一颗星星也没有，兴隆场仿佛陷入了死寂的睡梦，远处传来几声隐约的狗吠，轻轻挠着沉甸甸的夜色。微灯之下，几位中国姑娘铿锵的话语在伊莎白的心上不时溅出火星。她虽不完全明白，但深知生活在兴隆场的女人命运不能自己做主，她们卑微努力地活着，因为活着本身就是一件不容易的事。受战争影响，随着大批逃难而来的下江人涌入，新观念、新风尚日渐风行，加之经济形势瞬息万变，这个落后闭塞的山村也受着外来冲击，婚丧嫁娶等传统习俗也悄然发生着变化，但这些变化毕竟有限。如何改变这种社会现状，女人到底应该怎样活着，女性该拥有什么样的爱情与婚姻……对此，伊莎白陷入了深深的沉思。一方面，她为兴隆场女人的命运感到惋惜和痛心，另一方面，又为自己的人生感到幸运。不知不觉间，一张年轻英俊的面孔浮上了心头……

## 6  遇见爱情

对于爱情，伊莎白有自己独特的理解，她从不奢求，也不勉强。她相信，美好的爱情一定是志趣相投，灵魂相通，两个人相亲相爱，相濡以沫，又彼此尊重，彼此提升，共同成就。

她从理县回到成都后，没想到与爱情不期而遇，那个人就是大卫·柯鲁克。

记忆中的那个黄昏，伊莎白和妹妹在华西协合大学校园散步。霞光里，一个外国男孩正在打球，长相俊朗，身姿矫健。妹妹指着说："看，这位是我们学校新来的英语教师大卫·柯鲁克，是个英国人。"

伊莎白看了一眼，淡淡地说："哦，个子不是很高嘛。"

这位年轻人，1910年出生于伦敦一个犹太人家庭，父亲曾经营皮货生意，起初还小有收益，1921年因为经济形势全面萧条而破产。

年轻时的大卫·柯鲁克（摄于1940年）

大卫·柯鲁克在上海（摄于1940年）

十五岁时，大卫不得不辍学做工。后来，父母想方设法凑钱送他到伦敦技工学院读书，并安排他到巴黎学习法语。为报答父母的养育之恩，1929年，他远渡重洋，只身前往美国，很想混出个样子来。但此时美国经济大萧条，满街都是乞丐，等候发放免费面包的人排起了长龙，这里完全不是大卫所幻想的那样"遍地黄金"。为了生存下去，他不得不去一个毛皮工厂打工，处理那些臭到让人窒息的生毛皮。靠着勤工俭学，聪明的大卫考入了哥伦比亚大学，开始阅读到很多进步书籍，接触了一些思想激进的朋友，并成为学生运动的积极分子。在那里，他对共产主义的认识和兴趣大为增长。

1935年，大学毕业的大卫，回到自己的祖国，正式加入了英国共产党。

1936年，弗朗哥与希特勒、墨索里尼呼应，在西班牙发动暴乱，企图推翻民主选举产生的左翼共和国政府，施行法西斯统治。一时间，法西斯主义甚嚣尘上。满腔热血的年轻人毅然投身于保卫马德里的国际纵队英国营，与西班牙人民一起共同奋战。

第一场战役就是著名的保卫亚拉玛山谷的战斗，战斗很激烈，热血满腔的大卫不顾个人生死，冲锋在前。不幸的是，参战第一天，他的腿部就两处中弹，之后被送到马德里的一家白求恩所在的医院养伤。

养伤期间，他认识了白求恩，并从他那里借到一本美国记者埃德加·斯诺[2]所写的《西行漫记》（《红星照耀中国》）一书。

静静的病房，暗淡的灯光下，大卫跟随埃德加·斯诺的西行而沉醉。很快被"红色中国"激情点燃，一颗心也熊熊燃烧起来。他被这位勇敢无畏冲破重重封锁闯入世界风暴区的记者的所作所为感动，也为书中所写的那群带着中国人民寻找民族和国家希望的、被称为"赤匪"的中国人震撼。他对世界东方的中国和中国正在发生的革命产生了浓郁的兴趣，一股力量在胸中涌荡。

这本书影响了大卫日后的人生选择，也影响了数十年来他对中国和中国共产党的感情。

伤势恢复，他立刻重返前线，被派到国际纵队军官训练营工作。

1938年一个深夜，服务于国际纵队的共产党员大卫在平日接头的地方，被护送上一辆等在街对面的豪华轿车。轿车在夜幕掩护下兜着圈子，车上两个身材魁梧的俄国人问他愿不愿意到中国去工作，任务是监视一位托派分子。如果他家庭经济困难的话，每个月会有十五英镑的特别津贴。大卫明白，这是共产国际的任务，他毫不犹豫地答应了。倒不是因为钱，而是因为埃德加·斯诺的《红星照耀中国》对他早就产生了极大的影响，同样吸引大卫的还有磁铁一般的"长征""延安的窑洞""毛泽东""朱德""飞夺泸定桥"等等，这一切，曾在年轻的大卫头脑中一遍又一遍上演，他要亲见这些神奇和伟大，于是，几乎不假思索就答应了。

1938年一个炎热的夏日，怀揣十先令的大卫从上海登岸，第一次踏上了他神往已久的中国的土地。

大卫来到中国，在上海圣约翰大学担任西方文学教师，同时完成共产国际的任务。文学教师是他的对外身份，他的主要任务是监视一名托派记者，一边做着精神高度紧张的特工工作，另一边享受着教书的有趣和校园生活的便利。教书之余，他扛着相机，深入中国的社会现实，将镜头对准码头搬运工、黄包车夫、苦力、受压抑的女性等中国社会最底层的劳动人民。在上海，大卫不断走进其腹地，真正深入生活感受百姓的冷暖疾苦，感受当时中国的现状。

一方面，他见识了上海的声色犬马、纸醉金迷的繁华和腐朽；另一方面，他又看到了生活在底层的普通民众的贫穷和悲惨，看到了女性的压抑和不幸。他震惊于这座城市喧嚣繁华背后的腐败、势利。他拍摄了很多照片，这些照片不乏衣着光鲜亮丽的富人和学生，华美外滩和充满市井气息的街道，但更多的却是一个个生活悲惨的"苦力"——拉黄包车的车夫、当搬运的工人等，那些照片说明中"coolie"（苦力）一词出现的频率最高，有着诸如"干着本应由汽车完成的活儿的男人们"等文字，简洁但又充满了同情。

无论是战乱的西班牙还是炮火中的中国，那些流血牺牲的革命战士和牛马一样的苦力劳工，都让他充满深深的同情。在一个充满苦难也充满希望的国度，大卫的目光关注着社会的进步力量，同时也关注着社会底层。

"因为我是一个有着社会良知的政治动物，因为这是我第一次到东方来，因为我年轻，渴望新的经历。"[3]这个精力充沛浑身充满激情的年轻人对眼前的这个国家充满了强烈的兴趣。

随着抗日战争的不断加剧，作为一名共产党员的大卫决定离开上海，到中国的大后方，接近投身抗日的中国人民。1940年，当大卫与所属的特工组织失联后，他便应内迁的金陵大学之聘，来到成都，与伊莎白的妹妹饶美德（Julia Brown）在一间办公室。在平时的接触和了解中，饶美德觉得这个年轻人不仅有追求，而且和姐姐一样，非常热爱中国，关注中国的种种，特别是对中国底层劳动人民充满深切的同情，于是有心把大卫介绍给姐姐。

有一天妹妹生病，伊莎白临时到学校帮她代课。当她走进办公室，平时一向随意的大卫，抬起头来看了一眼漂亮的伊莎白，开玩笑说："咦，今天怎么发型变了？"伊莎白看了看他，简单"嗯"了一声，心想，"这人怎么这样随便？我与你又不熟悉。"她并不知道他认错了人。

两次见面，大卫似乎都未给伊莎白留下很好的印象，但后来的交往中，伊莎白却发现这位年轻人与众不同，充满思想。他们常聚在一起散步、聊天，谈论民生疾苦、当前时局，也讨论国共两党、个人理想……两个人情投意合，总有说不完的话题。

一想到这些，伊莎白的内心被甜蜜和幸福包围。

窗外传来数声狗吠，接着教堂外的小路上响起了重重的脚步，冷风中同时隐隐约约传来一个男人骂女人的声音。

脚步匆匆，迅速消逝在黑夜，然后一切又恢复到死一般的沉寂……

**注：**

1. 哥老会，起源于湖南和湖北，是近代中国活跃于长江流域，声势和影响都很大的一个秘密结社组织。在四川和重庆的哥老会被称为袍哥。在兴隆场，袍哥头子是蔡旅长。

2. 埃德加·斯诺（Edgar Snow，1905年7月17日—1972年2月15日），美国著名记者。1928年来华，曾任欧美几家报社驻华记者、通讯员。1933年4月到1935年6月，斯诺同时兼任北平燕京大学新闻系讲师。1936年6月至10月对中国西北革命根据地进行了实地考察，根据考察所掌握的第一手材料完成了代表作《红星照耀中国》的写作。斯诺作为一个西方新闻记者，向全世界真实报道了中国共产党和中国工农红军以及许多红军领袖、红军将领的情况，对中国共产党和中国革命作了客观评价。该书于1937年10月在伦敦首次出版，1938年2月，《红星照耀中国》的中译本（更名《西行漫记》作为掩护）出版，几十年来畅销不衰。1942年斯诺去中亚和苏联前线采访，离开中国。斯诺毕生致力于中美友好，成为美国中国问题专家。新中国成立后，他曾三次来华访问，并与毛泽东主席见面。1972年2月15日，斯诺因病在瑞士日内瓦逝世。后人遵照其遗愿，将其一部分骨灰葬在中国的北京大学未名湖畔。

3. 摘自《大卫·柯鲁克镜头下的中国》第17页。

# 第三章　开办妇女识字班

## 1　扫盲运动

初到兴隆场，伊莎白发现兴隆场人对文化教育都不重视，这里像一片蛮荒之地，绝大多数妇女不念书，不识字，男性受教育的也不多。调查中发现15岁以上的居民中，大约70%的男人和98%的妇女从未进过学堂。即便小时候念过一两年书，但几乎还是"睁眼瞎"。本地所谓的读书人大都出自商贾或者中小地主家庭，多数只读过一年，少数坚持上完初中，仅有两人高中毕业，他们中的几人便进入了乡中心小学当教员。

谈到现代教育，镇上人最常说的一句话是："看陈松龄弟弟念了多少书，可挣的钱还没哥哥的十分之一多。"陈松龄是镇上商人，头脑聪明，很有经商头脑。他又是教会成员，能说会道，常来教堂，和伊莎白她们聊天。就在不久前，在福音堂的空地上，一杯清茶，满地月光，陈松龄敞亮地讲起自己的发家史。

十二岁时，父亲去世，陈松龄跟舅舅学习酿酒手艺，后来做起酿酒生意，生意不错，拿赚来的钱资助弟弟念完中学。弟弟念完高中，应该是兴隆场文化程度最高的人，后来在重庆财政部担任小职员，弟弟拿的薪水肯定远不及哥哥挣的多。四十岁的陈松龄还做起了零售棉布的买卖，在镇上盖了一所房子。当然，说到教育，陈松龄觉得伊莎白这些在外面开过洋荤，见过大世面的人，说话做事自然不同，他对协进会的工作人员很是尊敬，也喜欢听伊莎白她们讲一些外面的情况。

"无论找好多钱，读书和不读书是完全不同的，看我就是一个大老粗，看你们文质彬彬知书识礼，一看就是读书人，还是多读书好啊！"这是陈松龄最常说的一句话。

听他这样说，大家便笑起来。

深受伊莎白、俞锡玑等影响，陈松龄清楚地意识到教育对一个人命运的改变。他的两个儿子在兴隆场中心小学念书，十五岁的大女儿也被送到璧山卫理公会开设的淑德女中读书，六岁的小女儿先在李文锦开办的幼稚园读书，现在也去镇上念小学了。

回到家中，陈松龄常常教育几个孩子："书读到肚子头，强盗都偷不走。你们一定要好好读书，从长远来看，不读书就只能面朝黄土背朝天，天天日晒雨淋挖泥巴，你们看协进会的几个姑娘，念了书，天南地北哪里都可谋职，人有出息，受人尊重，多好！古人说得对，万般皆下品，惟有读书高啊！"

不过，镇上像陈松龄这样的开明士商并不多见，大部分人还是在愚昧无知中混沌度日。

1935年国民政府普遍推行义务教育，兴隆场终于办起了第一所小学，地点设在文庙。文庙现在是一个多功能综合场所，集乡公所、民团驻地、集市、学校于一体。

当协进会进驻兴隆场时，发现小学环境非常糟糕。赶场天，这里买卖粮食，讨价还价，人声鼎沸，一片喧嚣，教师根本没法上课。比吵闹声更让人无法忍受的是无时无刻不从窗外飘来的难闻气味。因为外面是露天茅厕，遍地狼藉，恶臭熏天。

工作组专门去考察学校情况，走进教室，发现房间年久失修，窗户破烂，桌椅残缺；教学设备也严重短缺。他们把情况给新乡长唐恭义报告，指望他解决一下。可是正遇上他被指控涉嫌贪污，天天焦头烂额，根本无心顾及教师与学生的状况。

协进会便召集乡民开会，商议解决办法，希望能迁走市场、清理文庙角落的臭水坑以改善学生的读书环境，同时购置黑板、书桌、书椅等教学设备，最后决定把米、棉市场搬到武庙，因为那里除了给提供赌场用地外，几乎毫无用处。

相对于学校改造，这里普遍存在的文盲现象更是亟待解决的棘手问题。

1940年10月，国民政府在四川农村掀起了声势浩大的扫盲运动。乡公所把帮助妇女扫盲的任务派给了孙恩三。但孙恩三没有不折不扣地执行上面的"强制"命令，而是稍作变通，号召妇女自愿参加识字班。

伊莎白到达兴隆场后不久，协进会便开始了扫盲运动。

那个时候，孙恩三修建的洋楼竣工，协进会工作人员搬进了新大楼。整楼有四个房间，除两间诊所外，还布置有运动室和图书馆。对图书室，姑娘们最是用心。她们在墙上排列用竹子做成的狭窄的架子，然后将书籍全部铺开，各种书籍连接起来，色彩斑斓，看起来爽心悦目。平时除了兴隆场的教师，也有些兴隆场乡民走进来阅读。

1940年11月3日，伊莎白给父母写信，告诉他们这个激动人心的消息，她对接下来的工作充满了希望和信心。

很自然，晏阳初的平民教育成为了中央政府乡村建设计划的一部分。伊莎白对自己一向尊崇的晏阳初的教育理论非常认可，她认为平民教育的"平"字是一个很好的字，太平、平凡、平等，这些都彰显了这个时代的基本渴求。当地百姓若要改造自己的生活，必须要接受教育，每个人应该生而平等享受教育。

在此之前，兴隆场从事成人扫盲教育的只有一位美国修女。每半年一次带着几个女信徒（均为中国人）从重庆赶来，开办三个星期的主日学校[1]。除了宣传基督教义，还教学生认字。来上课的都是妇女，年龄有大有小，每次大约一二十人。

协进会与乡政府商议，以乡政府的名义发出扫盲要求，凡是不识字者都必须参加由当地小学举办的为期三个月的识字班。学校教员首先在全乡排查，了解每位村民受教育程度，然后按照年龄分班。这个活动的开展并不顺利。时值禁烟令下来，负责办班的教员恰好是个瘾君子，吓得藏了起来。十天之后，风声稍过，他才钻出来，划分走访范围。

为了提高学校的就学率，工作组全体出动，姑娘们态度认真诚恳，挨家挨户反复劝说乡民们送孩子上学。

## 2  挨家挨户劝说

家住第1保第3甲（现在长隆村一组）曹家坝的女孩曹洪英[2]，正在家中干活，突然听见院子传来狗吠声。循声而出，一位外国女孩和一位中国女孩，手里拿着木棒正朝着她家院子走来。

曹家距兴隆场很近，只有一里路。青瓦土墙，木梁木门，是典型的川东农家院落。正房和厢房组成"L"形，坐落在一个山谷里。屋后是小山丘，前面是一片稻田、一个池塘，池水清澈，宛如一面镜子，倒映着天空和四周的树木庄稼。右侧一排葱茏的竹林，竹林下临郁郁葱葱的山谷，谷中不见流水，只闻潺潺水声。

曹家条件不错，十多亩地，曹国梁是独子，脾气不太好，又不安分，对基督教最是讨厌；妻子善良、能干，偏偏又对基督教很感兴趣。曹国梁因与家人不和，负气出走，把家里的地租出去，自己在外打工挣苦力钱，已经很久没有回家了，现在，家里只留下了曹母和四个孩子在家种地过活。长女曹洪英[2]十六岁，二女曹洪舟十二岁，还有两个更小的儿子。

曹母因为常来教堂，与协进会的姑娘们有些熟悉。两天前，曹母去福音堂接受了基督教洗礼，在教堂见过镇上的"明星"——外国女孩是饶小姐，中国女孩是俞小姐。

曹母驱赶着狗，迎了出去。

曹洪英长得很漂亮，一张瓜子脸，皮肤细嫩雪白，乌黑的辫子拖在身后，又很懂事，她立刻端出板凳请客人坐。

"洪英，这是协进会的两位老师，这位是饶小姐，这位是俞小姐，你喊老师。"

"老师好！"

曹洪英望着眼前两位姐姐般的老师，满是好奇。

那位叫饶小姐的外国女孩，用一口生硬的中国话，温柔地说："你好，孃孃！我们正在办一个妇女识字班，是来叫你女儿读书的。"

说到妇女识字班，曹母常来教堂，也知道个大概。

"交不交钱？"曹母问了一句。

两位女孩给曹洪英的母亲讲了读书的条件——报名只需交五毛钱押金，学习结束后，若无违纪，悉数退还，吃住、课本等全部免费。

"妈妈，我想去读书。"站在母亲身后的曹洪英微微抬头看着眼前态度温和又亲切的老师，小声说。

"如果你想去读书，就去读。"看了看老师，又仰头看了身后的女儿，曹母爽快地答应了女儿的要求。

"我也想去读书，妈妈。"不知何时，曹洪英身后蹦出了妹妹曹洪舟。

"好嘛，都去读都去读，屋头的活只有我打紧些。"

在劝学生读书这件事上，曹母是最为爽快的。于是曹洪英和曹洪舟姐妹俩同时成为妇女识字班学员。

但是绝大多数父母不像曹母那样通情达理又大力支持，他们坚决反

29b. Former slave girl Yang Shufang with Yu Xiji and Isabel
(Prosperity 1983, Hu Xiping)

1983年，伊莎白、俞锡玑和当年的学生（胡希平 摄）

对女孩进学堂读书，最难的还是劝那些缠过脚的小姑娘，这项艰巨的任务落在了李文锦、伊莎白身上。

两位姑娘耐心好，一次次苦口婆心不厌其烦地劝孩子父母，做其思想工作，碰壁、挨骂也常遇到，但她们并不灰心。

那天一大早，李文锦和伊莎白第三次来到距离兴隆场四里地的蒋家湾古玉璧家，古玉璧的父亲依旧黑着脸，不说话。他扛上锄头，出门时撂下一句话干活去了：

"你们很婆烦（方言，讨厌）！不要来反复说，说也没用！女娃子家家的读啥子书，屋头的活路儿都做不完！"

这样的尴尬遭遇反正不是第一次了，两位姑娘也不生气，回头又去做正在推磨、一直没说话的古玉璧的母亲的工作。

古玉璧今年十六岁，已订婚，因为家里没有多余劳动力，父亲坚决不许女儿读书。

"女孩子认几个字也不能当饭吃，没啥意思。"父亲不同意女孩读书，显然，这位母亲也觉得意义不大。

伊莎白的中文确实不怎么流畅，为了让对方听明白，她认真地比着手势，诚恳解释：

"孃孃，不是这样的。读识字班，不是只认几个字，除了千字课，还开设有数学、音乐、生理卫生、公共常识、圣经学习等，学了后很有好处。"

古玉璧的母亲看着伊莎白近乎着急，听着有点奇怪但还能听得懂的中国话，内心泛起一丝感动。她突然发问：

"饶小姐，你说你们这么不嫌麻烦来喊孩子去读书，对你们有啥子好处？"

"对我们？我还真没想这个问题呢……嗯……我们的好处……就是可以教她们了！"伊莎白笑着坦诚地说。

那边李文锦正在给灶房里烧火的女孩做工作，女孩低着头，往灶膛里添着柴，火光映亮她流泪的脸，李文锦坐在柴堆旁，嘀嘀咕咕一直不停地给古玉璧说话。过了一阵，李文锦把古玉璧带到母亲这边来了。

"孃孃，玉璧愿意去读书，您就同意吧。"李文锦拉着女孩的手，"玉璧，你给你妈妈说下你的想法吧。"

"妈妈，我想去读书，早上我早点起来做家务，下午放学我赶紧回家……"女孩低着头，绞着衣角，小声说。

母亲叹了一口气："哎，其实我啷个（怎么）不想你去读书嘛？就怕你爹死脑壳，不同意……"

李文锦赶紧说："只要你同意了，叔叔那边我们再去做工作。"

伊莎白也说："就是，我们一定再去做工作。"

古玉璧的母亲皱着眉头说："只要你们做通了她爹的工作，我有啥子不同意的？"

看母亲松口答应了送女儿读书，伊莎白和李文锦又赶忙追到田里找到她父亲，伊莎白走上田埂，追着干活的古玉璧的父亲走来走去劝说，古父觉得两位姑娘不但"死皮赖脸"，还影响了他干活。

古父生气了，大声骂道："我说你这洋小姐，你烦不烦！一而再，再而三扭到起费（纠缠）！自己中国话都说不利索，你拿啥子教我们中国人，哼？"

李文锦顿觉难堪，她为古父的这句话感到很吃惊，一时竟然不知如何作答。她回头看着伊莎白，希望伊莎白没听懂，要不然，真不知道怎么给伊莎白解这个围。但伊莎白明显听懂了大致意思，她的脸上有些尴尬，双手紧握，但看上去一点不生气，依旧一字一句，温和地对古父说："叔叔，我不教她们中文，我可以教她们其他啊！除了中国话之外，我可以教的东西多了去啊！"

这句话或许触动了古父，他像被谁施了定身术，锄头卡在地里，几

1981年，伊莎白重返璧山作社会调查，参加座谈会
（谷海才　摄）

秒钟后,抬起头来看着伊莎白:

"饶小姐,你说得对!我是太不懂道理了,除了勉强会说中国话,不懂的东西确实太多了!"

"那您是同意您女儿上学了?"伊莎白一下子高兴起来。

"是啊,我就是没读过书,所以不懂道理,不会说话,你千万莫见怪!我只看到地里活路儿多,日子又不好过,心情烦躁……"古父声音渐渐低了下去。

"没关系!那我们明天在学校等玉璧。"

说完,两位姑娘开心地往回走。放眼望去,新翻过的田野,露出一块块松软的褐色泥土,那边是一片碧绿的菜地,秋风吹过,送来清新的泥土和蔬菜气息。伊莎白脚步轻快地走在前头,李文锦看着她,笑着说:"饶小姐,看你心情不错呀!哎呀,你不知道,刚才看见古玉璧的爸爸生气,真是吓死我了!"

"哈哈,其实我也差点吓住了,但是转念一想,我们又不是做坏事的,如果跟他生气,那肯定没法交流,庆幸我学的就是人类学。"伊莎白笑嘻嘻地说。

"你还真厉害!"李文锦对她竖起了大拇指。

"哪里,我跟你学的!"伊莎白真诚地说。李文锦确实做了很多工作,苦口婆心劝女孩来读书,以至于很多年后,伊莎白和俞锡玑再次回到兴隆场,很多人家还谈起当年情景,依旧满心感激。

在大家的齐心努力下,最终全乡三分之一的学龄儿童(五至十四岁)入了学,而其中女生大概占五分之一的比例。

但当地封建思想严重,男女不可同居一室,"男女授受不亲",卫理公会除了开办圣经讲习班(一年两次,为期一个月),还专门办起了妇女识字班,采用了晏阳初等人编写的《千字课》为她们义务授课。

## 3　妇女识字班开课了

在姑娘们的不懈努力下,妇女识字班也终于如约开课了!那天,大姑娘小媳妇们带着兴奋、好奇而羞涩的表情,来到学校,看见伊莎白、俞锡玑、李文锦等老师,挨个问好,姑娘们的脸上都露出了开心的笑容。

几位年轻女孩的教学颇具吸引力。李文锦负责文化课,俞锡玑负责家政课,伊莎白负责音乐、舞蹈课。

伊莎白每周三天教女学生跳民间舞蹈和唱歌。女孩们看见这么漂亮的外国老师,窃窃私语,异常兴奋。

伊莎白用简单的汉语与大家认真交流,女孩子们凝神静气,有时也在下面捂着嘴偷偷笑。

伊莎白一边唱歌,一边和着节拍踮起脚尖翩翩跳舞。她身材纤瘦,穿一条白裙子,头上拢着一根白纱巾,跳跃时,宛若一只白蝴蝶飞舞在山谷之上;旋转时,又像湖面栖息的白天鹅突然回身,展翅起飞。学生们一个个看得目不转睛,惊羡不已,等老师跳完,才想起使劲鼓掌,啧啧称赞。

伊莎白做完示范,便分解动作让学生们跳。大家你看着我我看着你,都不好意思。伊莎白便推几个胆子略大一些的女生出来跳,带动之下,大家也跟着跳起来。尴尬打破,同学们觉得跳舞好玩,又有意思,锻炼了身体,也展现了女性美。

伊莎白除了教大家跳舞,还教大家说简单的英文,唱简单的英文歌。

她的课堂,不时传出欢快的笑声和奇奇怪怪的英文歌声。

有时她会情不自禁讲起英文来,学生们睁着一双双茫然的眼睛,她才意识到她们听不懂,马上改为中文,极有耐心地用手比划着,一字一句地说。有时也讲一些她童年的趣事,学生们听得津津有味。

孩子们眼中的饶老师,美得像画里走出来的仙子,总是那么温柔,

1983年，伊莎白（中）再访兴隆场，与她当年的学生曹洪英（右二）等人合影（胡希平 摄）

那么有耐心，而且对所有同学都非常友好……

下课时，给头发乱糟糟的女孩梳辫子；为小脸脏乎乎的女孩洗脸；如果哪个学生哪天没来上课，放学后她会和其他几位老师一起去家访。

很多女孩有什么事都喜欢给漂亮的外国老师讲。家里的胡豆花生，哪怕自己不吃，也要给老师捎上一把；有手巧的女孩亲自绣了手绢，下课时偷偷塞到老师手里……点点滴滴的举动，让伊莎白很感动。

"来来来，班长方静文，你带着大家出来，我们在教堂外的大院子里玩游戏。"她一声招呼，学生们便蜂拥至教堂大院，丢手绢，捉迷藏，你拉着我的衣服，我拉着你的衣服，欢笑声一阵高过一阵。

路过的乡民听到笑声，忍不住探进头来看热闹。

"嘿，这个洋老师还有方法呢，又会唱又会跳，还会玩游戏。"乡民站在那里，久久不离开。

"这位洋老师多才多艺，你看她教得多认真，对学生多好！"旁边另一位乡民接着说。

除了办识字班外，老师们还到小学教学生唱振奋人心的抗战歌曲：

起来！不愿做奴隶的人们，把我们的血肉筑成我们新的长城，中华民族到了最危险的时候，每个人被迫着发出最后的吼声！起来！起来！起来！我们万众一心，冒着敌人的炮火，前进！

冒着敌人的炮火，前进！前进！前进进！

这首田汉作词、聂耳作曲的《义勇军进行曲》，几位老师学会后去学校教学生，学生们学会后，高唱着这首歌为应征新兵送行。

伊莎白还和其他老师一起，在墙上写标语，指导学生排练宣传抗日救亡的活报剧。当学生们第一次把活报剧搬上舞台，引起了兴隆场人极大的兴趣。大家挤在台下看得津津有味，看完后还意犹未尽。

在俞锡玑的主持下，协进会还开设了刺绣班，后来在伊莎白共同努力下，教学生们做衣服。这些课程对女孩子来说，很有吸引力。

作为爱国教育的一项内容，学校鼓励学生穿统一校服，却始终推行不开。城里学生穿校服几乎成通例，但这里只有几户富人肯给孩子花这笔钱。而镇上很少有人自己动手做衣服，只有在逢年过节时请来裁缝做衣服。

面对如此现状，老师们开动脑筋，伊莎白和俞锡玑去街上买来布，尝试了一下，她们发现其实做长袍很简单，一学就会。于是提议让圣经学校的女孩学做衣服，伊莎白在课堂上拿着剪刀和针线，教大家剪裁和缝线，女孩们兴致很高，本身在家里有女红功底，老师一教，便有了成效。当女学生们穿着自己做的衣服走过兴隆大街，乡民们惊叹不已，这事很快在镇上引起轰动。当女孩们回到家里学着做衣服时，那些一向反对孩子来读书的家长，迅速改变了看法。

丰富多彩的形式，新颖实在的内容，让学生们每天都充满新奇和兴趣。

上完课，回到宿舍。伊莎白觉得很有成就感，感觉又是愉快而充实的一天，忍不住坐在桌前，提笔给远方的父母写信，分享这里的各种经历和感受……

听说协进会办起了刺绣班，兴隆街乙八号房的费晓良马上找到俞小姐，要求把十二岁的女儿费崇贞送来上课。刺绣班年龄要求要大一些，俞锡玑找伊莎白商量，伊莎白觉得费崇贞尽管年龄不够，但女孩自己愿意学，让她来好了。于是费晓良开心地把女儿送来，老师们除了教她绣花，还耐心教她识字，打算盘。女儿回到家，突然变得能干起来，费晓良夫妻很开心，见人便夸协进会的老师好。

培训结束，为表达谢意，费妻专门给老师们送来一些苞谷（玉米）。

"饶小姐、俞小姐、李小姐、朱小姐，谢谢你们！我们农村人没啥子好东西，只能请你们尝一下自己家种的苞谷哈。"

金灿灿的玉米，映亮了她们的脸庞。

又过一段时间，费妻再次跑来征求老师们的意见，看能否让女儿去镇上学校读书。

"想读书自然是好事，我们肯定支持啊！"伊莎白和俞锡玑很快答应帮费崇贞联系中心小学的老师。很快，费崇贞报名上了学。

此后只要看见几位老师，费崇贞老远就会问好。

费晓良听说协进会正在筹备合作社（后面会专章书写）的消息，立即赶来要求入社，还把四岁的儿子也送到卫理公会的幼儿园来念书。

兴隆场原本只让儿子读书的富裕家庭，现在也把女儿送去学堂。镇上的女学生从无到有，从少到多，大家都津津乐道。过去乡民习惯到茶馆打听时事，"摆龙门阵"的一般都是有机会去县城或者重庆等地见多识广的人，如今学生放假了，顺带把从老师口中得知的抗战消息带回家。

虽然远未实现中央政府的规划目标，但乡村教育改革毕竟步入了正轨。

协进会的几位姑娘，仿佛一股清新的风，在兵荒马乱的年代吹过阴霾弥漫的兴隆场。她们与当地百姓打成一片，免费招收当地贫困孩子，开办妇女识字班、圣经讲习班，教授其知识，改变其命运，在这块蒙昧闭塞的土地上，播撒平民教育的种子，使其生根发芽，在乡间原野上，这些小小的花朵草木，享受着知识的阳光雨露，一点点绽放。

## 4 姐妹情深

妇女识字班中，乖巧听话又努力上进的曹洪英引起了老师们的注意。

她上课认真听讲，课后也认真读了写，写了读。回到家中，还给两个弟弟讲老师所教内容，两个弟弟坐在院子的矮凳上，看她学着老师的样子一本正经地教唱歌和认字。弟弟们张着圆圆的嘴,使劲学着。

"姐姐,长大了我也要念书,跟你一样。"

"好啊。饶老师告诉我们,读书才会让一个人学到更多的东西,懂得更多的道理,以后才会有出息。"

因为离得近,伊莎白和俞锡玑没事喜欢散步去曹家,一路上欣赏农家风光。一来二往,几个女孩亲如姐妹。山谷路上,经常看见几个女孩有说有笑来来往往的身影。有时伊莎白把衣服端到曹家门前的池塘洗。女孩们洗完衣服,伸伸腰,站在一起欣赏路边的野花、田间的稻禾和土里长得绿莹莹的蔬菜;看漫天彩霞倒映水中,染红一池绿波,几只大白鹅悠闲地浮在彩霞之上,耳边是清脆的蛙鸣虫唱……女孩们沉醉在这乡间宁静的黄昏里,浑然忘却世间种种。

第一期结束后,第二期开课,曹洪英和妹妹又来学习了。

一天,伊莎白在课堂上看见一向认真听课的曹洪英趴在桌上,脸色苍白。她立刻走过去细问原因。曹洪英说肚子痛,伊莎白二话没说,带她去了诊所。

几天后,曹洪英病好了,从家里拿来钱,要还老师垫付的医药费。

"你病好了我就开心,这点钱不用还了。"伊莎白看着精神很好的曹洪英开心地说。

"可是……老师,你为班上好几个同学垫付了钱……"曹洪英把手里的钱塞到老师手里。

"没多少钱,再说,他们的钱我都没收,你的我更不会收了。"伊莎白推开了曹洪英的手,曹洪英感激地看着老师。

老师的好,温暖着曹洪英。在她心中,她忘了伊莎白是外国人,也忘了她是老师,有什么心里话总喜欢和她讲。

1941年1月16日上午,上课时间到了。伊莎白走进教室,却发现曹洪英的位置空着,她的心里突然有种隐隐的担忧,放学后便去了曹家。

曹洪英满脸忧伤，看见老师到来，伊莎白一句"你还好吗"话音未落，曹洪英的眼泪就如决堤的河，哗哗地流个不停。

伊莎白抱着曹洪英，等她哭过一阵，才详细询问事情的原委。

"老师，我真的好烦！为啥子这些人要这样对我？"

"不着急，你慢慢讲，到底怎么回事？"

"昨天我上街时，无意间遇见了孙仲胤，恰巧被人碰见，于是有人造谣说我不检点，与男人幽会，在镇南门对面的墙上贴了纸条。"

"孙仲胤是谁？"

"老师，你知道我订婚了吗？孙仲胤就是与我订婚的男孩。"

"知道啊，只是我不知道你男朋友叫什么名字。饶小姐告诉过我，说去年六月你订婚那天很热闹，当时协进会的工作人员全都应邀参加了订婚宴，是不是？"

"是啊，看起来是挺热闹的，可是你不知道，其实双方家长都不太满意。"

"为什么？"伊莎白不解地问，"莫非与这个有关？"

"应该是吧？我也不是很清楚。我妈一直反对这桩婚事，孙家人也不满意……"

昨天下午，曹洪英的同学关娴碧路过镇南门，突然发现墙上贴有一张匿名纸条，她怀着好奇，走近一看，纸条上歪歪斜斜写着一排字，大意是说曹洪英不检点，跟别的男人交往幽会。关娴碧明白这话意味着什么，扯下纸条，一路小跑来到方岳衡（曹洪英舅舅）家，叫出方岳衡的女儿方毓贞，方毓贞看后，吓了一跳，又飞快跑到表姐家，把纸条内容转给了曹洪英。

应该说此事镇上没几个人知道，但曹家上上下下却炸开了锅。指责、埋怨、愤怒……曹洪英被骂得躲在屋里哭成泪人儿。

"任别人去说吧,你根本没有做错什么。"伊莎白轻言细语安慰着她。

"可是，他们所有人却觉得我脸都丢尽了。"曹洪英抬起泪眼，委屈地望着老师。

"那是他们现在的想法，我相信，总有一天，他们会改变，到时整个兴隆场人都会改变。"

"洪英，我问你一个问题，你喜欢他吗？"伊莎白看着洪英的眼睛，轻声问她。

"喜欢。"洪英低着头小声回答道，停了一下，又接着说，"不是，我是担心自己配不上孙仲胤，他比我小两岁，人家在上学，马上小学毕业了……"自订婚以来，这种忧虑一直压在曹洪英心头，现在她终于说了出来。

"如果你真的喜欢他，这些都不重要。再说，你现在也念书，那你就好好学习，不让人家看不起你，不是吗？"伊莎白鼓励着曹洪英。

"是啊，我努力读书，可是正是因为我念了点书，孙仲胤的三婶才极力反对我嫁过去。"听曹洪英这么说反倒让伊莎白有些不解了。

"这……到底是怎么回事？"

"孙仲胤的三婶很不喜欢我，对我也不满，她说我上过三期圣经讲习班，现在又在妇女识字班念书，如果把我这个能识文断字的侄媳妇娶过门，肯定会威胁到她在孙家的地位……"

"哈哈哈哈……"伊莎白笑了起来。

"老师……"曹洪英一双天真的眼睛看着老师，满是疑惑。"老师，你笑什么？"

"老师笑啊，你这个未来婆家的三婶还是有眼光的。她至少明白读书还是有作用的，她知道知识可以影响到一个人在家庭中的地位，你看，她不就怕你有文化吗？"

"哦，是啊，看来读书还是有作用的。"曹洪英破涕为笑。

"所以说，你更要好好读书。一来是要配得上你的男朋友，二来是为了将来更好的生活,三来嘛……"

"还有第三点啊?"曹洪英张大嘴巴,望着伊莎白蓝色的眼睛。

"对,还有第三,第三就是整个兴隆场人,甚至更多的人如果读书,综合素质提高了,那么这些事都不是事。读书可以明理,更可以改变愚昧落后的习俗。"

"哦哦,我可不懂这么多道理,但是我觉得老师说得对。老师,我一定听您的话,好好读书。"

伊莎白看着暗影里的曹洪英,脸上的表情严肃又纯真,一双眼睛闪着明亮的光。只是刚刚哭过的脸上一道道泪痕,头发也有些凌乱。

"这样,你先去洗个脸,我们到外面去走走,慢慢谈,好吗?"

在曹洪英的心目中,饶老师就是可以信赖和依靠的大姐姐,她乖巧地点了点头。

"洪英,你又要出门?我不是给你说了吗?你不能出去!"忙活的曹母看见正要迈出门的女儿,大声叫着。

"我跟饶老师一起出去散散步。"曹洪英回答道。

"对,孃孃,我带洪英出去走一下。"伊莎白客气地对曹母解释。

"那好吧……不要走远了。"碍于饶小姐的面子,曹母实在不好再说什么,只是嘴里嘀咕着:"出门,出门,倒不是不可以出门,可是让你读个书,上个街,就招了那么多闲言碎语……哎,女儿家家,不注意影响,坏了自己的名声,这辈子就完了!"

两位姑娘假装没听见,自顾自走出院子,顺着旁边的田间小路,朝着屋后山坡走去。寒冬时节,空气肃冷。放眼整个兴隆场,起伏的山峦被铅灰色的云烟包裹,视野一片模糊。天空如同一块铁板,像极了强加在女孩们身上的禁忌,没有一丝松动。山坡上,树木萧条,荒草萋萋,露出一块块赤裸裸的褐色土壤;收割后的稻田,一片白花花的水面上留着一簇簇烂稻桩……两个女孩牵着手,小声说着话,出现在午后的乡野。

1983年璧山农村农耕场景（胡希平 摄）

身穿浅白色长袍的曹洪英和穿着红色大衣的伊莎白,就像两道醒目的光,在灰蒙蒙的天底下缓缓移动。

偶尔有路人经过,一双双疑惑的眼睛定在她们身上。背后传来议论:

"咦,这好像是曹家大姑娘?"

"是啊,这个姑娘好像已经订婚了?"

"对啊,订婚了。"

"哎哟,胆子不小呢,订婚女子竟然在大庭广众之下出门闲逛,实在不成体统!"一个老妇人的声音,渗透着愤怒。

"你看,她肯定受那个外国女子的影响嘛……"

"老师,这些人在指责我……"听见议论,曹洪英有些羞愧。

"这没什么,等他们说好了,只要没做亏心事,他们愿意怎么说就怎么说。一个人应该为自己而活,而不是活在别人的口水里,对不对?"

伊莎白一点点给曹洪英做思想工作,曹洪英的心结慢慢打开,心情舒缓了很多。

"嘿,洪英,你看,那边有几块绿油油的菜地,好美!"曹洪英朝着伊莎白手指的方向,看见一户人家前碧绿的菜畦,莴笋、萝卜、白菜长得生机勃勃。

"是啊,冬天的土地闲置下来,家家户户或多或少都会种些菜过冬。"曹洪英解释着。

"这是冬天里的春天,萧瑟中的希望。总有生命不畏严寒,透出些许绿意,让人欢欣。"

"老师,你说的话,怎么那么好听!"曹洪英笑了。

回来路上,同样也遇见些乡民,还有人从自家院子里探出头来,好奇地打量着她们,指指点点。曹洪英完全不像刚才那样在意,而是抬头挺胸,脚步轻快地往回走。伊莎白看着她,脸上露出了微笑。

再回曹家,伊莎白给曹母做工作,曹母看起来通情达理,表面上也接受"饶老师"的意见，但骨子里还是固守传统思想。等伊莎白离开后，她依旧不准曹洪英出门，不准再出现在公众场所。

为了不给母亲和家人带来麻烦，也为了避免遭受进一步的中伤，此后一段时间，曹洪英成天待在家里，星期天的教堂礼拜也不再去。

关于纸条，曹洪英后来告诉老师，说很大可能是孙家人干的。那之后，关于曹洪英的谣言就没有断过。有人屡屡造谣说她打着做礼拜或者参加识字班的幌子四处闲逛。曹洪英的心情不时受到影响，虽然退学在家，伊莎白和俞锡玑还是经常去她家中，陪她，开导她，纾解她郁闷的心情。

"老师，如果没有你陪在身边，我都不晓得该啷个面对。"曹洪英抱着老师感动地说。

"没什么，生活中总会遇到很多事情，我们就是这样慢慢长大的。"伊莎白拍着曹洪英的肩，轻轻说，"任别人去说吧，过好自己的生活才是对的。凡事要有自己独立的思考和见解……

纸条事件后，曹洪英与未婚夫孙仲胤再没见过面。本地小学没有六年级，很快，孙仲胤转学去了三教场。

伊莎白再次鼓励曹洪英回到学校，曹洪英终于得以继续念书。

"好好读书，做一个对社会有用的人……"这是伊莎白对曹洪英最大的影响，曹洪英觉得从老师那里不但学到了知识，也学到了做人的道理。

曹洪英比伊莎白小九岁，在交往中，两人虽为师生，实则成为越来越亲密的姐妹。一个乡下女生，与一个外国老师结下了一生的深情厚谊，这份情谊超越了年龄，超越了身份，也超越了国籍，超越了时间，成为一生的思念和牵挂。这一年多的时光，是彼此青春岁月里无比珍贵的美好记忆！

注：

1 主日学校，又称星期日学校，是英、美等国家为了让贫困民众的孩子接受一定的教育而开设的学校。由于它在每周的星期日开课，人们便称其为"星期日学校"。主日学校在固定的主日礼拜之前、之间或之后进行宗教教育，招生对象主要是儿童。有时，主日学校也为成年人开设课程。

2 曹洪英（1924—2021年），在《兴隆场：抗战时期四川农民生活调查（1940—1942）》一书为避实，写成"陶红英"，曹国梁的女儿。1940年6月，由方岳衡的老婆，也就是曹洪英的舅娘做媒，牵线给孙绍良的大儿子、比她小两岁的孙仲胤。订婚地点在方岳衡家，协进会的女工作人员当时应邀出席了订婚宴。伊莎白离开兴隆场后，曹洪英与孙仲胤结婚。受伊莎白影响，曹洪英读书识字，不断上进，健康成长，解放后在大兴乡卫生院当卫生员，孙仲胤中学毕业后成为教员，后来当上一所小学校长。夫妻俩育有六个孩子，生活幸福，家庭美满，曹洪英一生对恩师伊莎白充满深深的感恩和思念。

# 第四章　西医诊所的正面与背面

## 1　少年猝死并非新闻

几个来诊所看病的村民绘声绘色讲起点心店老板娘古陶氏的儿子因头痛去世的事，朱秀珍正在忙碌，听到这个消息，连声说："可惜！真是可惜啊！"

原来，这位少年与母亲相依为命，平时依靠母亲烘制糕点售卖为生，少年一直有病，有时在家帮母亲，有时也外出拉煤补贴家用。一天，少年的病情突然恶化，母亲请来了要钱不多的镇上一名医生邓先生。邓先生医术有限，胡乱给少年开了点中药。晚上服下汤药后，少年病情急剧恶化，痛得满地打滚，发疯似的挠自己的鼻子、喉咙、胸膛。待第二天再去找来邓先生，邓先生才发现昨天开错了药。于是他再开了一副，少年吃完后疼痛有所减轻，但情况依旧糟糕。没法，母亲便去找来一个巫婆。巫婆看后，说她家重砌炉灶时不小心冒犯了鬼神，直接宣布少年活不长。果然，几天之后，少年在痛苦煎熬中悲惨死去。

"其实从他们摆谈的情况来看，这位男孩显然是患上了结核性脑膜炎，可以医治的呀！"朱小姐连连摇头。

伊莎白紧蹙眉头："他们不应该相信迷信，而应该相信科学。"

"我们这里的人都相信巫婆哦。"一个乡民老老实实说道。

"是吗？"听到村民这么说，伊莎白有些吃惊，她觉得问题有些严重，对俞锡玑说："关于这个问题，我们应该去深入调查一下。"

"对的。据我所知，很多人是直接请巫师、巫婆做一通法，管不管事，只有老天爷知道。相对来说，这位母亲还算了不起，至少在孩子刚生病时去请了郎中。"俞锡玑说。

"他们把一切希望都交付给巫婆，这是对生命不负责任的表现。"伊莎白摇着头痛心地说。

大家议论纷纷，唏嘘感慨。

生命对每一个人来说都无比宝贵，但生逢乱世又在这样一个落后闭塞的小镇上，少年猝死实在算不得什么新闻。

兴隆场的老百姓缺衣少粮，生活贫穷，再加上卫生条件恶劣，各种细菌有恃无恐地滋生与蔓延，再加上本地特有的湿热气候更是助纣为虐，天花、肺结核、疟疾流行，霍乱、伤寒也时有发作……

一天，伊莎白翻阅一份来自卫生署的报告，看到璧山县一个镇上的居民人均寿命男性三十岁，女性二十六岁，着实惊骇。

接下来，两位姑娘便全面拉开对巫医的调查。调查中发现兴隆场全乡仅有六位中医，四位在镇上开药铺，而信奉这些"先生"（医生）的，也只是极少数有钱且相对开明的乡绅。20世纪上半叶，成都、重庆等大城市已经建立起不少使用西医疗法的公立或者私立医院，但农村却是另一番景况。政府虽有心改善农村医疗条件，但终因资金短缺、人员不够等成为纸上谈兵。

孙恩三到来后，目睹此状况，清楚地意识到，这里最迫切需要的，是如何给乡民看病。他预见到诊所将在兴隆场的未来发挥巨大作用，同时有助于被边缘化的教会进入中国百姓的生活之中。为此，协进会入驻兴隆场的目标之一就是创建西医诊所。来此之前，孙恩三特意去成都向阿尔玛[1]女士取经，以龙泉驿诊所为样板创建西医诊所。

持有产科护士证（算得上最高级护士等级）的朱秀珍，因为战前一直在河南信阳的教会医院实习，有着较为丰富的临床医学经验，最重要的是，这位漂亮的河南姑娘，性格温和，富有爱心，肯钻研，爱学习，不断精进自己的医疗水平。

到达兴隆场没多久，西医诊所正式开业。兴隆场成为当时整个四川在内的少数几个拥有西医诊所的乡镇。

刚开业，来者寥寥。偶尔光临的只是几个见过世面的乡绅，比如蔡家、曹家、孙家几大家族的人，还有像陈松龄、董泰邦这样走南闯北的商人。有一天，几个好奇的乡民钻进了诊所，犹犹疑疑地看过一两眼；随后，有人大着胆子迈入候诊室，坐在长凳上跟姑娘们聊天；一回生二回熟，多来几趟后便开始寻医问药了。

至于普通百姓，本身无钱看病，也一直把巫术当做治病的法宝。

其实，川民自古以来就是信巫不信医。他们普遍相信人生病是因为恶鬼作祟。面对病痛，请巫师施法，无钱的穷人，干脆在屋里挂块红布，熏些香草，自己求神保佑。要打破封建迷信的壁垒还是很有困难的。

## 2 冒险犯忌调查巫医

为了更进一步了解真实情况，伊莎白和俞锡玑冒着一些忌讳相约去街上看兴隆场的那些巫医。

赶场日，一个三十岁的妇女抱着儿子前去问卜。在回答完巫婆的例行提问后，她又主动说出自己前面两个孩子皆刚出生便夭折的事情。巫婆点上香晃了几下，很快抽出一张黄纸给女人看，只见上面绘着一个在莲花上的光屁股男孩，两旁各立一鬼。巫婆神叨叨地说："你看你把前面孩子没穿衣服就埋了,他心头怨恨,所以让你现在的娃娃不得安生。"伊莎白和俞锡玑听到这里,四目对视,心领神会。因为连她们也了解兴隆场穷人家的孩子死了,都赤身裸体,最多旧草席一裹,草草埋葬了事,谁还会给孩子穿衣服?巫婆自然非常清楚。

伊莎白想:这哪里是通灵?

巫婆又说:"你得给你以前的孩子烧一双小鞋,再从我这里花三元三毛钱买张驱邪的符回去,贴在床头。"伊莎白一听就知道是怎么回事,便用眼神示意求卜的女人快走。

女人看见伊莎白的暗示,浑身上下摸了一回,赶忙说自己钱不够。付完"看示"的四毛钱后转身离开。巫婆在后面追着大声喊:"没关系,先回家给死了的孩子做鞋,记得下场赶场一定要来买符哦!"

女人一边低头走路,一边嘟哝:"我得跟我家男人商量了再定。"

转过街角,伊莎白和俞锡玑追上女人,看了看她怀里的孩子,对她说:"大姐,孩子生病了,你应该带他去诊所,巫婆不过是骗钱的,你说是不是?"

女人愣了一下,然后点头说:"是啊,幸好你们点醒了我,要不我就被她骗了。"

然后带着女人来到诊所,朱秀珍帮她看过孩子,说孩子闹肚子,吃吃药就会好的。

观花婆如此,那算命先生又怎样呢?为一探究竟,伊莎白亲自去算了一次命。

伊莎白来到摊子前,身着长衫戴着一副眼镜的算命老先生抬头一看,是个洋人,心头"咯噔"一下,但也不管这些,依旧按照常规,要求她提供生辰八字。

伊莎白报上去,他闭上眼睛,掐着手指,叨念:"哎呀呀,姑娘,你会遭遇土匪打劫。"

生逢乱世，遭遇土匪强盗之类的，谁都有可能。对现状，算命先生还是知晓一二。伊莎白心里揣度着，还是一本正经地问："那怎么办呢？"

"免灾办法是有的……"算命先生张开眼，抬起头，扶着掉在鼻梁上的眼镜，目光掠过镜框上方，投射到伊莎白脸上，伊莎白懂他的意思，便摸出钱来，递给他。

算命先生把钱小心收起来，慢条斯理地说："免灾办法是……你晒衣服时……先将竹竿插进上衣袖子里，再拿根绳子把裤子绑在竹竿上。"

伊莎白听后，觉得此话甚是荒唐，但还是点点头，听他继续说下去。

"你会生病。"听到这句，伊莎白差点忍不住笑了，她抿嘴忍着。

"我怎么办呢？"

"免灾方法是……"算命先生再次抬起头，扶着掉在鼻梁上的眼镜，再次把目光投过来，伊莎白懂他的意思，又摸出钱来递给他。

算命先生又一次把钱小心收起来，照例慢条斯理地说："你在头上缠一块白布，这样可以得到观音菩萨的保护……"

"哦哦，这样呀……"

"是的，还有，因为说话不当，你会跟人吵架。所以，从此你得管住自己的嘴巴……你的生辰八字非常好，只可惜不是男的，否则定能飞黄腾达……你的寿命72岁……"

钱到位了，算命先生滔滔不绝。伊莎白想，算命先生略懂些心理学，哄骗没读过书的乡民们还是绰绰有余。

俞锡玑一直在边上听着，捂着嘴偷笑不已。

结束离开，两个女孩终于忍不住大笑起来。

"原来，他们是这样算命的呀！真真假假，连猜带蒙，胡说八道……求命者求的是心理慰藉，算命先生求的是金钱。"伊莎白说。

待她们走到另一个摊子前，这里又是另一番情景。

一个满脸皱纹嘴角有颗黑痣的巫婆坐在桌子前，念咒时手里一直不停摆弄着一对两块竹片做成的卦板。排队求卦问病的妇人坐在长凳上闲聊，话题与她们来这里的原因有关。一般等问卦人把病人的生辰八字、病症、地址报上来后，巫婆的魂就飞到病人那里。生病的原因若恰巧被巫婆说中，问卦者便佩服得五体投地；若没说中，巫婆则辩称自己的魂是从前门进去或者没碰到病人，或者天太黑看不清，总之横竖都是她有理，甚至建议问卦人买她的蜡烛。而这些问卦人在旁边的聊天内容时不时给巫婆提供一些有用的线索，然后巫婆不断加项目收费。

那天，伊莎白和俞锡玑看见一个四十五岁的女人一脸憔悴地来给怀里六个月大的孩子问卦。女婴上吐下泻已经两个多月，看症状应该是消化不良，也许是喂奶不适，巫婆派自己的魂来到病人家探察。"你住在客堂右手边的厢房。"（一般开场白都是这样，要么是左边）得到肯定答复后，她信心大增，嘴里嘟哝一阵后说是孩子的父亲撞到个鬼，鬼生气了，于是就报复孩子得病。女人赶忙让巫婆帮忙驱鬼。巫婆念咒时，女人开始和身边的人闲聊，说自己的丈夫今天早上跟甲长大吵了一架。甲长奉命派一名民夫去白市驿修军用机场，为期一个月零五天，轮到他了，要么自己去，要么花钱雇人去。

这个时候低声念咒的巫婆突然提高了声音，说看到与她丈夫有关的事情。急于知道下文的女人同意加钱，巫婆便说，她丈夫要离开家一段时间，要么就会失去一笔钱。旁边聊天的两个女人同时惊呼起来："哎呀，说得对！说得对！"她们完全没注意到刚才进行的谈话。于是这个女人就花了两元一毛（八毛驱鬼，给孩子和丈夫算卦各四毛，买纸钱、香烛等五毛）。

等女人离开摊子一段距离后，伊莎白和俞锡玑走上前去，给她点明了刚才巫婆说的话很多来自她和旁边女人的聊天，她才恍然大悟，后悔不迭，嘴里连声骂着："这个老巫婆，死巫婆，坏巫婆，太狡猾了！套我这么多钱……哎，也怪自己老实，迷信……哼，我要去找那个龟儿子把钱还回来……"女人欲转身回去找巫婆，被伊莎白和俞锡玑拉住。

有几次，算命先生和巫婆眼看煮熟的鸭子飞了，开始还不太明白，后来隐隐约约听到一些传闻，说都是因为来这里的下江人，特别是那个洋小姐搞的鬼，她们说不要相信鬼神，有病要去诊所看。算命先生和巫婆其实自己心头也觉得她们说得对，但还是气不打一处来，但又无可奈何。只要赶场天远远看见这些漂亮姑娘在街上买东西，忍不住怒目而视，忍不住在心里咒骂几句。

还有一次，伊莎白和俞锡玑去一户姓杜的人家做入户调查，正碰上他家做法。病人是佃农，农闲时抬滑竿补贴家用，冬天时一病不起。二位姑娘见他肤色干黄，两腿浮肿，估计是得了心脏病或者肾炎。杜家最初从药农手里讨了一副单方，服用后不见效，经朋友介绍请来了当地大名鼎鼎的苏大圣。

杜家是土房子，两位姑娘到达时，只见堂屋大门敞开，病人坐在门后，额头上粘着一根带血的鸡毛。房间里气氛肃穆，有好几个女人站在那里虔诚地看着苏大圣作法。于是伊莎白与旁边的女人微微点点头，算是打了招呼，她们站在门边，认真查看着屋子中间的情况。只见屋子中央是一张方桌，桌上摆放着水、米各一碗，还有两根蜡烛、四炷香、两个鸡蛋。桌下趴着一只缚住的公鸡。身穿蓝棉布长袍的苏大圣其貌不扬，是个聋子，裹着小脚，但举手投足间透出一股威严和霸气。时跪时立，兀自低声念咒，同时把四枚又大又亮的铜板一遍遍抛向空中，再伸手接住，那动作与巫婆摆弄卦板差不多。

伊莎白认真瞅着个子又瘦又小的苏大圣，她移至桌前，拿起鸡蛋，用红布灵巧裹成猫头形状，恭恭敬敬地捧在胸前，向屋子四角依次鞠躬，口里念出另一段咒语。然后，用豆秸、柴火点起一小堆火，开始烤鸡蛋。待鸡蛋熟透，将残余物倒入碗中，又加入一些叫不出名堂的东西，黑乎

24. The hospital on the knoll outside the north end of the village (Prosperity 1983, Hu Xiping)

1983年，大兴的医院（胡希平 摄）

乎地浮在水面上。"符水"制作成功，外加两只烤熟的鸡蛋，苏大圣说这就是给病人的药。

整个过程，苏大圣专注又威严，对周围一切视而不见，颐指气使发出一道道口令。而杜家人站在边上唯唯诺诺，小心服侍，患者母亲更是毕恭毕敬。

"这不就是巫婆吗？"俞锡玑小声对身边的伊莎白说。

"是啊，与巫婆一样。"伊莎白捂着嘴小声回答。

这么小声还是被杜家老太太听见了，老太太勃然大怒，立刻瞪着眼睛看她们，厉声呵斥道："不许乱说！"

身边人皆肃静，对大圣充满敬意，两位姑娘有些尴尬，赶紧躲开杜老太太的目光，身子挪到旁人身后。

"哦哦，是老太婆，老太婆。"俞锡玑连忙改口。

"什么老太婆，人家是大圣，大圣，你得这样称呼她！"伊莎白和俞锡玑带着几分赧然，相视而笑，赶紧吐了一下舌头，再看一阵，悄悄撤退。

出来后，俞锡玑对伊莎白说："哎呀，这些巫师很多时候耽误了病人的病情，也耗完了病户的钱财。"

"但从另一个角度看，他给了病人及其家属一种很重要的心理暗示和安慰。"伊莎白分析道。

"对了，说他们是中国最古老的心理安慰治疗师，我想是可以的。"两个姑娘一边讨论着，一边往回走。

巫婆行法，价格不菲。当然有时运气好，一通法事后，病人情况好转，但很多时候，没有后文。富裕人家略有不同，求医问药无果后，他们会请道士"跳端公"[2]，打醮，念经，排场更大，花费更高，以此祈福消灾。

一般乡民们生病后先找巫婆、大圣、道士驱邪拿鬼，实在没办法，再死马当作活马医，找中医看病。

饭馆老板盛华清的老婆怀第三胎时因为身体不好请来五位道士"跳端公",伊莎白和俞锡玑怀着强烈的好奇心目睹了整个过程。

道士们先在堂屋正中排两张桌子,桌上点燃两根蜡烛、几根香,再分别摆上四五杯酒、带血鸡毛等,四名道士分坐两旁,吹吹打打。剩下一人步罡踏斗,念诵经文。伊莎白和俞锡玑都看累了,可是道士的经文还没念完。

伊莎白打着呵欠小声问俞锡玑:"什么时候能结束呀?"

"不知道啊,道士们好像不知道累呢。"俞锡玑也打了一个呵欠。

"再坚持一会,我们要把这个过程记录下来。"伊莎白捂着嘴巴,坐在旁边,继续熬着看。

众道士就这样轮流唱啊唱……

她们非常疲惫,几乎打瞌睡时,突然看见道士扎了两个一男一女的泥面纸人,在眼、耳、嘴处戳上窟窿。男的脚上套上草鞋,女的穿上盛太太的鞋子。这让她们又来了兴致,看见纸人穿的衣服上都有口袋。法事过程中,人们不断把大米、豆腐等吃的东西丢入袋内。快到黎明时分,道士扛着纸人来到路边,连同一面幡一起放火烧掉,幡上挂着上奏天神的表章,即所谓的"青词"。她们终于打起精神,走到外面来。清晨的风吹过田野,带着阴冷的气息,让她们不禁打了几个寒战。

"天啊,这场法事就像一场漫长的煎熬!"伊莎白感觉太疲惫,"不知那些道士累不累?"

"道士应该不累,听说这次法事,盛华清真是拼了血本,花去二十元钱,还设宴三次。"

"哎呀,真是舍得!但愿神仙能保佑盛太太!"伊莎白惊叹道。

"可不是吗?我听到大家都在说盛老板是个很会办事的人。"俞锡玑昨晚就听到大家议论纷纷。

"明明是糊弄人的,他们为什么那么相信?"伊莎白不以为然。

可是当她们这样对乡民解说时，乡民不相信。幸好盛太太平安度过此劫，大家更是赞叹："看吧，盛华清花这么多钱值得吧？盛太太的病不是好了吗？"

几个月后盛太太生孩子，盛家照旧请来道士，可是这次没这么好运，孩子保住了，可是盛太太却一命呜呼了。

面对惨剧，她们痛心地告诉乡民："巫术怎么可能医治人的疾病？有些疾病可能正好撞上自己好了，但生孩子最好去医院，在家肯定有危险。"盛太太的死本是可以避免的，但现在却成了一件痛心的事。盛华清听后，追悔莫及，怀里抱着婴儿，潸然泪下："饶小姐，俞小姐，要是我能早点听你们的话就好了！"

## 3 打破接生的"禁区"

中医从神农尝百草开始流传，人吃五谷杂粮，生百病，天生万物，万物相生相克，再融汇了阴阳相生和五行相克的原理，中医学便正式诞生。所以，中医是有理论基础的。所谓人法地，地法天，天法道，道法自然。中医有时候的表现，也让伊莎白肯定。一件事就是织工方绍华被土匪砍伤左手，大鹏场的张先生替他医治，两个星期后，伊莎白再去看方绍华，发现他受伤的手并没有发炎感染，医治情况良好，这让伊莎白相信，中医也自有一套医术良方。正如伊莎白在《兴隆场》里所说：中医的流传是没有标准的，他们大多是家传，或者一些德高望重的老中医开门纳徒，即使这样，每个人的悟性不一样，多样的病在不同的医生手里，如何用药、剂量多少都会有所差别。这样与标准化的西医相比，确实也有些差别。即使对症用药，中医相对来说疗效慢，与见效快的西医相比，也不尽相同。

为了扩大诊所影响，每到一年两次、为期三周的教会主日学校开学时，朱秀珍都会去讲课，并为那些学习挑花的女学生义务看病。朱小姐的授课深入浅出，很得女孩子喜欢，交流中，大家慢慢熟悉起来。她还去中心小学教卫生课，给孩子们做体检，结果发现绝大多数孩子患有沙眼、疥疮、皮癣等病。这些小毛病用西药或者偏方很容易治愈，但很多家长听之任之，朱秀珍便为这些孩子免费治疗，孩子们的病很快好了，朱秀珍在乡民口中的口碑也渐渐立了起来，诊所生意蒸蒸日上。

而中国女人生孩子，更是一道鬼门关。俗话说得好：有命喝鸡汤，无命见阎王。那时生孩子一般都在家里，找一个接生婆，有钱人家也许去找一个医生，但医生的作用有限，因为忌讳，男中医甚少接触到接生的事情，几乎可以说，没有经验；自己的师父也基本没有传授什么方法，所以男中医对接生的事情和普通人一样束手无策，有时自己的老婆难产，也只能眼睁睁看着一命呜呼。

接生婆接生照例是在床前端来一盆草木灰接血，用大量的草纸擦拭血，接生婆不懂细菌感染，有的产妇即使闯过了难产关，也会被接生婆弄得感染甚至患上败血症。

"在璧山，家里自己接生孩子的占88%，极度危险的接生方法将大人孩子置于鬼门关边缘。"这就是伊莎白在兴隆场调查到的妇女接生的真实情况，"而侥幸活下来的，又很大可能因为产后照顾不周而患上妇科病，女性的命运真是悲惨无比。"

接生一度是朱秀珍无法涉足的"禁区"，而半年之后，僵局被打破。这也是朱秀珍在兴隆场行医生涯中最大的成就——彻底改变了当地女人在家生孩子的习惯。

古曾氏在生产前十天，还在下地干活，结果不小心从三米高的堤上跌下来。被亲戚抬回家，躺在床上一个劲地叫嚷着肚子疼。

孕妇长时间遭受折磨，腹痛难忍，眼看着状况越来越糟糕，家人情急之下，想起朱小姐。来到诊所，但恰逢朱小姐外出，要第二天才回来。俞锡玑替她出诊，与之同去的是伊莎白。当她们来到古曾氏床前，看见床前贴着一张用朱笔写满各种奇奇怪怪字符的黄纸，伊莎白看了看那道符。古曾氏悲伤地说："这是前几天家人赶场天去镇上请道士画的，但是，我看神仙也帮不了我。"一打听才知道，原来家人看到古曾氏如此状况，赶场天去镇上请了道士画了张符贴在床前驱鬼。晚上家里的耗子满屋子上蹿下跳，闹得格外欢腾。于是家人又去高洞子请来一个接生婆，接生婆关紧卧室门，在古曾氏床前背诵了几段符咒，烧了些纸和香匆匆离开。当晚不但耗子闹得更厉害，外面的狗也狂吠不止，绕着房子好像在追咬着什么东西，情况一步步难以收拾，不得已才到诊所请医生。

她们看见古曾氏家里环境，到处都是东西，东一堆西一堆，很不卫生："应该是环境脏乱，才有耗子闹，狗追叫。"两位姑娘交谈后，立即给产妇家里打扫卫生，清理了耗子喜欢的物品，发现耗子进出的洞口，予以堵塞。俞小姐给古曾氏做了检查，发现状况比较正常，没有异样，同时给她要接触的东西用酒精消了消毒……

那一夜，古曾氏家再没有鸡飞狗跳，第二天朱秀珍一回到镇上就立刻到古曾氏家，帮助她顺利诞下一名婴儿，母子平安。

古家非常开心，两天后，盛情宴请朱小姐和协进会的人。

虽然日子并不宽裕，为表示救命之恩，刚能下床活动的古曾氏亲自下厨做回锅肉招待客人。

"哎呀，实在是感谢你们！要不是你们，我和孩子可能都见阎王爷去了。什么鬼画桃符什么咒语，看来都是骗人的，只有医生才可以给病人治病。幸好有你们！"古曾氏说着感谢的话，不停地给姑娘们夹菜。

这件事很快传扬出去，朱小姐变得越来越走俏，找她接生、看病的人络绎不绝。相反，有一位产妇同样难产，因为没有请朱小姐帮忙而去了鬼门关。大家更是议论纷纷。此后越来越多的百姓在对待接生的事情上，更相信科学，不请接生婆，不请道士驱鬼了。

## 4 博弈渐胜

此后，几次不同寻常的经历让朱小姐的医术尽显，很快她就成了当地人眼中的名人。一次，中医杨清华的小儿子得了痢疾，腹泻不止。作为医生的父亲自己没法医治，便请来了巫婆。巫婆看后说："杨太太前世欠下一大笔钱，债主为了讨债，投胎到杨家做了儿子。现在两年过去，旧债已偿，到了离开的时候，任谁也拦不住。"杨太太一听，哭得死去活来，绝望之余抱着儿子来到诊所，请朱小姐看病。朱小姐仔细了解病情后，对症下药，看过几次，儿子的病就好了。杨太太大为佩服，以后杨先生遇到自己看不了的病，便毫不犹豫地推荐病人到诊所找朱小姐。

杨医生家每天门庭若市，找他看病的人络绎不绝。杨先生看不了独眼保长唐俊良老婆的癫痫，便去请朱小姐。那天时值赶场日，街上人来人往，大家都挤在药店看热闹，目睹这一幕，议论纷纷。因为老婆有病，唐俊良心里烦得要命，经常喝酒、赌博，一喝醉酒就对老婆大吼大叫，老婆常常昏厥过去。后来唐俊良的老婆病好了，一传十十传百，朱小姐"神医"的称号不胫而走。

还有一次，朱秀珍外出有事，临走时把一些治疥藓、腹泻的常用药留给俞锡玑，请她代为值班。当俞锡玑和伊莎白留在诊所时，一位中年男子被人抬了进来。俞锡玑赶紧过去看情况，只见他一条腿肿得老高，脚上又长又深一道口子，上面撒着止血的草灰。问及原因，抬担架的人说，他在山上砍竹子时受了伤。由于大部分人对诊所将信将疑，俞锡玑猜测伤者此前肯定已经尝试过各种方法，最后抱着死马当作活马医的想法才送到这里。于是马上用硼砂给男人清洗了伤口，再用温水浸泡数小时，待脓流出，敷上药膏，小心包扎，处理好后，临别再嘱咐伤者先回家静养，明天过来让朱小姐亲自拆换绷带。第二天伤者果然再被送到诊所，朱小姐给他包扎几次后，得以治愈。此后镇上人提到诊所无不交口称赞。

从几个月前接诊第一例病例，到现在朱小姐每天平均要接待十位患者，逢集日还要翻倍，而且登记簿上几乎每天都有接生记录。

"一年之内兴隆场人的看病习惯发生了翻天覆地的变化，患头疼脑热、被烧伤烫伤的都往诊所跑……县卫生科科长来兴隆场视察，更是决定今后诊所的经营费用，包括购买纱布、药品、疫苗的钱，全部由县里承担。"1941年春天到来时，伊莎白看着兴隆场诊所外的红花绿树，耳朵里听着啁啾的鸟鸣，抑制不住兴奋给父母写信。父母收到寄来的书信，看到女儿所在兴隆场做出的成绩，非常开心。

在兴隆场，占卜驱鬼，求神拜佛，妇女们大都满心虔诚，有些男人开始对此嗤之以鼻，甚至公开嘲笑。这些反对者，他们也讲不出什么道理。伊莎白、俞锡玑在与村民的交往过程中，一点点改变当地百姓封建迷信的思想，也一点点灌输卫生知识，给大家讲科学文化，虽然效果不是很好，但还是有些人听进去了。受过新式教育的人对这些封建迷信持反对意见，有几名小学教书的年轻教员开始站出来大声谴责那些迷信落后的思想和行为，更有甚者对迷信行为见着便驱赶，对巫婆进行当面教育斥骂。

有一次，发生日食，民间传说认为是天狗咬了太阳。武庙的和尚照例敲锣打鼓想把天狗吓跑，周围聚集了很多看热闹的人，很快敲鼓声响成一片，直到日食结束，热闹的仪式才宣告结束。大家觉得很奇怪，往年锣鼓一响，天狗就吓得马上"吐"出太阳，今年为什么怎么敲打也不起作用呢？大家议论纷纷，百思不得其解。伊莎白站出来解释说，这是自然现象，不是天狗吃了太阳。大家说，就是天狗吃了太阳。伊莎白想用汉语表达，比手画脚，可是又表述不清。俞锡玑便用脚下的石头给大家演示太阳和月亮的位置关系。大家饶有兴趣地听，纷纷点头表示赞同："天狗纯属瞎说啊，这么一说就明白多了。"

在调查第二保时，伊莎白和俞锡玑发现二、三、四甲交界处有一眼水井，周围密密麻麻散布着一大片房子，住在这儿的三个甲的居民，都从这口井里打水喝。很多人家的孩子要么营养不良，瘦得只剩一副骨头，要么身患疥疾而死，当地村民认为出现这些状况是因为恶鬼作祟，伊莎白和俞锡玑来到这里后，觉得事出有因，反复调查，觉得问题的症结很大可能出现在水质上。村民开始坚决不信，在她们的反复劝说下，村民开始到远处去打水，之后情况逐渐好转。

协进会的姑娘们总能放下架子，走街串巷，脚踏实地开展工作，西医诊所成为乡建实验项目中最成功的。当然在短时间里让兴隆场人改变旧习惯，接受闻所未闻的西医疗法，主要靠的是朱秀珍持之以恒的个人努力。医术高超又个性随和，这让她非常容易走进千家万户，赢得信任。更为难能可贵的是，朱小姐在行医实践中，擅长西医，也不拒绝中医，更是巧妙地把传统中医与西医结合起来，看似火水不容的两种治疗手段在她手里相辅相成，各显奇效。由于西药有时价格高，本地百姓买不起，朱小姐就把西药和相对便宜的本地药材搭配起来使用，经常产生意想不到的效果。比如在治疗疥疮时，因凡士林不易搞到，朱小姐就用常见的猪油调和硫黄粉制成软膏，效果很好。朱小姐的做法得到了伊莎白甚至不信任中医的孙恩三的赞同。

教堂里那间小小的诊所，以朱秀珍为负责人的工作人员在短短两年时间，通过与巫术的博弈，以中西医相结合的方法，逐步赢得了乡民信任。

注：

1 阿尔玛·埃里克森，美以美会在川差会公共卫生部的一名护士，监管着龙泉驿、自流井、来凤驿等地的多个乡间诊所，有着丰富的经验。

2 "跳端公"，端公是祛病之神。有人生了病，家人在端公面前许愿，称病人如蒙庇佑得以痊愈，就设道场行法事，谓之"跳端公"。通常在岁末举行。

# 第五章　手握打狗棒逐户调查

## 1　蒋旨昂的指导

来到兴隆场后，伊莎白参加诊所、幼稚园和圣经讲习班的一些工作，渐渐熟悉了这里的环境，她们以一颗真诚善良之心，努力与乡民建立良好的关系。

伊莎白在八什闹人类学调查时积累了不少经验，但毕竟没有任务，也没有压力，来兴隆场后发现深入每家每户做田野调查也不是一件容易的事。

战火纷飞，兵荒马乱，兴隆场很不太平，乡政府与本地势力袍哥等交锋不断，政府强行征粮、征兵，再加上匪患猖獗，很多人家都有枪支。深入农户，穿过阡陌，攀上山峦，十多二十里的乡间小路，坑坑洼洼，崎岖不平，一路走来很是辛苦；特别是下雨天，道路更是泥泞不堪，难以行走。面对如此复杂的社会环境和糟糕的自然环境，伊莎白和俞锡玑常常是一脸汗水一身泥浆出现在乡野。

第一次到距离兴隆场几里地的邻近乡下时，老远就听见狗吠，三四只大狗小狗，像战场上的勇士，一边嗷叫着，一边扑腾着追上来咬她们，慌乱中，两个女孩立刻折断路边树枝，对着疯狂而来的狗一阵呵斥狂打，

蒋旨昂

幸得邻近农家的女主人走出来帮忙才解了围。女人友好地告诉她们："走农村，你不拿根棒子那可不成。"

从此，伊莎白和俞锡玑下乡入户调查，打狗棒成为了随身必备"武器"。慢慢发现这打狗棒有着实实在在的作用：下雨路滑，棒子是拐杖，支撑着跨过泥泞；走在乡间小道上，四周荒草丛生，棒子可打草惊蛇；清晨黄昏，一棒在手，防盗防匪，求得心安；当然最大的用处还是打狗。说是打狗，棒子可是一次都没落到狗身上。名为打狗棒，不如叫"吓狗棒"更恰当。

每到一户人家，最先来"迎接"她们的一定是狗。单家独户的乡下人家，都有忠实的看家狗。这些狗都是中华田园犬（俗称土狗），对主人忠诚，又不挑食，适应力强，极少生病，好养。乡间一狗叫，群狗吠，主人不管在多远的地方种地，都能及时知道家里来人了。

面对"热情如火"的狗们，伊莎白和俞锡玑每次都把打狗棒伸得老长，指着它们，狗们也不示弱，黑豆般的眼珠子盯着两位美女跳来跳去，吠哮着，警惕着棒子的动态。周边的狗兄弟们，听到"哨音"，也会赶来凑热闹，前后夹击，这让两位姑娘略显尴尬。两人只好一前一后，兵分两路迎击狗们，双方都不敢贸然前进，也不会轻易后退。

听到狗们的高声大叫，主人要么从屋里走出来，要么从田间地头回来。看见来人是她们，面带笑容，一边呵斥狗，一边请她们到院子一坐。聪明的狗们自然听得懂主人意思，当着外人的面，看似斥骂，实则夸奖。尽职尽责的狗们再呜呜两声，摇着尾巴蹭着主人裤腿，钻到主人身后，或者闪到一边躺着去了。

除了在入户调查时会遇到看家狗的强烈攻击，有时行走在路上也会遇到一些狗的攻击。这些狗有的是离家玩耍的，也有流浪狗。没等两位女侠使出打狗棒，狗们无一例外吠叫两声，夹着尾巴，急寻小路而逃。当然疯狗除外。

闯过了"狗"门关,来到院子。那些住得离兴隆场街上稍近的人家,赶场次数相对较多,有不少女人也去过伊莎白她们的"家"——教堂,再加上两位姑娘的热情友好,早已名声在外,当她们出现在家门口时,主人一般都比较客气。但很多乡民对这两位有文化又穿得干净漂亮的时髦女孩,敬慕多于亲切,始终保持着一定的距离。

那些生活在高处山坡上的最穷农户,伊莎白她们上山走访时,更是保持着某种戒备,从未获得过邀请进入土屋内,谈话只能在外面进行。还有些住在更高山上的人,听见狗吠,出门一望,见着两位年轻女孩身影,以为是政府部门的人征兵来了,吓得一哄而散,不知去向。茅莱山上的石家有三四个儿子,害怕服兵役,远远看见有人朝着他家走去,全家上下立刻变得十分紧张,迅速关门逃开。伊莎白她们去过几次也没有了解到情况。事实上,为了不交出儿子去当兵,石先后两次被关进乡公所。

回到镇上,她们把难以接触到山上穷人的问题告诉前乡长孙宗禄,孙宗禄却豪爽地告诉她们:"我对乡民们的情况了如指掌,愿为你们如实提供这些人家上一年(1940年)的家庭资料。"于是孙宗禄便给她们提供一些资料,她们也从其他当地人那里听说过这些人家的情况,家徒四壁,连睡觉的地方也没有,所谓的床铺就是摊在地上的一堆稻草。

负责人孙恩三听后说:"没关系,过几天蒋旨昂先生就要来兴隆场,到时好好请教,他在人类学调查研究方面经验丰富。"

果然,几天之后,年轻的社会学家蒋旨昂来到了兴隆场。

蒋旨昂毕业于燕京大学社会学系,虽然只有三十岁,但在社会学理论与实践方面均有造诣,不仅有着正规严谨的学术训练和勤勉敬业的田野工作经历,而且成绩斐然,是一位实用社会学的实地工作者。他在燕京大学社会学系念大三时,便去河北昌平县一个仅有255人的名叫卢家村的小村庄进行了一年多的田野调查,他放下了大学生的架子和城市人的傲慢心理和行为,这一年时间,他不是走马观花,而是住在村子里,真正实现了与农民"同吃、同住、同劳动",从而获得了宝贵而丰富的第一手资料。1934年毕业时完成学术论文《卢家村》,发表在《社会学界》第8卷上,产生了极大影响。大学毕业后,留在燕京大学读研究生,还代理学校开办的清河实验区社会服务股股长。1935年赴美国西北大学和芝加哥大学求学,1936年在西北大学获硕士学位,1937年随美国社会学会考察欧洲七国。回国后,参加农村建设协进会在山东济宁和贵州定番等地的县政建设,担任设在贵州的乡政学院讲师,还兼任定番县政府的收发和三区区长。后来积极参加华西协合大学边疆研究所组织的藏区调查,和晏阳初等一起成为了"华西学派"(以华西协合大学为中心的一批优秀社会学家和人类学家)的代表。

1940年,晏阳初等人在重庆附近的巴县创办中国乡村建设育才院,蒋旨昂受邀加入,担任讲师,具体负责学院工作。同时继续从事乡村建设研究工作,除了在歇马场,还要到几十公里外的璧山来凤驿做社会调查。

蒋旨昂虽然是作为乡村实验项目的专家来到兴隆场,但毫无架子。一来到这里,便笑盈盈地与伊莎白打招呼:"呵呵,饶小姐,你在兴隆场还习惯吗?晏阳初先生特别托我问候你呢!"

伊莎白有点惊讶,没想到这么忙碌的晏阳初还关注她在这边的工作,开心地说:"蒋先生好!谢谢晏先生记挂,我在这里一切都好,工作也算顺利,不过还是有不少问题需要向您请教。"

亲切随和、温文尔雅的蒋旨昂,既是老师,又是学兄。再说晏阳初、蒋旨昂在华西协合大学工作,和她的父母熟识,再见到蒋先生,伊莎白觉得格外亲切。她特别钦佩蒋先生与农民打成一片,不怕吃苦的精神。

"哈哈,田野调查本身就是一种考验,现在也算是摸着石头过河,当然一切都顺顺当当那才奇了怪哉。我来,除了看你们,当然是一起探讨,共同解决问题的。"

蒋旨昂轻松幽默，伊莎白便敞开心扉说开了。

"在这里，总体来说，我们和乡亲们关系不错，但总觉得还是有些隔膜，他们好像还是没有完全接受我们，不知道怎么做更好。"

看着一身洋装的伊莎白，蒋旨昂没有直接回答她的提问，而是笑了起来。他说："我先给你们讲个故事吧。社会学前辈李景汉去定县翟城村入户调查时，热情的乡亲泡茶款待，那茶壶茶碗满是灰尘，农民用又黑又脏的毛巾一擦就盛水给他喝，哎呀哟，李先生心里直打鼓，那怎么能喝呢？不行，他闭上眼睛一饮而尽。这不，给农民们留下了非常亲切的印象。"

蒋旨昂略带黑人口音的英文让伊莎白和俞锡玑都忍不住大笑起来。

蒋旨昂又接着说："田野调查最重要的是与老百姓同吃、同住、同劳动，这可真不是闹着玩儿的。需要真正融入当地农民的生活，了解当地的历史文化、制度习俗、农商生计和人情世故等，说穿了，社会学科首先要做的就是'本土化'，吃老百姓一样的食物，穿老百姓一样的衣服，这是入门钥匙，也是观察调查的要点所在。"

"哈哈，我明白了，我们首先要成为一个地地道道的兴隆场人。"心直口快的俞锡玑接过去说。

"对的，明天我们就去买农民衣服、鞋子，我们首先要从穿着开始，然后饮食习惯、生活习惯、风俗习惯等慢慢习惯。"伊莎白一口气说了几个习惯，让大家再次笑了起来。

蒋旨昂用赞赏的目光朝两位姑娘点了点头。他知道眼前两位天真可爱的姑娘，其实完全领悟了自己社会调查的精髓。如果不能取得农民的信任，怎么可能得到真实的材料；如果不经受一番磨炼，怎么会有脱胎换骨的改变？蒋先生深入仔细的调查精神深深地感染并鼓励着两位姑娘。

接下来蒋旨昂还说到自己正在准备把在歇马场和来凤驿的调查资料写成一本书，书名就叫《战时的乡村社区政治》。他说"乡是一种社区"，歇马场和来凤驿这两个乡符合"社区"定义，要了解中国，必须要了解中国乡村社区。社会学和人类学应该从实地调查中发展起来，专业训练和学术研究都离不开田野工作。蒋旨昂的学术取向，既有着那一辈社会学和人类学者的旧学基础，更有着乡土经验和家国情怀，有着努力建构中国自己的学科体系的"学术自觉"。蒋旨昂的学术追求和求真务实的实干精神感动着伊莎白，轻松的谈话和交流对伊莎白她们的影响很大。伊莎白明白自己应该把兴隆场作为中国农村的典型缩影来做好调查，因为此前还没有一本系统地讨论中国乡村的专书，即便有，也全是西洋的，对于现实中国，总感觉有点隔靴搔痒，不便直接利用。伊莎白更加明确了现目前要做的就是不分巨细，把这里的政治、经济、土地、教育、文化、医疗甚至民风民俗等做好调查并做好详尽记录，以此为建立中国社会工作之体系做好准备。

为拉近与当地百姓的距离，两位姑娘果断地脱下洋装，穿上了当地人的服饰：上穿蓝色中式布衫，下穿蓝布裤子，头扎白巾，脚穿草鞋[1]。之前杨森在四川推行过短衫运动，但收效不大，四川人个个照旧长衫，当地农民在田间劳作，或者脚夫拉煤，或铁匠、石匠劳作时，为了方便干活，他们往往会把袍子下摆撩起，掖到束在腰间的宽布带里。据说1938年蒋介石初来四川，看见老百姓这身打扮，不由得惊呼："真乃绅士之乡也！"

两位姑娘第一次看见对方穿成这样，忍不住大笑起来。

"真乃绅士也！"俞锡玑调皮地说。

"不，我们是女侠！"伊莎白高举起手边打狗棒，一本正经摆出一副大侠的模样。

"哈哈，我们应该算是丐帮吧？"俞锡玑也举起打狗棒，两个姑娘笑成一团。

此后，兴隆场的乡民们看见两个和他们穿着差不多的女孩，很快把她们看成自己人，再加上二位态度亲和，没有倨傲的架子，乡民们更看不出她们真实的家庭出身。乡亲们由最初对她们的好奇羡艳渐渐变得友好，再加上俞锡玑天生的沟通能力，和伊莎白自身的魅力，她带着四川味的中文，给主人带来新奇感，使得主人乐于聊天，也乐于回答她们的提问。

## 2　不断丰富调查经验

　　清晨，薄雾在山间飘荡，一块块梯田若隐若现，两位姑娘早早出发，走十多里路，穿过山谷，爬上茅莱山。她们聊着天，欣赏着眼前的美景，当气喘吁吁来到农家院前竹林时，声声狗吠猛然传来。一眨眼的工夫，一条大黄狗蹿至眼前，龇牙咧嘴扑闪着，两个姑娘迅速挥动着木棒，吓唬并驱赶着狗。听见狗叫，一个女人从屋里走出，呵斥着，狗摇头摆尾灰溜溜地跑到主人身边，用一双大眼睛看着来人，鼻子里发出轻微的哼叫。

　　"饶小姐，俞小姐，来坐。"女人熟知她们是协进会工作组人员，马上引至院坝，端出板凳，叫孩子倒来两碗白开水请她们喝。

　　伊莎白和俞锡玑就像走亲戚串门子一样，一阵寒暄，然后逐渐转入这户人家最关心的话题。

　　"你们家有多少石²旱田？"

　　"没有，我们租的××的地。"女人一边忙着手里的活儿，一边回答。

　　"家中几个孩子？"俞锡玑继续问道。

　　"五个，大的十五岁，小的三岁。"

　　"老大现在在家帮忙干活吗？"

　　"没有啊，上过月被抓壮丁抓走了……哎呀，男人也跑出去躲了

"……现在家中没有人……"女人说着说着，声音低了下去。

"孩子们都好吗？"看着女人说到大儿子被抓壮丁丈夫躲壮丁有些难过，伊莎白转而问她的孩子。

"不好，老三生病了，还躺着呢……"女人满脸愁容。

伊莎白和俞锡玑心里涌起一阵悲伤，顺着洞开的房门³往里看，一个满脸脏乎乎的小男孩正在玩泥巴，靠墙的地上躺着一个脸色苍白的小姑娘。

"要不，我帮你看看孩子吧。"俞锡玑接着说。

"你？……那……要多少钱吧？"女人抬头看着俞小姐，犹豫着。

"不不不，我顺便帮忙看，不收钱。"

"真的？"女人睁大眼睛看着她。

"是的，大姐，俞小姐会看病呢，你让她瞧瞧吧，我们不收费的。"伊莎白补充道。

"那……怎么好！怎么好呢！"女人满是疲惫而憔悴的脸上泛起光泽，激动地叨念着。

她们一般不会走进主人屋里，除非受到特别邀请，采访皆在院子里进行。现在两位姑娘走进堂屋，只见房间里凌乱不堪，屋角堆放着各种农具和刚刚收回来的胡豆，除了一张桌子、两根板凳、一个斗笠外，土墙斑驳，四壁空空。

俞锡玑蹲在地上给小女孩看病，小女孩蓬头垢面，枯瘦如柴，咳嗽不已，墙上还贴着飞舞的红纸条。

俞锡玑看过后，给女人说了情况，让女人去采些草药给孩子熬水来喝。如果效果不好，一定要带孩子到兴隆场诊所来看。

"要得要得，谢谢你们！我听你们的。"

话题由此蔓延开去。她们的调查，不带笔纸，很多内容也是未经事先设计，亲切随意，轻松打开谈话的窗户，彼此交流兴趣日益浓厚。⁴

两位很擅长与乡民们打交道，交谈中不放过任何有助于了解农民生活的细枝末节，因而获得资料的过程也如滚雪球。

但是有几次，伊莎白、俞锡玑和几位男同事一起出去走访，效果就不一样。

"我们是来做调查的，你们如实汇报一下你们家的人口、土地、经济收入等情况。"

男同事这样的提问方式让乡民们很不舒服，乡民们警惕而愠怒地看着他们，变得沉默寡言。再聊几句，乡民们更是不悦，索性干活儿去。

回到宿舍，她们谈论着得失，开始总结一些调查中的经验教训。

"彼此之间没建立起融洽的关系，言谈举止缺乏人情味儿，这怎么能让乡亲们接受呢？"伊莎白说。

"是的，所以，我们一定要注意交流方式，更要拉近与他们的感情。"俞锡玑也说。

伊莎白和俞锡玑单独去时，气氛变得融洽许多。两位姑娘态度一以贯之的温和谦逊，就算非常熟悉的情况下，也客客气气，一举一动小心谨慎，避免引起主人的不安，让村民们感觉到她们没有任何恶意。从1908年开始，陆陆续续有西方修女来到兴隆场传教，现在乡民们见怪不怪，甚至不觉得伊莎白是外国人，更不会将她这样年轻善良的女子视为"危险人物"，大家对她的态度很亲切。

女性性别确实也给她们带来了诸多方便，调查走访的过程中，她们与乡民们逐渐建立起信任，最初有些乡民以为她们是替政府征兵、征税办事的，后来发现完全不是这么回事，彻底打消了疑虑。伊莎白和俞锡玑在挨家挨户的调查中与当地百姓建立了深厚的情感。

1941年1月后，她们花在家访上的时间一天天增加。整日爬坡上坎，劳累奔波，风里来雨里去，冒着严寒酷暑，有时要走上二十里路去做调查，来回四十里路，石子硌得脚生痛，脚板走得发麻，有时还会打起血泡，磨破皮。有一天，她们从山上调查回来，半路上突然下起大雨，雨气弥漫过来，大片大片的庄稼如同海水起伏摇动，旷野的大树如同怪兽在风中发出诡异尖厉的怪叫，视野昏暗模糊，仿佛黄昏突然降临。伊莎白和俞锡玑在风雨泥泞中拄着打狗棒，艰难前行，全身湿透，脚上的草鞋被厚厚的泥巴包裹，好像拖着两坨铁跌跌撞撞。

"小心点哦，这里很陡！"俞锡玑话音未落，只听见伊莎白"啊！"一声尖叫，打狗棒飞出，身体重重地摔倒在地，顺着湿滑的山路滚了下去……

刹那间，伊莎白顺势抓住路边一丛灌木，整个人悬在那里。俞锡玑迅速赶到，使劲将她拉起。只见她浑身上下都是泥，手上划出一道血口子。

"呀，流血了！"俞锡玑大叫起来，赶快摸出身上手绢，把伊莎白的手包起来。

"没事没事。哈哈，你看茅莱山的灌木神仙救了我，幸好此前兴隆场所有菩萨都拜过。"伊莎白哈哈大笑。

"都快吓死我了，你还有心情开玩笑！"俞锡玑忍俊不禁，"要是你滚下悬崖，怎么得了？"

"不会的。哈哈，兴隆场人好，菩萨也好。对，还有璧山神赵延之保护我们的。"

"你呀，真有好心情！下次一定要多注意点。"俞锡玑嗔怪道。

两个姑娘彼此搀扶着走下山时，已经云销雨霁。来到一块水田边，洗掉身上脚上的稀泥，双脚因为长时间浸泡在雨水泥浆中，已经发白。风吹着湿漉漉的衣服又让人觉得特别冷，伊莎白和俞锡玑看着彼此身体打哆嗦，打趣说风雨让我们跳舞。

看着雨后初晴的天空，干净澄澈，一大片白色的云雾在梯田上空缓缓浮动。而山谷里的兴隆场依旧笼罩在一片雾气里，飘飘缈缈，仿若仙境。

"多美的景色！"伊莎白忍不住赞叹。

"莫听穿林打叶声，何妨吟啸且徐行。竹杖芒鞋轻胜马，谁怕？一蓑烟雨任平生。料峭春风吹酒醒，微冷，山头斜照却相迎。回首向来萧瑟处，归去，也无风雨也无晴。"俞锡玑高声吟诵着苏东坡的词，穿过庄稼地，加快步伐朝着兴隆场奔去。

"素梅，你有没有后悔来这里？"俞锡玑突然问道。

"后悔？怎么可能？"伊莎白抬头看着走在前头满身泥浆的俞锡玑，反问道。

"说实在话，我们所做的工作，确实还是挺辛苦的。"说话时，俞锡玑的脚突然卡在石缝里动弹不得，伊莎白迅速赶上去，泥泞如膏，实在太滑，没想到又重重地摔了一跤。她挣扎着站起来，一瘸一拐往前挪动。

"素梅，你没事吧？"俞锡玑问道。

伊莎白来到俞锡玑身边，蹲下，用手帮她搬开石头。"我没事。你怎样？"

"我也没事。"两个受伤的姑娘彼此看着，相视而笑。

"要说辛苦，肯定是有点。但是我觉得特别有意思。如果要说后悔，我可能会后悔没有来兴隆场。"伊莎白拄着打狗棒，继续往前。

"为什么？"

"做一个人类学家一直是我的梦想，我在八什闹调查的时候比这苦多了。说实在的，兴隆场虽然兵荒马乱，但相对来说自然条件还是要好些，再说，不是还有好伙伴你吗？我觉得真幸福。"伊莎白呵呵地笑着。

"哈哈，你真是乐天派。有时我在想，你的家庭条件那么好，本有很多选择，乱世炮火中偏偏选择来中国，来这个偏僻的四川边陲小镇做人类学调查，一般人肯定做不到，单这一点，我就很佩服你！"俞锡玑真诚地赞叹。

"哈哈，锡玑，你不也一样吗？在这里谁能看得出你是名门闺秀？

来兴隆场，我们就是兴隆场人。"

"说来惭愧，我来这里，多少带着些生活所迫，而你完全是主动选择。不过我还是喜欢这份工作。"

"当然，人选择自己喜欢的事，就不觉得累。好比一颗种子，怀揣信念，就会不惧黑暗，顽强生长。选择了什么样的信仰，也就等于选择了什么样的人生。哪里会有后悔？"伊莎白说着，捏了捏受伤的手，往前走去。

"说得对。"俞锡玑也大步跟了上去。

日晒雨淋，摔跤跌倒，这样的小插曲是常有的事。两位姑娘不以为苦，反倒痴迷于这有趣的人类学调查。

不断的走访调查，积累了越来越多的经验。真心付出，真情关怀，你来我往的交流中，乡民们大多愿意说出很多与自己相关的事情，一句关心会引出老百姓眼里有关来世、得病原因、治疗方法、江湖郎中等一系列始料未及的信息；一次田间相遇，亲切的招呼，会自然而然引出耕地数量、收成，以及木匠做浇稻田的水车灯；如果遇见主人生日宴会，到场宾客（有时包括巫师），生老病死，甚至挂在厅堂里的一幅字画，正在准备的一顿饭菜，激战犹酣的一场吵架，或者热闹的邻里纠纷，也会为谈话增添轻松有趣的素材，所有这些，都可能成为一次家访的前奏或后续，这样，与乡民们打交道有了越来越多的话题；有时遇上主人家正在吃饭，即便并不富裕，这些淳朴的乡民依旧热情邀请她们，她们也了解到兴隆场乡亲们在饮食方面的详细情况……

有一次，伊莎白来到一个乡民家里，看见他们在推磨，便走上去前去，好奇地问：

"大娘，在推苞谷粑粑吗？"

大娘告诉她："我们在推豆花。"

"吃过豆花，豆花很好吃，但不知道豆花是推出来的呢。"

她笑着说，兴致盎然，走到石磨前，一边认真看，一边仔细问大娘如何做豆花。

"做豆花可是很费力的一件事。黄豆先要用冷水泡上一晚上，第二天将泡涨的豆子和着水用石磨碾碎，过滤，再将过滤的豆汁倒入锅里烧开，沸腾后用胆水点豆花……这个过程非常麻烦哦！"

伊莎白说："我可以推磨吗？我在方静文家推过。上次我力气不够拉不过来，方阿姨教过我。"

"重哦。"大娘说。

"不怕。"伊莎白坚持说。

"好，你推吧。"

于是，她便握住把手，推了起来。在大娘的帮助下，沉重的石磨终于有节奏地转动起来，看着石磨里流淌出雪白的豆汁，她非常开心。

俞锡玑在边上开玩笑说："豆花好吃磨难推。"

"是有点难，吃豆花可是一年难得享受到的待遇哦！"

两个姑娘笑了起来。

中午，大娘留她们吃饭。

当雪白如玉的豆花端上桌子，伊莎白用筷子将一大块豆花蘸上调料，送入口中。连声说"好吃好吃"。

挨家挨户调查访问，除此之外，她们还设计调查问卷。问卷设计简单，目标明确，有四部分内容。第一部分确认户主的性别、年龄及家庭住址；第二部分涉及土地拥有或者租赁情况，以及房屋、农具、家庭副业生产工具（如织布机）、役畜、家畜或者家禽数量；第三部分与家庭成员有关，包括年龄、职业、教育程度、与户主关系、是否服兵役或从事其他社会活动等；第四部分调查居住条件，如房屋大小、家庭成员、拥挤程度等。问卷设计上已经尽力突出"非政府"色彩。这个过程中了解到他们的房屋、人口、财产、经济收入等状况。另外，她们还绘制兴隆场平面示意图、居民职业表格、土地统计表、稻农收入表、卫理公会学校上课学生名单等各种表格，设计的内容无所不包。

事实上，不管讲到哪儿，生计艰难始终是每一位谈话者（包括其家人）最关注的问题，她们的经济调查工作因此省了不少事。

乡亲们都很喜欢她，但又忍不住问她："一个好端端的洋小姐，不在城市里享福，为什么偏偏要来我们这个农村，还对什么都感兴趣？"

"我对农村及农村人的生活并不了解，我很想通过自己的调查知道真实的状况，我来这里除了改造调研，也希望尽己所能帮助你们，让你们生活得更好一点。"伊莎白爽朗地回答道。

伊莎白和俞锡玑的入户调查不仅是工作，也是与当地百姓真情相交的过程。走到哪家，遇上什么需要帮忙的事情，她们撸起袖子力所能及地帮，指导大家接受先进的思想和生活方式，在此过程中与乡民们建立了很深的情感。

协进会开会研究工作，孙恩三问入户调查的进展情况，乡民是否欢迎，大家有说有笑地聊了一阵后，伊莎白似乎是总结般说道："没人会把我们当成威胁，妇女们都很爱和我们聊天，男人们也不在意我们。"

"看不出来一个外国姑娘在这里工作干得不错嘛。"孙恩三笑着竖起了大拇指。

到了五月，当地百姓已经将她们视为既无恶意，也跟政府毫无瓜葛的老熟人了。

从陌生到熟悉，从好奇到喜欢，从尊敬到爱，这一路走来，凝聚着她们多少真心的付出。

两位姑娘配合默契，各有所长，相得益彰。俞锡玑个性随和亲切，完全没有下江人高高在上的样子，非常善于聆听别人的倾诉，也善于与当地村民交流，是一个非常合格的访谈家，又不失为一个务实的研究者，对事物本身能持怀疑精神；而伊莎白温柔谦和，也很善于和当地百姓聊天，她的眼睛总是带着笑意，湖水般清凉的眼波如同涟漪，一圈圈荡漾开去，她心怀慈悲，又不缺乏敏锐，既有旁观者的客观冷静，也有对兴隆场百姓苦难的深切理解和同情。

她们白天努力了解村民情况，收集资料，晚上回到住处会反复探讨当天的采访内容，仔细分辨受访者所讲内容的真假——即便那些愿意接受采访的农民，也不敢完全保证他们说的是实话，俞锡玑甚至担心农户有可能夸大其词，报上跟自己实际财产不符的数字。很多时候，俞锡玑还会把她单独了解到的信息讲给伊莎白听，每当夜深人静，整个兴隆场渐渐沉入睡眠之中，福音堂那间小屋灯如流萤，闪烁不熄。灯盏之下，伊莎白手指翻飞，那台英文打字机发出噼噼啪啪的声响，无论白天多么辛苦，伊莎白总能保持旺盛的精力，直到深更半夜，她还在记录着白天所见所闻。

伴随着打字机声音的是窗外虫唱蛙鸣和偶尔的狗吠，也有好奇的晚风，踩着窸窸窣窣的细碎脚步，滑过树枝，挤进房间一探究竟，同时送来稻禾和泥土的气息，带给她清醒与清凉，此刻，她觉得自己仿佛与兴隆场的夜空和大地贴得更近了。

一天一天过去，这份庞杂而细碎的记录越来越多，越来越厚……

## 3 在兴隆场过年

1941年春节前，伊莎白的妹妹饶美德专程从成都到兴隆场来看望姐姐。在成都长大的妹妹，对四川农村并不陌生。她从璧山县城出发，步行了两个多小时，一路青山绿水虽然让她心旷神怡，但真正到达兴隆场之后，见到的却是让她难以接受的另一番景象。

"你简直来到了这个世上最教人恶心的村庄。难以想象，整条街就是个猪圈和垃圾场，到处都是气味难闻的臭水坑。他们至少需要一队清洁工先来做清理，才能再考虑建个教堂。"[5] 沿途见到的乡村风景与走进兴隆场见到的肮脏污秽形成了巨大的反差，妹妹感到极度失望。

千辛万苦一路辗转，终于见到思念中的姐姐，但眼前的姐姐，变得让她有些陌生。记忆里一身洋装的漂亮姐姐，现在穿着当地农民的蓝布长袍，如果不是一头金色的长发，完全看起来就是当地农民；雪白的肌肤也变得有些黑而粗糙了，只是整个人看起来更成熟。她根本无法想象到底是什么在支撑着一直生活优渥的姐姐来到这里并长期坚持下去的？姐姐在这里又是怎样生活、工作的？！

"姐姐，我真有些怀疑你是不是疯了，来这个鬼地方？竟然能在这样糟糕的环境里活下去？"妹妹半是心疼，半是不解。

"没有啊，这儿挺不错的，我喜欢这里。"伊莎白仰着头，脸上洋溢着自信。

"喜欢？你又不是来游山玩水，住三五天就走，你来这里已经好几个月了，我实在佩服你能待这么久！"

"是啊，住下来我才能真正走进兴隆场，走进兴隆场，才能了解一个乡村的灵魂。我觉得这几个月收获挺大的。"

"姐姐，我差点忘了，你是有梦想的人。"妹妹调侃着。

"哈哈，可不是吗？你也可以留下来，如果你喜欢人类学调查的话。"伊莎白笑嘻嘻地回答。

"我？算了吧。我怕自己活不下去。"妹妹的头摇得像拨浪鼓，"对了，我还差点忘了告诉你，有人托我给你带了信来哦，还说，过一段时间，他也会来兴隆场看你的。"

说着，妹妹把大卫写给伊莎白的信从包里取出来，交给了姐姐。姐姐看过信后，脸上尽是甜蜜和幸福。

"哈哈，姐姐，看你幸福的样子，我就知道，只有我姐夫那样的人才会理解你,支持你的选择!"妹妹打趣道。

"可不是吗?他可真是最懂我的人。"伊莎白也直言道。

伊莎白带着妹妹在兴隆场四处走走看看,姐姐像是一个本地人一样给妹妹介绍兴隆场的客栈、饭馆、面馆、茶馆、赌场、肉铺、磨坊、榨油作坊、杂货铺、烟草店、糕点铺以及中药铺等,妹妹虽然也饶有兴致,但看到乡民们的生活她就直摇头。她无法想象,更无法理解,姐姐不仅在这里活下去,而且活得充满激情,把工作完成得非常出色。她写回来的每一封家书,都充满了热情和喜悦。

"姐姐,你瘦了好多,这里的环境和生活比我想象的糟糕,爸爸妈妈知道了,也会心疼死的,要不,你跟我一起回家过年,好吗?"妹妹说。

"不不不,我喜欢这份工作,我也喜欢这里,我肯定要留下来把这份工作完成好,再说,要过年了,我要留在这里与兴隆场人一起过年,感受并记录这里过年的传统习俗和热闹气氛……"伊莎白笑着对妹妹说。

"姐呀,你真是一只'倔驴子'!"

"你才是'倔驴子'!"

……

姐妹俩斗着嘴,笑成一团。

"妹妹,说真的,来这里的收获比想象的多。"

时间过得很快,伊莎白来兴隆场转眼就是四个多月,中国人最看重的传统节日——春节转眼就要到了。虽然妹妹极力劝说姐姐回成都和父母一起过年,但伊莎白还是坚持留在兴隆场,并度过了一个此生难忘的春节,第一次体会到了兴隆场人即便在战争的阴影笼罩下,一片愁云惨雾,即便是生活最艰苦的时刻,依旧忘不了节日的喜庆热闹,这种乐观、豁达也感染着伊莎白。

舞龙是中国传统的表演艺术,有着悠久的历史。而璧山龙[6]久负盛名,早在明清时期,璧山龙就以制作工艺精巧,舞龙技艺粗犷而出名,璧山人对春节舞龙尤为看重。他们坚守着数百年的传统风俗，每个乡都会精心组织舞龙队，热热闹闹过年，祈福保佑来年风调雨顺，平安吉祥。按照惯例，各场镇还会互派舞龙队登门献技，以示祝福。

舞龙从正月初六舞到正月十九，是全镇人一年中最开心的时候。阴霾弥漫的夜空，鞭炮的巨响，烟花的缤纷，铁花的灿烂，祝福的笑语，欢乐的呐喊，总会给人带来仰望和期待。

舞龙活动由"赏月会"[7]具体负责，包括做龙、收支策划、日常事务以及正月十九晚上的舞龙表演等所有内容安排。

年前，伊莎白外出时在武庙大门旁的墙上看到赏月会的筹款告示："赏月会两名成员腊月二十三筹到四十七元钱。"旁边还有一则告示："愿买大鼓的交六元，买小鼓[8]的交四元钱。"

四季轮回，年复一年，小小的兴隆场，被时代的巨浪冲刷裹挟着跌跌撞撞一路向前，虽然兵荒马乱，但节日气氛依旧无可阻挡地一天天浓郁起来。

赏月会开始抓紧时间做龙，今年状况不太好，兴隆场只做了一条漂亮的布龙，期待着舞龙节精彩亮相。

随着除夕的鞭炮燃响之后，整个兴隆场便出现一种祥和熙攘的景象。大家彼此请客吃饭，拜年祝福。

吃过晚饭，俞锡玑对伊莎白说：

"今天（初六）晚上出龙，舞龙表演正式拉开大幕。"

"对对，我们要紧跟舞龙表演，全程参与，好记录兴隆场春节这一传统习俗。"

两个姑娘正要出门，李文锦、彭嫂等人也跟了出来。

"大家一起去哦！"于是协进会大人孩子结队来到街上。

当一条色彩缤纷的龙，摇头摆尾开心地游走在兴隆场的大街上，兴隆场人一下子兴奋起来。

那晚，大鹏场的龙[9]抢先来到兴隆场。兴隆场的接待不温不火，几挂鞭炮在夜空中稀稀疏疏响起，之后安排客人在蔡旅长家吃饭。

这条灵动的飞龙，穿过岁月的阴霾，如同一团祥云降临于黯淡沉寂的兴隆场，将夜空装扮得漂漂亮亮，瞬间点燃了众人的欢乐，将往日的阴晦一扫而空。

按照规矩，兴隆场接下来应该回访，否则便失了面子，但兴隆场人迟迟未动。

回到福音堂，大家意犹未尽，议论纷纷，期待明天晚上的表演。

初七晚上，舞龙队在镇上热热闹闹，开始造访每家店铺。伊莎白、俞锡玑还有学校的教员，甚至朱小姐也关门一起出去看热闹。她们和兴隆场人一样，脸上洋溢着欢乐，逐龙而跑，生怕错过一点精彩，沉浸在龙的世界里。

随着鼓声，舞龙手们跳起欢快而磅礴的舞蹈。龙跳跃着，奔跑着，一会儿腾云驾雾，一会儿空中穿行，一会儿深水游弋，在喧天锣鼓中尽情释放着力量，绽放着光彩。鼓声时而急如骤雨，时而缓若流水，在夜色中腾跃，回荡。笑语在耳边一浪浪涌来，又一圈圈散去。舞龙手热情四射，完全忘记了一年的辛劳和岁月的悲哀，尽情地跳动，飞舞，旋转。精彩处，众人的掌声、尖叫声、呐喊声、欢呼声雷鸣般响起。那些整日里为生计而悲愁的女人也暂时忘却了生活的不幸，脸上露出花朵般的笑容。孩子们更是兴奋极了，像小猴般在人群中跳来钻去，东拱西溜。一旦碰触到大人身体，大人会嗔骂一句："这些鬼胆胆（小孩），也不怕踩到！"小孩子追着龙跑，只见龙一会儿睁大双眼，怒视前方，似乎要把黑暗吞掉；一会儿又伸出长长的金须，露出锋利的牙齿，咄咄逼人，好像要将邪恶咬噬。整条巨龙穿行在黑夜的波浪之中，气势如虹，昂首挺胸，翘然摆尾，动时穿云过海，静时沐浴火花，节奏顿挫，动人心魄。

龙过门前，主人会因此得到庇护，好运也会降临。舞龙队挨家挨户舞动，舞到哪家，哪家店铺便按礼节献上二十一元现钱，同时置办香烛迎接。而赏月会一名随行成员会在一个本上负责记录各户人家姓名以及捐献的钱数，顺带说上一些吉祥如意的言子儿。

伊莎白和俞锡玑看到，兴隆场人就算平日再穷，当龙舞到家门前也会或多或少拿出钱来，少者五毛，平均两元，根据钱的多少，舞龙队决定表演时间的长短。若不捐钱，舞龙队会故意绕道走。来到街角三号房，古大娘家是做苦工的，她抖抖索索，从衣服内袋里摸出五毛钱，恭敬地递给赏月会，队员照收不误。当舞到丙一号房孙九昌家，孙的老婆孙陶氏极不情愿从口袋里掏钱出来，口中恨恨地说着刻薄话。舞龙队因此和她彼此奚落起来，观众一边看，一边笑。

当然，最热闹的是正月十五的活动了。

早上不到八点，舞龙队中途在冯庆云家吃过早饭，然后兴致盎然朝着茅莱山土主庙豪情进发。来这里舞龙据说能给村民带来一年的好运气。

同时出发的还有茅莱山周围的三个乡——大鹏场、丹凤场、三教场。

清晨，伊莎白、俞锡玑随着兴奋的人群一起，兴致勃勃地赶往茅莱山。一路逶迤，直上山顶。到达山顶俯瞰远望，几个乡的乡民倾巢而出，成千上万的男女老幼，穿红着绿，一脸喜气，如同搬家蚂蚁，密密麻麻移动在路上。

人流涌动在四条进山的路上，犹如四条游动的长龙，蜿蜒攀上茅莱山，场面蔚为壮观。有趣的是，很多人身上带着一个小藤筐，里面装满香烛纸钱。伊莎白好奇地问身边人，他们说要去山上庙里烧香拜佛哦。只要拜一拜土地庙里的璧山神，即便不烧香也能起到驱邪避鬼的作用。

一路行来，乡民们非常虔诚，沿途每遇到一座神祠，都会停下来虔诚跪拜，烧香祭祀。

众人的目的地当然是土主庙。土主庙前有一块宽敞的空地。当伊莎白和俞锡玑到达时，这里已经变成熙熙攘攘的集市。到处摆满供人吃面食的桌子，每个摊子前都挤满了食客。平时大人舍不得花一分钱给孩子们买吃的，但今天也会破例给孩子买一碗面。还有些摊子售卖香烛钱纸以及花生、甘蔗、糖果等小吃，小贩们忙着招呼客人，生意火爆得很。

时间一点点过去，上山的人越来越多，九点到十一点之间，庙里庙外已是水泄不通，人们连走动都变得十分困难。

很多女人只能靠在一边，把带来的藤筐交到男人手中，由他们挤到神前祭拜。男人力气大，顾不得那么多，一个劲地往前挤。

每座神像前都燃着一堆烟雾腾腾的篝火，拱在前面的女人极为虔诚地跪拜着，当然不能像平日一样慢慢念祷，细细跪拜，后面的人催着呢。人群实在太挤，后面的朝拜者实在没法亲自烧香，只好把手里的香烛纸钱抛到火堆里去，匆匆鞠个躬，又随人流转到下一个神像前重复着同样的动作。

人头攒动中还出没着各乡送来的龙，但在这样的环境里已施展不开什么高飞低舞的"本领"了。这些龙被舞龙手高高举着，沿着固定路线，边走边勉强舞动，然后匆匆离开。

中午时分，舞龙活动接近尾声，闹哄哄的人群意犹未尽，但也只能逐渐散去。伊莎白看见一些颇为虔诚的老太太迎着太阳，在路边坐了许久，现在终于等到可以走进庙里，一座一座烧香祭拜，她们的脸上写满了虔诚。

下山的人依旧如同潮水。特别是一些半大孩子，呼啦啦地跑得飞快，在人群中穿梭，有时跑在龙前，有时又落在龙后。

这个时候人群突然传来消息："哎呀，今年怎么这么早龙眼珠就被人偷了啊？"

伊莎白和俞锡玑观察着人群，追着龙，抬头仔细看前头那条被舞龙队高高举着的龙——两枚黑亮亮的龙眼不见了，只剩下两个空洞，龙的灵气顿失，如同瞎子。

她们好奇，忙问身边大娘："偷龙眼珠做什么？"

大娘说："哎呀，你们不晓得啊？偷龙眼珠，会多子多福。如果还没有孩子的人家偷到，菩萨会保佑他们早生贵子的。"

这颇为有趣。很多人都在猜龙眼珠到底是何人所偷。你一言我一语中，大家猜测，很可能是舞龙队里的卫家老七帮他结婚九年未能生育的嫂子偷的。当然，她若真生了孩子，第二年过节用的龙就得由她家出钱制作。

卫老七平时游手好闲，除了赌博和抽大烟，其他时间看起来都是蔫呼呼的，伊莎白只在牌桌上看到他神采飞扬的样子。但今天的卫老七精神抖擞，脸上一直挂着笑。往年偷龙眼一般会在正月十九舞龙结束烧龙之前。也许是卫书尧太想要孩子，所以叫弟弟早早把龙眼偷到手再说。

正月十九，是镇上春节期间最后一个热闹的日子，将持续数日的舞龙活动推向高潮。

赏月会设宴款待舞龙手后，舞龙表演正式开始，这个晚上的舞龙时间很长，一直舞到后半夜。

一年四季忙着干活的人都出来看热闹了。因为过完今天，意味着年完全过完，大家又将恢复到沉闷、辛苦、忙碌的日常生活中。

长龙奔腾在兴隆街上，将兴隆场夜色搅得风生水起。舞龙手们走马灯似的替换。由于战争缘故，没有搞到平时用的烟火，镇上人只好用土法把废铁融化成铁水泼洒向夜空，绽放漫天烟火。那情景比烟花还美。

街上人山人海。从武庙开始，早已设置好几个泼洒铁水的地方。铁匠们自带炉子，把炉火烧得熊熊的，锅里熬制好沸腾的铁水。龙舞到酣畅时，铁匠用夹钳夹着一把陶制勺子，舀起一团团火红的铁水，奋力泼向夜空，旁边有人手持铁板顺势一拍，顿时，成千上万的火花腾空而起，恣意绽放，耀眼夺目，溅落在当街游走的龙身上。这一场面扣人心弦，欢快的尖叫声，兴奋的嘶吼声，加上不绝于耳的鞭炮声，让每一个置身其中的人如痴如醉。

围观群众中也有人跟伊莎白和俞锡玑抱怨："政府不让用硫黄，放不了烟火，没意思。"

一个男人接过话说："我觉得今年比往年热闹哦。泼铁水虽然不五彩缤纷，但更激动人心，更刺激啊！"

马上有人附和，"这个铁水比烟花漂亮多了，且具有震撼人心的力量。"伊莎白也觉得这场面惊心动魄，缤纷绚烂。她对身边的俞锡玑说，中国人实在是太聪明了，竟然想出这样的方法来制造"浪漫"和"欢乐"，着实了不起！

说话间，铁花又如漫天红雨，纷纷洒落人群。随着一阵尖叫，众人如同潮水往后退去。等红雨消失，潮水又涌荡过来。几位姑娘拉着手，一脸笑意，一起感受着兴隆场与别的地方完全不一样的春节气氛。

武庙的舞动时间最长，有十分钟之久。接下来几个站各自五分钟，然后又绕回武庙重新开始。舞龙手们累得大汗淋漓，噗嗤噗嗤，不断换人。伊莎白特别留意换人时的情景，因为表演不能停止，舞龙手们猴子般闪出队伍，另外的队员猴子般跳进队伍，熟练完成交接。

一站一站舞下来，舞龙手们多半赤膊上阵，穿贴身短裤，头上仅包块红布或者戴顶草帽以防烫伤。也有穿戴整齐参加舞龙的，大家说，或许是家里有钱，不怕费衣裳。几个姑娘听了，忍不住笑出了声。一晚上下来，不少围观者的衣服也被飞溅如雨的火花烧得千疮百孔。

那条兴奋的龙、欢腾的龙、吉祥的龙、希望的龙，终于在最后一个站点随着众人的欢呼和笑语消失了。很多人意犹未尽，但也不得不渐渐散去，这也意味着一年的欢乐至此结束。

舞龙给镇上带来了极大的欢乐，特别是孩子们，他们跟着游龙跑来跑去，异常兴奋。而伊莎白也如同孩子，亲眼目睹和感受了这场节日盛会，同时也洞察了欢乐气氛下面涌动的暗流。

1940年7月1日，政府启动行政改革，将兴隆场和大鹏场两个相邻的联保合并为大兴乡，政府所在地设置在兴隆场，大鹏场因此降了一级，大鹏场的集市发展也受到一定影响。大鹏场的人心里始终笼罩着一层不悦，但又无处发泄，于是暗藏的紧张关系也在舞龙中浮出水面。

对初六就来兴隆场舞龙的大鹏场，兴隆场迟迟不作回访，直接拖到最后一天，而且派出的全是新手。即便如此，大鹏场人接待规格异常之高，热情超乎寻常。龙头大爷在饭桌上频频劝酒，大献殷勤，结果多数人被灌得酩酊大醉，摇摇晃晃走路都难，更别提舞龙了。原来，大鹏场的真实用意暴露无遗——就是要让兴隆场出丑。

很快，几个没喝醉的人飞快跑回来给赏月会报信。先前被"雪藏"的舞龙高手紧急集合，马不停蹄前去救场，好歹没让对方的诡计得逞。心怀不满的大鹏人在舞龙过程中，身强力壮的铁匠们拼命往空中抛掷火球，经验丰富的助手奋力击打，火星四溅，犹如天女散花，美不可言，舞龙手个个被烧得衣不蔽体，其中一个人的手被严重烫伤，回来后赶紧跑到协进会的诊所接受治疗，绘声绘色给她们讲述在大鹏场发生的事情。

正月二十，这一天舞龙仪式结束，赏月会宴请舞龙手，吃到下午三点才散去。鞭炮声响起，人们动身去回龙桥烧龙。已经舞了半个月的龙，身经百战，现在只剩下一副可怜的骨架，上面的红黄布早已被人偷光[10]。其实昨天还在舞龙表演时，一位从梓潼场来的老头便趁人不备试图动手扯布条，结果被抓了个现行。老头的举动惹怒了正坐在一旁的舞龙手们，他们大声呵斥，老头一声不吭。后来老头被押到乡公所蹲了一宿，第二天早上才放出来，所幸没被罚款。伊莎白听后，很是为老头不值。

扛龙去烧的除了两个大人梁荣亭和卫老七，都是些凑热闹的半大孩子。大人们早已筋疲力尽，任由孩子们抬着龙去烧化。来到大路拐弯处，孩子们故意绕了一个大弯，才重新走上回龙桥，来到桥下河边洗衣石上。

伊莎白问及原因，卫老七说路面不干净。

"你怎么知道？"

"这看得出来。"

"为什么？"

他不肯再做解释，随后才有人告诉伊莎白，是不想让唐家沾龙的光，因为唐家很富有，但没请舞龙队吃饭，只随了两元钱的份子，唐海舟的老婆解释说："我们家向来只请带扎包儿[11]的人。"这话让大家愤愤不平。伊莎白和俞锡玑跟着队伍来到河边，看见孩子们把龙头支好，往龙肚里填进纸钱，点火，放鞭炮，一个大人招呼孩子们上路，留下龙在河边静静燃烧，最后化为一堆灰烬。

后来唐家的猪接二连三地病死，镇上人立刻联想到过年时他们家对龙的冒犯。大家对唐家议论纷纷。唐海舟也许是为老婆讲过的话"赎罪"，加入了皇经会，很大方地捐献做醮时所需要的灯油。

这个春节，伊莎白和协进会的女孩们，挤在人群中，领略了四川农村春节期间的习俗，完整细腻地记录了舞龙全过程，呈现了一场场精彩绝伦的画面，也记录了这一过程中展现出来的种种人性，洞察了行政机构的合并所带来的两个场镇的各种矛盾斗争。

注：

1 兴隆场的人无论贫富都穿棉布衣裳，男的身穿蓝色棉布长袍，脚穿草鞋或者黑布鞋；女的穿棉布蓝大褂，脚穿布鞋；孩子们则是五冬六夏打赤脚上学。有些男男女女裹白头帕，据说是为了纪念诸葛亮，后来受到学校学生、下江人以及城里人的影响，到1941年都摘掉了。

2 石：读音shí。量词，计算容量，重量的单位；官俸的计量单位；计算弓弩强度的单位。因古时1石约等于1担（即10斗，120斤），因此在民间"石"又可俗读为dàn。中国传统的计量单位，特别农村用得普遍。兴隆场人习惯读

"dàn"。

3　为方便通风采光，农家无论冬夏，从早到晚，屋门大敞。

4　"我们拉家常比问问题的时间还要长……从某种意义上说，锡玑也是我们成功的秘密。她特别棒，又能干，还帮村民看病。"伊莎白在《兴隆场》一书这样写道。

5　伊莎白的妹妹饶美德于1941年2月2日到访兴隆场，返回成都之后写给伊莎白的书信。

6　璧山龙有着悠久的历史，当时龙灯有草龙、布龙、僵龙之分。草龙是稻草制作而成，龙身直径十公分，蛇形龙头，嘴巴大张，吐出红色的舌头，龙颈缠有红布条，龙尾三叉上翘，灵活自如，扭摆翻滚，乡民最是珍重喜欢，造价便宜，但不耐用，但这种龙的块头最大，如果与别的龙迎面相遇，需对方避让才能通过；布龙龙体由竹篾搭架，龙头、龙尾糊有彩纸，五节龙身披上红黄布条，龙头夸张，龙尾上翘，造价稍贵，但经久耐用，可以一直用到节日结束；璧山龙还有一种是僵龙，僵龙由竹篾和彩纸做成，因为不能活动，由七个人直僵僵地举着，做不出什么花哨好看的动作。

7　"赏月会"，因正月十五是赏月的日子，也是整个舞龙节最重要的一天而得名。兴隆场赏月会成员有大地主曹跃显、唐俊良、保长兼哥老会第四堂口大爷梁荣亭、讼师古焕元等。

8　大鼓、小鼓，这是指针对正月十九晚上的舞龙、正月二十烧龙前最后一场表演时间的长短而言。捐钱多者，舞龙队在门前表演时间略长；捐得少或者不捐者，表演时间短或者干脆绕道而行。

9　1940年8月地方行政发生变更。兴隆乡和大鹏乡合并为大兴乡。县政府希望此举能收到节约开支的效果。他们原打算让三教乡也加入进来，但遭到了对方反对只好作罢。

10　扯龙上的布条，说是给小孩做衣服或者帽子，穿戴后能祛病禳灾，长命百岁。

11　扎包儿，四川方言，客人赴宴时带给主人的礼物，通常是两块钱的糖果等；也有客人离开时，主人给客人带回家的小点心等。

# 第六章　触目惊心的匪盗和征兵

## 1　强盗土匪横行

过年短暂的热闹遮挡不了兴隆场百姓长久的苦难，各家看似频繁的"宴请"掩盖不了真实生活的贫穷与潦倒，日子漏断的几滴欢乐稀释不了战争带来的恐怖与不安。

年还没过完，强盗偷盗、土匪抢劫事件频频传来，家家担忧，人人自危。

伊莎白通过调查分析，原因有三，一是去年收获的粮食已吃完，而春作物还未成熟，正是青黄不接之时，很多百姓断粮了；二是农活不多，那些生活拮据的人找不到打短工的机会，没工作自然也就没收入；三是过年时有人赌兴大发，输了不少钱，手头一下子变得紧张起来，生活无着落，不抢不劫，自然只有饿死。宁为太平犬，不为乱世人，实在活不下去，不偷一把，抢一回，填一下饥饿的肚皮，怎么活得下去？饥饿总会让人铤而走险，这些饿青了眼的穷人合起伙来在夜晚蒙上脸入户抢劫，看准机会，搞上一票，分赃后一哄而散，具有一种游击性质。也就是说聚拢来是土匪，散开去还是农民，他们着实不得已当起强盗土匪来。

强盗土匪横行兴隆场，抢劫杀人亦不时有之。

伊莎白和俞锡玑从 1497 户人家中随机调查了 525 户，发现其中三分之一的家庭至少拥有一支枪，而这泛滥的枪支自可防身，但从某种角度来说便是增加了民变匪的概率。老百姓说起强盗土匪，既恨之入骨，又无可奈何。

伊莎白和俞锡玑心里也充满隐忧害怕，但还是鼓起勇气，继续坚持外出做田野调查。

三岔路口，是过往行人和客商必经之路。

夜色朦胧，风声涌荡，庄稼地如同一片绿色的海洋起起伏伏。突然，三个土匪从海洋中跳出来，其中一个胖子手里端着一支打猎的火药枪，一个瘦子手握一根大木棒，还有一个不胖不瘦的家伙手执一把大砍刀。来势汹汹的三个男人把伊莎白和俞锡玑吓得面如土灰，心跳加速，两位姑娘紧张地盯着来人，手拉得紧紧的。

等三人看清眼前两位小姐，突然转身朝着另一条小路走了。

惊魂甫定的姑娘甚觉奇怪。

小路深处传来一阵歌声："老子今天不抢人，哼哼，老子今天不抢人……"

这是伊莎白和俞锡玑入户调查晚归遇见的一幕，想想着实后怕。回来后向孙恩三汇报，大家都笑了："强盗也认人？！"

还是徐牧师分析得对，几位小姐在兴隆场有多重护身符——政府、教会、协进会，还有袍哥，再加上伊莎白是外国人，那个年代，什么人都可以惹，但外国人不可惹。

说到底，兴隆场就是一个乡里的熟人社会。随便发生一件事，或者来了一个什么下江人，消息都会长上翅膀，不出一天半日，迅速传遍全镇。到兴隆场后做了很多好事的协进会，有知识有文化的美丽洋小姐，兴隆场的大人小孩早已知晓。所以，两位小姐在兴隆场算得上是有多重护身，来去自由，甚至很多人家待若上宾。

在璧山参加军训的入伍青年（张鉴翻拍于建川博物馆）

但是孙恩三还是去找袍哥蔡旅长说了情况。这样的事，袍哥更管用，毕竟都是黑道上的。

明抢不能，但土匪们的眼睛也从来没有放弃过协进会。在土匪眼中，这些下江人，个个都是"富人"，只要下手稳准狠，是可以捞上一笔的。据说曾有一伙从璧山监狱逃出来的犯人，就曾打协进会主意，准备趁一个月黑风高之夜，干上一票，但由于种种原因，最终没成。

协进会工作人员住的教堂，强盗们还是多次光顾。女孩们给父母的信，多是报喜不报忧，事实上，在这里的每一天，不说胆战心惊，多少还是有些战栗不安的。在范云迁的《兴隆场观感记》[1]里，就曾记载过发生在协进会住宿区的盗窃事件。

一个晚上，四五个强盗翻墙而入，盗取了徐牧师头天花五块钱买的准备开会的猪油若干斤，再钻进两位同工（即同事）的小房，把房间里的药箱打开了。然后扭破一楼的铁锁，又上楼盗取一位教师的帆布箱，继续用刀打开了朱秀珍和李文锦所住的宿舍，此时，两女孩已醒，吓得尖声大喊。贼人如一支支黑色的梭镖，"嗖"地逃出楼外，又窜到徐牧师家捡取什物，此时徐牧师与师母已起，到院里巡看，看见几团黑影，大喊："有贼！"这时候，福音堂里的人全都醒来。每个人脸上都带着惊恐不安的表情，徐牧师挨个问询大家被偷何物。大家逐一检查，各自的皮包等重要物品还在，幸亏发现及时，否则后果不堪设想。

有同事忍不住好笑："这贼们，还只是偷油，也算君子！"几位女生吓得面如土灰，尤其是朱秀珍大受惊吓，浑身发抖。几位姑娘手抓着手，神色惊恐，彼此安慰。打趣的同事看到女孩们的表情，就再也笑不出来，郑重地说着安慰话。

还有一次，强盗钻进教堂偷了他们头天买的几斤猪肉，损失惨重。本来大家平时生活也不好，难得打回牙祭。彼此自嘲一番，没有口福，强盗饿晕了，也想开一下荤。

教堂的厨房是强盗们最常光顾的地方，这里的米、猪油、腊肉之类，强盗们来了，总不至于完全空手而去。盗贼早就看好了进退之路，一有风吹草动，翻墙而逃，溜之大吉。

第二天一大早，大家再去查找夜里被盗细节，但找不到一点痕迹。虽然问题严重，街上主事的人来问询，都说要查问个清白，协进会的工作人员也写信给乡公所和县政府汇报，但这样的事情太多了，要查个水落石出也不太容易。总算吉人天相，没什么大的损失，此后大家也就多多注意。不过每每想起，依然后怕。

有一次，也许是古万林卖油菜籽的钱露了白，被盗贼盯上。晚上盗贼来偷古万林，古万林很惊醒，一听到动静，便起身大吼："抓强盗！抓强盗！"同时打开前门大喊，镇上的人都被吵醒，大家连忙起来抓强盗，结果追追找找半天，连强盗的影子都没见到。都说古万林乱吼，大家丧气地各自回家睡觉。凌晨三点，唐长安在福禄杀猪，卖了肉后打牌到半夜回来，路上遇上一个浑身屎臭的人从兴隆场出来，奔往福禄场。

第二天，古大娘起床上厕所，发现茅厕口一摊屎尿痕迹，顺墙延伸出去。这时才清楚，这定是昨晚强盗所为。她把事情拿到街上一说，大家豁然明白，原来这个盗贼躲在古大娘的猪圈茅厕里。唐长安也来证实，这样洗脱了古万林惊风乱吼的嫌疑。

朱小姐听了，拿回来与伊莎白等人一讲，大家都把鼻子掩住："这也太臭了！这是一个臭贼，不过是一个很聪明的臭贼。"

一个清晨，天刚蒙蒙亮，协进会还未开门，突然传来一阵急促的敲门声。一个小男孩的求救声破空而来："救人啊，救人！"

几位姑娘听到吼声，立刻起来。原来是安海雄的外孙来到诊所喊朱小姐去救人。

伊莎白和俞锡玑去过安海雄家，在沙洞子，离梓潼场不远，距离兴隆场有十多里地，两位立刻带路。安海雄是个极其虔诚的教徒，他家是大户，有二十多口人，四十多石稻田和十石旱田，还养了一大群猪。

昨天赶场，安海雄卖猪收入两千元，结果被人盯梢，一直跟到家中。后半夜，十名土匪带着两杆枪和两支手电筒破门而入，迅速控制了安家老老小小，其中一个土匪逼问两千块钱的去向。安海雄的老婆伸出手，指着其中一个土匪，满脸吃惊，从发颤的牙齿里蹦出两个字："你，你……"，接着便听到"砰砰"两声枪响，安海雄的老婆应声倒地，躺在血泊之中。土匪打中了安海雄老婆的大腿，子弹从大腿内侧穿过，流了很多血。二儿子从另一道门跑出来报信，也当胸挨了一枪，幸好打偏，未伤及性命。安家人见状，纷纷扑上去，土匪纷纷开枪，安海雄头部受重伤，三女儿的屁股也被子弹打穿。

来势汹汹的土匪，带着从安家抢来的两支枪、一些子弹和一百块钱逃之夭夭。

消息传到集市上，安海雄的外孙闻讯飞奔来叫朱小姐救人。协进会的几位女孩听到情况，觉得事态严重，全都赶去了。女孩们马不停蹄地走了一个多小时，达到时已九点钟，安家很多亲戚围在那里，现场气氛看上去有点怪异，有点像过年。让伊莎白吃惊的是根本看不出来这里刚刚发生过枪击和抢劫。

事实上，安家那是一个惨！安海雄的老婆浑身鲜血淋漓，躺在门板上，还剩最后一口气，但朱小姐没法进行输血，只能眼睁睁看着她死掉。气一落，亲戚们便在她脚那头点了一盏油灯。安海雄和儿子、女儿或躺或卧在床上起不来。

伊莎白心里一阵难过，来兴隆场几个月，见到太多这样的抢劫案，她和俞锡玑多次探讨过这个问题，一直在思考，这人间惨剧要解决，唯有解决贫困问题，让每个人都有吃有穿，谁还会冒着生命危险去当土匪强盗呢？

隐隐的悲伤和血腥味还在空气中弥漫，协进会的姑娘七手八脚，帮忙救助伤者。处理妥当，走出门外，听见大家议论纷纷，有的惋惜，有的哀叹。

"安海雄是个教徒，心肠又好，跟他借钱从来没有张不开嘴的。怎么就遭遇了这样的事呢？"

谈到他老婆的死，有人说："强盗来了就让他们想拿什么就拿什么，反抗有啥子好处？看，老命都搭上了！"强盗忌讳受害人认出真面目，"看穿不说穿"，安海雄一家的伤亡都是因为他老婆忘了这则戒条。

大家又转而感慨时局："哎呀，这是啥子世道啊？抢劫真是越来越多了！太可怕了！"

确实，隔三差五的抢劫偷盗更是看得人触目惊心。

1941年正月初九，古靖文家被两名持枪劫匪和七个带刀同伙半夜闯进来，抢走了从重庆刚带回的价值一千元的棉线；二月初一，第二保的方贡宝被抢走了两捆刚从璧山买回来的价值三百三十六元的棉线，方家女人机智，装作害怕，乘其不备从床下摸到枪和子弹，救了自己一命；二月十四夜里，第十保的方绍华家被四五名土匪抢走三捆价值几百块钱的棉线，方在反抗时受了重伤，在伊莎白她们两周后入户调查时仍未痊愈，刚出生不久的儿子也死于腹泻，之后老婆和女儿搬到第八保第二甲去住，靠做棒香为生；三月十九，费家被一伙强盗抢走五卷棉布、半匹面纱、一些家具和两块床罩，并打伤了费古氏……

强盗土匪猖獗，治安状况糟糕，百姓人心惶惶，害怕被抢，经常大半宿不敢睡觉，出声地摆弄着手里的枪支，好让土匪知道他们有所防范。民团兵丁担心过于紧张的村民误把他们当成土匪射杀，从来不敢悄无声息地巡逻。要么咳嗽，要么弄出响动，听到头上有拉枪栓的声音就连忙大喊："我们是民团！"

土匪强盗几乎逼整疯了乡民，甚至彻底改变了不少人家的生活和命运。

伊莎白和俞锡玑到费章云家做入户调查时，发现费家现在的房屋破破烂烂，家庭衰败，一家人笼罩在愁云惨雾之中。原来，二十年前的费家有五十石地，算得上富户，可遭遇十二名土匪绑架独生子，并索要了几百块钱（这在当时是很大一笔赎金）的事情后，家境便每况愈下。儿子赎回后跟着石匠学手艺，五年前这一带更是匪患严重，被绑架的儿子看到戴三娘的丈夫惨遭毒手遍体鳞伤的尸体后惊吓过度，精神变得失常起来。

那天，她们刚走进院子便发现"疯子"坐在门槛上，一面上上下下动着眉毛，一面用诡异的目光乜斜着她们。

她们正在和费家人交谈，突然传来一声低沉而钝重的恐怖声音："老子要拿刀杀了这帮龟儿子！"

伊莎白和俞锡玑一下子紧张起来，抬头一看，只见"疯子"霍地站了起来，手里拿着刀，眼睛里充满愤怒的杀气，朝着她们直直走来。两位姑娘吓得不轻，立刻起身，闪到一边的柴垛旁，观察"疯子"。

"疯子"朝前走了几步，四下看了一眼，比画一番，骂骂咧咧，又闷闷地坐回门槛上。

这件事不过是调查中的小插曲，幸好有惊无险，不过土匪横行，对老百姓和老百姓的生活都造成很大影响，给她们的调查带来不少影响。回到协进会，和徐牧师、孙恩三等说到这些事，两位姑娘还是心有余悸。

这样的例子数不胜数，乡民们被抢后也不敢报官。方贡宝家遭人抢劫时，土匪被大儿认出，逃走后，恶人先告状，反说他家有三个儿，很快大儿便被抓去当了壮丁。五十多岁的方贡宝是个老实巴交的人，他把前后两次盗贼的名字告诉了左邻右舍，没想到土匪知道后，威胁说要杀他全家，吓得他整宿整宿不敢睡觉，总是把枪放在床头，以防万一。他还说，县政府新法令，对抢劫犯不判死刑，即便报官了，县里插手，歹

璧山县招兵登记处，人们排队登记参军。队伍中有人臂膀上扎着红丝带表明曾服役过，这是一个荣誉的标志。

在璧山参加军训的入伍青年（张鉴翻拍于建川博物馆）

徒们很有可能被宽大处理，等他们出来，更是没有安生日子过！俞锡玑和伊莎白说服不了他们，只能替他家向保长申请救济，因为方家是军属，他们的请求获得了批准。

每次记录这些事件，伊莎白内心忍不住波涛翻涌，耳朵里不时传来砰砰的枪声和乡民尖厉的求救、悲泣的哀号和愤怒的咒骂……她的记录文字看似冷静客观，但内里饱藏着一份怜悯和同情，字里行间，浸透着对盗匪们的深恶痛绝，和对侵略者的深刻憎恨。

生逢乱世，她和每一个中国人一样，渴望战争早点结束，渴望兴隆场的人民和每一个中国人民都能过上安宁幸福的生活。

## 2　征兵那柄达摩克利斯剑

像方贡宝家遭遇土匪抢劫，儿子又被抓壮丁的人家不在少数，老百姓的生活一日不如一日，完全生活在水深火热之中。

苛捐杂税繁多，横征暴敛让老百姓对政府失去了基本的信任，无休无止的征兵更是让老百姓特别是青壮年男性每天生活在恐惧和不安中，征兵方式野蛮，士兵待遇恶劣，在民间激起了普遍的反抗情绪。

抗日战场全面爆发后，对兴隆场的男人来说，征兵就是每时每刻悬在头顶的达摩克利斯之剑。

伊莎白来到兴隆场，很少见到适龄青年。原来这些青年为了逃避兵役，大多不得不远走他乡，另谋生路。

那时根据年龄，兵役分现役和预备役两类，还有相当于准兵役的力役。原则上18至36岁的男子均可招募，乡公所根据各家男丁多寡摊派兵役，五抽二，但是随着战事的扩大，到1940年就变成五抽三，而37至42岁的壮年男子一律编入壮丁队。壮丁没有报酬，平时吃住在家，

33c. Dragon Dancing at the Lunar New Year in Bishan
(Prosperity 1983, Hu Xiping)

兴隆场过年的舞龙（胡希平摄于1983年）

33b. Dragon Dancing at the Lunar New Year in Bishan
(Prosperity 1983, Hu Xiping)

兴隆场过年的舞龙（胡希平摄于1983年）

定期接受军事训练，随时响应紧急征召。而 43 到 48 岁的男子则要充当民夫，在后方从事机场、道路等战备设施的修建工作。

一般程序是这样的：

县里接到第一年龄段的名单后，用抽签的方式给每个名字编上号，比如在协进会里打杂的小伙子古传芳的编号是 108，这就成了他以后的征兵顺序。这个虽然清楚明白，但弊端也一目了然。人人都知道什么时候轮到自己，为逃避兵役提供了方便。如果名单上的人逃亡，保长、甲长和民团就得四处抓壮丁去充数，于是征兵渐渐成为了强行"拉夫"。

看到这种方法不好，后来县里便按户口簿造册。被征之人事先得不到半点风声。各保户口簿的制定和修订由保长负责，于是这又给保长作弊的机会，他们可以根据亲疏关系随意删除、篡改年龄等方法来庇护亲戚朋友，肆意抓壮丁就成为了恐怖的常态。

伊莎白和俞锡玑有一次去乡下，正巧路遇兴隆场团丁在一三岔路口抓到一壮丁，壮丁被两名团丁反扭着手，满脸通红，正在努力辩解着什么。她们停在路边，听见壮丁说："我是某保某甲的人，家中两兄弟，我哥哥已经在半年前参军服役了，现在家中只剩下我和六十多岁的老娘，老娘生病了，我着急赶往梓潼场找亲戚借钱看病，结果没想到遇到你们……"壮丁的声音很着急，高一句低一句，反反复复说着。

团丁们根本不听他说话，一个劲地押着他往兴隆场镇上去。壮丁挣扎得非常厉害，几次险些挣脱，其中一个看起来是个小头目的人对手下喊道："快去附近找根绳子来，跟老子绑起来，这回还让你马虾逃脱，我们啷个回去交差？"

手下一人飞快跑开，一小会工夫寻得一根绳子回来，大家对那个瘦瘦小小的壮丁五花大绑。壮丁回头看见不远处的伊莎白和俞锡玑，仿佛看到了救兵。他知道兴隆场这个外国美女，做好事，人很善良，大家都在传颂着她的一些事情。

"救命！……"

事实上，这次他想错了。

伊莎白和俞锡怎敢管这等"闲事"？伊莎白看着他着实可怜，但是抗日救亡，匹夫有责。说过大天去，后方也应该为前方输送兵源。壮丁看起来明显营养不良，身体发育不好，脸有菜色。说是壮丁，其实他一点不壮。伊莎白和俞锡玥也没有办法"救"他。问了他家地址，两位姑娘临时改变了调查对象，步行去他家，通知其家人。

两位姑娘边走边问，走了十里路，终于找到壮丁的家。

土墙小屋，破烂斑驳，掩映在一片竹林里，显得又矮又寒碜。

听到狗吠，屋里传来苍老的声音："大黄，你叫啥子？"

俞锡玥大声喊道："婆婆（重庆方言，奶奶），我们是协进会的。"

里面应了一声，两位姑娘小心翼翼走进屋子去。堂屋堆满农具，简陋又杂乱。里间小屋，一张架子床上躺着一个头发花白蓬乱的老太太。被褥破烂，棉絮飞舞，屋子还有一张低矮的小木桌和两根木凳。

看着卧病在床的老太太，伊莎白和俞锡玥眼里满是同情，她们不忍心告诉她儿子已被抓走，但又不得不告诉。闲聊了好一阵，才慢慢说出了她儿子的事。当听说儿子被抓，老太太的眼泪一下子流了出来，嘤嘤呜呜哭着说："造孽啊！造孽！这是个啥子世道哦！某家五个儿子，保长不抓，却抓我这个孤老太太的儿子……呜呜呜，我有病，腿脚不方便，干不了农活，老头儿前年走了，今年上半年大儿子当兵去了……这个小儿子身体从小就弱……幸好还有他留在身边照顾，要不然我早死了……现在他也被抓走了……老天爷哦，你是不想我孤老太婆活命啊……"一时间老泪纵横，泣不成声。

伊莎白心里一阵难过，和俞锡玥极力安慰，但老太太一直流眼抹泪。细细碎碎叙说着自己的悲惨，控诉着世道的不公。

这样的事确实不是一起两起，前几天她们就听说一个闹得沸沸扬扬的乱抓壮丁的事。

家住兴隆场六里外王家湾的唐汉臣，赶场日卖布被抓壮丁，他偷偷塞给一个团丁300元，后来团丁在55号房抓了一个姓陈的替代，便放走了唐汉臣。不知怎么此事竟然引起当地一些乡绅的关注，他们强烈呼吁重新缉拿被放跑的唐汉臣，那个团丁也因此被关押了起来。

唐汉臣并没跑回家，打听到镇上发生的事情后，径直去了璧山，一纸诉状将民团告上法庭，声称轮不到自己当兵，团丁们无非想敲他的竹杠，要求法院退回自己被迫用来行贿的300元钱，并将受贿团丁绳之以法。

眼前的老太太，凄凉悲伤。伊莎白从口袋里摸出两元钱，俞锡玑也摸出两元钱，递到她手里。老太太感恩戴德，一直不停说着："谢谢谢谢，菩萨保佑你们，你们是好人！"

离开前，伊莎白和俞锡玑商量："老奶奶既然孤家寡人，又生病了，我们还是帮忙通知她的亲戚来照顾一下吧。"

俞锡玑说："这个完全有必要。"

她们问老太太，可老太太只是摇头，什么话也不说。

离开老太太家，伊莎白和俞锡玑走出来，天近黄昏，原野上一片黯淡，她们的心里充满了忧伤和无奈。

一段时间后，当她们再次看望老太太时，却发现院子狼藉，大门已闭。房子旁边不远处，一座新垒的坟头，那条大黄趴在坟头满眼悲伤，成为老太太最后的守护。

见到此情此景，伊莎白不住地摇头。

她们来到坟前，看着坟头被雨水冲刷出一道道沟痕，不知道是不是躺在泥土中的老太太流下的血色眼泪，心里好像有无数条虫子在咬噬，在那里沉默了许久。

如果新兵抓去后不合格，当地的乡长保长必须找人马上顶替。乱抓壮丁的现象日益普遍，兴隆场的男人陷入人人自危的境地，空气中终日弥漫着紧张恐惧的气氛。1941年，征兵越发困难，不光老弱病残，就连流浪汉或者走在路上的行人也常常会莫名其妙地被抓去当兵。那些一贫如洗的穷人，更是被认为是天生做贼的材料，最适合上前线当炮灰。强拉壮丁已经严重影响到百姓的日常生活，尤其是穷人，面对随时被抓走的不测之祸，更是觳觫哀啼，求告无门。很多家庭的年轻人流窜在外，家中织机（包括木质织机和现代化机器）都处于闲置状态。

在兴隆场团丁抓到一个壮丁，有如获至宝之感，既充了人数，还可以得到那些逃避兵役的富户、地主或者袍哥的奖赏。因为这些人会花钱来购买壮丁，县兵役处也只管各乡征兵送来的人数，而不管这些壮丁是不是按兵役法送来的。县兵役处把服役人员上交，也就万事大吉。这些年轻人能逃则逃，能躲便躲。想抗战之初，刘湘率领川军抗日，某部士兵的老父赠送一"死字旗"，旗上"伤时拭血，死时裹身"八个慷慨悲壮的大字，至今读来仍令人神魂俱动，热血沸腾；但抗战之初的热情悲慨，国民党政府未充分发挥，进入抗战相持阶段，当官的，有门路的，袍哥等都想尽办法逃避兵役，老百姓也只能跟着逃兵役。现在四川各地都出现了这种恶劣的抓壮丁的事情。

伊莎白的调查记录里关于壮丁的记录触目皆是。

国民政府意识到农民不愿服兵役，从1940年就开始强化宣传教育工作。为了改善士兵形象，政府要求各乡务必培养民众的爱国热情，让当兵光荣的观念深入人心。事实上，这一行为让老百姓的观点没有多少改变。为了躲避兵役，他们想尽一切办法。男人们能逃则逃，能躲则躲，有人甚至不惜自残，剁掉食指，以残疾为名逃避兵役。很多人家更是无所不用其极，通过分家，让儿子成为户主；送儿子出去读书；替儿子谋取保长、甲长的公职；有的大家庭因为缺壮劳力不愿意分家，就把家中年轻成员藏在屋里，其他人持枪警戒，以防不测。本应成为征兵大户的有钱有势的大家庭通过行贿，篡改年龄[2]名字，瞒报等方式躲避兵役；更有甚者，不择手段坑害穷人，使其成为替罪羊。

一件更可怕的事发生在两个月后。

有个孕妇难产，家中男人请朱秀珍小姐接生，伊莎白去帮忙做助手。

没多久，房间里传来婴儿清脆洪亮的啼哭声。

"是个男孩！"朱小姐带着喜悦大声报告。

自古以来中国便重男轻女，很多老百姓心中男丁传续家族香火，女孩是赔钱货，常言道，嫁出去的女儿泼出去的水。生男孩本是高兴事，可父亲听到朱小姐的报告，一下子蔫了，一声长叹。他双眉紧锁，满脸愁容，一屁股坐在屋檐下的苞谷秆上，猛然抽起旱烟，大约是被烟所呛，剧烈咳嗽起来。

伊莎白觉得奇怪，走进房间，看见刚生完孩子的母亲也眼含泪水。

"生个儿子，你们怎么一点不开心呢？"两位姑娘不解地问。

"哪有啥子开心的？哎！"产妇一脸悲伤，连连叹气。

伊莎白和朱秀珍看着这样的情况也帮不了什么忙，处理好孕妇和婴儿的事情，叮嘱几句便离开了，约定第二天再来。

第二天来到产妇家时，只见男人低垂着头，依旧沉默着坐在苞谷秆上抽烟，看见两位姑娘来了也不打招呼。

她们去看产妇，却发现房门紧闭，喊了几声，没有应答，房间里传来隐隐的啜泣声。

她们出来再次问男人，男人无奈地说了句："孩子没了。"

二位姑娘大吃一惊。生下来好好的，怎么说死就死了呢。再问，男人才支支吾吾地说："昨晚呛奶水呛死了。"

伊莎白听后很是惋惜。

朱小姐觉得蹊跷："怎么会呢？我亲自接生的，这孩子声音洪亮，体格健壮，不可能呛奶水死掉。"

反复询问之下，男人终于说出真相。原来，这对夫妻是再婚，女方有个男孩，今年十九岁，现在再生一个男孩，家中两个男丁，根据现行兵役法，二丁抽一，哥哥便要去服兵役。男人因为多年挖煤，肺上已出现问题，加上身体有残疾，不能再做繁重农活，继子便成为家中顶梁柱，但是新生命带给他们的不是欢喜，而是绝望。一旦成为四口之家，对这位母亲来说，儿子不再是独子，家中老大便没有理由不被征召……

晚上，一家人愁云惨雾，唉声叹气。女人只是把孩子抱在怀里始终不说一句话。窗外是伸手不见五指的黑暗，只有风肆无忌惮地与之搏斗，发出尖厉的嘶鸣，好像要把那铠甲一般的黑暗撕碎。

后半夜，女人突然终于开口，说了一句："不能让这孩子活下来，要不，这个家都没了。"

男人抬起疲惫而无神的眼睛，看着女人，依旧吧嗒吧嗒抽烟。

房间里是比深渊还深的沉默。

女人温柔地给孩子喂饱了奶水，孩子在母亲怀里安静地睡去。

男人走出房间，在黑夜的院子里走来走去，耳朵装满了风声和虫鸣。待他进屋，却发现房门紧闭。好不容易打开房门，却发现女人哭得死去活来，孩子已经溺死在尿桶里了。

为了不让长子服兵役，留住家里唯一的劳动力，走投无路的女人不得不流着泪亲手淹死了刚刚出生的儿子！

知道真相后，两个女孩震惊到无语。

劝慰一阵，女人打开了房门，只见她满脸泪水，眼睛又红又肿，到现在还哭个不停。朱小姐给她检查了身体，也不知道该怎么安慰她。

"我们也是没有办法啊！"男人痛苦不堪，离开时再三祈求二位姑娘，"朱小姐，饶小姐，希望你们不要把事情说出去。"

其实就算她们不说，这事也很快在兴隆场传开来。因为别说谁家生了孩子，就是谁家母猪产子大家也是了如指掌的。兴隆场人知道后，对这位母亲溺死亲生儿子的做法也没有多少吃惊,也不认为有多大错,生活将他们逼到绝路,父母杀子这种做法似乎无可厚非。

中国古代有溺死女婴的恶俗,而农耕社会,增加劳动力就意味着增加财富。但是现在居然有百姓溺杀男孩如此反常的事情发生。追溯历史,古时也不乏"杀子"的个例。汉朝有民产子三岁则出口钱的新税种,致使老百姓陷入"生子辄杀,甚可悲痛"的境地;五代十国的吴越国、南宋,也因为沉重的人头税不敢养儿子——"民有子或弃不养,或卖为童仆,或度为释老"。说白了,皆因赋税徭役太重,老百姓活不下去,才出现这种母子相残、违天逆道的悲剧。现在因为战争,因为兵役,老百姓再次陷入绝望的境地。诗圣杜甫在《兵车行》里这样写道:"信知生男恶,反是生女好。生女犹得嫁比邻,生男埋没随百草。君不见,青海头,古来白骨无人收。新鬼烦冤旧鬼哭,天阴雨湿声啾啾!"

回去路上,她们的心情久久不能平静,似乎压着一块巨石。天空阴霾密布,风呼呼吹过迷蒙的狂野,似乎,一场大雨将至。

战争是残酷的。幸福的家庭随时可能破碎,安宁的日子可能坍塌成一地碎片,鲜活的生命有可能成为祭品。

在兴隆场的日子,伊莎白几乎每天都感受着战争的阴云笼罩。她亲眼目睹了抓壮丁的残酷和恐怖,躲壮丁的凄楚和无助,也见证过壮丁们的困苦和悲惨。

1940 年 11 月 26 日清晨,西风呼啸,冷雨潇潇。她们在路边看见征来的五十多个壮丁,清一色穿着单薄的土黄色咔叽布军装,在寒风里冻得瑟瑟发抖。壮丁们八个一组蹲在路边,围着一瓦盆菠菜汤吃早饭。旁边煮了一大锅糙米饭,每个人都狼吞虎咽。其中一个壮丁的媳妇送来一碗菜,被他拿来和同组兄弟分食。另一个壮丁的女人带着俩孩子,其中一个尚未满月,哭哭啼啼,求乡长放还自己的丈夫。

新兵报到后，常常饿肚子，因营养不良而生病的现象十分普遍，恶劣的卫生条件更令其处境雪上加霜。人人浑身疥疮，衣服上爬满虱子，再加上医疗设备奇缺，疾病或者事故导致的非战斗减员事件经常发生。

炮火无情，上前线的人，有的死在战场上再也回不到家乡，在家苦苦等待的亲人，等来的不过是一纸死亡通知书；有的落下伤残，拖着病体，靠乞讨回家，一路艰辛，命运难测……1940年到1941年间偶尔有侥幸拖着残躯回到兴隆场的都是驻在近处的士兵。

1941年3月20日黄昏，伊莎白和俞锡玑调查回来，在离兴隆场一两里远的小路边，突然听见草丛里有人呻吟。循声看去，一个衣衫褴褛的年轻男人躺在那里，看起来面黄肌瘦，病得不轻。

"大哥，你是哪儿的人？"俞锡玑小声问道。

"大丘（兴隆场一地名）的人，我是一个佃户。"他气息微弱，嘴唇开裂，牙齿残缺，双眼无光。

"你为什么躺在这里？"伊莎白觉得奇怪。

"我在白市驿修军用机场，生了重病，他们才答应让我回来。"

两位姑娘听孙宗禄等人说到修白市驿机场的事情。白市驿是个军用机场，为了修建，县里要求各保出五个民夫，每三十六天一轮换。接替者如若不能按时到来，为凑齐人数，头一拨干活的人要么全部，要么部分留下来接着干。

"你在白市驿干了多久？"

"两轮。但是保里只派来四个民夫，我又被留下来继续干，活儿很重很累，我病得太严重了，实在干不了……"

伊莎白看着他干裂出血的嘴唇，赶紧把带在身上的水递给民夫，那人咕咚咕咚灌了几口。

歇息一阵，民夫摇摇晃晃站起来，继续往前走。刚走几步，一个踉跄，险些跌倒，俞锡玑把手里的打狗棍递给他。民夫拄着棍子，一步一履蹒跚地朝着兴隆场走去。

到达兴隆场,夜幕完全降临,街上人家稀稀疏疏透出昏黄的灯光。

民夫来到6号房门口,实在无力继续走了,一屁股坐在门槛上,大口喘气,示意两位姑娘离开。

恰在此时,方岳衡的老婆走了出来。听到两位姑娘的讲述,转身回到屋子,给气息奄奄的民夫端出一碗米粥让他喝。

"还是跟我们走吧,去诊所看看。"两位姑娘带着他来到诊所。

可是非常不巧,朱秀珍不在,乡下出诊了。

35号房的方广川正好经过,见状又把他送去了曾唐氏在26号房开的客栈。

第二天,协进会一开门,便传来坏消息。说昨天回兴隆场的那个民夫死在客栈了。老板娘感觉有些晦气,叫人把尸体抬出停放在便道上。

伊莎白和俞锡玑赶去看,昨天那位身患重病的男人已直挺挺躺在门板上,不知何人在尸体旁烧了一小堆纸钱。

民团团丁唐章国在死者身上搜到四块钱,又到各家去收取丧葬费,一共凑到六十多块钱,他从中拿出两块钱做跑路费,又拿出十六块钱买了一挂鞭炮、两捆纸、一些香,还花六元钱请来了一名道士设了半天道场,为死者灵魂"开路"。因为如果不这样做的话,亡魂找不到去阴曹地府的路,就会滞留在街上成为孤魂野鬼,到时对兴隆场居民都不利。薄木棺材是庙里提供的[3],后又花二十元钱雇了两个人抬着棺材去村外的义地。

上午十一点半,伊莎白和俞锡玑看见两个男人抬着棺材,启程上路,朝着距离村子半里地的关山走去,棺材顶上放着两摞纸钱。两人一边抬,一边笑着打趣:"跟抬着一头猪差不多。"

到了关山,两人随便挖个坑,把那人给埋了。

万物葱茏,百花盛开,莺声燕语,人间正值一片大好春色,但是那个一身病痛历经艰辛一心想要回家的年轻民夫就这样无声无息消失在这个春天，最终变成孤魂野鬼，再也回不了家！

……

这就是她们在兴隆场调查中耳闻目睹的征兵现实。窗外寒蝉凄切，秋风呼啸，室内灯盏如豆，火光点点。时间滑向深夜，夜色越来越静，黑暗的天幕之下，窗外的风中传来声声狗吠，还有某个女人撕心裂肺的哭泣和男人歇斯底里的叫唤……伊莎白猜想，一定是哪里又发生了什么。

当自己的祖国遭到日本鬼子的蹂躏和侵略，当祖国的山河陷于一片炮火之中时，这些中国男人到底该怎么做？服兵役的目的到底是什么？为什么那么多的国人不愿意去当兵？……太多太多的问题，让伊莎白一时半会不能完全理解和明白。阴风惨烈，长夜漫漫，伊莎白陷入初到兴隆场新兵出征的回忆里……

## 3 "九·一三"空战

伊莎白第一次见到新兵出征是1940年10月30日，那场面真是撕心裂肺，惨不忍睹，一群垂头丧气的壮丁中，唯有一张稚气未脱目光坚毅的小伙子的脸清晰地浮现在眼前。因为这群新兵中，只有小孙是志愿参军的。

那个清晨，兴隆场的天空好像还未醒来，灰蒙蒙一片，牛毛细雨伴随着秋风轻轻飘洒。打不湿衣服，但落在脸上有些寒意，石板街好像抹了一层薄薄的桐油，偶尔有打开的店铺透出几点昏黄的灯光，淡淡的人影在灯光里晃来晃去。伊莎白、俞锡玑、李文锦几个女孩结伴，穿过寂静的街道，仿佛穿越一场晦暗的梦境，来到临时充当乡办公地点的文庙。

中心小学上午的第一节课被取消，几位老师吹着哨子组织学生来这里给应征新兵送行。

伊莎白站在其中，陪着孩子们观看送行仪式。

前院，两列学生已站得整整齐齐。

很快，壮丁们来此排队。一个年轻男人不得不放下自己的儿子，交给一名民团团丁照看。孩子看着父亲离开，哇啦哇啦大哭大叫，弄得那位可怜的团丁左右为难。

七名壮丁中，有一位青年与其他身穿大褂的农民不同，他长得英俊帅气，身穿一件短外套和一条学生裤，脸上表情庄严肃穆。

人们议论纷纷，指着那位青年说："看，只有这个小伙子是自愿参军的，看起来精气神就是不一样。"

伊莎白好奇地问："他叫什么名字？"

"姓孙，不晓得叫啥子名字。他爹妈在兴隆街上租房住，爹在外做苦力，妈帮人缝补衣裳，有时也在门口摆摊卖橘子、糖果、花生等。虽是农民，家庭条件一般，但这两口子吃苦耐劳，省吃俭用，把一儿一女都送去念了书。"

"他父母给他在外地谋了一份职业，可是小孙执意要去报国参军。小孙今年十八岁，原在重庆念书，八月份才回到兴隆场。回来没多久，就赶上了那场惊心动魄的空战。"另一个围观者补充道。

说到那场璧山空战，每一个兴隆场人甚至璧山人都刻骨铭心。

那天是9月13日，星期天。阳光灿烂，朵朵白云在空中悠闲放牧，湛蓝的天空仿佛一座纯净的天堂。村民们趁着这晴好的天气正忙着收割、晾晒稻谷。

中午时分，远处的天空突然出现星星点点的黑点。

"快看，那是啥子？"有人大叫。

稻田里打谷子的人抬起头，纷纷猜测。

"是乌云吧？黑压压地逼过来，怕是要变天了哦！"

"不是乌云,你们看,在飞啊!我觉得是麻雀。"

"哎哟,哪会来这么多麻雀?"

"不是麻雀,我看是乌鸦。"

"乌鸦?这么多,可不是啥子好征兆!"

"不对不对,是飞机!飞机!"在帮着父母收稻谷的小孙看到点点火光不断闪现,立刻大喊:"不好了!一定是日本鬼子的飞机又来轰炸了!大家快躲起来!"

1937年"七七事变"后,日本开始全面侵华,随着中国军队在淞沪抗战中的失利,南京陷入危机,国民政府于11月20日迁都重庆。日军为了逼迫中国当局早日投降,从1938年2月开始,不断派飞机远赴重庆进行狂轰滥炸。

璧山也不时遭遇轰炸,但这次看架势,如此大规模,以前没有过。

乡民们吓得四散开去。

天上的黑点越来越近,耳朵里嗡嗡的轰鸣声越来越响。接着燥热的空气中响起了紧急警报。听到声音,乡民们惊慌失措跑出家门。有的冲进竹林、庄稼地,有的躲到坟边、草垛里。

小孙跑出稻田,躲在堆满稻草的坟头。抬头一看,头顶有数十架低飞的飞机,如同一群呼啸而来的燕子,飞来钻去,看不清哪架是日本飞机,哪架是中国飞机,只见飞机在天空中绞杀成一团,拖着黑尾巴,不时腾起一阵阵火花,划出一道道黑烟。

小孙定睛看了好一会儿,才认出一架中国的乌棒机(中方的E-16飞机),只见乌棒机不要命地撞上一架日本飞机,"轰隆"一声巨响,飞机坠毁在不远处的稻田。他立刻走出来探看:坠落的飞机机头大如石碾,机翼是木制的,残骸飞溅得到处都是。

在他身后,一位刚刚还在晒谷子的少年看到飞机打仗,蜷缩坟脚,双手紧紧抱着自己的脑袋。子弹落在离他一尺多远的地方,泥石飞溅一身，吓得他魂飞魄散，瑟瑟发抖。小孙走过去，将少年搀扶起来。

接着，又一架飞机坠落在小孙眼前的坟场，飞机摔得稀烂！眼前的画面一片混乱和恐怖。小孙不敢相信这是真的，整个人都蒙了。巨响不时传来，随着震耳欲聋的爆炸声，有房子着火了，有庄稼燃烧起来了，那片稻草垛子更是呼啦啦燃成一片火海……

"哎呀呀，梅子大田坎下河沟那儿落了一架！"有人声音颤抖地喊道。

"船形村那边、黄金桥汪家院子也落了飞机啊！"

"四十挑大田也遭了！"

"不得了，不得了！这些狗日的日本鬼子，作恶多端，太他妈可恶！"声嘶力竭的吼声里，带着无法抑制的愤怒。

小孙跑向离他最近的下岚垭坟地前（位于大兴镇船形村七社）的那架飞机。两位年轻的飞行员坐在已经破损变形的飞机里，满头满脸鲜血淋漓，"哎哟哎哟"痛叫不已。小孙第一次看见一个活生生的人被摔得血肉模糊，第一次看见生命被剧痛折磨得扭曲变形的情景，他感觉到浑身热血上涌，鼻子一酸，眼眶一阵温热，伸手一抹，全是泪水。

身边心慈的女人早已哭得稀里哗啦，空气中充满了血腥味。明明刚才还燥热无比的空气，现在好像有一股凄厉冷风横空扫过，四周的稻谷和树木都不停颤抖。

越来越多的村民奔跑过来参加救助。

"哎呀喂，丧尽天良啊！这些杀千刀的狗日的日本鬼子，在我们中国的地盘穷凶极恶！"一个男人扯起嗓子，大声咒骂。

"日本鬼子太可恶了！"

"打死狗日的小日本！"

有人指天，有人骂地，大家七嘴八舌，话语间的怒火似乎一点就着。

小孙走过去，蹲下，抱起身负重伤的飞行员，看着他那张因痛苦而扭曲的脸,血从额头一道一道淌过脸颊,流经身体,混合着不知哪里的血一起,顺着他的手不停地滴落在泥土中。很快,泥土被浸染成一片嫣红,血痕还在蔓延……他浑身不由得一阵痉挛,眼泪无法控制地泻落在飞行员脸上,年轻的飞行员感受到滚烫的泪,缓缓睁开眼睛,嘴唇翕动:"我……我们……死了,希望……你……你们……能接着……上前线,一定,一定……要把日本鬼子……赶出……中国!"

小孙看着他厚厚的嘴唇一开一合,这些话很轻,细若蚊声,但一个字一个字却又无比清楚地传入耳里。但他好像什么也没有听见,只听见自己的心"突突突突"地蹦跳着,被愤怒和痛苦填充得满满的,似乎瞬间就要炸裂开来。白花花的太阳在头顶晃动,但他却觉得眼前一片黑暗!

飞行员往小孙右侧骤然倾倒,眼睛睁着,但已经停止了呼吸!

小孙真切感受到了近在咫尺的死亡和死亡带给他的恐怖和血腥!这一瞬间,他感到整个身体被愤怒和仇恨的巨石沉沉压着,又好像有一团烈火在胸口熊熊燃烧,即将掀开压得他快窒息的巨石。火焰喷薄,似乎整个人燃烧了起来!

"老子要上战场,杀鬼子!"他咬紧嘴唇,浑身颤抖,吐出这几个字。

不远处,孙宗禄也来了,他走到一位尚有气息的飞行员跟前,蹲下身子安慰着:"坚持住,坚持一下!他们带点药来给你擦一擦就好了。"

飞行员整张脸鲜血模糊,看不清表情,唯有那双眼瞪得大大的,闪着亮光。

此刻,协进会的几位姑娘背着药箱,穿过阡陌和庄稼,大步流星奔跑过来。她们清瘦的身影在烈日下飞快移动,很快来到伤员身边。因为在炎炎烈日下赶了那么远的路,个个满脸汗水,脸色紫红,背上的衣服已经湿透。朱秀珍完全顾不得抹一下汗水,跪在飞行员身边,动作娴熟地打开药箱,给伤员清洗、包扎,从容而镇定。俞锡玑也在给伤员擦洗伤口,李文锦蹲在旁边,熟练地递着东西……少年看着这几位平时看起来娇娇柔柔的姑娘认真而慈悲的样子，不由得心生敬佩。

朱秀珍处理完几位飞行员的伤情后，站起来，捶了一下自己的腰，大声地对众人说：

"这几位飞行员经过包扎，没什么大问题，大家赶快把他们转移到阴凉处，送到诊所。旁边这几位伤势实在太重，必须立刻送往璧山县卫生院，大家赶快过来帮忙。"

镇上最有威望的袍哥大爷蔡云清蔡旅长早已来到现场，他立刻第一个站出来组织人手参与救治，并且自掏腰包，安排滑竿。

一位甲长喊来滑竿，乡民们七手八脚帮忙。

小孙围过去，站在滑竿旁伸手要抬，一位身材魁梧的中年男人看了看他："小伙子，你要抬？"

"嗯。"小孙轻声回答。

"我看还是算了吧，到璧山要走两三个小时，天这么热，太阳这么毒，你又没抬过，我怕你遭不住哦。"

"我不要钱。"

身边几个轿夫吃惊地打量着他，"不是要不要钱的问题，我们是怕你走不拢。"

"没问题，我能行！"

几个轿夫抵不过小孙的坚持，最终让他抬着滑竿，跟随大伙飞一般往璧山奔去。

烈日下暴走了大约两公里，来到山王店，每个人都全身湿透，脸色酱紫，汗水从头发、额头、脸庞、鼻尖、下巴……八颗八颗往下淌。小孙崴了一下脚，众人不得不在树荫下暂停下来。那位中年男人看了下滑竿里的飞行员，发现他只有出气没有进气，痛心地说：

"哎呀，他可能不得行了！"

所有目光都聚焦于飞行员身上，只见他脸如白纸，气若游丝，眼睛直愣愣望着天空。

中年男人从飞行员衣兜里摸出一个证件，上面写着他的基本情况。

姓名：刘英役；年龄：23岁；职业：空军飞行员。

众人沉默，低头看着即将离开这个世界的飞行员。一团阳光透过树枝正好落进他的眼眸。风摇影动，他的眼中金光闪耀。

他若有所思，到底在想什么呢？没有人知道。也许是和战友们一起走过的燃烧岁月，也许是刚刚经历的生死空战，也许是远方的父母妻儿，或者是这个满目疮痍的祖国？

……

他的眼里有着太多不舍、不甘、不愿、不屈……

又一个鲜活如花的生命一点点在眼前消逝，空气中浓郁的血腥味令人极度难受！小孙的泪水再也无法控制，哗哗地奔涌而出，和着咸涩的汗水流进口中，吞进肚里……

烈日更加凶猛，晒得人头发和皮肤呲呲作响，小孙摸出手帕，轻轻盖在飞行员脸上……仿佛，这位年轻而伟大的飞行员轻轻睡着了……

那天下午空战结束，璧山县政府立即派出民团队员前往各处搜寻，到晚上十点，在城东、城南、大兴、丹凤、狮子、中兴等地，搜出十名牺牲的飞行员！其他伤员已送往璧山县医院。璧山县政府立刻召集木匠连夜赶制棺木，将阵亡烈士的遗体洗净后用白布裹尸，装入木漆内棺。

14日早上七点，璧山县城举行了隆重的公祭典礼，上万璧山群众饱含热泪，站在清晨悲伤的风中，为死难者默哀致敬！公祭完毕，群众又护送烈士就近安葬。五里长街，沿途站满为英雄送别的百姓。

空中传来一阵阵高呼：

"打倒倭寇！"

"为殉国空军烈士复仇！"

激昂的口号在璧山上空回荡，经久不息。

后来小孙从旁人口中渐渐知道了那位在山王店离世的飞行员的一些情况。刘英役从 20 岁参加空军开始，历经三年多征战，记不清有多少次空中迎敌，每一次空中飞行都有为国捐躯的危险，但是，对一个战士来说，国难当头，个人生死不值一提！刘英役的妻子快要生产，他就要当爸爸了，可是，他连自己的孩子都没来得及看上一眼就走了……小孙回想起刘英役最后的眼神，他突然明白了许多含义，在生命最后一刻，刘英役的眼里也许藏满眷恋、不舍、遗憾、痛苦和悲伤……这一切不会有答案，也没有人给他答案。但战士们牺牲个人，换来国家安宁的壮举让他深深感动！

　　小孙在学校读书时受到一些热血青年的影响，那时就想报名参军，亲历了这次"九·一二"璧山大空战，更加坚定了前线杀敌的决心！

　　事后，国民政府航空委员会表彰了璧山县政府，奖励了 1600 元。

　　几天之后，一位空军军官派人来到兴隆场，对兴隆场百姓自发救助飞行员的事情表达感谢，还特意为协进会诊所送来一面锦旗，感谢朱秀珍等几位姑娘因为抢救及时，让几位飞行员脱离险境。当朱小姐庄严地从军官手中接过锦旗，围观群众响起了热烈的掌声！

　　伊莎白知悉这位青年的故事后，感动不已。

　　眼前的小孙眼神坚毅，脸色庄重，与身边一门心思想要逃跑的人形成鲜明对比。两名壮丁被紧紧捆住，另一名中年男人也被绑着，脸上没有任何表情；剩下三个，一个很小，看上去只有十四五岁；一个十七八岁，后脖梗上长了一个大瘤子，压迫得他的脑袋始终向前抻着；还有一个不住声地抱怨命苦，偏偏自己所在的保里摊上征兵的差事，结果招来团丁一顿呵斥："傻瓜，作为中国人就该着你倒霉！"

　　"如果我们都不去当兵，任由日本鬼子在我们的国土上肆意横行，我们岂不亡国？我们不就成了亡国奴吗？"小孙义正词严地对身边人说。

　　其他几名壮丁沉默下来，不再说话。

雨水渐大，淅淅沥沥地下着。透过模糊的视线，伊莎白和俞锡玑用赞许的目光看着他。

"有小孙这样的人，中国一定能打败日本侵略者！"伊莎白对俞锡玑说。

乡长看了看小孙，突然想起什么，急忙跑到街上买了几尺红绸，他走到小孙身边，将红绸缠在他的胳膊上，那红绸的颜色如同燃烧的火，一下子照亮了这个黯淡的清晨。众人用一种非常敬慕的目光看着他。

很多街坊、亲戚也来到送别现场。学生们在老师的指导下，唱起了《义勇军进行曲》：

"起来，不愿做奴隶的人们！把我们的血肉筑成我们新的长城……"

小孙跟着唱起来，声音尤其洪亮高亢。

伊莎白和俞锡玑情不自禁也跟着唱了起来。

孩子们唱完后又唱起了其他歌曲，这些被捆绑着的壮丁，一根长绳拽成一排。有几个壮丁的亲人看着孩子要被抓走了，牵衣拦道，大声呼儿唤爹，悲声啼哭，一片乱糟糟。

"耶娘妻子走相送，尘埃不见咸阳桥。牵衣顿足拦道哭，哭声直上干云霄。"俞锡玑感慨地对伊莎白说，"眼前的一幕与唐代诗人杜甫在《兵车行》里所写何其相似！"

"无论什么时候，战争总是让人民受苦啊！"伊莎白的眼眶湿润了。

送别的鞭炮响起，小孙昂首挺胸，走在前头，自始至终眼神坚定，目光如炬。其他人默然跟在后面，个个神态沮丧，如丧考妣。其中一人神情古怪，另一个因为暗藏的仇恨涨红了脸。

目睹此情此景，伊莎白内心似五味瓶打翻，说不清是何滋味。

活动结束，两个女孩在回来的路上讨论征兵的现状。

俞锡玑说政府在实行强制征兵之前，经常派官员打着一面小黄旗下乡做爱国讲演，把军营生活描绘得天花乱坠——每月八元的薪水，吃住全包，这确实是一个不小的诱惑。可是当他们满怀憧憬参军后，却发现事实上完全不是这么回事。第一保保长梁德胜的二儿子满怀憧憬自愿参了军，可是这位少爷到军营待了几天，就发现这八元钱挣得太辛苦，索性悄悄逃回重庆，给一户下江人当苦力。现在一切都变了，像小孙这样满腔热血志愿报名参军的人太少了。

"国民党政府征兵抗日确实有些难度，好在共产党也在积极抗日，抗日战争肯定能取得胜利！"伊莎白坚定地说。

"所有非正义的战争都是必然会失败的。"俞锡玑也肯定地说。

停了一会儿，伊莎白又说："对了，锡玑，哪天带我去看看空战过的地方，好吗？"

两天后，在俞锡玑的带领下，伊莎白来到不久前飞机坠毁的方口调查凭吊，收割后的稻田，飞机坠落撞击的巨大坑洞如同一个巨大的伤口，赫然暴露在灰暗的天空之下，萧瑟秋风吹动四野的树木和荒草。小路边、泥土间还能看见飞机的碎片。站在田野，伊莎白的目光掠过这片温热的土地，不知何时，眼中一片迷蒙。

"战争带来的伤害太深了！不知何时，这块土地上才会真正拥有安宁？"伊莎白感慨地说。

"我相信，总有一天，这块土地会祥和安宁。"俞锡玑也满怀期待地说。

之后，俞锡玑又带伊莎白去了山王店，山王店还是山王店，遍野的庄稼草木，在风中无言诉说，见证了那场战争的残酷和惨烈，见证了英雄的悲壮和浩气，也见证了璧山人民的勇敢和无畏。

她们静静地坐在岩石上，看着这片土地，内心涌动着百味交织的情感的潮水。

## 4 土地和土地庙的思考

随着调查的不断深入，两位姑娘愈加真切地看到乱世中的兴隆场最残酷最惨烈的生活真相：为数最多的贫苦百姓构成了兴隆场这座金字塔的庞大底座，他们仅有一小块地，甚至一无所有，依靠租种别人的土地苟活于乱世，挣扎在水深火热之中；还有一小批中等人家，生活勉强过得去，共同支撑起最上头的一小撮富人。

在这片面积近二十平方公里的狭窄山地中，零零星星居住着1497户人家近8000人，村民们住得分散，房屋一般修建于山窝或者山丘，绝不会建在两个小山丘之间的肥沃土地上，这些肥沃土地是要用来种粮食的。房屋靠丘而建，视野开阔。而百分之九十的人家居住在山上，这些土坯房屋破败简陋，有的是自建的寒碜小屋，有的是祖传下分得的一个小间，人口众多，拥挤不堪，日子一天比一天难熬。

20世纪30年代，兴隆场经历着天灾，也经历着人祸，这里的百姓和中国大地上无数百姓一样，在兵荒马乱的苦难时光中煎熬着。

兴隆场的农民靠天吃饭，自然灾害让寻常百姓每年都有挺不住的人家，受时局和战火的影响，半数家庭都在贫困线上挣扎，朝不保夕。

战争开始时，兴隆场地狭人稠使得土地压力逐年加大。经济活动有限，为了活命，人们不得不千方百计寻找活路。

纺织业是璧山县的特色产业，本地市场上充斥着结实耐用的窄幅土布，璧山布赫赫有名。1940年，随着战时棉布的紧俏和短缺，纺织业更加兴盛，璧山还组建了一个政府机构，采购宽幅布，送往被服厂做军服。后来"农村信用局"挂牌成立，专买手工织的窄幅布。

织布是兴隆场最重要的家庭手工业。伊莎白和俞锡玑走访乡民时，常常是未到院子，就能听到木头碰撞的咔嗒声，走近一看，织工正在尽力织布。这些织户大部分是贫困人家，家中仅有一台土织布机，摆在堂屋或者屋檐下。

"家家织布声，户户无闲人。"这是农村的真实写照，家庭妇女们很多都擅长纺织。

以前在八什闹时伊莎白见过村民织布，那里的纺织纯靠手工；兴隆场的纺织技术高超得多，乡民们大多用机器。

人坐在织布机前，用脚踩踏，梭子来回穿梭，横条线与竖条线紧扣在一起，随着一阵脚踏声，一块新布渐渐织成。这种脚踏木质织机织出的窄幅棉布主要供本地人，少量流入璧山和重庆的市场；也有少数织户有先进设备，生产规模也稍大。中医陶明盛拥有二十石稻田，家中人口多，有织机五台，纺车三架，还有数名雇工，像陶家这样把自家纺织业搞得红火的大家庭绝无仅有。有一天，她们进入一个类似工厂车间的地方，看见那里并排摆着十台配有各种铁零件的现代化机器，机器声隆隆，震耳欲聋。这座"工厂"其实就是三户富人集资共同创建的。"车间"则是租用的一个祠堂，祠堂青瓦覆顶，内有十间小屋，相当宽敞。

表面繁荣的织布业，其实掩藏着经济的疲敝，也掩藏着严重的利益不均。

四川时局动荡不安，农民想要白手起家做生意，过上好日子，真是比登天还难。

对兴隆场的绝大多数百姓来说，最基本也是最艰难的就两个字：活着。一切的努力和抗争只为活着。

费孝通在《乡土中国》一书中这样写道："从基层上看去，中国社会是乡土性的。"乡下人最离不开的还是土地。土地是他们赖以生存的基础。从盘古开天地起，人类便在土地上播种五谷，放牧牛羊，养活自己，推动社会前进。

兴隆场人祖祖辈辈在这块土地上讨生活，掘果实，如同旋转不息的陀螺，日出而作日落而息。自然，土地的多少、好坏就成为了他们财富与身份的象征。说到底，土地是他们的命根子。

兴隆场东边是茅莱山，西边是云雾山，处于这两山之间的丘陵地带，被勤劳的兴隆场百姓开垦为水田和良土。

伊莎白和俞锡玑每天穿行在这块土地上，春天，看见农夫牵着牛挽着裤腿走向田里，人与牛在田里来来回回，犁下一道道深深的沟壑。秋天，收割完毕，农夫还会耕好地以待来年。农民就是这样在大地上反反复复雕刻生活的印痕。

伊莎白小时候在成都、白鹿等地也见过农夫耕地，水牛犁田，这样的画面让她明白一个道理：农耕社会，牛是非常重要的。

中国古代帝王们祭祀天地神灵祖宗时，会宰杀牛、羊、猪各一头，这是"太牢"，是最高规格的牺牲。若少了牛，羊和猪各一头则是"少牢"，档次自然要低一些。封建社会，是禁杀耕牛的。如果私自宰杀，或知情不报，或官方纠察不及时，都会受到惩罚。只有老病的耕牛，实在无法耕种，才能报官宰杀。农耕社会对牛的依赖有多大，牛的重要性可见一斑。

但水牛耕田在春季，而一年中其他时间，水牛必须养起来。

伊莎白和俞锡玑在识字班给孩子们上课，有时也去小学上课，她们发现，很多孩子是放牛娃。书可以不读，一顿饭可以不吃，但牛必须要去放。春夏秋三季还好养，把牛牵出去，放在荒山、荒坡、路旁，随它吃青草，只要不到田里啃庄稼即可。但到了冬季，万物枯萎，那就必须要给牛准备草料，到山上去割牛草，一背篼一背篼背回家晒干，放好，准备牛过冬的饲料。所以养牛放牛不是牧童横笛的浪漫，而是农家生活艰辛的写照。

兴隆场的养牛户把牛看得比命还重，一般会专门建一个养牛房或养牛棚，为牛保暖，好过冬天，并且防偷牛贼。

牛是土地的开掘者，伊莎白便极为用心和细致，一头一头数过来，统计到兴隆场共有 350 头水牛。

除了关注当地的牛，她还特别关注土地，对兴隆场的各种土地庙很感兴趣。兴隆场的每一座土地庙，或者土地神，她都去过，数得清清楚楚。小小的兴隆场竟然有 79 个土地庙。与其说是土地庙，不如说是简陋的神龛。里面端坐一个土地公公（俗称土地神），一个土地婆婆，只雕或塑土地公公的甚少。

每次面对这些土地公公和土地婆婆，伊莎白会站在那里发愣，眼睛一眨不眨地看着它们。这些土地公公雕塑得平和中正，慈眉善目，望之像家中长辈，很有亲切感。土地庙前有焚烧过香烛纸钱的痕迹。俞锡玑静静地站在伊莎白身后，看着她。伊莎白在心里思考着，土地是万物之本，所以这些土地庙，也许就是很多中国人的信仰吧？一个农耕文明的国家，从国君到百姓都认识到是土地滋生了万物。

伊莎白对土地神龛的关注和精准到位，恰巧是兴隆场人忽略的，因为身在此山中。而伊莎白生活在兴隆场人的生活中，又能以外国人的眼睛打量这个中国内地偏僻的小乡场——兴隆场。这个名字寄寓了兴隆场人多么美好的愿望啊！而伊莎白的这一关注，却直抵中国人深潜于内心的对土地的热爱与信仰。人民把土地塑造成神，能带给他们幸福生活的神，但却不以神的名字称呼它却用"公公""婆婆"，"土地公公""土地婆婆"这种人性化的称呼，就像称呼自己家长辈，既尊重又热爱，还亲切。兴隆场人借对土地公公土地婆婆表达情感，其实是表达了对土地公公土地婆婆背后的土地的热爱，江山社稷，一句话，那就是土地。这种把土地塑造成神，又把神转化为人的巧妙，与西方天主基督教那是完全不同的概念。伊莎白也许试图弄清两者，到最后她却看到了中国的以人为本的理念。所以，伊莎白踏遍兴隆场的大路小道，田间地头，清清楚楚明白了兴隆场的土地庙。其实伊莎白更理解在这片土地上辛勤劳作的人们，以及这些人希望通过自己的努力，勤奋过上幸福美好生活的愿望。

不知不觉间，伊莎白已爱上这片土地的人们。

就像她在春节时对玩龙灯同样特别感兴趣，她详细地观察和考证了兴隆场人在春节前如何集资制作龙灯，详细描写了四种龙的制作，如何玩耍，以及春节结束后焚烧残龙。中国百姓是靠天靠地吃饭的，特别希望风调雨顺。而龙作为兴风起雨的神兽，当然最受百姓宠爱了。兴隆场人对龙的敬仰实质上表达了人们在信仰上的实用主义。为了让龙能适时地兴风起雨，人们可以说对龙实施一系列的利诱威逼。先是祈求，供奉，神兽听话则罢；如果还不下雨，那就用上刀山下火海等手段威逼了。

只是这个时候的她还不完全明白，中国人独有的民心向背，但是在经历了兴隆场十里店后，她毫无疑问选择了共产党，信奉"人民就是江山，江山就是人民"这一信仰。

于是她便与俞锡玑讨论中国人的信仰和土地问题。

俞锡玑告诉她，中国自古就有"江山社稷"之说，意思是老百姓在万里江山的土地上耕种。这个"社"是土神，"稷"是谷神。

伊莎白豁然明白，有吃有喝有穿，江山便稳固了，中国人奉土地为神，是以祈求风调雨顺，国泰民安。

一方土地有一方土地神，土地神应该对本地百姓甚至万物了如指掌，以便更好地为本地百姓服务。说白了，土地神享受供奉，应该服务于百姓。《西游记》里，孙悟空保唐僧取经，每当遇到妖魔鬼怪，便取出金箍棒一阵乱打，打出土地神来，以便查问是何方妖怪。

伊莎白注目土地神，渐渐明白这其实是中国人最为质朴、本真、活命的一个信仰，这些土地庙散布在兴隆场的大路小道、田间地头、山脚山坡。

伊莎白和俞锡玑用双脚丈量了兴隆场的每一寸土地，用心之深，用心之细，当她们晚上回到福音堂，和彭嫂、孙宗禄等人谈起这些土地庙时，他们都大吃一惊，叹为观止。

"哎呀，如此寻常的土地庙，谁会特别留意呢？怕也只有你们才会如此严谨、认真、仔细，数得那么准确无误。"孙宗禄感叹道。

"我可以肯定地说，就是兴隆场本地人也没有一个能说得清楚到底有多少座土地庙。"彭嫂接着说。

很多时候，路过土地庙，总能看见虔诚的路人正在参拜，即便没有路人，也能看见土地公公和土地婆婆身前烧过的香烛钱纸。伊莎白忍不住想：百姓把土地奉为他们身边最亲切的神，都想着早晚亲近，早晚侍奉，大如种豆插秧找土地神，小到喂猪养狗、生疮害病找土地神，甚至连"生子"这种观音菩萨独有的工作，有时也要去找土地神。土地神成了百姓心中的万能神，其他神有时不拜或许可以，但土地神是一定要拜的，如果不拜，那可关系到一家人的活命大事。因此，土地神是一个有用的神。

后来，她们上茅莱山，发现这里的土主庙是当地最古老的一座庙宇，茅莱山是方圆左右风水最好的地方，绵延的山岭像一条青色的长龙，位于尽头的最高峰恰似昂起的龙头。在属于大鹏乡的南面山坡上散落着数不清的巨石。土主庙传说始建于一千多年前的唐代，规模宏大，四座大殿，巍峨而立，每座大殿里各路神仙，端然而列。殿里还点有长明灯，虽然燃上一天一夜，每盏灯烧掉八两灯油，但庙祝也在所不惜。

最重要的是这里供奉着威震四方的璧山神。

"璧山还有神？"伊莎白一下子来了兴致，眼睛睁得大大的。

庙里的和尚带着她们，一边看着大殿里威严庄重的雕塑，一边有板有眼给她们讲起了璧山神的故事：

"对啊，我们璧山神就是璧山人赵延之。唐大历年间（公元766—779年）担任巴州令，兼任南镇军兵马使。当时有资州、泸州夷寇在铜梁县境骚乱，他率领百姓和军队击败了夷寇，因此被提升为合州刺史，兼渝、合、昌、资、泸等州经略巡抚使。但是赵延之想念家乡，最后辞官归隐，带领全家人到风景秀美的茅莱山修炼，就在这里的恭天洞得玄修之术，最后得道飞升。"

"璧山神是不是就专管璧山的人和事？"伊莎白觉得很有意思，继续问道。

"不不不，赵延之掌管的土地也比一般土地神多多了。除了我们璧山，还掌管铜梁、大足、合川、荣昌、綦江等地，他本事大得很，不仅能荫蔽百姓五谷丰登，还能保佑六畜兴旺，家家平安。"

后来，她们多次上山，发现这里竟然有四个和尚长年坚守，靠耕种寺庙的土地为生。一旦新年前后，这里更是成为四方朝拜的中心。袍哥组建的"赏月会"制作龙灯，购买香烛纸钱，进行大规模的祭拜活动，热闹非凡。初一、十五，数以千计的人涌进庙里烧香拜佛。天不亮，和尚就在院里点燃了八个专门用来烧香的火堆，直到半夜方熄。后来她们参加了春节的舞龙活动，看到兴隆场人个个手提小篮，篮装香烛钱纸，虔诚来此祭拜。

"锡玑，你说，兴隆场那么多土地庙，百姓如此虔诚信奉土地神，但是哪一座庙可以救他们？哪一尊神可以救他们？反倒让他们的生活一天不如一天！"

"是啊，神仙也有眼无珠，不发慈悲，眼睁睁看着百姓陷入水火，我也想不清楚，到底谁能够真正解救这些细民百姓？"

山风呼啸，一阵云雾弥漫过来，两位姑娘内心的谜团更浓。香炉里飘出缕缕烟雾，在心间缭绕。

带着种种不解，她们缓缓下山。

## 5　大卫来到兴隆场

随着调查的深入，伊莎白对兴隆场了解越深，心中的疑惑和不解也越多。

一天，两位姑娘入户调查刚回到兴隆场，就看见一群人围在一起。伊莎白也觉得好奇，抬头望过去，正好看见一个年轻英俊的外国男人出现在人群里。

大卫·柯鲁克——她的男朋友奇迹般出现在眼前！

她的心一阵狂跳，又惊又喜。

当伊莎白一步步走向大卫时，所有人的目光都聚焦在他们身上。

大卫满脸风尘，脸上洋溢着幸福的笑意，他小快步走向伊莎白。

"你怎么来了？"伊莎白看着大卫的眼睛，那双蓝色的眼眸里满是坚毅、深情和喜悦。

"呵呵，终于见到你了！"大卫没有回答伊莎白的问题，而是用英文激动地表达着自己的心情。虽然两人常在书信里交流思想，心靠得很近，但毕竟很久没见了。

大卫知道这个从小养尊处优的传教士的女儿来到这个偏远的乡村，不是为了传教，而是社会调查，改善乡下人的生活，他在信中也了解一些伊莎白在兴隆场的生活和工作情况，但眼前的女孩身穿蓝布长袍，脚穿一双旧草鞋，除了那张面孔，几乎看不出与兴隆场人有什么不同，这与记忆中公主一般的女孩简直云泥之别，他着实大吃了一惊。

"我没有吓着你吧？"伊莎白有些不好意思地说。

"吓着我？"大卫笑了笑，"你穿成这样也很好看。"

伊莎白羞涩地笑了。

"你的变化真大，变得我快不认识了！"大卫停了停，"上次你妹妹看过你之后，回来谈到你的变化，我还有些不太相信。不过，我很喜欢你现在这个样子。"

他们用英文交流，旁人并不明白他们说什么，但看着两个人深情款款的样子，似乎也明白些什么，听得懂的俞锡玑在一边抿着嘴笑了。

"还不带这位远道而来的客人回福音堂休息下吗？"俞锡玑推了推伊莎白。伊莎白恍然大悟似的，立刻笑着对大卫说："跟我回教堂吧。"

很快，整个兴隆场人都知道这位外国美女的男朋友来了。每当人们在镇上看到这对恋人出现，虽不过分惊诧，但还是用惊羡的目光追逐着他们的身影。毕竟，兴隆场人的恋爱还是父母之命媒妁之言，别说婚前不能在一起，就是婚后走在一路也是会被人说东道西的。这里，封建思想对女性的束缚犹如铁皮封屋，而大卫和伊莎白并肩而行的样子羡煞并震撼了众人。

来到宿舍，伊莎白给大卫倒了一杯水，递给他，"走那么远的路，又累又渴吧？"

"不累，但有点渴。"大卫幽默地说，接过水，一饮而尽。

"杰克·贝尔登[5]来过这里。"伊莎白突然说。

大卫抬起头吃惊地看着伊莎白的眼睛："杰克·贝尔登？你说的是那位美国战地记者？"

"是的。前两个月。他被我吓走了。"

"你吓人吗？"大卫微笑着问她。

"吓人。"伊莎白装作一本正经的样子。

"哈哈，你说说看。"大卫终于忍不住大笑起来。

个子高挑、长相出众、气质优雅，又有思想和才华的伊莎白有很多追求者。这个女孩出身于物质条件优裕的家庭，外表纤柔，但骨子里却勇敢坚强，非常能吃苦耐劳。她特立独行和大胆率直的个性，让追求者望而却步。美国记者杰克·贝尔登一直在中国报道抗日战争，也很欣赏伊莎白，一度疯狂追求伊莎白，知道伊莎白来了兴隆场，一路狂追而来，但眼前见到的不是想象中那个娇滴滴的千金大小姐，而是一个朴素的"农村妇女"，是每天跋山涉水到处采访一身泥浆的女汉子，最主要的是伊莎白对很多事情有自己独特的理解和看法，他确实被伊莎白的鲜明个性给"吓跑"了。

记得大卫离开上海前，一个美国熟人得知他要去内地，对他说："你年龄也不小了，我敢肯定，身在中国，你不是和传教士的女儿结婚，就是和中国人结婚。"从未认真想过结婚大事的大卫，未经思索，脱口回答："哈哈，那肯定是中国人哦！"没想到他内心的想法在遇见伊莎白之后，迅速土崩瓦解。他追着传教士的女儿来到她正在参加乡村建设实验项目的璧山兴隆场时，不但没有被伊莎白农村妇女的打扮和每天在忙碌中与当地农民打交道的工作状态所吓到，反而越来越喜欢。

大卫的到来，再次成为兴隆场的新闻，掀起了人们强烈的好奇。可是大卫毫不在意，每天陪着伊莎白穿梭于兴隆场的街道田野，攀山越岭，感受兴隆场的真实状况，也见到最真实的伊莎白——一个温柔而勇敢，纤弱而彪悍的女孩。伊莎白将自己在兴隆场的诸多见闻感受与心爱的人分享，入户调查中遇到的很多问题和他一起探讨。

一个黄昏，两人坐在兴隆场的山坡上，看着落日从西边的天空消失，夜色渐渐笼罩下来，不远处有星星点点的烟火闪烁。

"那是什么？"大卫好奇地问。

"那是以背货为生的背夫打着火把在走夜路。"伊莎白告诉他。

"这些农民也太苦了！我看到他们白天忙，没想到晚上还在忙。"大卫这些天看到不少兴隆场人的生活，不禁感叹。

"事实上，你所看到的只是他们生活的一部分，为了活下去，他们远比我们想象的还艰辛。"

"穷人要翻身，世道才像话。"大卫的思想总是很激进。

"来这里好几个月了，我很欣慰看到我们的付出有了一点收获，在医疗、卫生、教育上，兴隆场发生了一些小小转变。而实际上，老百姓的日子每况愈下，这也是让我和锡玑一直困惑不解的。真心希望在社会调查的基础上，我们正在创建食盐合作社，让老百姓吃上平价盐，实现这个小小的愿望。"

"说实在话，听你讲了这么多，我也看了不少，对你们的改良行动并不看好。兴隆场也好，四川也罢，绝不是单凭小小的改良就能彻底扭转乾坤的。"

面对很多问题，两人观点一致，比如谈到日本人的侵略，都觉得中国应该保家卫国，反抗到底。但面对这个惨不忍睹的社会，到底是改良还是革命这个问题上，两人的看法并不完全一致。因为此时的伊莎白还是一名和平主义者，崇拜甘地，不太赞成暴力革命，看到国民党政府统治下百姓的悲惨状况，她认为好好改良会有出路，她也期待兴隆场能通过一些改良运动得以慢慢解决，没想到大卫完全不赞同。

"为什么？"伊莎白不解地问。

大卫反问道："如果你现在得了非常严重的疾病，你是愿意接受一个激烈迅速的手术治愈它，还是推迟手术，继续忍受病痛？"

"当然选择手术。"看着大卫，伊莎白坦诚地回答道。

大卫说："那就对了，一个社会如果腐烂到底了，就应该被推翻。"

她觉得大卫言之有理。"选择手术，自然会有暴力，但肯定会更快治愈疾病。"

风带着花香拂过夜色，不远处的灯光闪闪烁烁。虽然是辩论，但两个年轻人的交谈却充满了愉悦。

在大卫的影响下，伊莎白的一些想法正在逐渐改变。最重要的是她对共产党充满了同情，对共产主义充满向往。

"有时在想，这个世界会变好吗？"伊莎白颇有感触地说。

"我相信一定会变好的。"大卫充满信心。

"你为什么那么确信？"伊莎白看着大卫的眼睛问道。

"以前读斯诺的书，我对这个古老的东方大国充满了好奇，来到这里后，我特别关注中国的现实，现在中华民族全面抗战，我更是看到一种燃烧的红色在中国的大地上蔓延。"大卫的眼睛在夜色中亮若星辰，感染着伊莎白。

大卫所讲的是中国共产党。他把自己所了解的很多关于共产党的事情讲给伊莎白听。他说，从1921年建党至今，中国共产党一步步走来，不断发展壮大，1935年，他们领导中国工农红军在逆境中战略转移，完成了震惊世界的二万五千里长征，共产党的目标就是让中国人都能过上好日子。大卫对中国共产党一直持同情和钦佩的态度。他还讲到中国共产党领导的中国工农红军，在面对国民党的"围剿"下步步突出，然后又坚持抗日。

"毛泽东说：星星之火，可以燎原。红军就是星星之火，现在我看到了一种燎原之势。毛泽东、周恩来、朱德等这些革命家，我在他们身上看到一种挽狂澜于既倒的雄才大略，更看到一种不怕艰难险阻、不怕流血牺牲的革命英雄主义精神。"

"这是多么了不起的壮举！"听大卫讲了很多，伊莎白内心热血沸腾。

"是啊，确实如此，我很想走一遍他们走过的长征路。伊莎白，要不要我们也亲自去体验一次？"

"这个主意好。"伊莎白被大卫的话感动着。

"我等你回成都后一起去。"

"一言为定。"

注：

1　范云迁，协进会成员之一，1940年1月来到兴隆场，同年5月离开。留有日记《兴隆场观感记》。

2　1941年3月23日，伊莎白和俞锡玑到第九保第九甲的孙文月家去上门调查，正赶上孙家请了好几桌客人过三十岁生日。而他是第九保的保长，伊莎白在户口簿上清楚看到他的年龄是42岁。这样的例子很多。

3　当地人有受到算命先生指点，需要行善事驱鬼时，往往会捐一口棺材给庙里以作将来施舍之用。

4　九·一三璧山大空战，从1938年2月18日至1943年8月23日期间，日本对重庆进行了长达五年半的战略大轰炸。作为国民政府陪都的重要迁建区和卫戍区的璧山，也成了日机轰炸的重要目标，多次遭到日机空袭。"九·一三璧山大空战"是中国空军自抗战爆发以来遭遇的最为惨烈的一次空战。据资料记载，1940年9月13日下午一点十分，日机到达重庆主城上空，对重庆进行狂轰滥炸。轰炸持续了20~30分钟，日机把所有的炸弹投下后，返航离去。下午两时许，日机机群突然向正在返航的国民政府空军机群发动攻击。在璧山原城东、城南、大兴（兴隆场）、丹凤、狮子、中兴等地上空发生了激烈的空战。在明知战机性能远落下风的情况下，国民政府空军飞行员仍苦苦支撑，拼死一战！整个空战中，国民政府空军出战的34架飞机共被击落13架，击损11架，飞行员阵亡10人，伤8人。被击落的13架飞机全部落在璧山境内，其中有六七架坠落在兴隆场附近。这就是抗战史上著名的"九·一三璧山大空战"。这场著名的"中日璧山空战"，直接催生了名重一时的"飞虎队"。曾经的璧山街头，矗立着一块"抗日阵亡将士纪念碑"，铭刻着843名璧山儿女血洒抗日疆场的史实。为了记住历史，人们把大兴镇长隆村一组中国飞机坠落的那块方田，叫做"飞机田"；有飞行员牺牲的山王店，至今未曾改名，后来老百姓在此自发建造了一座庙宇，祭奠那些战争中牺牲的英烈，这座庙宇见证了80年前那场惨烈的空战。

　　璧山文化馆的黄林通过走访"九·一三璧山大空战"的见证者洪昌贵老人（1932年9月19日生，原大兴乡九保六甲人）、曹作章老人（1925年生，原大兴乡九保七甲人，其父当时是本保七甲甲长）等人，曾撰文《爷爷，我们接您回家——仅以此文纪念"九·一三璧山大空战"80周年》，较为翔实地还原了那段历史。后来，我独自一人爬上茅莱山，站在高处俯瞰整个大兴镇（兴隆场），透过历史的云烟，似乎看到了那场惨烈的空战，看见了炮声中那些奔跑着救死扶伤的人。采访中，听很多璧山人说到这段历史，对璧山人民团结协作、坚韧不屈的精神赞不绝口，同时亦对协进会诊所、对那几位年轻的姑娘当年救死扶伤的勇敢竖起了大拇指。

5 杰克·贝尔登（Jack Belden 1910年2月3日—1989年6月3日），二战期间美国知名战地记者，作品多反映中国的抗日战争及中国的解放战争。1933年，第一次踏上中国的土地，1937年抗日战争爆发，受聘于美联社，开始为时代杂志撰稿。后来，他因对中国抗日战争和解放战争的深入报道而成名，代表作《中国震撼世界》，该书出版于1949年，并曾在1970年和1989年重印。书中对于蒋介石在大陆最后的统治进行了揭露和批判，对共产党及其领导的军队持正面立场，书里预言，中国共产党必然在中国取得全面胜利。因此这本写给美国人的书在美国的公开发表和出版都遇到了很大阻力。

# 第七章　食盐合作社的创建与失败

## 1　创建缘起

伊莎白给大卫谈到的他们正在创建的食盐合作社的项目，就是这次乡建运动的重要项目。乡建运动本身是卫理工会的实践项目之一，工作组成员到乡下是尽可能多地帮助人们，而不是让人们入教。从来到兴隆场那天起，工作组所有成员就没有把自己当成置身事外的旁观者和高高在上的"下江人"，而是积极投入当时席卷兴隆场的改革洪流中。孙恩三来到这里，便开始谋划思量，积极投入创办幼稚园、学校、诊所，还尽可能给老百姓的生活带来实惠，真正改善民生。

为了解决乡村地区最为紧迫的贫困问题，孙恩三曾联系了一位在国民政府资源委员会任职的旧同事，获悉对方所在部门正急于为久负盛名的四川挑花青布打开外销渠道，加之璧山刺绣[1]有一定的名气，同时距离璧山不远的荣昌县出产有名的夏布，兴隆场教会主日学校的学生招收的都是当地十四五岁的女孩，这些学生心灵手巧，特别擅长挑花，绣工和花样都好。为此，孙恩三赶回来与大家商量，抓住机会，让俞锡玑筹建挑花合作社。在美国传教士厄恩肖嬷嬷（Miss Earnshaw）帮助下，1940年初夏，俞锡玑招募到二十名当地女孩，这些女孩大多来自安妮·维尔斯开办的主日学校,又从资源委员会下设的国际贸委会请来两位挑花师傅传授技艺,为期三个月,负责教这些女生挑花。孙恩三还跟该委员会达成协议,由他们负责收购织好的绣品,然后销往海外。师生们兴致盎然,很快做出了一些精美的刺绣产品,准备转运至香港,运到国外销售。

可惜时运不济,第一套绣品刚刚织好,战争形势恶化,转道香港出口的途径被掐断,挑花合作社只得停办。一度列为工作组重点项目的经济合作遭遇了"开门黑",但是孙恩三并不气馁,把目光转而投向其他方面,希望做一番成绩出来。

在他们踌躇满志要大干一场的同时,得到了兴隆场部分开明乡绅的同情,但是这些推动改革的外来人又不得不与因循守旧的本地人进行面对面的交锋,这场看不见硝烟的较量中,"强龙"与"地头蛇"遭逢,结局如何,大家心里都挂着十五个打水吊桶。

抗日战争进入相持阶段,日军为切断中国的经济命脉,打击抗战士气,实施了"盐切断"计划,对四川产业园区自贡等地,进行了七次大规模轰炸。数千年来,中国的食盐生产和销售一直由国家专控。1940年,四川省政府设立了县级盐务管理机构,试图控制盐的产、运、销各个环节。然而一年之后,盐商卷土重来,又对国统区的食盐市场形成垄断,导致内陆盐价暴涨。

内陆盐价暴涨,地方势力趁机哄抬物价,小小的兴隆场,当时各种税收被袍哥三爷冯庆云囊括。协进会当时计划在兴隆场筹建一个食盐供给合作社,他们想通过入股或批发的方式,让村民们参与进来,降低盐的成本,使当地百姓免受缺盐之苦。但此举触怒了原来的食盐垄断商,特别是当地哥老会的利益。

1940年11月下旬,伊莎白和俞锡玑来到一个大院子,看见几个乡民正在对一个即将出门的男人说话:"麻烦你给我带几包盐巴,兴隆场的盐也太贵了。"

"兴隆场的盐价多少？璧山的多少？"她们好奇地打探。

"听说璧山一块零五分，我们兴隆场一块四角五。哎，这怎么吃得起嘛？"一个矮个子乡民皱着眉头哀叹道。

"政府不是一直在大力提倡成立合作社吗？"俞锡玑说。

"政府的话你也信？弄来弄去还不是几个地方恶霸说了算。"另一个高个乡民带着明显的怒气冲口而出。

"你们晓得具体是哪几个吗？"伊莎白接着问。

"不就是冯庆云、梁鹤龄、方岳衡等人吗？他们合伙开店，你看那块'兴隆场糖盐合作社'的牌子挂在店门口不就知道了吗？这些贼良心的家伙。"

二人回到街上，果真看见一家商店门口赫然悬挂着一块"兴隆场盐糖合作社"的招牌。

正在张望时，几个满面愁容，手里拿着盐巴的农民唉声叹气走了出来。

"哎，盐价这么高，可吃不起啊！这些龟儿子心太黑！"说完，回头看了看合作社的牌子，恨恨地骂着。

这个冒牌合作社是冯庆云的"杰作"？

住在14号房的冯庆云，他的底细两位姑娘在调查中听到很多人摆谈，比较清楚。他是个地主，以前拿收来的地租贩卖鸦片，如今在兴隆场收税，开茶馆，兼做其他生意。他在乡下有房子，原配跟三个孩子住在离这里五里靠近茅莱山的乡下。两年前，古大娘的大儿子傅荣华娶了23岁的方彩芹为妻，自己去重庆一家工厂做事，留下年轻漂亮的妻子跟邹二娘合住在从卫理公会租来的一间房子里。方彩芹长得楚楚动人，早就被冯庆云盯在眼里，于是平常老来串门子，一来二去就勾搭上了，两人很快同居在一起。方彩芹穿着打扮很是招摇，两人俨然一对新婚燕尔的小夫妻，在外人面前也从不避讳。此事传到重庆的傅荣华的耳朵，他立刻赶回兴隆场。为了躲避追踪，冯庆云和方彩芹先是搬到璧山，后来觉得躲不是办法，干脆搬回兴隆场。冯、傅二人经常在街上碰见，每次见面总免不了一场口角，有时还动起手来，但冯庆云从不把傅荣华放在眼里。

傅荣华无奈，只得把冯庆云告上法庭。冯庆云有钱有势，朋友多，判决下来，最终只付给傅荣华80元钱，冯庆云就这样轻而易举霸占了傅荣华的妻子。

接下来，合作社发生了内讧。

1941年税收争夺权比头一年打得激烈多了。上一年，冯庆云不费吹灰之力，就从竞争对手孙宗尧等人手中抢夺到收税权，而今年他要和乡长唐友谭竞争。二者都不是省油的灯，双方都便出了浑身阴招，打得头破血流。

正当双方为争夺税收打得不可开交之时，冯庆云偷偷以合作社梁贵方的名字给县政府写告状信。后来信被退回，重返冯庆云手中，不知从哪里知道真相的梁贵方前来索要原信。冯庆云何等角色？抢人家老婆都理直气壮，何况面对一个梁贵方？两人虽有合伙，但毫不相让，在街头遇上，先是一番争执，后来大吵，以至于越吵越凶，盛怒之下的冯庆云毫不客气动手打了梁贵方。梁贵方气愤不已，把冯庆云告上法庭。真实原因据说是因为米价涨得太快，梁贵方觉得当初自己买少了股份，而社里分红的日子又日益临近，便变着法儿地想多捞一些好处。在老奸巨猾的冯庆云面前，梁贵方最终还是啥好处没捞着。

眼看年关将至，杀猪的人渐多，在集市上售卖的猪每头交三元钱，留在家里吃的减半。杀猪税这个肥差盯的人太多，唐俊良和大地主曹跃显也想从冯庆云手中抢走。他们向县里汇报了兴隆场保守估计每个赶场日大约杀八头猪，并许诺从征税得来的全部好处都将用于村镇建设。毫无疑问，他们统统不是冯庆云的对手。在与唐友谭的大战中，冯庆云通过向政府行贿（据说给政府相关人员塞了一千元）等各种招数，最终从官方获得了在兴隆场征印花税、米税、牲畜税、屠宰税等权力，而且把唐友谭赶出了兴隆场。

伊莎白和俞锡玑问过很多兴隆场百姓，他究竟是如何在竞争中击败唐俊良和曹跃显，获得了授权，大家只是说，他用了些阴谋，但具体是怎样操作的，不清楚。

冯庆云在本届任期期满最后一天特意推出了优惠政策，规定当日每宰一头猪只交一元钱，也不过一天的优惠，人们还未来得及高兴，却吃惊地发现新年（1941）负责收税的还是冯庆云。而接下来杀猪税陡然上涨让人大吃一惊：集市上卖的每头五元，留在家里吃的三元。

冯庆云收税是一个都不会漏掉的。彭嫂给伊莎白讲过一件事，说有一天冯庆云的哥哥在路上碰到一个手提刀和绳的人，一问才知道他是被古家请去杀猪的屠户。冯庆云的哥哥回到兴隆场马上给弟弟讲了，冯庆云发现此人没有交杀猪税，立刻带着民团团丁赶到古家坝，提出要么把猪没收，要么罚款80元。古家无奈之下只好交了罚金，冯庆云从中拿出20元给团丁打牙祭，其余的揽入自己腰包。

随着调查的不断深入，伊莎白她们越来越多地了解到冯庆云的劣迹，35岁的他老谋深算，作恶多端，真可谓罄竹难书。垄断税收只是明面上的，背地里坏事成堆。管理义仓时，倒卖救命粮（1940年春）；贩卖鸦片，做各种非法投机生意；利用职权，把农业局发放给农民的物资变卖一空；收取应服兵役者的高额服役费，强拉壮丁充数……他是贪婪作恶的地主、八面玲珑的茶馆老板、左右逢源的袍哥、肆意张狂的鸦片贩子。他的后台老板就是蔡云清。矮矮胖胖的冯庆云几乎从不正面看人，油光水滑的脸上，总是浮起一层似笑非笑的表情，让人捉摸不透面孔之后的真实内心。一点点见识了他的阴险、奸诈和狡猾，伊莎白在记录中难以抑制自己对他的厌恶之情，直接称其为"邪恶"之人。

当时，兴隆场人并不完全明白冯庆云的把戏，只知道盐价节节飙升。冯庆云一伙打着合作社的幌子，不但享受政府提供的各项优惠政策，还操纵集市，哄抬盐价。很快，逼得镇上十多家卖盐的小店关门歇业。

老百姓买不起本地盐，只好长途跋涉去别处淘换，或结伴去璧山，或请人从重庆带盐回来，如此，冯庆云等人搞的这个糖盐合作社销售状况很不好。

糖盐合作社的失败，为协进会进入当地食盐市场，为老百姓谋福利打开了大门。孙恩三看到机会，召集大家开会，具体安排伊莎白和俞锡玑负责筹建食盐合作社，两位姑娘接到任务，连夜挑灯夜战，草拟组建方案，第二天交给孙恩三。

孙恩三看过后又提了些修改意见，两位姑娘再次修改后交了上去。

孙恩三极为满意，把此方案呈报给歇马场的上级，报告很快传到晏阳初手里，晏阳初审核后，大力支持，立刻委托乡建研究院负责人蒋旨昂具体负责这事。

"老百姓需要我们帮助的时候，我们就应该做对老百姓有益的事情。"他们反应积极，"我们真没看错人，这位俞小姐和饶小姐很能干，不但有想法，也有行动。"

之后，蒋旨昂、孙恩三二人重庆晤谈，对联手协作之事一拍即合。

毕竟协进会还从没在一个乡村搞过一个食盐合作社，作为食盐合作社问题专家到来的蒋旨昂，详细倾听了伊莎白和俞锡玑的具体计划，指出落实细节，同时鼓励两位姑娘说："你们只管放手去做，我们负责给合作社提供各方面的培训。我在歇马场工作很忙，还要外出调查，不能经常来兴隆场，这样子，我安排张福民和杨晨方具体指导。"

## 2 信心满满地创建

豪情满怀的孙恩三从重庆回来，立刻召集协进会成员开会，具体落实下一步计划。

在乡建研究院专家的指导和协进会成员的共同努力下，食盐合作社的筹备工作进行得有条不紊。

1940年12月，杨晨方和张福民很快来到了兴隆场，还带了一名年轻的助手。杨晨方的具体工作是负责组建合作社，而张福民的具体工作是负责开办训练班。很快，便成立了包括协进会乡建工作组成员在内的七人委员会。

此后，伊莎白和俞锡玑入户调查不断深入，跟乡亲们的关系也越来越融洽，她们兴致昂扬，乐此不疲做着相关工作。

首先她们召集地方名流、学校教员和"兴隆场社区发展协会"的工作人员开会。会议在福音堂图书室举行。参加会议的有孙宗禄、孙宗尧，也有蔡云清等人。

能把蔡旅长请来，其实是孙恩三的功劳，孙恩三一贯与镇上的这些"上流人物"关系很好。主要还是想得到这个在兴隆场说话最有权威的人支持，但会上却发现蔡旅长既没有表示反对，也没有表示赞同。

有一天她们出现在20号房的梁鹤龄的杂货店铺时，身后传来几个乡民的议论："啊哟，就是这两个姑娘，不得了，胆子大，她们要和冯庆云对着干，正在组建食盐合作社呢。"

"是吗？我觉得好。这是好事！"另一个乡民提高声音说。

"我们当然说好，可是你不知道吗？冯庆云背地里把协进会骂惨了。说是协进会毁了他生意，断了他财路。那伙子人恨死她们了。"

听到这样的话，伊莎白和俞锡玑觉得乡民们还是比较支持她们的，毕竟她们的出发点都是为了乡民。接下来两位不辞辛劳，每天起早贪黑，在调查走访中耐心向乡民解释成立食盐合作社、抑制盐价的好处，村民们看着听着，也有些信任。

1941年2月，委员会开办了为期三个月的财务训练班。重点人员是曾做过乡长的孙宗禄和做过小学校长的孙宗尧堂兄弟。除此之外，还有三名学员。五人认真学习，按期结业，已变得训练有素，甚至个个成了"会计专家"。

4月，冯庆云的合作社苟延残喘半年之后终于倒闭，冯庆云乘机把糖盐合作社剩余的盐全部买了过来。

那天孙宗禄兴冲冲地跑来告诉孙恩三、伊莎白他们。

窗外春景蓬勃，鸟儿啁啾，孙恩三抬头看着，开心地说："哈哈，好事好事！我们的计划有了实质性的突破，那我们赶紧进行下一步计划。"

在孙恩三的组织下，伊莎白、俞锡玑、张福民、杨晨方，还有孙恩三的秘书、培训班的五名学员再次聚在一起开会，具体商议如何发售股份的事。因为伊莎白和俞锡玑的入户调查快要结束，会议决定，二位接下来把时间和精力投入到合作社的组建上来，与乡民沟通，鼓动大家入社。同时还决定让孙宗禄和孙宗尧兄弟去学校组织一场演讲比赛，接下来，一些高年级的学生陪着孙氏兄弟分别在兴隆场街上第一保、第二保宣传成立合作社的好处。

学生热情很高，对乡民们耐心解释和宣传，可没想到被唐友谭乡长聘来的一个姓黄的兴隆场中心学校的教务长谴责，他在学校大会上公开说这些孩子是"替教会收烧香钱"，心甘情愿充当"教会的走狗"，并严令禁止学生们再外出帮合作社的忙。

听到这个消息，孙宗禄怒火中烧，站在街上，当众痛骂："简直一派胡言！学生宣传合作社是好事，莫非让孩子们的家长都去买高价盐？教会是在给我们乡民做好事，什么叫给教会做走狗？……"就在这时，正在茶馆喝茶的同为宣传队成员的唐俊良、52号房开面馆的梁荣亭保长，听到动静后也出来声援。一大堆人吵吵嚷嚷，最后决定去"讲理"，黄教务长接到通知，知道自己不得人心，只得让学校教员周小姐出面替他向众人道歉。

筹备过程中，风波不断，但群众基础不错，伊莎白和俞锡玑对合作社的创办还是充满了信心。

5月底，也就是冯庆云的伪合作社倒闭一个月后，新合作社终于以每股十元的价格开始发售股份。

那天，天气晴好，阳光透明如水，文庙早早聚集了很多乡民。在孙宗禄、孙宗尧的主持下，乡民大会如期召开，俞锡玑认真地给乡民们讲新合作社的股份发行情况。

俞锡玑讲完，乡亲们反应不是很积极，不少人一阵摇头。

"会不会骗我们哦？你们是外乡人，如果收了我们的钱，一走了之，我们去找鬼大爷啊？"

"这个太冒险，十元一股，十元钱，我们到底也要买六七斤盐巴了。"

"对对，不能信。"

"我们需要再好好商量一下。"

面对乡民们的谨慎和怀疑，一向和善、口才极佳、与老乡们打成一片的两位调查员——伊莎白和俞锡玑再次发挥重要作用，她们极其耐心，一遍遍给大家解释，讲解入股的好处，此后，又挨家挨户给乡民们谈利害关系。

"你们要相信我们，这个合作社有教会背景，就算不相信我们，你们也应该相信教会对不对？再说，买股投资风险极小，我们这么做，真的是为大家着想。"伊莎白真诚地说。

最终，真心打动了村民，接下来几天，不断有人到福音堂来报名。

很快有三百人报名入社，总共买走价值一万元的股份。

晚上，伊莎白和俞锡玑去给刚从重庆回来的孙恩三汇报工作，孙恩三一听，非常开心。

"你们两个还真能干！以前我以为饶小姐是外国人，与当地百姓沟通可能有些不畅，没想到你也这么厉害。"

"主要还是俞小姐，我有时连说带比画，他们也不一定懂得。"伊莎白谦逊地说。

"哎呀，孙先生，你可不知道饶小姐有多厉害，她现在连'贼娃子''棒老二''拣炽活'都知道，还有'袍哥人家的，绝不拉稀摆带'，哈哈。"俞锡玑对伊莎白的工作能力大加赞扬。

"还懂当地土话？厉害！"

孙恩三看到两位姑娘办事得力，喜不自禁，高声赞叹，"奇迹！我们创造了一个奇迹！目前为止，中国尚无一家不用借款便可开张的合作社，而我们，做到了！我得马上给晏先生和蒋先生汇报。他们可是一直关注着我们这里的乡建实验项目。"他点燃一支烟，边说边挥舞着，火星在空中晃动。

伊莎白和俞锡玑看着孙恩三踌躇满志的笑容，内心暗暗捏了一把汗。虽然入股的乡民不少，但合作社的实际问题也不少，虽然她们一直努力去做好，但调查中经历的种种让她们内心并不完全踏实。

冯庆云看到合作社成立，乘机把他先前以 1.3 元囤下的 100 斤盐，一部分转手卖给了新合作社，剩下的在璧山以 2 元一斤的价格高价出售。

## 3 意外发生

正当大家信心满满的时候，接下来发生的事确实有些意外。

骨干培训学校和合作社的筹建工作由张福民校长、杨晨方负责，孙恩三担任助手。他们均是协进会从设在北平的政府研究机构——"社会调查所"借调来的。前期配合不错，后期三人关系恶化。

孙恩三本来一直忙着外面的事，经常往来于重庆璧山，只偶尔来兴隆场视察。那天正遇上张福民、杨晨方二人来兴隆场指导工作。张福民和杨晨方正在倾听伊莎白和俞锡玑的汇报。

"虽然前期推进得不错，但你们不能掉以轻心，按照以前的经验，必须把工作做扎实。就算一个小地方也不是想象中的那样简单，我们只是担心孙先生有些过于乐观哦。"张福民说。

孙恩三恰好走进屋子，听到此话，一下子不高兴了，指着张、杨不客气地说：

"你们是来指导工作的，你们没看到我们的合作社是在中国是唯一一家不用借款便开张的合作社吗？不要老是用过去的经验来看兴隆场的事，我们有理由乐观，因为我们在创造崭新的历史！"

"孙先生，我们也只是提醒而已！"看着孙恩三这样说话，个子不高的杨晨方脸带怒色，有些不开心。

"提醒？你们这不是提醒，是在表现出你们指导者的了不起！你要知道，这个项目可是得到晏先生和蒋先生盛赞的。"孙恩三性格急躁，再加上此刻自我感觉良好，见两位对他豪情万丈搞的合作社泼冷水，十分生气。

"你，孙先生，你能不能不要用这种语气讲话？"高而瘦的张福民尽量压低声音，客气地说。

"我什么声音？我就这样！"孙恩三把头高高扬起，眼睛里燃着愤怒的火。

伊莎白和俞锡玑马上出面劝阻、协调。

"孙先生，张先生和杨先生不是这个意思。"伊莎白对孙恩三轻言细语地说。

还没等伊莎白说完，孙恩三大手一挥："别为他们解释了，我不喜欢横加指责，更不喜欢别人指手画脚！"

"孙先生，你这么说就一点道理没有了。我们有横加指责你们，指手画脚了吗？我们不过是善意的提醒而已。"张福民继续解释。

"孙先生，你简直，简直太傲慢无礼了！我们一片好心来到这里，目的一个，但没想到你会这样子！好好好，我们走，我们不再指手画脚，可以吧？"杨晨方说着，"腾"地站了起来，拉了一把张福民，转身欲走。

"别啊，杨先生！"俞锡玑赶快打圆场，伊莎白也尽量去和孙恩三解释，让他不要生气。

双方越说越气愤，张福民、杨晨方很是愤愤不平。

伊莎白和俞锡玑对视了一下，分劝两方。俞锡玑把张福民和杨晨方请到另一间屋子，给他们道歉，解释。

伊莎白把孙恩三留住，向她解释了两位顾问来后的情况："我们开办合作社这块确实没有经验，后面具体怎么操作也不清楚，如果这个时候他们甩手不干，岂不是要前功尽弃？"

孙先生昂着头，听了一阵，终于放低声音说："好吧，其实也没什么。今天确实我太急躁了一点，但是我就不喜欢被人指责，别指望我给他们道歉。"

"那么，孙先生，"伊莎白见孙恩三态度放软，语调中充满了关切，"你休息一会儿，我去看看那边情况。"

她走出房间，来到图书室，只见两位顾问坐在凳子上，一言不发，看样子还是很生气。伊莎白走过去，软声细语地解释："你俩不要生气了。刚才孙先生说，他也是一心为合作社好，没料到言语中太急躁了，请原谅。"

最终，两位专家长长地出了一口气，相互交换了眼色，答应继续指导合作社工作。

五月的窗外，鸟儿正叫得欢畅。两位姑娘走了出来，望了望天空和眼前葱绿的大树。俞锡玑拉着拉伊莎白的手，声音中充满庆幸的喜悦："素梅，总算把这事平息了。"

"这样好，"伊莎白看着几只在空中翻飞啼鸣的鸟儿，说，"不至于先前付出的心血付诸东流。"

本以为事情解决，后面的工作会顺利，两位专家可以继续留在兴隆场筹建和指导合作社的工作，没料到几天之后，张福民和杨晨方突然敲响伊莎白和俞锡玑的宿舍大门，张福民急切地说："饶小姐，俞小姐，非常抱歉地给你们说一声，我们得马上离开。"

"怎么？你们还在为几天前的事情生气吗？不是说好了不走的吗？"俞锡玑满脸疑惑。

"不是，真没有生气了。"杨晨方圆圆的脸上早已没有几天的愠怒之色，平静地说。

"因为接到乡建研究院那边的通知,说有紧急事需要我们回去处理，所以，必须离开一段时间。"说话较慢的张福民进一步补充。

"那助手能留下吗？"伊莎白问道。

张福民立即回答："对不起的，助手也得跟我们一起立刻回歇马场。"

"啊？你们都走了？那合作社怎么办？"俞锡玑变得紧张起来。

"没办法啊。"杨晨方无奈地摊摊手。

"俞小姐，饶小姐，只能你们俩全权负责下去了。这个工作很辛苦，但相信你们，慢慢做，一定会做成的！"张福民望着两位姑娘，眼里充满了鼓励。

"那怎么行呢？我们可是一点经验都没有！"伊莎白也有些着急，"就算我们俩干，但至少你们要定期来给我们指导，对不对？"伊莎白望了一眼俞锡玑。

俞锡玑也赶忙说："对啊，你们必须要回歇马场，我们理解，但请你们一定要定期过来指导好吗？"

"好吧，我们商量一下。"张福民、杨晨方看着两位姑娘着急的样子，心软了。两个人转过身去，嘀咕了一会儿。

"这样子，我们回去后和研究院方面商议，尽量抽时间来。"张福民说道。

"那好吧，也只能这样了。"伊莎白摆了摆手，脸上掠过一丝苦笑。

送走专家，回到宿舍，两位姑娘一下子觉得担子重了。不过好在这时调查工作接近尾声，可以专心投入食盐合作社的工作。

过了一个月，乡建院迟迟没有来人。伊莎白一再催问，那边却传来不好的消息，说研究院方面本来答应让张、杨定期来指导工作，但由于未谈妥由谁支付差旅费，两位专家最终没能成行。最后一丝希望也化作了泡影。

情况报告给孙恩三，孙恩三再次召开筹备组会议，其他人都到了，但孙宗尧没来。俞锡玑派人去叫时，孙宗尧正在收拾行李。原来他接到通知，明天必须奉命去歇马场参加培训。

真是屋漏偏逢连夜雨啊！听到消息，大家面面相觑，脸上露出失望的神色。

孙恩三看着大家，手一挥："算了，不管了，我们继续开会。"

孙恩三豪情不减："关于合作社，我们马上就要成功了，他们不来指导，我们还是可以做好！俞小姐、饶小姐，你们要肩负起大任来，继续做好农民工作；孙乡长（虽然那时孙宗禄早不是乡长了，但孙恩三还是习惯这样称呼他），你去买盐。只要盐买回来，合作社就可以开张了！"

得力人手相继离去，孙恩三依旧天真地以为合作社业已大功告成。

这个时候，他完全撒手啥事也不干了，对外宣称："应广学会之约，也是偿其夙愿，从今以后，我就不再管合作社的事，翻译圣·奥古斯丁

（St. Augustine）名著《忏悔录》是我以后的主要工作。"

此后，孙恩三果然不再参加合作社的任何活动，在兴隆场连他的身影也极少见到。筹办食盐供应合作社的担子完全落在了伊莎白和俞锡玑肩上，再加上孙宗禄等几个帮手张罗着。

"从我们入户调查的情况来看，合作社前景不容乐观。"晚上，俞锡玑跟伊莎白分析着合作社事宜，忧心忡忡地说，"但愿事情顺利，不要发生任何意外。"

"是啊！如果弄不好，实验失败，入股社员会蒙受损失，教会也会因此名誉扫地，那可不是闹着玩的。"伊莎白说。

"村民们似乎有所保留，他们并不完全信任我们。"

"看得出来，他们顾虑重重。只是我们必须把工作再做深入一些。"

两位姑娘认真分析眼前工作中出现的一些问题，反复考虑如何更好地把工作推进，做好。

夏天，孙宗禄几经折腾，终于买回食盐，准备存放在沿街二十一号房。这所房子属于大地主曹跃显的，原先曾是袍哥创办的曲艺社所在地，曲艺社解散后便闲置不用。曹已入社，很慷慨地让孙宗禄拿它当仓库使。

孙宗禄与伊莎白和俞锡玑商议，觉得这个房子太破旧，需要稍加修整方可使用。于是协进会买来石灰粉刷墙壁，又雇来木匠赶制柜台。

七月的一个赶场日，孙宗禄喊来的工人正在装修，曹跃显的老婆突然出现在门口，朝孙宗禄尖声嚷道："哪个放你进来的？搞啥子名堂？简直没得王法了嘛？！"

孙宗禄对她和颜解释："房子是你男人同意我们才使用的。"

但女人不依不饶，破口大骂："你们这些人，居然如此胆大妄为，他说了能算数吗？哼，我们家大事小事必须我说了才行。"

女人的尖声大骂引来很多围观群众，有人叫来了伊莎白和俞锡玑。本来想去叫孙恩三，但孙恩三根本不在兴隆场，不知去了哪里；问他老婆，老婆也说不清楚。

伊莎白和俞锡玑来到仓库，轻言细语地给曹的老婆张氏解释，张氏虽然不敢直接骂两位姑娘，但也不听她们劝说，继续骂。

"就算我不用，你们整天在这里敲敲打打，也影响了我家生意，我坚决不同意！搬出去！明天就搬！"

"明天？"孙宗禄用一种努力压抑的厌恶神情看着歇斯底里一脸横肉的女人。

"对，如果明天不搬，我就把这些东东西西全部砸烂，然后拿一把大锁锁了，管你盐不盐、醋不醋的！"

本来以为可以靠伊莎白和俞锡玑两位小姐的劝说让张氏止怒，但大家一看，谁的话也起不了作用。于是孙宗禄和伊莎白、俞锡玑眼神沟通了一下，压低声音说：

"好好，我们搬，我们搬。"

这个女人还不满足，一个劲地扯着嗓子骂了足足半个小时，直到筋疲力尽，方才作罢。

经她这么一闹，很是无奈。晚上，伊莎白、俞锡玑、孙宗禄等人再次商议，合作社只好另选社址。此前镇上从未冒出过公开反对的声音，他们觉有点奇怪，伊莎白说："这个插曲，会不会传递了一个不好的信息？"

俞锡玑也说："看来，兴隆场某些有钱有势的人对我们的合作社实验可能耿耿于怀？"

孙宗禄沉默不语，或许他是最明白其中玄机的人。

事实上，她们猜对了！

在看不见的暗处，以冯庆云为代表的地方势力一直密切关注着合作社的操作过程，只要这边有一点风吹草动，他们就暗中想法子作梗，阻扰着整个行动。

"格老子的,莫非还想在兴隆场的地盘上翻起啥子浪?老子倒想看看,你们这些外地人到底有啥子能耐!"冯庆云在茶馆里,对着几个手下大声说。

"对对,强龙不压地头蛇,老子们看你们有好厉害!哼!"几个跟班也跟着吆喝。

"老大,让我们直接去把他们收拾了,不过外来人,还是几个娘们!"其中一个喽啰讨好似的说道。

"你说啥子!人家都是有来头的人,再说我们有必要跟他们正面争斗吗?"冯庆云眉头一皱,一阵嘀嘀咕咕。一伙人又抽了一阵大烟,各自散去。

围绕合作社展开的明争暗斗愈演愈烈,开张之日似乎变得遥遥无期。

## 4 泸定桥上的求婚

面对如此状况,伊莎白写信告诉大卫,说情况正如他此前所言,大为不妙。

大卫很快回信说,改良运动看似简单,却牵扯到各方势力,充满复杂的矛盾斗争。无论怎样,他会一直支持伊莎白的工作。既然合作社工作暂时难以推进,要不,回成都一段时间,邀约几个朋友一起去走一趟长征之路,圆上次之约?

大卫的来信多次谈到中国工农红军,提到共产党的政策,让伊莎白觉得这一定是一趟非常有意思的旅途,在征询俞锡玑和协进会成员同意后,伊莎白暂时回到了成都。

两个年轻人很快开启了重走长征路的旅程。

他们各自骑上一辆自行车飞奔上路,不能骑车时便步行。这一路充满了艰辛，也充满了快乐。一路上伊莎白为大卫讲她在兴隆场耳闻目睹的农村状况，亲身经历的种种惊险，给他解释为何背夫们要吸食鸦片；大卫则每走到一个地方就给伊莎白讲红军在这里经历的惊心动魄的故事，同时满怀激情地给她宣讲马克思主义思想、共产主义信仰。

看到红军一心为民不畏牺牲的所作所为，伊莎白情不自禁地与她从小就接触的传教士等做对比。她忍不住质疑自己从小浸淫的基督教义，她觉得那些自己住着大房子，让一群仆人围绕着伺候的传教士们的所作所为并不可取……

当她说出自己的这些"异端思想"时，大卫不但不吃惊，反而大加赞赏和鼓励。"等级和贫富差距有时不是社会改良就可以实现的。你能这么思考，说明你的思想大大提高了！"

这几年他们亲历了中国大地上的炮火和中国百姓的苦难，目睹了中国革命的风起云涌，看到了中国红军和中国人民身上的顽强抗争的不屈精神。这一路，他们跋山涉水，攀雪山，过草地，渡激流，穿荆棘，一边阅读着红军写下的激动人心的标语，一边体验着当年行军的艰辛和不易，亲身感受着在大地上写下的这部壮丽的革命英雄主义史诗。六个星期的艰难行程中，两个人总有着说不完的话题，从农民的苦难到中国的现状，从国共两党到共产党，从宗教信仰到共产主义追求……

伊莎白越来越喜欢眼前的这个犹太青年，作为英国共产党员、参加过法西斯战争的大卫不知不觉正在影响着伊莎白。伊莎白渐渐明白大卫为什么会带自己重走长征路，一定要踏上泸定桥。

两位历尽艰辛，来到西康省首府康定，最后到达泸定县，终于亲眼见到了埃德加·斯诺曾描写过的铁索桥！

眼前，两峰夹峙，断崖千尺，峭壁如削。一水中绝，奔腾咆哮，湍流滚滚。

大卫和伊莎白紧紧抓住寒铁铸就的冰冷的铁链，摇摇晃晃地行走在仅有十三根碗口粗的铁索上，大卫给伊莎白讲述着埃德加·斯诺书里所写的关于飞夺泸定桥的内容，他们眼前浮现出1935年中国工农红军飞夺泸定桥惊心动魄的画面，想象着在对岸还有敌军把守的情况下，红军战士是怎样的不畏生死，冒着敌人的炮火前进，越过天险，并最终取得胜利，粉碎了蒋介石歼灭大渡河以南红军的企图。

听着江水滔滔，耳边似乎回荡着当年战士们猛兽般的呐喊……《国际歌》在大卫和伊莎白的脑子里盘旋。大卫坚信，改变世界不能靠救世主，也不能靠神仙皇帝，要靠人们靠劳动者，靠马克思主义信仰武装起来的共产党。英特纳雄耐尔就一定会实现！

飞夺泸定桥是红军长征中具有战略意义的重大胜利之一，最能展现红军战士坚忍不拔视死如归排除万难夺取胜利的革命精神，这次胜利体现了红军无限忠于人民革命事业的大无畏精神。

此情此景，惊险刺激，深深地震撼着两颗年轻的心……

因为红军的长征所经历的千难万苦，不仅是中国历史上，放眼世界历史也是绝无仅有的。可以这样说，如果没有红军没有共产党这个核心，没有共产主义这个信仰武装头脑，红军早已散了，垮了。共产主义的信仰在伊莎白心里潜滋暗长了。

在这对年轻人眼中，共产党人的精神在飞夺泸定桥中可谓表现得淋漓尽致，泸定桥在中国革命史上，具有特别的意义！

迎着猎猎江风，注视森森古木，大卫一手抓着铁链，一手抓着伊莎白的手，单膝跪了下去，大声说：

"青山不老，江水不绝，在这个见证了红军忠魂的地方，也请见证我爱你的一颗忠心，伊莎白小姐，你愿意与我牵手共度一生吗？"

伊莎白被大卫突然的举动吓住了，看着他眼睛里燃烧的火星，又惊又喜，一时竟说不出话来。

阳光如同金子洒落江面，点燃了江水的激情，红色的火焰从江面燃烧起来，很快蔓延开来……此刻，一江碧水，两岸青山，天地人间，都是燃烧的红色火焰。两个人的身上、头上、脸上、眸子间也是燃烧的红色火焰……

在这里，这对来自异国的志同道合心心相印的年轻人，两双手紧紧握在了一起！他们感受到了彼此手掌的温度，也感受到了彼此内心的力量！

在这里，这对骨子里对中国充满深情和热爱的年轻人，以如此浪漫而特别的方式，举行了属于他们的红色订婚仪式！

归途，两个人内心都充满爱情的喜悦和甜蜜，但也有着隐隐的忧虑，他们不知道该以怎样的方式把这件事告诉伊莎白的父母。

毕竟，一个传教士家庭的女儿居然和一个马克思主义无神论者、一个共产主义战士、一个反对禁酒的犹太人订了婚，伊莎白猜想，如果父母知道了，一定会大为震惊和悲伤，甚至会提出反对意见。

回到成都后，伊莎白还是决定带大卫去见父母。

大卫不知道该给未来的岳父岳母带什么礼物，在屋子里走来走去，反反复复，思量了很久。

大卫的目光停留在书架上那只从西藏小贩那里买来的美丽容器上，他觉得这个精致的茶壶，岳父母一定会喜欢的。

那天，当大卫把自以为美好的礼物恭敬呈给岳父时，饶和美反复看了看，那神态让大卫觉得非常奇怪，心扑通扑通一阵狂跳。

看着饶和美的表情从最初的惊讶、疑虑到略带愠怒，大卫变得忐忑起来。

过了一阵，饶和美才慢慢说："请问，柯鲁克先生，你送我们这个礼物是何意思？"

大卫十分恭敬地说："中国人喜欢喝茶，你们在中国待了那么多年，我想这个茶壶你们一定适用，而且会喜欢的。"

"你说这是茶壶？"

"难道……"大卫再次盯着礼物看。

"这是酒壶。"饶和美直截了当说了出来。

听到这个词,在厨房忙碌的伊莎白和她的母亲同时探出头来,脸上写满惊愕。

母女俩走出来,认真查看了礼物,确定这是一个酒壶!

场面一度陷入了尴尬。

接下来,关于这份礼物引发了家中长长的争论,最终大家友好地决定求同存异。

后来他们还探讨了信仰和追求。两代人存在着不同看法,这是显而易见的。饶和美夫妇是有知识有文化的人,虽不完全赞同,但所幸还是理解年轻人。

走出伊莎白父母家,天空中霞光灿烂,仿佛一幅流动的油画,一股股凉风掠过树枝,拂面而来,院子里很多花朵开得娇艳欲滴,芳香袭来,沁人心脾。

伊莎白把大卫送到院子,站在一棵大树下,对他说:"大卫,今天的事,别放在心上啊。"

大卫微笑着,充满自信地说:"哈哈,我在茶壶上看走了眼,但在看人上,眼光绝对是一流的。你看,女儿这么优秀,未来的岳父母也是很有社会良知的人,至于政治立场嘛,"大卫停了一下,深情地看着伊莎白,接着说,"从他们的谈话中我知道,他们相信献身于某种社会事业,即便是不认同的,他们也觉得比献身个人利益要好,不是吗?"

"看你那得意样儿。"伊莎白看着大卫,会心地笑了起来。

就这样,这桩传教士女儿与马克思主义者的婚事最终被饶和美夫妇接受了。

## 5　风波再起

一个多月后,当伊莎白再次回到兴隆场,俞锡玑他们已经把合作社的事情理顺,合作社也开了起来。

但是,从未停止涌动的暗流终于在十月掀起波澜,朝合作社冲荡而来。

一夜之间,大批社员涌入协进会,吵吵嚷嚷,纷纷要求退股退社。

伊莎白和俞锡玑一下子愣住了。

"不都说好了吗?大家入股自愿,成立合作社目的就是让大家买到低价盐。"俞锡玑的脸上满是疑惑,颇是不解。

"大家慢慢说,到底怎么回事?"伊莎白站在人群中,努力让大家安静下来,一边比画,一边用中文尽力给乡民们解释,"明明是好事一桩,你们为何要执意退股呢?"

"下江人不可信!下江人不可信!"乡民们的态度与前段时间来了一个一百八十度大转弯,有几个男人的声音特别高,像豹嘶吼,其他乡民也跟着大吼,整个福音堂院子响声如雷。

"为什么呀?你们能不能说说原因?"乡民们胡搅蛮缠,让她们丈二和尚摸不着头脑。

无论伊莎白和俞锡玑怎么解释,都没有用处。

合作社的成员如果退社太多,达不到一定数量,就得不到政府认可,这让姑娘们手足无措。

乡民们闹了半天,大家解释了半天,最后大家商议决定答应重新公开选举合作社领导,他们才慢慢散去。

面对矛盾和困难,没有专家指导,也不见孙恩三身影,伊莎白和俞锡玑只能硬着头皮把这件事尽力去做好。她们隐隐意识到其中的矛盾争斗,但她们相信,当乡民们明白了她们的良苦用心和冯庆云之流的无耻手段时,一定会做出正确选择。

十一月的一天，西风呼啸，冷雨淅沥，落叶遍地。一夜之间，温度陡降十几度。乡民们穿上厚厚的长袄，将双手揣在袖管里，踩着落叶，走过湿滑的青石板街道，来到乡公所外，他们并不着急进去，而是在街头徘徊张望，见人来多了，才徐徐走进文庙，脸上笼罩着一层莫名的阴冷气息。

寒风一股一股吹进文庙大院，"大兴乡食盐合作社领导人选举大会"的横幅被风吹得扑棱棱作响。

开会时间已过去二十分钟，社员才慢慢到齐。

选举大会采取举手投票的方式。当念到"孙宗禄"名字时，部分乡民犹犹豫豫举起了手。念到"冯庆云"时，伊莎白留意到乡民们的表情有些怪异，刚开始他们并不举手，彼此你看我，我看你，待其中几个人高高举起手，大声说"我们就选冯庆云当社长"时，很多村民缓缓举起了手，这些高高低低、歪歪斜斜的手，一数下来，竟然超过孙宗禄！

这个选举结果，大大出乎意料，当选社长的，竟是盐霸，当地最大的鸦片贩子，大家深恶痛绝卖他们高价盐的地主——冯庆云！

冯庆云站在台上，一双精明的小眼睛傲慢而得意地看着垂头丧气的孙宗禄和一脸惊愕的协进会的工作人员。

这是公开选举的结果，虽难以置信，却无法更改！

选举结束后，社员们小声谈论着什么，离开了乡公所。

姑娘们则垂头丧气，慢慢走回福音堂。

现在，冯庆云可以名正言顺打着合作社的招牌，行囤积居奇之实，继续高价售盐，享受政府的减税优惠；还能继续经营他的私人买卖。更恶劣的是，办合作社的宗旨从此在乡民眼中大打折扣。

无奈之下，俞锡玑赶快派人把消息告知歇马场的专家。

## 6　无法挽回的失败

接到消息,晏阳初和蒋旨昂极为吃惊。虽然此前他们也考虑到诸多困难,但事情演变成今天这样,还是有些出乎意料。晏阳初、蒋旨昂商议后,立马安排杨晨方、张福民马上赶来解决问题,不再谈任何费用。

杨、张一到,迅速召集社员开会,谈到了晏阳初和蒋旨昂的意思,感谢两位姑娘的辛苦付出,但是如果合作社继续存在下去,那就是为某些地方黑恶势力提供了名正言顺的舞台,现在唯一要做的就是宣布解散合作社,偿还每人名下的股份。

会上大家一致同意。伊莎白和俞锡玑来回奔跑,带来了账本和现金。当成群佃户排队领钱时,专家和工作组成员豁然明白:他们所持小宗股份其实早已换了主人,原来,一手制造并利用这场危机的不是别人,正是冯庆云!他采取威胁利诱的手段,迫使一部分心怀疑虑的佃户暂时留在社里,同时让手下几个有钱人趁机买走其股份。这些地主奸商以两倍于重庆的价格销售食盐,牟取暴利,所以从一开始就反对教会的合作社计划,暗中鼓动社员退社,又在选举时帮助冯庆云击败对手孙宗禄,从而上演了一出偷梁换柱的好戏!

一心只为民众利益,一片苦心筹划经营,到头来,不明真相的乡民遭遇欺骗,不知不觉成为压榨他们血汗的袍哥冯庆云的帮凶。

合作社就这样在轰轰烈烈中开始,历经种种坎坷,在黯然神伤中结束。

伊莎白和俞锡玑亲身经历了食盐合作社从最初的萌芽到最后的垮掉,经历了筹划、劝说、培训、选址、装修、购盐、组建,以至于后来的改选、解散,心中的痛不言而喻。自此,历经千辛万苦,为降低盐价所作的种种努力和打算化为泡影!

雨越下越大,滴滴答答砸在树叶上,砸在屋顶上,砸在青石板路上,屋檐水一股一股流淌下来,漫过她们的脚。她们满脸忧伤地走过湿漉漉的兴隆街,看见村民们用一种莫名的眼神看着她们,伊莎白依旧给她们点头打招呼,但又感觉彼此间除了隔着雨幕,还隔着什么,心里涌起一阵阵酸楚和无奈。

回到福音堂,张福民和杨晨方坐在角落,低垂着头,大家也呆坐其间,相对无语。仿佛,刚刚经历的不仅是一场食盐合作社的失败,更是人生的理想、乡村改革信念的破灭。

"教训惨痛啊!"张福民声音沙哑,沉重地说了一句。

"谁在装鬼,其实明眼人都看得出。"杨晨方愤怒地说。

"即便知道是谁,但这一幕背后有哪些秘密交易,到底是怎么回事,我们并不清楚……"伊莎白伤感地说,她想起了大卫曾经给她说过的很多话,现在想来愈发觉得有理。

"是啊,这么小个兴隆场,复杂得超乎我们的想象……"俞锡玑也无限感慨。

午后,雨越下越大,风也越刮越猛。透过福音堂的窗口望出去,兴隆场沉睡在一片湿淋淋的雨幕中,灰蒙蒙的山水,灰蒙蒙的村庄,灰蒙蒙的天地,弯弯曲曲的小路,一个行人也没有,如一条灰色的小蛇,隐向看不清的远方。

张福民和杨晨方终是离去,伊莎白看着二位先生一高一低、一胖一瘦的背影消失在雨幕中,内心一阵难过。慢慢地走回福音堂,看着那些熟悉的人家、熟悉的店铺、熟悉的街道,仿佛一切还是和昨天一样,但她心里越来越清楚兴隆场两股,甚至多股势力的较量从未停止过,这次由教会支持的合作社实验不过是他们相互争斗的又一个战场。

回到宿舍,坐在桌前,伊莎白望着雾气沉沉的窗外,提笔无比遗憾和痛心地告诉父母:

"我们不得不关闭了食盐合作社……至于这一幕的背后曾有哪些秘密交易,就不是我们还稚嫩的眼睛所能洞察出来的了……当初,由于缺乏经验，我们求援于晏阳初，借来两位有经验的干事，才组建了合作社。如今，我们不得不再次借助这两位干事关闭了食盐合作社……从这件事可以看出，一个外来者如果未曾深入研究了解当地现实，便贸然实行哪怕极小的经济改革，将都会遭到极大的麻烦。"

战争的创伤与合作社的受挫，为伊莎白打开了一扇了解当时农村社区经受巨大痛苦的窗户，乡建试验的局限和国民政府的腐败无能，让她学会更加深刻地观察社会现实，了解这个社区在战争中的生活变迁，并努力探索社会现实背后的深沉原因。

事后，伊莎白反思这场失败的经验教训时，才猝然明白，工作组只想着改善农民生活，恰恰忽略了对当地政治情势的深入研究。乡建工作者置身异乡，人地两生，往往看不透云谲波诡的当地复杂环境，认不清对改革充满敌意的权力结构和既得利益集团，也没能发现和培养真正的同盟军来共同应对随时出现的各种挑战。

## 7 黯然告别兴隆场

食盐合作社的夭折标志着兴隆场实验区已经名存实亡，意味着乡村建设计划的寿终正寝。协进会乡建工作组也随之解散，也无任何计划要求伊莎白和俞锡玑对全乡农户所作的经济调查形成报告。

兴隆场的风，一天比一天寒冷，天空中灰白的云层越来越厚，望着窗外萧条的景致，大部分工作组成员心灰意冷，只能选择默默离开……

眼看着就要离开工作生活了一年多的兴隆场，伊莎白的内心充满了深深的遗憾和眷恋。

冬日淡淡的阳光在干冷的空气中流淌，伊莎白和俞锡玑决定再爬一次茅莱山，鸟瞰兴隆场全景。回想这一年多，多少次，行走在那弯弯曲曲的泥泞小路上，一步一滑，但怀中紧紧抱着自己的梦想；多少次，穿梭在绿油油的田间阡陌，看着那些脸朝黄土背朝天的农民在土地上淌着汗水辛勤劳作，心里奔涌着几多苦涩和辛酸；多少次，坐在农家院坝，与乡亲们促膝交谈，体味他们的艰辛和苦难……

四季美景在眼前如同电影画面，变幻着瑰丽的色彩：春天的兴隆场像一首色彩斑斓的儿童诗，春风之手徐徐展开它的美好，葱绿的大地上，东一片西一片涂抹着油菜花的金黄和李花梨花的雪白，与山坡上稻田的潋滟水光相映成趣；夏天的兴隆场则像一幅绿意氤氲的水粉画，万物葱绿，一片生机，村庄、田野高高低低，错落有致；秋天，这里简直是一幅浓墨重彩的油画，稻谷成熟，黄澄澄，金灿灿，一湾湾，一片片，在阳光下闪动着醉人的光泽；冬天，寒冷和阴霾给山谷涂抹上浅灰色的冷调子，水粼粼的梯田映着浅灰色的天空，淡淡烟雾缭绕着稻田农舍，恰如一幅水墨画……偶尔一小块绿莹莹的菜地点缀其中，为一眼望不到尽头的贫穷装点一些希望。

"山谷里的兴隆场好像被山峦环抱的世外桃源，真的很美！"某一刻，伊莎白被兴隆场的美景陶醉，陷入幻觉之中。

"是啊，如果不是贫穷相伴，如果没有战乱席卷，如果政局稳定……"俞锡玑看着她，露出了几分勉强的微笑。

"兴隆场，再见！"伊莎白望着熟悉的景致，轻轻说。

"再见，兴隆场！"

终究是要离开的，伊莎白叨念着"兴隆场"三个字，内心升起无限希望：多么好的名字！但愿有一天，这个名字里的期望能变成真正的现实！2

在兴隆场的十四个月，伊莎白的每一天都过得忙碌而充实。白天，她和俞锡玑结伴而行，踏遍了兴隆场的每一寸土地，访问了这里的每一户人家；夜晚，兴隆街教堂后面那间小屋子里，孤灯微光，照亮了伊莎白的心灵。她坐在那台打字机前，记录了兴隆场这段风云激荡的岁月。

她清楚地意识到一个人类学家只能紧贴泥土，深入泥土，才能感受在泥土中活命的百姓，当她真正走进兴隆场的泥土深处，与农民一起生活，一起体验，才深切感受到这个时代的兵荒马乱，感知到平民大众的苦难与痛苦。

那个清晨，淫雨霏霏，空气中飘着薄薄的雾气，刺骨的寒风扑面而来。伊莎白收拾好行李，轻轻走出街口，来到黄葛树下，身后的风雨中突然传来一群学生的叫声……

"饶老师，饶老师……"孩子们奔过来，有的手里拿着鸡蛋，有的拿着红薯，也有孩子手里捧着生花生……

"你们是怎么知道我今天离开的？"

"老师，大人说协进会的人都要离开了，但我们不知道你哪天走，每天都有人在这里候着……"一个孩子因为奔忙，气喘吁吁地说。

"老师，这个给您，我们舍不得您！"一个女孩把一颗鸡蛋塞进伊莎白手里，鸡蛋还是热的。

"老师，谢谢您教我们那么多知识……"另一个男孩把烤红薯也递过来，一股熟悉的香味往伊莎白鼻孔里钻。

"老师，您一定要回来！"

"老师，我们等着您！"

伊莎白看着孩子们，满是不舍，和他们一一拥抱，告别。

转身离去，身后是带着哭腔的声音："饶老师，再见！饶老师，慢走！……"而她此刻，脸上已分不清是雨水还是泪水……

而兴隆场的大街小巷，山山水水，已经完全融进了这位加拿大姑娘的生命。这个贫穷偏僻的西南小镇的一草一木，一房一舍，一田一坡刻在了心上，如同一幅工笔细描的画卷，成为此生挥之不去的记忆。

兴隆场的经历是一场人生的洗礼，点点滴滴涤荡着她的灵魂。在她内心，对中国，对中国农民的情感正一点点加深。基督教义与共产主义思想交融、碰撞，形成一股无形的力量在心中激荡。

传播教义自有其好处，但到底该如何改变农民的生活，挽救农民的命运，不是一个外国女孩此时所能真正了解的。当然她希望从调查的资料梳理中知道某些答案。

从1941年底到1942年初，工作组陆续撤离兴隆场，只有朱秀珍继续得到美以美会的资助，在兴隆场坚持了一段时间。

工作组的几位同志终是各奔东西，回到各自的生活轨道上。蒋旨昂也回到了成都，在华西协合大学任教，而晏阳初初心不渝，还留在歇马镇，继续担任乡村建设学院院长，从事乡建运动，组织开展华西乡村建设实验。1943年，晏阳初应邀赴美研究战后建设及世界和平有关的问题，在"哥白尼逝世四百年纪念大会"上，他和爱因斯坦等人一起被评选为"现代世界最具革命性贡献的十大伟人"，1955年这位世界平民教育运动之父被《展望》杂志评为"当代世界一百位最主要人物"，得到里根总统的高度评价。

短短一年多的时间，兴隆场频繁更换了四任乡长。当她们离开后，改革派孙宗禄当上了乡长，但很快又被冯庆云取代。大权在握的冯庆云更是肆无忌惮疯狂敛财，激起了乡民的极大愤慨。接下来，孙宗尧等人搜集起证据，将他告上璧山县法院，之后又告到重庆卫戍区。据说，他花了一千元（当时可买两百石稻田）疏通关系，三天之后便放了回来。躲过一劫的冯庆云在乡长位置上坐了六年。他利用职权，大捞钱财，兴隆场人对他恨到食肉寝皮的地步。

伴随着时间的流逝，兴隆场越来越多的百姓看透了冯庆云等人的真面目[3]，也渐渐明白了当初协进会在兴隆场所做的一切，虽然并未给他们带来多大的好处，但在教育、卫生方面还是起到了很好的引领作用；他们也明白了当初协进会的所作所为，内心深处开始感激这几位年轻姑娘以及协进会的每一个人。很多年过去，当伊莎白、俞锡玑重回兴隆场，才知道兴隆场人对工作组当年的辛苦付出一直心存感激，念念不忘。

注：

1　璧山刺绣，我国著名美术家、教育家吕凤子先生于20世纪30年代创立正则绣，因其绣法自成一格，被誉为当今中国第五大名绣。抗战时期，吕凤子先生将正则绣带到璧山，1942年在文风桥畔成立了私立正则艺术专科学校，又叫乱针绣，正则绣得以不断完善和蓬勃发展。

2　伊莎白在《战时中国农村的风习、改造与抵抗——兴隆场(1940—1941)》中写道："如画风光遮盖这样一个基本事实，即绝大多数农民仍然挣扎在贫穷线上，大约三分之一的人入不敷出，另有一半勉强糊口。兴旺发达、长久隆盛——'兴隆场'的名字仅仅为他们提供了一个虚无飘缈的幻想而已。"

3　1949年11月30日，重庆解放，璧山守军放弃抵抗，撤入依凤乡一片松林里待命，第二天，解放军不费一枪一弹就进入了县城。冯庆云投靠国民党残军头目张绍良，很快，叛乱分子被镇压。最终，随着一声枪响，兴隆场历史上这个最臭名昭著的"不倒翁"终于结束了他肮脏而罪恶的一生。

# 第八章　告别兴隆场之后

## 1　从成都到伦敦

1942年初,俞锡玑从重庆来到成都,两个好姐妹短暂离别之后,终于又紧紧拥抱在一起。

面对过往和现在,她们有很多感慨。历经一年多的兴隆场时光,两位姑娘更成熟,更懂得人生和社会。

在没有任何资助的情况下,她们决定自己动手写调查报告,并请求保留已经填好的1500份调查问卷,却遭到了孙恩三的拒绝。孙恩三坚持认为所有资料都属于项目发起和赞助方中华基督教协进会所有,但同意暂时由两位姑娘保管一段时间。

既然原始材料要交给协进会保管,她们不得不把统计数字、访谈记录重新摘抄一遍。接下来的几个月时间,她们天天待在一起,继续整理调查资料——誊写、梳理、筛选材料,提取量化信息等,以备保留和申报。在田野调查进行中,她们本打算据此写一份研究报告,看能否在《华西边疆研究学会》[1]杂志上发表。遗憾的是,此后几月虽然天天起早贪黑,熬更守夜,辛苦忙碌,完成的内容并不多。

两位姑娘花了很多时间在调查问卷上,制作了34张表格,主要与人口（家庭结构、适龄服役人员多少及教育程度）和经济（土地拥有或租赁、抵押，以及家庭主、副业生产情况，如织布机的类型、数量等）有关。

然而调查报告尚未动笔，所有调查问卷都被要走。

两个姑娘看着那一箱箱如同海洋的材料，苦笑了一下。是啊，这项工作一时半会儿肯定是完成不了的。

"慢慢来，总有一天，我们会把这份资料整理出来的。"伊莎白眼睛里闪着光，充满信心地说。

"我完全相信，只要有时间。"俞锡玑抬起手来，与伊莎白相互击掌，肯定地说。

当时国际形势陡转直下，随着太平洋战场上的风云突变，乡建工作被迫中断。没了经济支持，她们只好另谋生路。俞锡玑又干起了医疗社会工作的老本行。

伊莎白的资助期满，也面临"失业"。当时伊莎白的母亲健康状况不佳，饶和美一家准备离开成都，回加拿大。那时，未婚夫大卫认为第二次世界大战已经是一场反法西斯战争，他热血沸腾，感到自己应该义不容辞，决定回英国参加空军，便考取了英国皇家空军。

"我愿意与你一起去英国！"这对深深相爱的恋人不愿分开，决定一起回到同样战火纷飞的英国。

1942年7月，大卫和伊莎白来到伦敦，不久，结为伉俪。

虽然兴隆场已经距离此刻的伊莎白千万里，但兴隆场往事却常常萦绕在她心上，那些乡亲的身影一直在伊莎白眼前浮现，乡村建设特别是食盐合作社的失败经历，使伊莎白陷入了更深的思索：兴隆场人的苦难不仅仅代表一个兴隆场，那么造成中国农民贫困的根源是什么？那些社会改良行得通吗？怎样做才能解救百姓于水火？……

此时陪在她身边的丈夫大卫在她迷惘的时候，总能给她启迪和开导。

身为英国共产党的大卫,一直主张通过革命手段,推翻不公平的社会,他认为和平改良没有出路。

夫妻俩常常就国际形势、中国现状等发表自己的看法,两个人常常在吃饭和休息时谈论这个问题,一次次深入交流,大卫的很多思想观点一点点影响并改变着伊莎白。

"是应该用暴力手段摧毁那个腐朽的制度,你说得有道理,我被你说服了。"伊莎白望着丈夫,笑了。

没多久,大卫便投入反法西斯战争。他的语言才能受到重视,被召入英国皇家空军,担任情报员。伊莎白先是进入伦敦一家工厂做工。1943年,伊莎白也加入英国共产党。

不久,她参加了加拿大妇女军团,成为加拿大作战部队的一名护士。

离别之前,伊莎白深情地对大卫说:"谢谢你,亲爱的!遇见你之后,我真的受到很多鼓舞,也受到很大影响。现在我也成为一名英国共产党员,我的生命中也有了为之奋斗的目标。"

战争中,逐渐成为对日情报专家的大卫随军先后驻扎印度和锡兰(今斯里兰卡)。战争结束后,大卫返回到英国。

不久,伊莎白也从加拿大回到了英国。随后进入驻英国的加拿大妇女军团服役,为战场上的军官做心理培训。即便在严酷的战争期间,伊莎白也没有放弃从人类学的角度对兴隆场进行研究,一有闲暇,仍痴迷于那批材料的研究。

1943年,带着人类学家梦想的伊莎白,访问了伦敦政治经济学院。这时她才知道,她一直以来崇拜的现代人类学的奠基人之一、英国著名人类学家马林诺夫斯基在去年已经去世。这让她有些遗憾和失望。接待她的人类学家,是伦敦大学亚非学院的中文教授爱德华兹(Evangeline Edwards)、国际关系学院人类学家琳达仁(Ethel John Lindagreen),以及伦敦大学热带地区教育研究室主任、人类学家玛格丽特·李德

（Margaret Read）。这三位女教授听到伊莎白的传奇经历后，眼睛瞪得又大又圆，震惊不已，她们几乎不敢相信，眼前这位瘦瘦的年轻女孩，居然在战争中的中国做了这么一件了不起的事情！

三位都很欣赏她，并且鼓励伊莎白："你要一直坚持追求你的梦想！"

看着教授赞赏的眼神，伊莎白很感动。

"我建议你最好是在雷蒙德·弗思（Raymond Firth）的指导下继续学习人类学。"李德教授提议伊莎白去考弗思的博士。雷蒙德·弗思是马林诺夫斯基的学生和伦敦经济学院人类学讲席的继承者。当时二战尚未结束，雷蒙德·弗思利用假期做战时服务工作，还在英国海军的情报机关服役，汇编大洋洲和东南亚的情报。有一天，伊莎白带着一份大纲前去拜访雷蒙德·弗思。弗思仔细看了伊莎白带来的资料，觉得内容丰富，描写细腻，这是红色中国战时四川一份极有价值的研究，弗思同意在战争结束后，指导她攻读人类学的博士，他对这份调查的出版价值充满了期待。之后，弗思亲自向著名社会学家卡尔·曼海姆（Karl Mannheim）推荐出版《兴隆场》（当时的书名叫《兴隆乡》），"这是你冒着战火在中国所做的非常详切的调查，堪比《红星照耀中国》。我愿意亲自为你的书写一篇前言。"弗思真诚地说。

而后，弗思鼓励她联系正在酝酿出版"社会学与社会重建国际文丛"的基根·保罗（Kegan Paul）书局。

曼海姆看到书稿后，竟来伦敦亲自登门访问这位年轻的人类学家，他欣喜地告诉伊莎白："我们觉得你的这本书很有价值，我想可以在由我主编的丛书中一起出版。"

"可是……这本书还未完成，我需要再认真梳理和修改。"伊莎白有些不好意思地说。

"没有关系，即便还未完成，也有很大价值，我们可先行出版，以后慢慢修改等待再版。"曼海姆将这本尚待完成的著作暂定名为《兴隆乡：华西红色盆地中的田野调查》，著者为伊莎白和俞锡玑，与费孝通《江村经济》、杨懋春的《一个中国村庄：山东台头村》和林耀华的《金翼：中国家族制度的社会学研究》等一并列入中国人类学先驱之作。

不久，伊莎白就接到出版社寄来信函，对方表示同意出版兴隆场的研究报告。

第二次世界大战欧洲战事即将结束，伊莎白曾于二战中加入加拿大女兵军团服务，退役后获得了两年的资助，然后正式进入伦敦经济学院，在弗思的指导下，开始了人类学博士生阶段的学习，研究课题定为抗战时期国统区的乡村建设。

1947年，大卫从英国空军退役，在办理退役手续时意外获悉，从哪里报名参军，就可免费送回哪里。大卫是在中国加入英国空军的，因此退役可获得一份一年内有效的全家返回来源地的旅费资助。

得知这一消息，大卫非常开心，甚至来不及与妻子商量，便在资助单上填写了他和妻子的名字。因为他们曾在家里多次热烈地谈论，很想回到中国，只是苦于没有路费。他知道，妻子比自己更渴望回到时刻牵挂的中国。

伊莎白得知消息，也很开心，开心之余脸上又露出忧虑的神色。

"可是我到底还在念书，怎么办呢？"

经过慎重考虑，伊莎白找到导师弗思商议，希望老师允许她学习延期。

"为什么要这么着急？难道不可以等完成学业后再去中国吗？"

伊莎白看着老师说："这是千载难逢的机会，如果毕业后再去，可能就错失了机会。"

对伊莎白和大卫来说，确实如此。这个机会是指抗日战争取得胜利后，中共党中央为适应广大农民的土地要求，消灭封建土地所有制，实现"耕者有其田"的土地改革。这场土地改革是史无前例的运动，正在轰轰烈烈进行中。毕竟埃德加·斯诺的《红星照耀中国》记录的是十年前的中国事情,离开中国五年了,如今的中国到底怎样了,应该亲眼去看看,作一个历史的记录。再说他们对中国共产党一直关注着,他们非常渴望调查并报道这样的历史时刻。

弗思沉思片刻后对伊莎白说:"那好吧,与其把博士论文单独建立在兴隆场调查的基础上,倒还不如再对另一个带有不同经济背景的地点展开比较性研究,或许更有意思,内容也会更加充实。"

就这样,弗思同意了伊莎白的请求。

于是,伊莎白和大卫带着满腔激情,着手启程回到思念已久的中国,奔赴中国解放区,向全世界报道即将诞生的新中国。

## 2 十里店的土改调查

两位远离中国的年轻人,在世界局势的潮流中,似乎与中国的命运渐行渐远,但他们骨子里的信仰与中国无法割舍的情缘,让他们再次回到中国。

1947年夏天,柯鲁克夫妇手持英国共产党的介绍信,从英国利物浦登上一艘巨轮,当轮船划开滚滚波涛,朝着东方的中国一路乘风破浪。一群海鸟绕着船头不停地歌唱,他们的心情格外激动。

这是一次地理意义上的远航,不曾料想,这也是他们生命意义上的归途。

船到香港,他们与中共香港工委负责人乔冠华、龚澎夫妇联系上,然后经中共香港工委安排,再乘船北上,经上海抵达天津,与设在那里的联合国救济与建设总署(简称"救总")中的中共代表接洽。

中共代表韩叙向柯鲁克夫妇介绍情况说,"救总"正在组织一个运

柯鲁克夫妇在晋冀鲁豫解放区考察（摄于1948年）

输队向解放区运送物品,其中包括两辆吉普车,但现在还没有找到司机。

"哈哈,我可以胜任,让我做司机吧。"大卫一听,立即自告奋勇。

1947年10月底,大卫充当了联合国救济总署的临时司机,将一辆满载物资的吉普车直接开到了沧州,行驶几百公里,穿过一段因战争造成的"无人区",一路颠簸,几经周折,11月初,他们风尘仆仆地到达目的地——晋冀鲁豫边区政府驻地,中国河北太行山下的解放区武安县十里店村。

晋察冀、晋冀鲁豫中央局于1946年8月全面铺开土改运动,到这年冬,河北各解放区凡是环境许可的地方,都已开展起来。1947年10月,中共中央决定对前一段时间进行的土改工作进行复查,纠正一些错误。十里店就是土改复查第一个试点。

"踏上华北辽阔的土地,一个新世界就展现在我们面前。"这是他们来到这里的第一感受。中共方面领导人希望他们的调查能成为继埃德加·斯诺的《红星照耀中国》之后又一部向西方介绍中国的作品。大卫希望能记录中国近代史上最剧烈的变化,通过自己的眼光告诉世界共产党领导下新的中国巨变;对伊莎白而言,这是除兴隆场以外又一次丰富的人类学研究实践。

抵达十里店,他们受到边区领导人薄一波、杨秀峰等同志和当地军民的热烈欢迎。伊莎白和大卫的身份是国际观察员,入住一户中农家中,享受着特殊的伙食待遇,上面给他们派了专门的厨师,每顿饭有白米粥、白面馒头、核桃之类的干果,还有四五个菜。

"我们是来搞调查的,怎么可以搞特殊化?"柯鲁克夫妇在中国待了那么多年,早已习惯与老百姓打成一片,同甘共苦,坚决不接受这"特殊待遇",几经"抗争",终于和当地农民、干部同吃同住。

小米、窝窝头、杂豆面,简单的食物,和老乡一样,盛在碗里,端到墙下,顺势便"一圪蹴"(北方方言,蹲),跟邻里边聊边吃。

一身笔挺的英国呢子军装，很快换成了肥大的解放军土布军装。一根皮带，紧紧系在腰间，双手插在袖筒里，和伊莎白在兴隆场一样，他们从穿着到行为，很快融入当地百姓，久而久之，老乡们几乎忘记了村子还有两个外国人。

在兴隆场做社会调查时积累的丰富经验，为十里店的工作开展打下了很好的基础。亲切，自然，没有一点架子，见到乡亲都嘘寒问暖，平易近人，真心交朋友，挨家挨户走访，到田间地头和村民一起干活，搜集第一手资料，编写村庄发展简史；当工作队进驻之后，他们密切观察他们的工作，与他们一同参加各种会议，了解土改的具体情况……一切都轻车熟路，效果极佳。

忙完采访、农活，晚上夫妻俩便各自忙碌。伊莎白整理笔记，打字记录，大卫处理照片。那间小小的房间，常常是灯火闪亮，寂静的夜空中传来噼里啪啦的打字声。

"呵呵，你在兴隆场的调查实践真是积累了太多经验，对我们现在的工作帮助真大啊。"大卫对妻子说。

"但是，十里店和兴隆场毕竟有着很大不同，我们不能完全照搬当初的经验。兴隆场是一个川东场镇，有一千五百户人家；而十里店是华北小村庄，仅有百来户人家。最重要的是，前后两次调查的时代背景截然不同。国民党统治下的兴隆场民不聊生，终日阴霾密布；而十里店虽不繁荣，但已经没有饿死的人。"

伊莎白和大卫在空闲时对两个地方做了认真比较分析，希望提炼出更多有价值的东西来。

夫妻二人经历了那么多，目睹了中国共产党从创立到壮大的过程，眼见着一个崭新的中国即将建立。这个发展速度让人惊讶。中国曾经是个农业国家，中国共产党干革命是农村包围城市，土地改革重视农民利益，也是革命成功的重要因素。现在他们记录中国共产党农村工作经验，是为其他发展中国家提供借鉴，也让世界重新认识这个国家。

正如歌里所唱："解放区的天，是明亮的天，解放区的人民好喜欢，民主政府爱人民呀，共产党的恩情说不完……"他们在解放区的生活虽然艰苦，但每一天都是愉快而令人振奋的，同时体验到了解放区人民因为拥有了土地的欢欣，也感受了中国共产党对人民的恩情。站在村口，伊莎白用川味浓郁的中国话，连说带比画，跟大家开心聊天。

曾经讨过饭的老乡端着饭碗，一边吃饭，一边给他们说悲惨的过去，无限感慨现在的幸福；村干部兴致勃勃，干劲十足，三下五除二扒拉完饭又忙工作去了……越来越多的十里店村民向他们敞开心扉，一幕幕感人肺腑振奋人心的画面呈现在眼前。

一位母亲分到土地后，对儿子说："你要去当兵，感谢共产党，感谢他们给了我们土地，让我们翻身做了主人。"

儿子爽快地答应了。

看到这一幕幕，伊莎白的眼前立刻浮现出六年前在兴隆场的情景来。

中华民族最危亡的时候，国民党战场上，遭到了战争的挫折，军队的溃败，大部分国土沦陷，国统区则是强拉壮丁，民怨沸腾。在中国共产党的领导下，根据地的广大人民群众被积极动员起来，踊跃参军。"母亲叫儿打东洋，妻子送郎上战场"，使人民军队的兵员得到了源源不绝的补充，使人民武装力量不断发展壮大。广大人民群众在中国共产党的领导下，在敌后建立和发展抗日根据地，成为坚持长期抗战的坚强堡垒。而眼前所见的景象更是令人欢欣鼓舞。

共产党领导下的解放区，与当年在兴隆场所见形成了鲜明对比。

伊莎白激动地对丈夫说："大卫，这里是另一片天了！"

"是啊，我在这里看到了一种全新的希望！"

"为这样充满希望、一心为民的政党做事，这才是我一生的追求。我更希望看到这个政党如何浇灭战火，在废墟上建设一个新中国。"伊莎白放眼那片阳光下充满生机的热土，满怀憧憬。

"我要见证一个新时代的到来，我也要参与到这个新时代当中去。"大卫也激情满怀地说。

这个时候，伊莎白的内心世界发生了巨大变化：一个从小耳濡目染深受基督教"社会福音"思想影响的女孩，现在成为了一个真正的人类社会的研究者，一个自觉的革命者。

伊莎白以共产党、国民党农村改革对比为题，定期向导师弗思汇报在十里店调查研究的情况。这些材料，经解放区的接待干部暗中送往天津，然后转寄英国。当然伊莎白作为注册研究生，依旧继续接受资助（这笔研究生资助，没想到成为十年动乱遭到诬陷，失去自由三年的一个伏笔）。大卫以特约记者身份不断把所见内容写成稿件，寄给英国的《泰晤士报》和《曼彻斯特卫报》等报刊发表，同时他的照相机收纳了近千张土地革命的风云激荡和解放区人民丰富安稳的日常生活照片。

弗思阅读了伊莎白寄来的资料，觉得很有价值，给伊莎白回信："有迹象表明，人类学家将被要求承担更多解决实际问题的任务，这也是我们大家乐意见到的事情。通过进行社会背景研究，帮助找到冲突根源或计划难以实施的毛病所在，同时成功预测某项措施的社会效果等，人类学家将来一定会比今天更有作为。"弗思认为有助于决策的应用人类学将是战后重点发展的一门学科，而且实际问题将超越人本身占到越来越重的分量。他进而宣称，人类学家理应对他们研究的社会有所贡献，应该能帮大家收集到可靠的材料，因为一项好的政策不会从糟糕的研究当中脱胎而出。

老师如同一盏明灯，照亮了伊莎白人类学研究的方向，老师的来信不断拨开伊莎白对人类学认知中的迷雾，伊莎白越来越清楚地意识到，记录，不只是一面镜子，更应该是美好未来的沃土。

大卫和伊莎白在十里店的调查为1948年2月土改工作队进驻及开展土改工作提供了方便。

## 3 从此留在中国

柯鲁克夫妇对未来做好了规划——他们接下来回到英国，柯鲁克想当一名记者，伊莎白重回到伦敦政治经济学院完成博士论文的撰写，然后继续她人类学家的梦想。

然而，谁也没有想到，一次意外的造访，一个勇敢的决定，两位的人生转了一个弯。

1948年夏天，土地改革结束，柯鲁克夫妇兴冲冲地收拾行李准备告别十里店。

临辞之际，门外突然响起急促的脚步声，接着是一阵爽朗的笑声。

"谁来了？"大卫和伊莎白觉得有些奇怪，走到门口，看见中共领导人叶剑英和王炳南一脸笑意朝着他们走来。

刚坐下，叶剑英亲切地说："老朋友，我们可舍不得你们离开哦！"

伊莎白微笑着递过一杯水，叶剑英快人快语，坦诚直言："新中国即将诞生，急需一大批外事人才，我们正在筹建一所外事学校，想聘请二位参与创办。"

个人兴趣和革命需要发生矛盾，这是一道难题。伊莎白听后陷入了短暂的沉默。当她抬起头来看丈夫，正好与丈夫的目光相撞。彼此的目光里掠过一丝疑虑，很快化为一道明亮的光。

"到了中国，一切听从中国共产党的调遣。"他们想起来华前，英国一负责同志的临别赠言，自觉有一份责任。更何况当初是共产党坦诚热情接待他们进入解放区调查，这才有机会亲眼目睹工作组如何帮助农民翻身。"滴水之恩，当涌泉相报，中国古话说得好，现在正是报答主人盛情的机会啊！"伊莎白对大卫说出了自己的想法。

大卫也觉得妻子说得在理。

事实上，十里店的这段经历[2]让柯鲁克夫妇亲眼看到中国共产党的一系列英明政策的施行，解放区实行的高度民主，曾使他们惊讶得瞠目结舌。

"跟这样的党走是绝不会错的。"这是柯鲁克夫妇最真切的感受。

两位简单商量后很快做出决定。

"共产党是一个了不起的政党，土改就让我们真切地感受到，我们愿意留下来。"

"哈哈哈，两位不用回答得那么快，你们可以慎重考虑一下。"叶剑英笑着说。

兴隆场崩溃的乡村生活，十里店解放区明朗的天，形成了鲜明的对比。国民党与共产党两大政党的对比，一目了然。中国共产党大公无私，解放劳苦大众，实现人人平等，塑造了一个崭新的新中国，在十里店的调查中展露无遗。所以，当中国共产党需要大量的外交人才的时候，大卫、伊莎白毫不犹豫地留了下来。

留下来，那便是一生的选择。那不是三分钟的热情，不是一时头脑发热，那是一种与生俱来的善良慈悲，是一种世界无产者是一家人的自觉，是一种崇高的共产主义信仰。世界上再没有哪一种人生比改变一个旧世界创造一个新世界更具有吸引力了！

叶剑英紧握着夫妻俩的手，感受到一种温暖和力量。原来准备在中国待上十八个月就离开，此刻的决定，让这个期限变成了无限期。

1948年6月，中央外事学校在刚刚解放的河北省获鹿县南海山村成立。这是中国共产党的第一所外事学校。夫妻俩带着行李，欣然前往。

也许是命中注定，做了十年社会调查的伊莎白，以为从此会走上一条专业的人类社会学研究之路，原本不想在讲台上度过一生，但最终还是走上了与父母相同的路。从此，柯鲁克夫妇的身份从国际观察员变成了新中国英语教学的拓荒者，拉开了外语教师生涯的序幕，开启了与中国人民风雨同舟的教育征途。

刚接触英语教学，伊莎白内心忐忑不安，她担心自己没有教学经验，领导对她热情鼓励："你的母语是英语，你讲英语就行了，经验是在实践中慢慢积累的。"

正是国共激烈交战时期，白天上着课，经常会有国民党的飞机来扫射，师生不得不紧急躲到壕沟，在户外空地上课。有一次飞机打穿了柯鲁克夫妇的房顶，家中一片狼藉，所幸夫妻安然。大卫乐观地说："哈哈哈哈，我看得见飞行员，他看不见我，当然打不中我啰！"伊莎白看着丈夫，也跟着笑了起来。还有一次，遇到突袭，师生们星夜紧急集合，大卫刚做手术一个月，身体尚未痊愈，仍然坚持急行军，伊莎白一路照顾丈夫，艰苦跋涉，经过一夜急行军，终于到达转移地点。两位老师与同学们同甘苦、共进退、临危不惧、沉着乐观的精神深深地打动着学生。

学校条件极为简陋，没有教室，没有桌椅，大家自带小马扎，或蹲或坐，双膝是课桌，仓库、农家、院坝、郊野，遍地都是他们的课堂。

七位教师，三十多名学生，日夜相伴。学生的水平参差不齐，于是他们把学生分成高、中、初级班，实行分层次教学，这大大增加了工作量，非常辛苦。

辛苦不必说，最伤脑筋的是没有现成教材，柯鲁克夫妇便想方设法收集一些英文报刊，从新闻、文学、经济等各方面挑选范文，打好，校对，定稿，再刻蜡板印制。晚上，伊莎白的打字机再次派上用场，她打字的速度很快，嗒嗒嗒的打字声犹如急行军的马蹄，又如黑暗中的雨声，还如跳舞的玻璃珠子，路过的学生听见，心中充满喜悦，因为他们知道，第二天又会有新资料发到手里。就这样，一本本简洁实用的英语教科书新鲜出炉。

形势发展很快，1949年初，南海山外事学校迁至北平。当时只能步行进京，这一路需走上好几天。伊莎白怀有身孕，同志们怕她旅途太过劳顿，给她找来一辆车，让她坐车进京。

二月，北平的春天早早来到。大街上，人山人海，万人空巷。伊莎白随着拥挤的人群走入城里，登上前门城楼，亲眼目睹了解放军入城式——威武雄壮的人民解放军，以饱满的精神，整齐的步伐，雄赳赳气昂昂地开进了北平城。大家举着写有"中国共产党万岁！""毛主席万岁！""朱总司令万岁！""人民解放军万岁！"的鲜红标语，呐喊着，欢呼着。笑容从每个人的脸上流淌出来，如同春天从他们的脸上、心上溢出。

和煦的风吹过脸庞，她拢了拢衣服，小生命正在她的肚子里随着外面世界的欢乐而律动。伊莎白感受着春天的希望，也感受着这支部队严明的军纪和威严的军风……就这样，她在前门城楼上站着足足观看了六个小时，直到所有军队全部走过。

她的脑子里总是不由自主地浮现出在兴隆场见到的士兵，以及士兵们与百姓交往、与协进会交往的胡作非为的画面，忍不住一阵唏嘘感慨。

大街上摆满各种摊子，有不少售卖中国人民伟大领袖的画像。人们满脸喜气围着挑选。伊莎白也挤进人堆，看到一幅毛泽东的画像：画中的毛主席英气勃发，侧身举目，眺望远方，背景是洒满阳光的北京大街以及天安门城楼；画的下半部分是整齐入城的解放军。她久久地看着这幅画，内心好像有一束火焰在燃烧。这不就是眼前之景吗？于是，她毫不犹豫地买了下来。那一刻，她和每一个中国人一样，激情涌荡，感受着幸福，也感受着希望。一个伟大的民族已经醒来，一个伟大的时代即将到来！潜意识里，她将自己的人生命运托付给了这个饱经忧患的民族和充满希望的国家。

伊莎白把这幅画细心地卷起来，带在身边。

1949年10月1日，中华人民共和国成立。周恩来总理邀请伊莎白和大卫参加开国大典，当时他们的大儿子柯鲁刚刚出生六周，伊莎白兴奋地抱着儿子来到长安街边临时搭起的木制看台上，站在那里，亲眼目睹毛泽东站在天安门城楼上庄严宣布："中华人民共和国中央人民政府今天成立了！"看着鲜艳的五星红旗在天安门广场冉冉升起，他们与数十万名中国人民一起欢呼雀跃。

大典结束，大卫一手抱着孩子，一手牵着伊莎白，心情欢快。一家三口迎着阳光，大踏步向前走去。

新中国的形势发展很快，从河北迁入北京的外事学校，更名为北京外国语学院（即北京外国语大学的前身）。伊莎白担任了英语系的一名教员，大卫成为副系主任。

托举中国的未来，这向上的征程，他们奉献着自己的青春，倾洒着满腔的热血。

跟付在乡下的日子相比，学校生活同样丰富多彩且意义非凡。在英语教学中，夫妇俩尽心竭力，勤勤恳恳。特别是口语教学方面，更是煞费苦心，在课堂上作特定情境下的对话演示，然后让学生参与进来。没有录音机，伊莎白一遍遍演示，嗓子沙哑了，也全然不顾；为了给学生们营造说英语的氛围，伊莎白利用一切机会跟学生英语对话，组织学生观看优秀译制电影，定期举行英语晚会；为了丰富课外活动，伊莎白组织诗社和阅读小组，举办"口语周"，邀请外国友人来学校作讲座，周末组织在北京工作的外国人和学生们游园交流；在他们的家里，几乎每周都有学生来做客，有时一家人还带着学生一起郊游……

筚路蓝缕，寒来暑往，年复一年，桃李芬芳。

但是，他们的工作和生活也被时代裹挟，开始历经种种不无争议的知识分子改造和社会主义教育运动。"文化大革命"期间，夫妻俩都受到冲击，大卫被诬陷为"国际间谍"和"现行反革命"，单独关押在最高设防秦城监狱长达五年；伊莎白则被隔离审查三年，关在大学一个小楼房里，怕她自杀影响国际关系，长期由两人看守，两周换一次人。看守伊莎白的人是学校学生或老师。有同情伊莎白，认为她不是特务的，轮到他们看守时，有时也会给她不错的饭菜，或者打开小窗，让她透透气，透过这面小小的窗，伊莎白看见外面的蓝天白云，听到鸟语蝉鸣。而认为她是特务的，会把窗户关得严严实实，房间里一片黑暗，伙食顿顿都是煮白菜，很糟糕。如此煎熬苦痛的岁月，伊莎白并不觉得日子有多么难挨。她用双眼观察这些同样身为普通人的看守者，听他们闲聊日常生活，依旧乐观地度着每一天，她说自己像一只墙上的苍蝇，做着自己的人类学观察。

那些时光，对伊莎白来说，不是黑暗和苦难，更多的是对人生和社会的思考。

"文化大革命"结束那年暑假，夫妻二人考虑父母年迈，决定回加拿大探亲。几个月后，当他们再次回到北外校园时，好多老同事老朋友见到他们又惊又喜。

"哎呀，有人说你们不会回来了，我说肯定要回来，这不，我说准了吧？"学校的同事、教授陈琳看见他们，立刻迎了上去。

"哈哈哈，怎么会不回来？这里是我们的家啊！"大卫笑起来，脸上露出熟悉的笑容，笑声在校园回荡。

"是啊，中国是我们生活了大半辈子的地方，我们的根扎在这里，肯定要回来。"伊莎白的脸上是从未改变过的温婉笑容。

老师们围过来，与他们开心聊了起来，聊到曾经莫须有的罪名，无端的关押，突如其来的审查，种种不平的遭遇……忍不住感慨地问："大卫、伊莎白，你们在'文革'中经历了这么多，难道对共产党就没有一丝抱怨吗？"

伊莎白坦诚地说："我对中国充满了真挚的感情，说实在话，我很珍惜这么多年来有机会亲身参与并见证中国重要的历史，我是一个社会学家。要想社会发展，不能墨守成规，想进步就要拿出新东西，需要很多试验。既然是试验，就不可能保证都成功，那么多种不同的方案，出现错误是难免的。拿活人做试验，就会有牺牲，但也不能不做。再说人都可能会犯错，一个政党也是如此。"

面对那段经历，他们从无怨言，一如既往对中国对共产党充满了感激。她一直觉得那是一段宝贵的经验，人生中难得的财富。而且他们后来更进一步看到中国共产党是一个了不起的政党，在经历种种磨难后，能够拨乱反正，带领全国人民走向繁荣富强。

三十多年，柯鲁克夫妇孜孜不倦，守护着外交官的摇篮，培养出300多名硕士生和博士生，为新中国培养了一批又一批外交干部和外语人才。当无数外交官从他们手下走向国际舞台，无数优秀的外语人才从他们身边走向天南地北时，他们的脸上露出了满足的微笑。这些学生遍及全国各地，活跃于外交领域，也活跃于新闻、财贸和教育等各条战线。

一个深夜，夫妻二人从办公室忙完，走在回家的路上。白日里喧嚣活泼的校园，此刻变得无比安静。晚风习习，路灯如星，一丛丛、一树树浓阴，高高低低起起伏伏，校园的夜色如同一支小夜曲，自有一番韵味和诗意。

不知不觉间，匆匆数十载，校园里花儿开了又谢，谢了又开，身边的小树苗已长成了葳蕤大树。冬去春来，四季轮回，阵阵清风送来花儿和树叶的芬芳，还有各种好听的鸟鸣虫唱，让人心旷神怡。

看着这迷人的夜景，伊莎白对丈夫说："夜色真美，我们坐会儿吧。"

夫妻俩静静地坐在树下长椅上。一盏盏路灯由近及远，照着那条通向前方的白色小路，一圈圈光晕，一群群光芒的涟漪，向着黑暗扩散开去。

伊莎白轻声说："工作了三十多年，送走了一批又一批学生，看着他们走上各个舞台，成为中国的栋梁，真是开心，但我们也老了，很快就要离开讲台……"

两人不由得回忆起从教几十年来的点点滴滴以及更加久远的人类学调查经历……

这么多年过去了，兴隆场像一个梦，不时在夜里缠绕，缥缥缈缈；又像一颗种子，深埋在时光里，伊莎白知道，终有一天，这颗种子会破土而出……

注：

1  《华西边疆研究学会》：1922年由来华的加拿大传教士莫尔思、戴谦和、詹尚华、傅士德、冬雅德、司特图、布礼士、谬尔、路门、胡祖遗、李哲士和彭普乐十二人发起成立。宗旨是"促进中国西部边疆和西南各省的科学研究，重点对中国西南边疆和西南各省的地质、地理、经济、历史、文化、社会组织、民族进行科学的考察和研究"，特别在社会科学方面包括了人类学、民族学、考古学、历史学、语言学、社会学研究。——谭楷《枫落华西坝》165页。

2  与十里店有关的后续内容：此后十年时间夫妻俩在教书之余，克服重重苦难，合作撰写了《十里店——中国一个村庄的革命》一书。1959年，该书在英国伦敦出版，追述十里店在土改前的革命探索和努力以及20世纪30至40年代十里店的村民如何抵抗日本侵略者保卫自己的村庄。二十年后，内容更为翔实的《十里店——中国一个村庄的群众运动》一书在纽约问世，书中记述了由《人民日报》记者组成的一支共产党工作队的土改经历和十里店的土改复查工作。这两部书没有冗长的社会学分析，在教科书的标准叙述之外，通过一个个鲜活的故事和丰富的细节告诉读者土改过程中的点滴，是不可多得的历史文献，极具社会学和人类学价值，出版后在海外引起强烈关注。西方人通过这本书真实了解到中国的土改运动，了解到中国共产党的工作方法，看到那个风云变化的年代中国社会基层的真实面貌以及中国人民在特殊时代谱写的伟大的篇章。英国很多社会学教师将此书指定为学生必读教材。20世纪80年代，这两本翻译成中文，相继在中国出版，并多次再版。大卫和伊莎白合著的《十里店》（1982年中文版前言）中有段发人深省的话："1947年，从英国第一次进入解放区时，我们充满幻想。初次接触到这个英雄的新时代，真使我们为之目眩。三十多年后，我们才体会到在这个人口最多的国家建立社会主义的艰巨性和复杂性。"
1959年和1960年的夏季，柯鲁克夫妇两次去十里店，住了几个星期，再次将所见所闻写成《阳邑公社（随着"大跃进"运动的开展和人民公社的建立，这时的十里店已经成为阳邑公社的一个生产队）的头几年》一书，于1966年在英国出版。

1985年2月，夫妇俩第三次回访十里店，重温那段激情燃烧的岁月，再续与十里店人民的友谊，同时关注当地的农业发展，将当地的缺水情况，向河北省和邯郸地区人民政府反映，使村里有了一眼深水井。

柯鲁克夫妇无论走过哪里，都与当地乡亲结下深厚友谊，几十年通信往来不断。这种友谊一直延续到第二代，他们的三个儿子曾代表父母多次回访，向当地小学捐资、赠送图书等。

# 第九章　重回兴隆场

## 1　四十年后记忆醒来

时光如歌，匆匆而过。1981年7月，临近退休的伊莎白开始思考退休后的生活和工作。

她静静地坐在书房那台陪伴她几十年的打字机前，心里涌起一阵感慨。她的眼睛掠过满屋子的书，停留在尘封已久的十箱贴有"BI SHAN"（璧山）字样的箱子上。

"璧山！"

"兴隆场！"

这些熟悉的字眼如同一记重锤撞击着遥远的记忆。

是啊，无论怎样辗转奔波，留在她身边的从来不是什么值钱的金银珠宝，而是这些——当年踏遍兴隆场，一个字一个字打出来的调查资料，这些资料陪伴她走过青春岁月，也走过数十年的教书生涯。

恍然惊觉，那个蛰伏在内心的人类学家的梦想沉睡得太久了！

伊莎白的眼睛凝聚在资料上，双唇用力抿紧。目光过处，久埋的种子仿佛被春风唤醒，正在悄然发芽！

她走过去，轻轻打开一个盒子。盒子里装的是当年在兴隆场时写给父母的家书，泛黄的纸页，如同泛黄的岁月。一瞬间，仿佛穿越了时空，伊莎白回到了魂牵梦萦的兴隆场。那些激情四溅的青春年华，那些战火纷飞中的乡建岁月如同电影胶片一般浮现在眼前。整整四十年，距离兴隆场的乡建生活不觉已是四十个春秋！当年的青春少女，已成为银发老人，皱纹悄悄爬满了额头！

此时的中国，改革开放方兴未艾。随着大门的打开，东西方学术交流日趋活跃，大批欧美汉学家来到中国，国内的学术环境也逐渐好转，人类学和社会学也从沉睡中缓缓醒来……如此有利的社会环境，为伊莎白重新审视、整理那些调查材料提供了方便，更何况很多人对伊莎白当年的研究颇感兴趣，他们觉得这份研究非常有价值和意义，鼓励她再次拿起笔来继续开始。

桑榆执念，一切非晚。在时间的河流之上，伊莎白决定让自己人类学家的梦想再次扬帆。她觉得有必要让今天的青年学生包括她从前的学生，对旧中国乡村社会有更多了解。

随手翻着那些资料，一页一页读着，一个镜头一个镜头清晰地出现在眼前，协进会的同事、兴隆场的乡亲一个个鲜活地从纸页上走了出来……

重回兴隆场！！！

——这不是心血来潮，而是一直久藏于心的夙愿。只是，伊莎白从未有过如此强烈的愿望。

"我想……重回兴隆场……"饭桌上，伊莎白刚一张口，丈夫、儿子马上说："我们无条件支持你！"

伊莎白笑了，丈夫和儿子们也笑了。

"妈妈，你一直叨念的兴隆场，是你曾经工作的地方，也是你魂牵梦萦的地方。如果可能，我愿意陪你一起回去。"大儿子柯鲁热情回应。四川、成都、重庆、璧山、兴隆场……这些地名早已融入母亲的灵魂，也是这些年来家中出现频率很高的字眼。母亲的心情，做儿子的自然理解。

伊莎白非常开心，立刻着手重回兴隆场的准备工作。她郑重地向国务院专家局提出申请，获得批准后，多方托人寻找早已消散于人海的当年的合作伙伴俞锡玑。

消息很快传来，俞锡玑1949年新中国成立前夕返回四川，开始了儿童教育学的教学研究工作，此时她是位于重庆北碚的西南师范学院的儿童心理学退休教授。

那天，俞锡玑接到电话，听到伊莎白的声音，激动得双手发抖。她眼里噙着泪花："素梅，四十年啊，我日夜想念着你！"

听到俞锡玑的声音，伊莎白眼眶发热，心里一阵激动："是啊，锡玑，我们分开四十年了，这么多年来，我也很想念你！"

电话打了很长时间，在一阵悲欣交集的叙旧中，伊莎白最后对俞锡玑说："锡玑，我们一起重回兴隆场看看，好吗？！"

"好好，素梅，我们一起回去。"俞锡玑欣然允诺。匆匆数十年，这对好姐妹都以为兴隆场永远只能沉睡在各自的记忆里，真的不敢相信，当年形影不离的姐妹俩还能再相见，还有机会重回兴隆场去看看，真是太好了！

当时的四川省接到国务院的通知，高度重视，立刻通知重庆市璧山县，并指示一定要做好伊莎白到访的接待工作。

璧山县委县政府更是高度重视，多次召集大兴公社（40年代的兴隆场）的领导开会，认真研究接待方案，周密部署接待工作，要求县里有关部门和大兴公社一定要做好接待和安全保卫工作。

璧山县政府招待所作为指定接待招待所，领导上下，全力以赴，商议接待标准，落实接待细节。为此腾空半个县委招待所，认真打扫清洁卫生，购置崭新的毛巾被套，等待伊莎白一行的到来。

为着这一天，伊莎白和璧山人民都等待得太久了！

## 2　重回兴隆场

1981年8月3日，天空如同湛蓝的海洋，朵朵白云如同晶莹的浪花，缓缓漂浮，轻轻涌动；阳光的花瓣撒满兴隆场的田野和街头，燥热的空气中不断传来声声蝉鸣鸟叫。

兴隆场街口那棵古老的黄葛树，葳蕤葱茏，每片叶子都蘸满阳光，在夏日的风中发出欢快的笑声。

这块刚刚苏醒的土地，似乎在等待着什么。

街道打扫得格外干净整洁，平时寂静的路上，不时传来脚步声。

"今天有什么喜事吗？"一向穿着随意的大兴公社的领导，今天穿戴规整，一副盛装模样站在街口迎接着什么人，年轻人忍不住好奇地问。

"四十年前在我们兴隆场住过的外国老朋友要回来啦！"有老人轻声说道。

"老朋友？外国的？"

"我们大兴还有外国老朋友？"

"想起来了，我听我爷爷说过……好像叫什么饶小姐，是位非常友好的外国美女呢。"

"对对对，叫饶素梅，又叫伊莎白，在我们这儿待过两年呢！"

"外国友人离开这么多年又回来看我们，真是件大喜事呢！"

大家叽叽喳喳，悄悄地议论着，大兴人心里似乎都在等待一朵花开似的。

即便有些神神秘秘，但伊莎白重回兴隆场的消息还是不胫而走，越来越多的人来到街口。老人们站在那里，摇着蒲扇，踱来踱去；年轻人满脸好奇，伸张脖子，东瞅西望；小孩子则在队伍里窜来窜去，一双大眼睛滴溜溜地转，充满强烈兴奋。

就在大家翘首以盼之时，街口突然响起了汽车清脆的鸣笛。

随着浅浅的尘埃扬起,阳光中,一辆汽车停了下来。

"到了!到了!"

随着欢呼声,一位身穿红色格子衬衣、黑色长裤,脚穿黑底布鞋,个子瘦高的外国老人从车上下来,只见她精神矍铄,笑容满面,一双蓝色的眼睛亲切地打量着众人,脸上有着无法抑制的激动和兴奋。

她的身后是一位身穿白衬衣、黑裤子、个子矮一些的中国老人,圆圆的脸,花白的头发,也是笑容慈祥,精神抖擞。

大兴公社的老一辈一下子认了出来,纷纷喊着:"饶小姐!俞小姐!"

"饶老师,俞老师!你们好!"也有人这样喊道。

瞬间,现场响起热烈的掌声。

紧接着走下来的还有伊莎白的长子柯鲁、儿媳玛妮和抗战时期在璧山中学念过书的北外教授陈琳等人,兴隆场在沉静数十年后,迎来他们思念和喜欢的老朋友!

伊莎白看着眼前既熟悉又陌生的乡亲们,情感的风暴席卷而来……她双手颤抖,与眼前的乡亲们一一握手。

这一刻,她终于回到了阔别四十年的兴隆场!

被大兴的乡亲们簇拥着,伊莎白和俞锡玑这对好姐妹紧握着手,缓慢朝着兴隆街上走去……

每走一步,仿佛在逆着时光溯行。

这里的每一条街,街上的每一块石板……回响着她匆匆的步履,刻印着她们曾经的脚印;这里的每一道门,每一扇窗,每一栋房屋……都停留过她们的眸光;她们也熟悉门窗后的人家,人家里的每一个人和每一个人的故事……那一腔滚烫的血液里,放肆地奔流着归来的复杂情感。

当年的街道还在,只是房屋早已翻修;当年的石板路还在,只是有了更多岁月的印痕;当年的房屋旧址还在,只是很多故人已经离去;当年的孩子已长成中年人,从长辈那里听到很多关于外国友人伊莎白的故事……

眼前的大兴熟悉又陌生，伊莎白时而慢行，时而驻足，默默地感受，细细地回忆……风从耳边轻轻吹过，似乎随便哪堵墙，哪块石头，都还收录着她年轻时的笑语。而现在，那些脚步，当年奔涌的热血，早已扩散在风中，穿越了记忆，酿造为兴隆场人和伊莎白心中思念的美酒。

她闭上眼，听见自己内心的潮水哗哗流淌，深呼吸一口，似乎嗅到了乡愁的浓浓味道。

所有的记忆，都已泛黄；而眼前的街道、田野、村庄、山峦却如此鲜活，如此真实。放眼看去，快要成熟的稻谷，像一片日光镀亮的毯子；起起伏伏的山坡，绿浪翻滚；池塘和河水，流淌着草木和花朵的芬芳；蝉儿歌唱，鸟儿翩飞；农舍宁静，不时传来声声鸡鸣狗吠，果园葱茏，随风送来阵阵果子的甜香……

这迷人的乡间美景让伊莎白恍若隔世。

"走，往这边走……"大兴公社领导热情招呼伊莎白。

接待室设在大兴完小的一间教室。大兴完小已是一所崭新的学校，不过地址还在当年的文庙。伊莎白走进去，努力在新的印痕里寻找着过去的影子。看到校园绿树成荫，鲜花盛开，伤感又欣慰。

因为伊莎白到来而新添置的那把座扇放在前台上，正使劲地转动着，仿佛要把这浓得化不开的热情吹散一些。

接待室里，坐满了大兴的工作人员和部分乡亲。

随着一阵掌声，伊莎白一行走进了教室。她对每一个人微笑着，用四川味十足的中文问候大家："你好！你们好！大家好！"

时光多情，把四十年的那份情谊流淌至今。时光又多么无情，当年与伊莎白熟悉的乡亲们很多都不在了，还有极少数的学生和朋友因为四十年的时光，也老得一时认不出来。

"你是哪家的？"

"我是陈松龄家的小儿子。"

"我没有见过你。因为那时你肯定还没出生。"

"是的，我们家一共有七姊妹。"

"你爸还在吗？"

"早不在了。"

"哦……"伊莎白的声音低了下去，沉默了一会儿，又说，"那时你爸是兴隆场最重视教育的人，对了，他还很喜欢跑来跟我们摆龙门阵呢。"

俞锡玑看着眼前的与当年陈松龄有几分相像的年轻人接过话去。

"对了，你家兄弟姐妹情况怎样？"

陈代安略带自豪地说："只有我差点，学了木匠。哥哥姐姐读书都读出去了，有的在重庆政府部门工作，有的在璧山教书，都很好。"

"那就好！那就好！"伊莎白连声说。

还没说完，伊莎白早已被其他乡亲迎过去说话了。

陈代安看着这位毫无架子的老人瘦削的背影，想起父母在世时说过有关她的很多事情，犹如看到了自己不曾见过的亲戚。一时间，竟然忘了给她问好，更忘了跟她说一句谢谢。

陈代安心里暖暖的。其实，我家兄弟姐妹们能有不错的前途，肯定跟我父亲的教育思想分不开。其实说起来，幸好当年有你们来我们兴隆场，这跟你们当年的引领也有一定关系。陈代安默默想着，内心充满了感激。

伊莎白看着眼前的一位头发斑白满脸皱纹的老妇，感觉有几分面熟，记忆不断扑闪过来，撞击着眼眸，但一时却想不起来是谁。

"你是哪位？"她温柔地问道。

"老师，我是方静文！"

"哎呀，你是方静文啊！你当年是识字班的班长哦！老了老了！"

"是呢，老了老了，饶老师，我只比你小几岁，但是老师您真的没啥子变化啊，还是那么年轻漂亮……"

"哈哈，你看，我也老了啊！头发白了，皱纹起了……"

师生二人都笑中含泪，两双手紧紧握在一起。

在熟悉她的乡亲们眼中，六十六岁的伊莎白看上去确实变化不大，清瘦，年轻，和当年一样很活泼，很健谈，还是那么出奇的漂亮。

大兴的每一个乡亲都是伊莎白的亲人。伊莎白见谁都会问一声好，与谁都热情握手，眼神温和，笑容满面。

伊莎白当年的学生有的已不在人世，在现场参加座谈会的有的是他们儿孙晚辈，虽未见过，但他们从长辈那里都知道这位"老师"，知道这位"亲人"，也感觉非常亲切。

"伊莎白老师，我听我婆婆说，你当年还去她家里做过思想工作，让她参加妇女识字班。"

"我姑婆说，你的中文不是很好，每句话都要重复两三遍，她们才明白，但您很有耐心。"

"您住在福音堂，说话总是轻言细语，当时随你教书的还有一个名叫周德先的中国姑娘。这位周老师在上课时给我们讲，她是您救济出来的学生，后来这位周老师还与我们当地巫家坝的巫寿昌结了婚。这两位老师已去世多年。"很多连伊莎白自己都记不住的细节，这些没见过她的"亲人"却记得清清楚楚，这让伊莎白很感动。

伊莎白的学生赵德秀、费崇贞等回忆起当年伊莎白老师，"老师您总是那么认真、活泼、温柔和美丽。"

"我大姑说，全靠您当年教她们读书，后来才识得字，谢谢您哦！"

大家畅所欲言，回忆里带着喜悦和感激，但说到很多老朋友、学生不在人世，又不免一番伤感。

一次正规的接待会议，完全变成了一次久别重逢的亲人相聚，温情

1997年，伊莎白（右二）、俞锡玑（右三）、柯临清（左一）回到兴隆场，在大兴政府门前合影
（图片来自璧山档案馆）

2001年4月3日，伊莎白（中）与柯临清（右一）与璧山县志办工作人员在茅莱山
（图片来自璧山档案馆）

动容，又悲欣交织。

接待会议后，伊莎白专门去看了看当年的学生，也是最好的姐妹曹洪英。

顺着弯弯曲曲的乡间小路，穿过稻禾葱茏的田野，伊莎白专门来到学生曹洪英的家。刚踏进曹洪英的农家小院，曹洪英一下子就认出了昔日的恩师，连声高喊："饶老师！俞老师！"伊莎白紧走几步，高兴地说："你是曹洪英！"

半个多世纪的师生情、姐妹情让这三位老人紧紧地拥抱在一起。

伊莎白回头对身边的几位同行介绍："这是我四十前在这里开办识字班的学生曹洪英。现在也快成老太太了。"大家都笑了起来。

看到师生三人喜极而泣拥抱的场景，在场各位眼里也噙着感动的泪水。

小院坐定，一杯白开水，化为了相见的蜜汁。抚今追昔，自是一番感慨。伊莎白详细询问曹洪英几十年来的人生状况以及现在的身体、生活等，曹洪英一一告诉：

"我很好，我很好！老师啊，我一辈子都感谢您，如果没有当年您劝我读书，没有您的教导，我肯定会很自卑，也说不定没有这桩美好的婚姻。你知道吗？孙仲胤（曹的丈夫）小学毕业后，继续念书，后来做了教师，再后来还当了校长，我一直记得您那时跟我说的话，您说一定要好好读书，才能配得上他，才能有更好的生活，后来因为有点知识，我顺顺当当做了卫生员……现在我们有六个孩子。这几十年我们的生活总的说来还是很幸福……"

"你生活得幸福就好！"伊莎白看着曹洪英，开心地说。

当年的姐妹情，并没有因时间而淡漠，也没有因距离而隔阂，更没有因国籍、学识、地位、经济状况等有任何改变。

伊莎白和俞锡玑走在大兴的道路上，后面总会跟着一些乡亲，他们带着微笑，友好地与她们打招呼。有时也安静地看着她们，与她们保持一定距离。

那天，是刘成碧生日，刘成碧的丈夫是朱秀珍当年接生的，这么多年，家里人一直叨念着协进会的几位姑娘，记得这份恩情。虽然她不曾见过伊莎白和俞锡玑，但记忆里，总觉得与她们很熟悉，今日见到伊莎白和俞锡玑两位老人，很是亲热，立刻热情邀请伊莎白一行到她家吃饭，乡亲们看到伊莎白来了，非常兴奋。

伊莎白带着一个拍立得的相机，拍照后立刻出照片，大家都争着与她合影，直到胶片拍完，依旧意犹未尽。

这次回来，她发现乡亲们个个脸上洋溢着幸福和喜悦，早已不是过去一副愁眉苦脸的样子，她很快与乡亲们打成一片，又结识了很多新朋友。

乡村依旧是她最惦记的。眼前夏日的大兴，仿佛被一片绿荫推开大门，举目一望，树木蓊郁，绿意盎然，一片生机勃勃。欢快的鸟鸣缭绕着蓝天上的朵朵白云，青山绿水间，散落着一幢一幢白色的房子，记忆中的乱世景象被安宁祥和的田园牧歌取代。大兴的今昔变化让她们吃惊，也让她们兴奋。

伊莎白和俞锡玑像当年入户采访一样，重新走访了曾经非常熟悉的船形、双柏等地，查看过去与现在的变化，见到了不少昔日的学生和老友，与他们或者他们的后人亲切交谈，了解这些家庭四十年来的故事。伊莎白记忆力惊人，总能清楚说出哪里是哪里，当时的陈设布置怎样，谁住在这里，当时家中的状况如何，甚至连路边哪儿有棵树，哪儿有座土地庙，庙里的菩萨怎样等，她都记得一清二楚。

来到大兴狮子四队，她见到农民新打的沼气池，颇有兴趣，听完乡亲介绍，她竖起大拇指："以前农民都是用柴草烧火做饭，这个好，又干净，又卫生。"

很多农民住上了青瓦白墙的新房，庭院干净整洁。当他们路过时，主人热情邀请她们到院子里坐坐，摆摆龙门阵，那股子亲热劲，完全是走亲戚。

白天在大兴走访,晚上回璧山县城招待所住,璧山政府每天安排了专车接送。晨曦初露,伊莎白的身影就出现在大兴的村庄和田野,那清瘦高挑的身影再次成了大兴人熟悉而亲切的美好风景。

8月7日,璧山县政府接待伊莎白一行。当他们来到县政府大门时,柯鲁突然问道:"咦,这不就是过去的旧县衙吗?有照壁,还有文庙、书院也在这附近,怎么没有了?"

大家颇为惊讶,一个从未到过璧山的外国人怎么知道璧山清代的县衙?

原来,柯鲁常从母亲口中听到璧山,也熟悉母亲曾在璧山的故事,记忆中对璧山非常熟悉。他在美国哈佛大学读书时见过一本清同治四年的《璧山县志》,就特别关注,认真读过那本书。

"你说的这个藏本,很珍贵啊,可惜我们璧山竟然没有!"县领导无不遗憾地说。

窗外万家灯火,夜色璀璨。吃完饭后,伊莎白和儿子漫步在璧山的街上。她突然对儿子说:"璧山是一座美丽而富有文化底蕴的小城,这本《璧山县志》对璧山来说,很有价值。历史缺失了,是一种很大的损失。"

"是啊,没想到璧山居然没有!"柯鲁有些意外。

伊莎白沉吟了一会儿,抬头看了看满城灯火,又看了看儿子,郑重地说:"儿子,你能不能想办法弄一本?"

"妈妈,我理解您对璧山的这份情感,您放心,回到美国,我就想办法。"柯鲁懂得母亲的心。

"你可要记在心上。"伊莎白再次叮嘱。

"一定会的。"柯鲁肯定地说。

后来,柯鲁回到美国,母亲怕他忘记,还打电话、写信提醒他。柯鲁先去图书馆问询,得到的答案是《璧山县志》仅此一本,不卖。

柯鲁把消息告诉母亲,母亲有些失望。她说:"那你得想办法,哪怕是复印一本也可以。"

母亲的话提醒了柯鲁，柯鲁果然把书借了出来，花了不少时间一页一页复印，再装订成册。

1982年春天，璧山档案馆的工作人员突然收到一包寄自美国的厚厚的东西，很是意外。

"这是什么？我们档案馆怎么会有美国寄来的包裹？"

待他们揭开包装，发现竟然是一本同治四年的《璧山县志》的复印本！个个惊讶得说不出话来！

"美国怎么会给我们寄县志？太不可思议了！"

有工作人员突然想到一个人："伊莎白！一定是伊莎白！"

大家同时惊喜地叫了出来！

"真是一个有心人啊！"

"这本漂洋过海的珍贵版本，凝聚着伊莎白对璧山的一份深情！"

"真是太不容易了！"

大家想起去年伊莎白回璧山饭桌上的情景。璧山领导随口一说，但没想到伊莎白和柯鲁如此有心，竟然把一本厚厚的书复印了寄来！这本书弥补了璧山清代以前的历史，成为璧山重要的资料，为1996年新编《璧山县志》发挥了极其重要的作用。

图书馆把此事报告给时任县长向太华，向太华专门给伊莎白寄去感谢信，表达了璧山人民对伊莎白一家的感激之情。

这次重返璧山，激活了四十年前的记忆，重新建立起了与大兴人民的深厚友谊。两位花甲老人对早年社会调查的价值有了新的认识，而这次回访也补充和核实了很多此前不清楚的内容。

此后伊莎白经常给大兴写信，关心大兴的经济、教育、卫生等发展和人民生活状况。1982年，大兴中学和公社小学收到了伊莎白从北京寄来的一百册图书。校长打开这些书籍，分发给孩子们阅读，看着一个个孩子如同一群小鸟儿跃上满是果实的枝头，那兴奋而幸福的场景，让在场老师感动。

## 3　再回兴隆场

1982 年，67 岁的伊莎白送走最后一批学生，从北外退休。全身心投入到兴隆场一书的整理和写作中来。这时的俞锡玑兴趣和事业都已转向别处，写作任务只能由伊莎白独自来承担。即便如此，伊莎白还是认为这本书是两位共同合作的结晶。俞锡玑视力不好，已无法阅读，伊莎白不辞辛劳地写作，每次写完部分章节，就亲自到俞锡玑家里（那时俞锡玑已定居北京），将这些内容，逐字逐句念给她听，两个人一起切磋，核对资料，俞锡玑再提出一些坦诚而有益的修改意见，伊莎白回家后反复修改，对兴隆场的这些繁芜的资料继续梳理，去芜存菁。

随着写作过程的深入，不断暴露出一些新的问题，需要进一步调查和核实，毕竟上次回兴隆场了解有限，她们渴望能进一步了解大兴的发展状况，特别是 1940 年至 1941 年那些曾在当地呼风唤雨的人物命运，于是伊莎白和俞锡玑商议后作出决定，再回大兴。

1983 年 3 月底，伊莎白和俞锡玑再次回到了大兴。

一场春雨过后，大地春意盎然。正值栽秧时节，当车驶过茅莱山时，伊莎白远远看见陡峭的山石下面，一湾湾水田被农民铺得水平如镜，映照着蓝天白云，也映照着四周的青山绿树。田埂上桑树成荫，水田里农民们倒退着插下绿色的希望。一小会功夫，水田里栽满稀稀疏疏的秧苗，仿佛给大地织就了一块块漂亮的印花布。

透过车窗看着眼前之景，伊莎白想起 1941 年春耕时的情景。那时候，绝大多数农民没有土地，租种极小部分地主的，虽然拼命干活，可是除了给地主交租自己所剩不多，再加上干旱，收成不好。农民无论怎么拼命，依旧食不果腹，衣不蔽体，日子过得很苦。

她索性叫车停下，和俞锡玑站在田埂上久久地看着田里栽秧的农夫……

视野所及，农民干劲冲天，大地一片勃勃生机。

当她们的身影再次出现在大兴时，大兴沸腾了！

大大小小老老少少的大兴人，现在都认识伊莎白这位"亲戚"，听说她回来，大家赶来和她打招呼。

和乡亲们一一问候后，伊莎白一行顺着街道，走出街口，突然看见几幢两层小楼拔地而起，在记忆里，当年只有孙恩三在教堂大院修建过两层楼。

走向乡间小路上，放眼一看原野一片翠绿和嫣红。那些当年摇摇欲坠的茅草屋早就没有，到处可见一些新建的乡村新住宅，青瓦覆顶，外墙雪白，在一片橘子树的簇拥下，显得格外宁静漂亮。

走了几里路，来到一户农家，她们看见这里新建了养鸡场，一位身穿整洁衣服留有一头短发的年轻女子端着一个大碗，正在给栅栏里的鸡喂食，那些伸长脖子挤挤攘攘抢食的家伙扑腾着翅膀，发出"咯咯咯咯咯"的欢快叫声。女子回头看见一位外国奶奶好奇地望着自己，突然想起什么，对，这不就是我们大兴家喻户晓的"外国奶奶"吗？立刻热情地和她打招呼："奶奶好！你们好！到家里坐坐吧。"伊莎白这次没有客气，踏上石梯，来到院坝，女子端出板凳请她们坐，又去倒来水，摆起龙门阵来。

"以前的人家一般都只养几只鸡，没见过养这么多的。"伊莎白好奇地问。

女子笑着说："现在国家政策好，允许我们发展副业，做生意，于是我就搞了个养鸡场。"

"那收入不错吧？"伊莎白接着问。

女子略带羞涩地说:"还可以,这不,才修了这新房子。"几间大瓦房,外墙涂得雪白,在阳光照耀下,坝子前的大树在墙上投下好看的阴影,如同一幅流动的画。

"真是不错,不错。"伊莎白看着一脸幸福的女子,流露出赞许的目光。

女子挽留伊莎白吃饭,伊莎白婉言谢绝。

一行人走走停停,边看边聊,伊莎白不停地做着记录。

她们特意去看了大地主曹跃显的房子,来到当年的船形大院,只见这里墙壁斑驳,石灰脱落,屋顶的瓦片破碎零落,只有房塔建造仍隐隐看得出曾经的雅致和奢华。接待他们的大兴中心小学校长巫智敏[1]给伊莎白介绍着这里的变迁,还说大约二十年前曹跃显已去世,后人搬离了这里。

一个时代结束了,留下的仅仅是历史的碎片。眼前之景让大家忍不住一番感慨。

辛苦忙碌了整天,直到暮色缓缓降临四野。田园、农舍、小路渐渐沉入一片清凉的阴影中。伊莎白从很远的乡下开始往回走。她们边走边回忆起四十年前走乡间小路的情景。

"那时暮色笼罩,回来路上我们心里总是忐忑不安,担心有强盗土匪跳出来抢劫。"伊莎白对身边的年轻人说。

"事实上,我们还真的遇见过。"俞锡玑补充说。

话音刚落,迎面走来几个刚从地里干活回家的男人,同行者有点紧张起来。

"看吧,说曹操,曹操就到了。"一位年轻人说。

"千万不要遇上强盗土匪了!"另一位接过去说。

伊莎白一点不害怕,依旧微笑着大步向前:"不会的。肯定没事。"

没想到几个男人见着这位外国老人,竟然主动和她打招呼。

"您就是大兴人民的朋友伊莎白奶奶吧?"一位穿红衣服的男子很

热情。

"你好！你怎么知道的？"

"哈哈，我们这里的人基本上都晓得您哦，您的事情大家都在传。"红衣服笑着，黝黑的脸上露出洁白的牙齿。

伊莎白和他们聊了一会儿。另一个穿灰衣服的年轻男人说他姓安，伊莎白指着眼前那片庄稼地说："这里曾是安海雄的家。你知道安海雄吗？"

灰衣服说："啊，知道呢，算起来，他是我堂叔公了。"

"安家现在情况怎样？"

灰衣服说："安家老屋早拆了，你看那边的几间白墙大瓦房是他后人的，他们有的在外地工作，有的在做生意。"

"哦，那很好。你们现在生活情况如何？"

红衣服抢先回答："自从实行联产承包制后，我们的日子一天天好起来，我们一门心思起早贪黑就想把自己的庄稼盘好。"

"你看那边的新房子就是他家的。"灰衣服接过话去。

几个男人脸上洋溢着幸福和自豪，伊莎白想起当年在这块土地上频繁发生的各种盗窃抢劫事件，现在这些人民生活好了，治安状况也好了，用四个字来形容再恰当不过，那就是"安居乐业"。

伊莎白不住地点头，连声说："好，好。"

聊天中，乡亲们开心地告诉她：自从土地下放到户，大家的积极性很高，都觉得生活越来越有奔头。

党的十一届三中全会以后，在解放思想、实事求是精神的鼓舞下，四川已经实行家庭联产承包责任制。这极大地解放了农村生产力，调动了广大农民的生产经营积极性。现在家家户户都鼓足干劲种好自家的土地。以前视为命根子的土地因为换了天日，换了主人，完全改变了模样。

"农民生活水平不断提高，村子南边修建了大兴中学，孩子读书条件也大为改观，村庄北端的小山上，大兴医院修建得非常漂亮，医疗条件得到极大的改善……"巫智敏补充说。

"变了变了！一切都变了，一切都越来越美好。"伊莎白不住地点头。接待人员在大兴街头已等了一个小时，终于见到老人平安回到镇上，担忧地说："这么晚了，担心你们发生了什么事呢。"

"现在的大兴早不是以前的兴隆场了，不会有事的。"伊莎白抹了抹脸上的汗珠，爽朗地回答道。

这次走访历时七天，时任大兴党政领导刘富贵等热情接待并陪同伊莎白一行，给她们详细介绍了大兴的发展情况。伊莎白这次主要调查了大兴现在的变化，以及农田、水利、人口等情况。

注：

1 巫智敏，璧山区大兴镇人。出生于1944年，1983—1989年，担任大兴中心小学校长，1989—2002年，担任大兴文教干事，后为大兴教育办公室主任。退休后，担任大兴镇教师退休协会理事长。从1983年伊莎白回大兴起，此后每次都全程参与接待。两人认识近四十年，一直保持密切的书信、电话等联系，建立了很深的友谊。伊莎白写给巫智敏的几十封书信，他珍藏至今（现已交由璧山档案馆保存）。后来巫智敏也成为了"伊·柯基金"的直接执行人，代伊莎白负责贫困生的资助和扶持。这段友谊，在大兴传为佳话。
巫智敏曾写下这样的文字："在我们大兴镇，她就是一个女菩萨，人们至今还念叨着她的好处。我作为大兴镇的一位居民，能有机会多次接触伊莎白教授，感到非常高兴……""十箱手稿装得满，馈送璧邑做宝传。粗茶淡饭日三餐，为国分忧常进谏。情系兴隆夜难眠，扶贫助学意志坚。汶川地震常挂念，贵州雪灾问冷寒。桑榆撰书几十万，学子跨国誉满天。耄耋之年常行善，友谊勋章佩胸前。全国人民齐称赞，遥祝先生乐万年。"

# 第十章 创设"伊·柯基金"

## 1 目光投注乡村教育

距离上次回兴隆场，一晃又是十四年时光。这十四年，总有一个泛着旧光泽的兴隆场和一个身穿时代新衣的大兴镇在伊莎白头脑里交织、浮现。

书稿的写作需要补充资料，这是原因之一；更主要的是年岁越大，思念越浓，伊莎白非常渴望再次回到兴隆场。

1997年5月10日，伊莎白、俞锡玑，带着书稿新的合作者——柯临清[1]一起第三次回到了大兴镇。

在时任璧山县志办主任周青、大兴镇党委书记王才元、大兴分管教育副镇长龙江厚、镇教育办公室主任巫智敏等人的陪同下，伊莎白一行在新街老街慢慢走，细细看，兴隆街上的每一家门市，遇见的每一个乡亲，甚至兴隆场的每一棵树每一株草都再次激发了伊莎白的记忆和怀想。

眼前所见早已不是半个多世纪前肮脏不堪的兴隆街道，就算与十四年前相比，也有了很大变化。街道拓宽，两边新修了一些楼房，门市里售卖各种各样的生活物资和农副产品，还专门修建了农贸市场，赶场再也不用拥挤在街道两边。做生意的人各自忙碌着，一派热闹景象。半个多世纪以来,大兴发生了翻天覆地的变化,伊莎白看着眼前的一切,感到由衷的喜悦。

中午,大兴妇联主任王安玉过生,她热情邀请伊莎白一行到她家吃午饭。路上,一群背着书包放学的孩子迎面而来,孩子们穿戴得干干净净,整整洁洁,一路蹦蹦跳跳,有说有笑,经过伊莎白一行时,主动给老人问好。伊莎白不断地点头回答,有恍若隔世的感觉。这些孩子与半个多世纪的孩子相比,完全是来自两个世界。今天的孩子如同幸福的花朵,在明媚的阳光下茁壮成长,而半个世纪前那些学生,被时代摧残,被生活所迫,脸上少了一份少年的天真,多了一份成熟的忧虑。

饭桌上,是她熟悉的四川口味的菜;身边坐着的,是热热闹闹的乡亲们。大家一起举杯、交谈,气氛融洽、开心。交谈的话题从住房、饮食、家庭副业、经济状况等谈到孩子教育。但是,对于女人来说,孩子是她们永恒的主题。伊莎白留意到这些年轻的妈妈谈到自家儿子或者女儿,眼睛放着光,她们大都意识到,现在的孩子,必须要读书,只有读书才有前途,才能改变命运。

饭后,她在王安玉的家,也就是当年的武庙[2]里休息。那是兴隆场仅存的老房子,当年的泥土房子几经修建,现在是青砖房屋。戏台早拆,院子空空,当年的热闹和繁华早已变得沉寂无声。

接下来的几天,这位82岁的老人冒着重庆五月的灼热天气,穿巡于农村、医院、学校、企业之间,实地询问大兴镇的农田水利、医疗卫生、学校教育、乡镇企业、民间习俗等。伊莎白常常走得满头汗水,但她毫不在乎。同行的年轻人都感到吃不消,可老人依旧精神矍铄,不知疲倦。

一天,经过一户农家小院,伊莎白看见一家三口围坐在堂屋,父亲拿着一本书正在给女儿讲故事;女儿双眼清澈如水,神态专注,认真听着;母亲则坐在一边,脸上含笑看着父女俩……这温馨而幸福的一幕,让伊莎白很意外，也很感动。

"多么美好的画面，这可是我以前幻想过的场景，摄影师，麻烦您把这个镜头记录下来。"伊莎白回头对摄影师说，随行的摄影家赶紧拍下了这动人的一幕。

"这可是早年我们做梦也想不到的啊！"俞锡玑也感慨地说。

"是啊，那时候大人孩子都在忙着讨生活，你们还要挨家挨户去游说，让那些孩子来念书。"

"要不，我们进去与他们聊聊？"巫智敏接过话去。

"不不不，我们千万不要去打扰他们的幸福。"伊莎白摆摆手，放轻脚步，转身离开。

从事英语教学三十多年的她，最关心的还是大兴的教育情况。随后她们专门来到大兴小学和大兴中学了解情况，听取相关负责人介绍大兴教育卫生状况。校园洁净，孩子们一个个生龙活虎地在操场上奔跑，跳绳；教室宽敞明亮，不时传来老师讲课和学生朗读课文的声音……眼前的一切让她想起当年在这里教书的情景，想起那些可爱的少女和大字不识的乡民，伊莎白无限感慨。

"现在的大兴，儿童入学率有多高？"伊莎白问。

"入学率100%。对了，我们还普及了九年制义务教育。"巫智敏回答道。

"孩子是国家的未来，孩子们都能上学是好事情。"伊莎白听了很高兴，伸出大拇指。

接下来，接待人员带着伊莎白一行仔细察看了学校环境，详细地给她介绍大兴现在的教育状况。

随后，她把从北京精挑细选带来的若干精美图书，分赠给大兴完小和大兴初中。

"《阶梯新世纪百科全书》有很多图画，小朋友们一定会喜欢；《中

Beijing Foreign Studies University,
April 12, 2000

Dear Comrade Wu,

    I've received nice letters from seven of the students who got grants. It's clear that they all feel they have to get high marks. But Chris and I are only concerned that they get a good basic education and do not damage their physical or mental health. These ten children all have heavy chores at home and may perhaps not have good health. They don't need to strive for top marks.

    At present the government is making a great effort to solve the serious problem of too heavy pressure on school kids. We hope these young people will get a solid basic education and also have time for health, to help others and also have some fun. So please explain to the teachers our concern. I know teachers themselves are under heavy pressure. But we would be grateful if they find out about the health of these girls and how heavy their home chores are.

    Please give our greetings to the teachers. Teaching is a meaningful profession and teachers have been called "engineers of the people's souls." We hope the country will be able to steadily improve teachers' conditions.

    Thanks for all your help – and best wishes,

*Isabel Crook*

2000年，伊莎白写给巫智敏的书信（图片来自璧山档案馆）

Dear Comrade Wu Zhimin,

    Greetings. I think the time has come for Chris and me to send you the money for study grants for the children for the school year 2000/2001. Our requirement was that the recipients should each write us a letter. We have received nice letters from eight. Several have written twice and one has written three times. We are very very pleased with their letters, which show that they are really promising youngsters and are able to express themselves in writing. Please let their teachers know how well their students have done, and thank them for us.

    But we are concerned about the other two. Can you urge them to write us as soon as possible so that we can continue their grants?

    The ones we have heard from are:

罗梅 Luo Mei, Pingancun, grade 6 (3 letters)
柯真凤 Ke Zhenfeng, Dapeng Primary, grade 6 (2 letters)
刘春红 Liu Chunfeng, Dapeng Primary, grade 6 (1 letter)
杨元旅 Yang Yuanyi, Hongyan, grade 6 (1 letter)
周露霞 Zhou Luxia, Tongxin Primary, grade 6, (2 letters)
吴开荣 Wu Kairong, Daxing Central Middle School, jr.grade 2 (2 letters)
巫正雨 Wu Zhengyu Tongxin Jr Middle School, jr.grade 1 (2 letters)
冯定冬 Feng Dingdong, Dapeng Middle School, (2 letters)

    Please give our greetings to Township head Zhang Yuping and Deputy head Long Jianghou and our friend Wang Anyi. We are very grateful for your help and friendship. We hope you are keeping well.

    Best wishes,

July 23, 2000

P.S. Could you please help identify the sex of the students?

P.P.S. Please let me know if the money is sufficient

2000年，"伊·柯基金"资助的学生（图片来自璧山档案馆）

国少年儿童百科全书》《最新世界地图集》对中学生来说，更适合，中学生要多开眼界，多了解世界各地的知识，有一个广阔的知识面才容易成才。"她语重心长地对校长说，"这些书一定要拿出来给学生看，千万不要放在柜子里保存得好好的，学生们把书翻得越烂，我心里越高兴。"

听了这番话，在场师生无不感动。

很快，一群孩子争先恐后围过来翻看这些书，小脸蛋笑成了一朵朵花。

"谢谢伊莎白奶奶！谢谢俞锡玑奶奶！谢谢柯临清阿姨！"孩子们举起右手郑重地给她们行队礼，稚嫩的声音整齐地响起。

"一个民族、一个国家要发展，一定要搞好教育。我期望大兴的教育在大家的共同努力下，有更好的发展！"伊莎白看着活泼可爱的孩子，诚挚地对大家说。

临别前一天，伊莎白从乡村走访来到茅莱山脚，往事若云，在眼前飘浮。凝望着如黛山峦，她沉默了一阵，突然对身边的工作人员说：

"我们能不能再爬一次茅莱山？"

"啊？"工作人员有些吃惊。

眼前的银发老人虽不是老态龙钟，但毕竟她和俞锡玑都是八十多岁高龄，大家看着她们，眼里流露出一丝丝担忧。

"哈哈，不用担心我的身体，我肯定没问题。"伊莎白看出大家的担心，马上笑着说。她转身轻声询问俞锡玑："锡玑，你可以爬茅莱山吗？如果不行，我们就走一段好了。"

俞锡玑看着兴致勃勃的伊莎白，袖子一挽，和当年一样，爽朗笑道："哈哈，好啊，没问题。"

她又对身边的柯临清说："茅莱山肯定值得看，当年我们调查走过很多次，山上的土主庙是舞龙的重要地方，那里可以居高临下鸟瞰整个兴隆场。"

柯临清目光里满是崇敬，看着老人说："哦哦，原来如此。"

于是两位耄耋老人像当年一样，手拉着手，走在坎坷的山路上。伊莎白身体清瘦，一直坚持游泳、打拳等体育锻炼，精力和体力都非常好，俞锡玑被伊莎白的劲头鼓励着，也脚步轻快，反倒是几位年轻人跟在身后，累得气喘吁吁。

五十出头的巫智敏忍不住问："伊莎白老师，您为什么一点不觉得累？"

伊莎白回头笑笑："因为前面有神仙啊，我们是去做神仙，御风而行，所以不累。"

大家哈哈大笑起来。

伊莎白一边走，一边对大家讲述着当年兴隆场春节舞龙祭拜土主神的盛况。

她又问："现在大兴人还去祭拜赵延之吗？"

几位年轻人接过话去说："极少。"

"春节还舞龙吗？"

巫智敏回答说："现在很少有乡镇在过年时还花时间和精力来做龙灯，彼此拜访。璧山龙有些萧条，但璧山的某些乡镇偶尔也会舞。倒是铜梁传了下来，不断融会八方技艺，20世纪80年代后闻名海内外，被誉为'中华第一龙'了，铜梁龙现在名气比璧山龙大多了。"

伊莎白听着，眉头微蹙："真是有些遗憾了，我还想再看一次璧山龙呢。"

当她们上得山来，风景依旧优美，树木更加高大，嶙峋陡峭的岩石有些风化，当年土主庙早已变了模样，四座大殿只剩下一座后殿，而且破败不堪。一个个披红挂彩雕刻精致的菩萨，要么没了头颅，要么没了手臂，只剩下半残身躯，历经岁月的沧桑，他们一个个似乎也进入了风烛残年。

两位老人看着此情此景，回想起当年在茅莱山上的对话。

"锡玑，你还记得吗？当年我问你，兴隆场百姓如此虔诚，如此信奉土地神，土地神为什么不保佑他们？反倒让他们的生活一天不如一天？你回答我说，神仙有眼无珠，不发慈悲，眼睁睁看着百姓陷入水火……那时我们都想不清楚，到底谁能够真正解救这些细民百姓？现在，是不是有答案了？"伊莎白站在一处石头上，看了一会儿菩萨，又俯瞰整个宁静美好的兴隆场，眉毛舒展，嘴角弯成一条好看的弧线。

"有了，有了！没有共产党，就没有新中国。这歌所唱就是老百姓的心声。"俞锡玑大声说。

"毛主席让中国人民站起来了，邓小平让中国人民富起来了。"巫智敏也激动地说。

"东方红，太阳升，中国出了个毛泽东，他为人民谋幸福，呼儿嗨哟，他是人民大救星……"这是伊莎白最喜欢唱的一首歌，听巫智敏这么一说，她轻轻哼唱起来，身边的人也跟着唱了起来：

"毛主席爱人民，他是我们的带路人，为了建设新中国，呼儿嗨哟，领导我们向前进。共产党像太阳，照到哪里哪里亮，哪里有了共产党，呼儿嗨哟，哪里人民得解放……"

大家动情高唱，歌声响亮，随山风在林间回荡。

## 2 "伊·柯助学基金"的设立

1999年6月15日傍晚，夕阳将要坠落西天，霞光给大兴涂抹上一道甜美的蜜色，习习凉风中大兴镇很多人家吃过晚饭，出门散步。

巫智敏摇着一把蒲扇，出门乘凉，突然听到街上有人说大兴来了外国朋友。巫智敏心想："外国朋友？该不是伊莎白教授回来了？"

巫智敏怀着好奇，边走边打听。随着熟人的指点很快来到街上一家小餐馆前，见来客正围坐于一张四方桌前吃饭。桌上摆着极为简单的一菜一汤——青椒炒肉丝、青菜豆腐汤。

一位又高又瘦的身穿蓝衣的白发老人，正背对着大门而坐，巫智敏还是一眼就认了出来，她正是思念中的老朋友——伊莎白！旁边坐着的是一头金色短发身体微胖的柯临清。

这是伊莎白第四次回到大兴，悄悄地来，独自感受和体验，这完全出人意料。

巫智敏见到伊莎白和柯临清，非常惊喜地走上去，激动地与她们握手交谈。随行的还有一位二十岁的小姐，伊莎白介绍说她叫黄薇，是中国人民大学的研究生，是替她们从事翻译工作的。

巫智敏问黄薇："伊莎白教授为什么突然悄悄来到大兴？"

黄薇说："伊莎白老师十分想念大兴，经常叨念着，渴望着能重回璧山走一走，看一看，但又不想给璧山政府和璧山人民增加麻烦，这次她来，没有惊动任何政府层面的人，从北京坐飞机到达重庆后直接到了这里。"

待她们吃过晚饭，巫智敏把伊莎白一行带到大兴镇中心小学。

孩子们早已放学，校园一片宁静。新修的楼房整齐有致，鲜花绿植摆满校园。这与半个世纪前那个又臭又闹的小学，简直有着天壤之别。

巫智敏详细介绍了近几年来大兴的学校工作，伊莎白听得很认真，不住地点头。

来到一块展板前，伊莎白停下脚步，目光落在那些照片上。她意外发现，这些照片竟然是她两年前回大兴时拍的，旁边文字详细介绍了她上次捐书、支持大兴教育工作的情况！

伊莎白十分激动地对巫智敏说："没想到这里看到我的照片，大兴人民真友好！"

"伊莎白教授，您是太客气了，大兴人民感谢您都来不及！"

巫智敏还给伊莎白讲了一件关于大兴差点改名的事情。

1986年地名普查，当时管辖璧山的永川地区也有一个名叫大兴的地方，璧山大兴面临着改名。但大兴镇人说，璧山大兴与一位国际友人有关，这个地名凝聚着她一生的牵挂和思念，有着她青春岁月的珍贵记忆。为了方便伊莎白回访大兴，也让更多人记住这位国际友人与大兴的这段历史，最后永川的大兴改名，璧山的大兴保留原名。大兴镇将伊莎白当年任教的地方，改名为福音街，政府所在地设在了那里。

伊莎白听后，连声说谢谢。

随后，巫智敏又陪同伊莎白一行来到一家设施简陋的小旅馆。

简单安顿好后，他们坐在院子里聊天。漫天月色，一地清辉。半个世纪前的月光穿越时空再次洒满心间。

伊莎白问巫智敏："现在大兴镇变化很大，学校教育也搞得很不错。我想问一下，这里现在有没有上不起学的学生？当地有没有大学？"

巫智敏回答道："我们这里只有中小学，没有大学，说实话，确实有上不起学的家庭贫困的学生。"

伊莎白听后，沉思了一会儿："我们准备每年捐出三千元人民币，资助这里的贫困生读书。"

柯临清也说："伊莎白老师多次给我说，她早已把四川、重庆当做自己的第二故乡，视这里的乡亲为娘家人，数十年来，这份深情厚谊无法用语言来表达。兴隆场也是伊莎白老师几十年来内心的牵挂，她希望为兴隆场的乡亲们做点事，我也愿意和她一起资助这里的学生。"

巫智敏非常感动，回家后立刻打电话给当时的大兴镇委书记张玉平汇报情况。张玉平一听："好事情啊！这位国际友人实在太了不起，对

大兴小学（曾经的文庙，图片来自璧山档案馆，摄于2003年）

我们大兴有恩啊！"

伊莎白的工资并不是很高，她的家里，所有家具都是几十年前的，破旧简陋到超乎想象。她生活极为简朴，都是买非常廉价的衣服，而且一穿就是很多年，但是她愿意省吃俭用拿出钱来资助她深爱的这片土地上的孩子，改变他们的命运。

6月18日上午，伊莎白一行来到大兴镇政府，与大兴中小学正式达成了资助贫困学生的协议，伊莎白与镇分管教育的龙江厚副镇长在助学协议书上签了字。

自此，"伊莎白·柯临清助学基金"（简称"伊·柯基金"）正式成立。

签字完毕，伊莎白立刻拿出随身带来的三千五百元现金交到了龙江厚手中："拜托你们了，把这点钱转交给那些贫困孩子吧！"

大兴镇教办根据协议旋即在镇所辖的大兴、同心、大鹏三所初中挑选了周露霞、杨元依、吴开荣等十名品学兼优的贫困生。这些孩子突然被告知，有一个国际友人为他们捐款助学，激动得一时竟然说不出话来。大兴镇石梯二组的贫困生巫天敏领到第一笔助学金时，还不知道是谁捐给她的，幸福得哭了！

此后，伊莎白与大兴的联系更加紧密了。主要联系人巫智敏每年都要收到伊莎白从北京寄来的贺卡，她不时来信来电，询问关心这些孩子的身体和学习状况。

她给巫智敏说："现在物价涨了，如果孩子们的学费有变化，请及时告诉我，我随时增加助学金的金额。如果孩子们考上高中或大学，我将一如既往地支持他们。如果他们生活中有什么困难，需要我的帮助，也请一定告诉，我会竭尽所能帮助他们！"

每个月伊莎白领到工资后留下一小部分做生活费，大部分委托给同事、学生迅速寄走，回馈兴隆场、河北武安十里店等她曾经生活、工作过的地区，她从来没有忘记生命中风雨与共的乡亲们。

收到资助，孩子们满怀感激跟伊莎白奶奶写信。伊莎白收到信后，总是认认真真给每一个孩子回信，关心他们的学习、身体和生活，鼓励他们好好读书，用行动追求美好未来。伊莎白的信是用英文书写，写好后找陈琳、靳云秀等同事、学生、朋友帮忙翻译成中文[3]，当他们翻译好回信，交到伊莎白手里，老人坐在灯下，戴上老花镜，拿着放大镜，一个字一个字地再看一遍，生怕有错漏或者表达不清的地方。

"翻译得很好，谢谢你们，辛苦了！"说完，她从口袋里摸出钱来递给他们。

"不用，不用！这怎么可以？"大家都推辞着。

"这是应该的，你们辛苦付出，应该有辛苦费的。"伊莎白坚持着。

"不不不，您一直在为我们中国奉献，在做那么有意义的事情，我们被您的大爱和奉献精神深深感动，能帮着您做事是一种荣幸，怎么可能还要钱？"

此刻，窗外的风送来阵阵花香，在房间里流淌，也在每个人心头流淌。

## 3　九旬老人大雨中步行七公里

2004年清明节那天，乌云弥漫，大雨滂沱。一位年近九旬的外国老奶奶，打着雨伞，穿着雨鞋，冒着大雨奔走在通往大兴平安村的路上。

随行的柯临清、巫智敏等，看着老人又高又瘦的个子，仿佛一阵风都会把她吹走，提心吊胆。老人一头柔顺的银色短发被风吹乱，蓝色外套也被雨水淋湿，可老人却精神抖擞，一步一步，稳稳当当地走在乡间泥泞道路上。她和当年一样，手里握着一根木棒，不过,这根木棒不是打狗棒,而是拐杖,防滑防摔的。

不远处,有人认出她来,惊喜地大叫:"哇,那不是伊莎白奶奶吗?她又回来啦?!"

"可不是她吗?三年前她回来过。"

"对对,我听说上次她回来主要是看那些贫困学生。她这是去哪儿呀?"

乡亲们撵上来,与她热情打招呼。交谈中得知,原来当巫智敏给她汇报资助孩子情况时,说到其中一个父母双亡的女孩生病在家,她很是着急,执意要亲自去看她。女孩名叫小梅(此为化名),家住大兴平安村,距离镇上有六七公里,大家考虑到老人年事已高,纷纷劝她不去了。

"伊莎白老师,天下这么大雨,路又远,我怎么忍心让您在大雨中长途奔波啊?我代您去就好了。"柯临清关切地说。

"那不成,你知道我身体还好,难得回来一次,既然回来了,一定要去看看孩子!"伊莎白声音很轻,但语气十分坚定。

"可是,毕竟,您都九十高龄了呀!"柯临清脱口而出。

"九十岁?我有九十岁吗?你们看我有那么老啊?我今年才八十九嘛。"伊莎白带着几分自得的模样,把大家逗笑了。

老人固执地坚持,大家拗不过她,于是陪着她一起去看孩子。

"哎呀,奶奶,平安村还有四五公里路,要不要到我家去歇息一阵,等雨停了再去嘛。"一个住在路边的乡亲邀请伊莎白到家里去避雨。

"不了,我们还是先去看孩子,她还躺在病床上呢。"伊莎白微笑着拒绝。

看着老人的皱纹和白发,听着这样的话,同行者眼眶湿热,心里满是感动。

记得 2001 年春节,伊莎白回到大兴,主要是对助学金的使用情况进行全面了解。当得知有两名贫困生已完成初中学业没有再读书时,伊莎白停了一下，立刻对巫智敏说："如果那两名学生确实不再念书，我想这笔钱另外再资助两名贫困生。"

后来，巫智敏另外挑选了两个孩子，让他们继续享用那笔费用。

她特地走访了这些贫困生的家庭，看到孩子们学习、生活都很好，非常开心。孩子们第一次见到给自己资助的外国奶奶和阿姨，拉着她们的手久久不放。

伊莎白和柯临清临走时还特别为每位贫困生买了《新华字典》等书籍，并鼓励孩子们好好学习，长大后为中国的发展做贡献。

那些情景如在昨日，依旧历历在目。

伊莎白和柯临清冒着大雨，在泥泞中步行了一个多小时，终于来到小梅家。

一条小狗蹦着叫着，引出一位头发花白弯腰驼背的老婆婆。

"请问，是小梅外婆家吗？"巫智敏上前打着招呼。

"是啊！你们是？"老婆婆满是疑惑的眼睛打量着一身雨水的来人。

正当她还在好奇的时候，巫智敏说："小梅外婆，这是资助小梅读书的国际友人伊莎白和柯临清老师，她们专门过来看孩子的。"

小梅外婆一听，大吃一惊，连忙用围裙擦了擦手，异常激动地迎上前去，朝着伊莎白拱手作揖："活菩萨啊，活菩萨！原来帮助我们小梅的是您老人家！"

伊莎白赶忙扶起她，用中文说着："你好，不客气！"

小梅外婆转过身来，对着柯临清拱手作揖："好人啊，好人，你们都是大好人！"

柯临清也扶起了她，用中文说着："不客气！"

"我们都不知道怎么感谢你们！这孩子命苦，爸爸妈妈走（过世）得早，跟着我们，我们也年老多病，日子过得很苦，差点连书都读不成，幸好遇到了你们，才上了学……这不，又生病了……"小梅外婆细细碎碎说着，老泪横流。

"小梅外婆，我们就别站在外面了，她们想看看孩子。"巫智敏提醒道。

小梅外婆这才留意到伊莎白和柯临清等人半边衣服都淋湿了，半截裤子和鞋子也湿透了，不好意思地把客人迎进堂屋。房间有些暗黑，零七八杂堆满了东西。小梅外婆忙着去找毛巾给大家搽，又要去煮开水蛋（荷包蛋，兴隆场招待贵客的一种方式），嘴里嘀咕着："哎呀，老头子落起雨都在坡上干活去了，我给他说不要去不要去，现在连个烧火的人都没有……屋头又没得啥子好吃的招待贵客……这……"

伊莎白赶忙阻止小梅外婆："不用不用，我们就看看孩子。"

她们来到小梅房间，只见女孩躺在床上，小脸苍白，头发凌乱，双眼无神，情绪低落地看着窗外的雨水滴落。

"小梅，伊莎白奶奶来看你了！"巫智敏轻唤一声。

这多么像一个梦！刚才隐隐听见外面的说话声，记忆里那个美好的人好像来到了自己的家，女孩一直以为自己在做梦。

小梅侧过身来，竟然真的看见一位慈祥善良的白发奶奶和金发阿姨，惊讶得说不出话来！她完全不敢相信，资助自己的奶奶和阿姨竟然神一般出现在眼前！

她支撑着坐起来，伊莎白坐到床边，眼里全是温柔的光，她心疼地看着女孩病弱的样子，有些难过。她握着小女孩的手，详细询问了她的病情，然后又温柔地对她说：

"孩子，生病了，一定要去医院看，你不要担心钱的问题……你首先要好起来，然后才能好好读书。"

伊莎白立刻拿出一些钱，递到小梅手里，小梅接过奶奶递过来还带着温度的钱，抽泣起来。

"孩子，你一定要好起来！"

小梅内心暖意浓浓，仿佛病也好了很多。

临别时，又叮嘱小梅的外婆一定要带孩子去看病。

就在伊莎白快要离开时，一位大爷带着一篮子枇杷追了上来，原来是在地里干活的小梅外公，听说小梅的恩人来了，立刻摘了枇杷送来。

"感谢你们！农村也没得啥子好东西，请尝尝我们自家地里的枇杷吧。"小梅外公斗笠上的水不停地滴落，篮子里的枇杷鲜嫩饱满，像一颗颗沾满水珠的金色琥珀。

伊莎白推辞着，巫智敏说："尝尝吧，伊莎白教授，这是他们的一点心意呢。"

伊莎白拿起一颗，剥了皮，送入口中，连声说："真甜，谢谢谢谢！"

柯临清也拿起一颗，边吃边说："好吃好吃！谢谢你们！"

"哪里谢我们呢？……要感谢的人是你们，是你们啊！"小梅外公连声说。

一行人终是离去，小梅的外公外婆站在院前，看着他们的身影消失在雨幕中，双眼早已模糊……

回到镇上，伊莎白立刻与大兴政府商议："孩子卧病在床，病情不详，我们还是想办法安排人把她送到医院来治疗，治疗费用由我们负担，好吗？"

大兴政府工作人员立刻同意，下午就找人把孩子接到大兴镇医院，医生给她详细检查身体，并安排住院。伊莎白、柯临清和俞锡玑为女孩付了全部医药费用。

后来，伊莎白写信安慰女孩，害怕她住院期间太过孤单，还给她寄来了好几本书。

病床上的小梅抚摸着这些从北京寄来散发着墨香的书，双眼含泪，一页一页翻阅，每一页上都有滴落的泪痕……

## 4 您是我黑暗中的太阳

家住在大兴镇石梯村（现在的长隆村）的吴开荣是个不幸的孩子。九岁那年，母亲跟人跑了，家中只剩下父亲和她；更不幸的是，十岁时，父亲的手指在一次劳动中被机器切掉了三根，家中唯一的顶梁柱残废了，父女二人的日子过得很艰苦。这个乖巧懂事的女孩，每天放学回家，打猪草，喂猪，做饭，要干很多家务活。

1999年，父亲东挪西借，终于为她凑足学费，让她到大兴初中念书。女孩懂事，生活节俭，学习努力，但一直很自卑。

有一天，班主任老师突然把她叫到办公室："开荣，告诉你一个好消息，以后你只管好好读书，再也不用担心学费了。"

吴开荣的一双眼睛惊愕地看着老师，她以为自己听错了。没想到老师接下来告诉她："有一个名叫伊莎白的奶奶和叫柯临清的阿姨要资助你上学，她们都是加拿大籍的国际友人。"

吴开荣张大嘴巴，满眼疑惑，喜悦和幸福让她有点懵，她不敢相信这从天而降的好事，心想："世间还有这么好的人？！"

从记事起，开荣就觉得生活悲惨，没想到在深陷生活的泥淖中时，竟有好心人伸出援助之手……

从那时候起，吴开荣便与伊莎白结下了深深的缘分。从未谋面的外国奶奶和阿姨成为了她生命中的贵人，她们是小开荣黑夜中的灯盏，照亮她前行的道路。

此后，她经常收到落款地址为"北京外国语大学西院南楼丙302号"的书信，信的内容一半是英文，一半是汉语。英文笔迹永远是一样的，但汉语笔迹有时一样，有时又不一样。每次收到奶奶的来信，小开荣就开心地躲在一角，一个人仔仔细细地，一个字一个字地读，反反复复地读，这是她最开心也是最激动的时刻。读着信，开荣有时会心一笑，有时又泪流满面。她怕别人看见,背过身,对着一棵树一株花抹干眼泪。吴开荣英文并不好,但她熟悉,每封信最后的署名——"Isabel",这几个英文字母是恩人的名字,翻译成中文是"伊莎白"。她抚摸着这个名字,就像握着一双温暖的手,让人幸福。有时又觉得这个名字是个宽大的怀抱,让自己很安心,很踏实。

反复阅读后,吴开荣回到教室,拿起笔来,一笔一画,在作业本上认认真真地给奶奶写回信,告诉她自己在学习和生活中的点点滴滴,分享自己的快乐,也倾诉自己的痛苦。在她心中,这位外国奶奶就像神仙一样存在于自己的生命中。而身在幽暗山谷里的她,因为伊莎白奶奶,仿佛与一个旷阔明亮的大世界联系到了一起。

2001年春节后的一天,对吴开荣来说,是非常难忘的一天。

正在做家务事的她,突然听见几声狗吠,等她走出家门,看见一位满头银发的外国奶奶和中国奶奶,还有一位金色头发的外国阿姨朝着自己的家走来。她的心充满一种不可名状的激动和喜悦,她猜到了来人是谁,但不敢相信是真的,只是怔怔地站那里,惊讶得说不出话来,直到巫智敏老师小声喊着自己的名字,提醒着:"开荣,你看谁来看你了?"她才恍然大悟,叫了一声:"奶奶!……是伊莎白奶奶……还有柯临清阿姨……"羞怯,紧张,激动,语无伦次,甚至没有问一句好,她立刻跑进屋子端出板凳,请奶奶和阿姨坐。

她不敢想象,一直资助自己的既熟悉又陌生的奶奶和阿姨,竟然来到大兴,来到自己的家!

现在,慈祥善良的好心人,就坐在她家院坝,坐在她面前,微笑地看着她,温和,慈祥……虽然奶奶是外国人,但她的亲切与和蔼完全驱散了吴开荣第一次见到外国人的好奇。吴开荣性格内向,但奶奶和阿姨用中文与她交流,让她没有一点距离感。

太阳暖洋洋的,吴开荣觉得四周熟悉的风景好像突然变得特别好看了。一小会儿工夫，院坝里就来了很多乡邻。伊莎白奶奶坐在那里，一边欣赏着乡间风光，一边跟乡亲们聊天。伊莎白开心地与邻居家的姑婆说着话。姑婆知道一些伊莎白奶奶年轻时在镇上的事情，她们说着久远的往事，仿佛打开了记忆的匣子。小开荣坐在一边，认真地倾听她们说话，看脸上一直挂着好看笑容的奶奶，像是坐在一个美丽的梦里。

留伊莎白奶奶在家中吃午饭，饭菜是吴开荣和父亲一起做的，不过家常川菜，伊莎白边吃边说："好吃，很美味！想不到开荣小小年纪还这么能干。"桌上有一盘清炒儿菜，伊莎白奶奶和柯临清阿姨很喜欢，小开荣看她们吃得开心，心里乐开了花。

临别，伊莎白奶奶把开荣拉在一边，送她一本亲笔签名的《新华字典》。

"字典是工具书，实用，要养成勤翻字典的习惯，这对学习很有帮助。开荣，好好读书，我会一直为你加油的！"

伊莎白奶奶握着小开荣的手，开荣感受到一种从未有过的温暖和力量！捧着那本字典，眼泪无法控制地掉了下来……

初中毕业，遗憾的是开荣没有考上璧山中学。家中经济拮据，她不忍心父亲含辛茹苦干活养自己，一番斗争后，不得不辍学到镇上一个皮鞋师傅家里学做皮鞋。转眼开学已是两周，她也觉得自己的人生也许就此走上打工这条路了。可是那天刚下班，她遇见了班主任老师。班主任老师非常奇怪小小年纪的开荣竟然在皮鞋厂打工，了解情况后，甚觉可惜，回到学校马上去了解伊莎白这边的资助情况，看到伊莎白资助的学费已经到账，迅速跑到开荣家里，把这个消息告诉了吴爸爸，并说服他让开荣重回学校。就这样，已经失学的开荣终于再次踏进校园复读！

这一年，伊莎白奶奶一直写信鼓励她，生怕她思想包袱过重。每次收到奶奶和阿姨的来信，吴开荣的内心都充满了一种特别的力量，她鼓足了劲，终于成功考上璧山中学。

三年之后，吴开荣考上了重庆化工职业学院，毕业后在重庆市巴南区胡氏机械厂从事质量体系工作。

"我觉得能遇到她们，真是人生最大的幸运！说实在的，如果没有她们的资助和鼓励，我肯定早已失学，没机会念高中，更别说上大学了。没有她们，也许我还在农村，或者在某个地方打工。毫不夸张地说，她们彻底改变了我的人生轨迹——2009年，我大学毕业后有了不错的工作，遇见了我老公，一个很温柔善良的人，现在有一个幸福美满的小家庭；我爸爸也很好，拆迁之后，有社保，也有房子，现在他一个人在大兴过得很不错。真的，因为奶奶和柯阿姨的这份善举和爱心，改变了我家三代人的命运。我对自己现在的生活很满意，生活得很幸福。"

吴开荣发自肺腑地说着，并拿出珍藏已久的伊莎白奶奶写来的书信。

安静的深夜，她常常会翻看伊莎白奶奶和柯临清阿姨寄来的照片和来信。

……我衷心祝福你完成你的目标，在城里在农村多为中国作贡献……你不要过分担心你的分数，只要你尽所能去理解你的所学……要保持身体健康……

这是2004年2月28日的来信，那时开荣在念高中，身心压力很大，奶奶的来信让开荣释放了压力，全力去冲刺。

……我很开心，现在考试制度改变了，你们可以在毕业考试成绩下来后，再填报你们感兴趣的专业。既然你对设计特别感兴趣，你能不能查一下各大学，或者技术院校，开的什么课程，也查一下有什么特殊要求，也许你的老师可以给你出主意。就像你说的，人们干他们自己喜欢干的各种事，会感到非常高兴的。

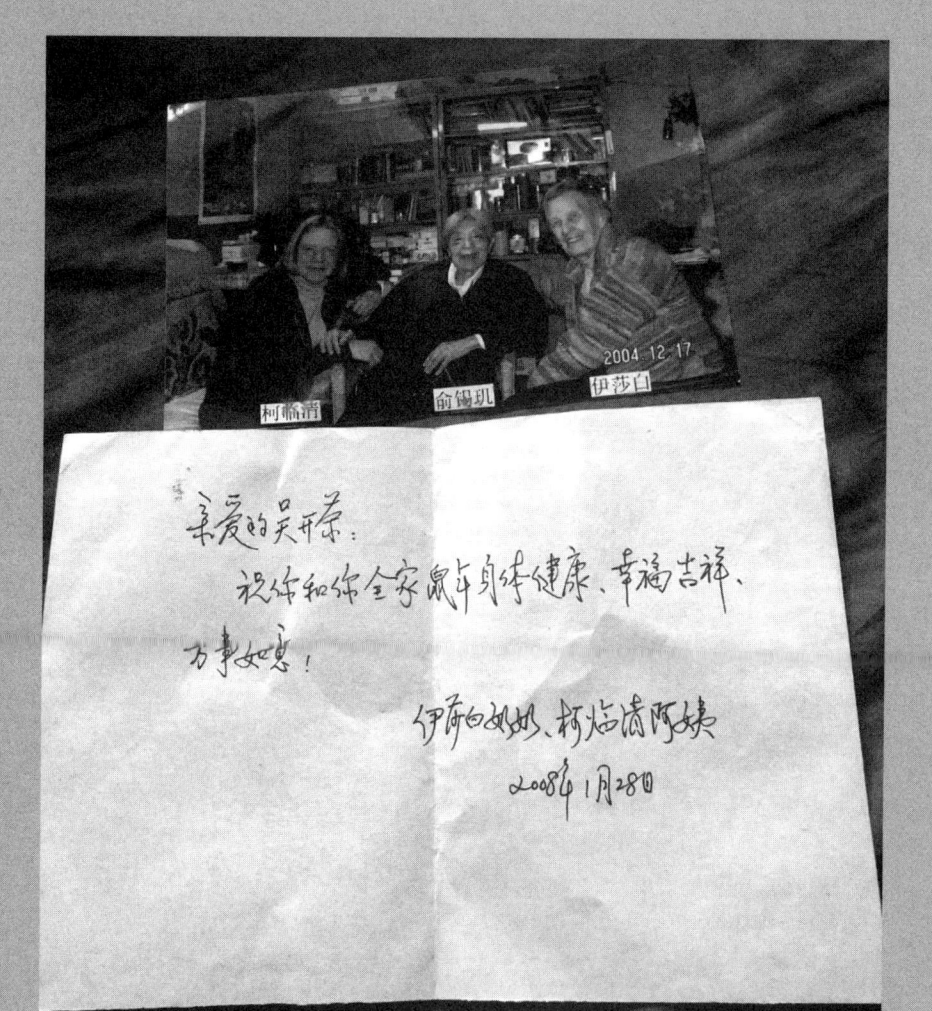

伊莎白、柯临清寄给吴开荣的书信和照片（图片来自吴开荣）

我像你一样，经常听听音乐来使自己放松放松。现在我年龄大了，晚上常常在上床前，听听音乐。另外一样东西能使你放松的是诗歌。我如果睡不着，就拿起一首诗来念念，念完了再思考一下这首诗的意蕴。通常，我不用看书就能记得，并背出来。因为我年轻的时候，我们的老师总让我们记许许多多的诗歌。

保持良好的精神面貌，注意身体——尽力而为。

这是 2006 年 5 月 14 日吴开荣高考在即，伊莎白奶奶来信关心她的高考志愿填报。她担心小姑娘心理负担过重影响睡眠，教她如何排解压力，释放情绪，好好休息。随信寄来的还有一些书籍。

吴开荣捧着这些书信，内心被甜蜜温暖包裹，感动的潮水放肆奔涌着，她沉浸在点点滴滴的回忆里，这个曾经自认为是不幸的女孩，因为遇见伊莎白奶奶，又觉得自己是个特别幸运的人，因为生命中始终有一轮太阳照耀。

与吴开荣情况相似的是杨元伊（现在在河南工作），念初中时，家中困难准备退学，突然接到班主任通知，说有国际友人资助她，此后她便没了后顾之忧，认真学习。伊莎白奶奶和柯临清阿姨的资助一直持续了她的初中、高中和大学阶段。

每年春节这些受助孩子都会收到伊莎白奶奶从北京寄来的信，信中夹着她亲手制作的春节祝福剪纸。伊莎白奶奶总是在信中关心孩子们的学习、生活、思想，指导他们的人生，也关心孩子们的家人身体以及家庭现状。

伊莎白一直关心中国的教育发展，她找到当前的教学制度给孩子们带来的压力不小，所以她一直担心助学金又给他们增加了心理负担，她写信鼓励孩子，告诉他们"最重要的并不是学习成绩，只要用功学就是了"。通信中，她总是以平等的朋友身份，尽可能去理解那些失去父母，

2009年1月22日伊莎白、柯临清部分受助学生在璧山县广场合影（前排左杨元侬，中吴开荣、右周露霞，后排右一巫智敏）
（图片来自璧山档案馆）

跟爷爷奶奶或外公外婆一起过日子的孩子的孤独；也同情那些父母身体残疾，过早担起生活担子的孩子的艰辛，也为那些家庭背景很惨的孩子扫清成长道路上的障碍，助他们一臂之力……她关心贫困孩子的心理问题与健康成长，也尽可能地关注大兴区一些亟待解决的农村医疗卫生问题等。孩子们在信中诉说着遇到的困难，分享取得的成功，摆谈有趣的事情，也畅想未来的梦想等。

事实上，这些书信，带给孩子们的不仅仅是一份关心，一份爱，更教会他们如何做人，开拓了视野，培养了责任和担当……

随着伊莎白年纪增大，这些事情后来由柯临清打理。然而让人特别震惊的是2012年7月，年仅63岁的柯临清却因病猝然离世。听到这个噩耗，伊莎白非常意外，她不敢相信，这位年轻而优秀的合作者，原本还有无限漫长的人生道路，还有更加美好的未来，却走在了自己的前面！她痛失一位难得的挚友，悲伤不已。消息传到大兴，了解柯临清的人都伤心不已，很多孩子失声痛哭："这么好的人怎么就走了啊？她还那么年轻，太不可思议了，真是让人太痛心了！"

柯临清去世后，"伊·柯基金"的事情就由伊莎白的二儿子柯马凯打理。伊莎白很想再回大兴，但百岁老人，行动实在不便。2012年12月12日，柯马凯冒着风雨代表母亲再次回到大兴，看望孩子们。

寒冷的冬日，大雨弥漫，狂风呼啸。伊莎白受助的部分学生已经工作，他们也匆匆从各地赶回大兴。吴开荣接到柯马凯要回来的电话，激动不已，提前请好假，一大早就赶车回大兴了；远在重庆奉节工作的周露霞，辗转奔波一整天，也赶了回来。

北风把树木吹得哗哗作响，雨水一直滴滴答答，视野所及，一片萧条，但大兴镇政府会议室里却气氛热烈。这些受助孩子没有见到思念的伊莎白奶奶，心中颇觉遗憾，但见到奶奶的儿子柯马凯叔叔，又很开心！在孩子们眼中，这位叔叔和奶奶一样，也是一个非常亲切、和蔼的人，他对大兴同样充满了深厚的情感，也非常关心这些孩子的学习和成长。柯马凯一口流利的普通话，让他们自由交流，随意聊天。孩子们纷纷表达对奶奶的思念、感激和祝福。

"请叔叔一定代我们问候奶奶，感谢奶奶为我们付出的一切……说实在话，奶奶带给我的太多太多，远不是金钱可以衡量的。她是我最陌生的熟人，最远的亲人，是我人生的导师，也是我生命中的挚友……我真的不知道该怎么表达自己的感激之情……"吴开荣说着，数度哽咽。

"叔叔，请代我们把祝福送给奶奶……我们很想念奶奶，衷心祝福奶奶健康长寿，每一天都开开心心，每件事都顺顺利利……"周露霞用质朴的话表达着大家的心声。

## 5  托起孩子们的梦想

2010年春天，一个静静的午后，巫智敏收到一封来自北京的来信。一看寄信地址，便知道是伊莎白写来的。

亲爱的巫智敏校长：您好！

……首先谢谢你告诉我儿子马凯有关大兴的三个女孩的情况。我得知其中两个已找到了工作，另一个正在等消息。我想可能是周露霞吧。前些日子她写信给我说，她的专业求职的机会很少，她说她想培训后当一名教师。我跟她说，我觉得这个主意非常好。我希望她已经被录取，我也愿意继续寄予资助。麻烦你让她告诉我她的情况好吗？我也很想知道杨元伊和吴开荣找到了什么工作，情况如何。我想送她们一件礼物，以标志她们工作生涯的开始。

……

虽然常接到伊莎白来信，询问受助孩子的学习生活情况，但巫智敏还是有些感慨和吃惊。从1999年开始，他一直是"伊·柯基金"在大兴的具体联系人和执行人，过去那些接受资助的孩子有的考上了大学，有的去了外地工作挣钱，抚养家人，联系便不多了。

伊莎白在信中特别问询的这个名叫周露霞的女孩，巫智敏只知道她就读于重庆师范大学地理科学学院，差不多应该今年毕业，至于其他确实知晓不多，没想到年近百岁同样也非常忙碌的伊莎白居然把每个孩子的情况记于心上。

毕业在即的周露霞，眼看着很多同学找到工作，有些着急，写信告诉伊莎白奶奶，倾诉自己的苦恼，后来忙于找工作，便没给奶奶去信，没想到奶奶却牵挂着她，托巫智敏打探消息。通过多方联系，巫智敏再次获悉周露霞的消息。那时周露霞已通过村官考试考入重庆市奉节县一个村担任村主任助理。

"露霞好！恭喜你找到工作！"

远在奉节的女孩接到巫智敏的电话，非常意外。"巫校长好！你怎么知道我的电话？"

"露霞啊，我可是打探了好多人才找到你的哦！"

"哎呀，巫校长，不好意思，这段时间太忙了，工作找得我焦头烂额……"

"找到工作就好，你晓不晓得，有人远在北京还牵挂着你呢……"

周露霞听到这句，蓦然明白，满怀愧疚，心里一股暖流袭来，泪水一下涌到眼眶，她有些不好意思地说："哎呀，对不起，巫校长，我还没来得及给您和伊莎白奶奶汇报呢，让你们操心了！"

"没事没事，你快给伊莎白奶奶写信，告诉她你的工作情况，她一定会非常开心的。"

周露霞连夜写信，把自己的情况告诉伊莎白奶奶。

终于收到周露霞的信，老人心里悬着的石头终于落地。

"找到自己满意的工作，就努力去干，祝福你前程似锦，未来美好。"伊莎白对步入职场的周露霞送去祝福，那束关爱的目光从未远离。

后来周露霞调入江津区柏林镇工作，还在璧山县城买了房子，家庭非常幸福美满。"如果没有她，就不能上大学，一生的命运就不能改变。"这么多年过去了，周露霞身边一直保存着当年几个女孩和伊莎白奶奶、柯临清阿姨合拍的照片，即便联系少了，但心里却无时无刻不牵挂着远在北京的奶奶。

这么多年来，伊莎白一如既往省吃俭用为这些孩子托起了梦想和希望。她的吃穿用度，无一不是最简单的，但是资助那些贫困学生，从不吝啬，给他们买书，交学费，她相信，读书可以改变一个人的命运，甚至一个家族的命运。

在伊莎白资助的这些孩子中，有的考上大学，有的在外打工，但无论他们身在哪里，做什么工作，都对这位外国奶奶的慷慨资助和无私帮助充满了深深的感激。

伊莎白、柯临清从1999年开始，从未间断过对大兴孩子的关爱，"伊·柯基金"先后资助贫困学生19人次，时间长达10余年，赞助现金10多万元，各类书籍、学习用品无数。除儿子柯马凯等专程回大兴看望受助学生之外，柯临清教授和新加坡国立大学杨斌教授等也多次专程前来大兴看望师生……

伊莎白和柯临清的美好和善良给大兴人留下了难以磨灭的印象。大兴镇乡亲们特别是提到伊莎白，都会说："伊莎白是值得我们大兴人永远铭记和感恩的人！"

## 6　一株扎根中国大地的麦子

2016年9月下旬一个晚上，一家人正聚在一起吃饭，儿子柯马凯举着一封信，兴奋地对母亲说：

"老妈，你看，谁来信了？"

伊莎白的目光投过去，轻声问："谁来信了？"

"谁来信了？"现在能收到一封信，可是太不容易，家人也非常好奇。

柯马凯把书信郑重地呈给母亲，并告诉她：

"老妈，您看，这是中华人民共和国国家主席习近平给您的回信，肯定没有想到吧，他竟然给您回信了！"

一家人都很惊喜，围拢来争着看这封十分特殊的书信。

柯马凯小心撕开信封，打开书信，用一口字正腔圆的中国话读着。

尊敬的伊莎白女士：

您的信函和赠书《大卫·柯鲁克镜头里的中国》收悉。信函字里行间透露着您对中国共产党和中国人民的深厚情感和美好祝愿。您和大卫·柯鲁克先生对中国革命和中国教育所做的贡献，中国人民不会忘记，历史将永远铭记。

实现中华民族的伟大复兴，是中国共产党的神圣使命，需要海内外中华儿女的共同努力，也需要国际友人的广泛支持，希望您继续关心和支持我们的事业。

借此机会，祝您身体健康、家庭幸福！

习近平

原来，伊莎白在前段时间给习近平总书记写了一封信，信中简单谈到丈夫和自己的经历，也表达了对中国社会主义现代化建设事业的关心，针对乡村和教育等谈了一些自己的思考和建议，并附赠了《大卫·柯鲁克镜头里的中国》一书。

百忙之中的总书记收到信后，被一对外国夫妇对中国革命和中国教育的奉献精神感动，并写来了回信，表达了对伊莎白的感谢和祝福。

"只要还活着，我就要为中国革命和事业尽自己的一份力量。"伊莎白轻轻地说，捧着书信的双手有些微微颤抖，脸上洋溢着圣洁的光辉。

无论年纪多么大，作为教育家和人类学家的她永远保持着炽热的中国心，关心着中国的国家大事，也为中国的建设事业建言献策。

2012年，时任国务院总理温家宝搀扶着一位白发老人缓缓走出人民大会堂东大厅，这位老人就是伊莎白。刚在会上，伊莎白呈上了两篇发言稿。一篇主要讲述阴和阳，也就是分别代表农村和城市起着不同作用但同样重要的两个方面，第二篇谈的是农村学校所起的重要作用。反响很好。在过去的七八年时间，伊莎白和温家宝总理有过六次交谈。主要话题围绕"社会管理"，包括合作社、农村学校、农村发展、社区、村集体、老人问题等，2009年她给温家宝总理写了《关于农村小学教育的几点想法》。

无论是国务院召开的外国专家座谈会，还是中共中央举行的春节团拜会，总少不了伊莎白的身影，即便百岁高龄，她依旧关心关注着中国的发展和未来，力所能及地参加一些社会活动，发挥余热。

而对大兴镇，伊莎白数十年来一如既往关注和支持。巫智敏还清楚地记得2008年四川汶川发生八级大地震，伊莎白在电视里看到这个消息，马上给成都、重庆的亲人们打来电话，询问受灾情况。

"璧山还好，基本没受到影响。您放心吧！"巫智敏接到电话，非常感动。

"那就好！如果有什么需要，请及时告知，我们共同面对！"

简短的话语，给人长长的温暖。

每当在电视里看到重庆遭遇诸如极端天气等状况，伊莎白总会第一时间打来电话关心大兴如何应对。"我相信政府正采取紧急措施解决人民遇到的问题，我也相信当地老百姓是有能力渡过难关的。"

大兴人自行筹资准备修建一条乡村公路，全长三公里左右，有两座桥梁，基础修通，后期工程，还需不少资金。2008年9月，巫智敏在信中提及此事，伊莎白立刻给巫智敏打来电话。

"修路是一件大好事，一定要算我一份。路修好了，乡亲们走哪里都方便，经济才会快速跟上。"

伊莎白从北京寄来了五千元支持乡亲们修路。

公路早修好了，每次坐车飞驰在那条路上，眼前之景如同电影画面一闪而过，巫智敏的眼前都会浮现出一位外国老人慈祥的面容，心里默默感念那个熟悉的名字。

大兴有任何需要，伊莎白一旦知悉，总是竭尽所能予以支持。

那些年，巫智敏常会收到伊莎白寄来的明信片和书信。除了问候老友，关心孩子，核实书稿内容，更多的是关心璧山的教育、医疗、农业、经济、道路交通等发展情况。

在阅读这些书信时，巫智敏常常被一颗赤子之心感动。

亲爱的巫校长：

谢谢你多年来给我们多方面的帮助，我们非常珍惜我们的友谊。

我们时刻怀念在大兴的那些日子，希望党的三农政策在你们那里得到很好的贯彻。

……请转达我们对大兴区领导的敬意，祝愿大兴早日建成一个日益繁荣的和谐社会。

如果你和那些年轻人有联系的话，请告诉他们我们很想念他们，并祝他们一切顺利。

……农村的人们不仅在养活中国人口，并且他们同自然最接近，对于自然环境的保护和开发也能做出很大贡献。但是他们和城市里的人们一样需要过上好的物质和文化生活。中国的农村需要许许多多像你这样献身于农村教育的教师。

……许多老年人最关心的是他们的身体。当地的医院是否每年给他们体检一次？他们居住的地方附近有没有医务室，这样需要时随时可以测量血压和心搏？他们是否能够根据医生开的药方，接受十天一疗程的输液？

在北京，许多退休的人面临的另一个问题是孤独和无聊。如果大兴也有这个问题的话，你可以鼓励退休的老师们组织起来，按照共同的兴趣，自愿组成小组，每星期或每个月活动一次。譬如，有些老师喜欢读完一本书后，大家坐在一起讨论讨论，有些老师喜欢讨论当前形势，另一些人喜欢了解科学发展的动态。当然，如果大家住得很近，可以组成小组每天锻炼，尤其有音乐伴奏，或者跳跳舞，这可是一件非常快乐的事情，对身体也很有好处。

……

她像一株扎根中国大地的麦子，麦穗饱满，谦逊朴实，总是力所能及地回报这片养育她的土地，回报这片土地上的人民。她从不置身事外，而是一直关心社会，关心人民，关心这个国家的发展和民族的未来。

注：

1 柯临清（Christina Gilmartin），1946年出生于纽约，在康涅狄格州长大。曾就读于俄亥俄州的西部女子学院。1974年初访问中国，1978—1983年以"外国专家"身份受聘在北京的外文出版社工作。1986年从宾夕法尼亚大学获得博士学位后，赴休斯敦大学任教。1989年转至东北大学历史系，先后主持妇女研究、亚洲研究等课题并任研究生导师。1995年出版《造就中国革命：20世纪20年代的激进妇女、共产政治与群众运动》，长期担任《20世纪中国》编委，2000—2004年任《亚洲研究杂志》副编辑。与他人合作编辑《造就中国：妇女、文化与政治》（1994）及《理论与方法论的女性视角：跨学科解读》（1999）等书。她是国际著名汉学女性主义者，美国东北大学（Northeastern University）历史系教授，哈佛大学费正清东亚研究中心研究员，浩然长篇小说《金光大道》翻译者，《战时中国农村的风习、改造与抵拒——兴隆场》一书整理研究者，中国人民大学中共党史系高级访问学者，1999年与其好友著名国际友人，国际共产主义战士、教育家、新中国英语教学园地的拓荒人伊莎白·柯鲁克（Isabel Crook）设立"伊莎白·柯临清助学基金"，用于资助中国贫困生完成学业。2012年因病去世。

2 王安玉在20世纪90年代从政府手中买下武庙，那时的武庙已改建为两层青砖小楼，曾做过当地农业银行所在地，王安玉买下后在武庙院子里修了房屋，伊莎白2004年回来曾在此午休。后来王安玉搬出这里，现在闲置破败。

3 在北京采访时，笔者一行顺便带去了一些翻拍的旧照片、旧书信，抗日战争期间曾在璧山念过书，20世纪80年代和伊莎白一道回过璧山的陈琳教授看着一张关于伊莎白捐赠图书邮寄包裹的照片，久久不语，之后才缓慢地说："这不是我写的字吗？"伊莎白的好朋友靳云秀指着一些书信说："啊，这是我的字呢！"

# 第十一章　写作《兴隆场》

## 1　艰辛写作四十年

2006年5月，北京街头，浓阴蔽日，绿意如海。伊莎白和翻译《兴隆场：抗战时期四川农民生活调查（1940—1942）》一书的中国人民大学清史所的曹新宇、商慧民、杜非等人穿过大街，兴致勃勃去看望住在月坛北街的俞锡玑。

房门打开那瞬，92岁的俞锡玑和91岁的伊莎白，老姐妹俩如同孩子，立刻开心拥抱在一起。

两人都精神矍铄，思路清晰，思维敏捷，毫无耄耋之年的老态。

"锡玑，今天我们除了来看你，还给你带来了一个好消息。"伊莎白满脸笑容对锡玑说。

"什么好消息？"俞锡玑满脸好奇地问。

"我们俩在抗战大后方合作的那项调查，很快就要出版了！"

"哇，这真是一个令人兴奋的消息！近70年哪！想起来仿佛是上辈子的事情。"说着俞锡玑爽朗的笑声在房间里响起，大家也跟着开心大笑起来。

"对啊。中华书局决定出版我们当年在重庆璧山兴隆场的人类学'田野手记'。这位年轻人就是翻译此书的曹新宇!还有这位是商慧民,他和曹新宇一起把我的手稿复印了一份。"伊莎白指着身边的年轻人对俞锡玑介绍道。

"哎哟,好啊好啊!辛苦你们了!"

"我们的辛苦不及你们的十分之一,想当年,你们才真是一个脚印一个脚印量出来的。"两位年轻人说。

"哈哈,还有素梅一个字一个字打出来的。不不不,何止是打出来的江山,还是熬出来的锦绣。是熬出来的,素梅才是最辛苦的!"

说到这本书的写作和出版,可以说是伊莎白自退休后生命的付出和心血的结晶,耗去了她绝大部分时间和精力。尘封四十年之后再次回到兴隆场,晚年时光与兴隆时光叠影、缠绕在一起,这本书的写作亦成为她晚年生活的主旋律。

两年时光印记,六次重回故地;四十年的陈酿,三十年的写作,兴隆场在伊莎白心中占据的位置可想而知,分量也自不待言。写作是一件极为辛苦的事,特别是大部头作品,既是脑力劳动,也是体力劳动。没有一部优秀作品不是作者远离浮华坚守寂寞呕心沥血而成的。

百年人生,伊莎白早已练就一颗宠辱偕忘波澜不惊的心。外界再繁华喧嚣,丝毫不影响她沉稳如山的心。"衣带渐宽终不悔,为伊消得人憔悴。"一颗珍珠,在岁月里含香蕴秀,在寂寞里熔炼精华,漫长的生命越来越璀璨夺目。

早年伊莎白和丈夫大卫在写作《一个村庄的革命》《十里店》《阳邑公社的头几年》等作品时,积累了丰富的写作经验。大卫思想连贯性强,善于一气呵成;伊莎白注重细节,夫妻俩通力合作,彼此交流碰撞,取长补短,相辅相成。那时他们白天教书,晚上写作,虽然辛苦,但年轻,精力旺盛,并不觉得有多难。而写作《兴隆场》,伊莎白已是耄耋老人,所写内容也已过去半个多世纪,再加上人类学专著的写作不比一般作品，它要求更严谨、更准确，需要反复不断查证资料……其难度可想而知。

伊莎白在《战时中国农村的风习、改造与抵拒——兴隆场（1940—1941）》一书"序言"中这样写道："这本书的出版之路既漫长又曲折，就像蜿蜒在七十多年前我曾待过的那个四川小镇上的青石小巷。我的研究工作就是从那里起步的。经历了世界大战、硕士求学生活、田野调查以及中国境内的革命战争和包括'文革'在内的历次政治运动，在结束了三十年的教学生涯之后，我终于有机会重新整理当年的手稿，重游旧地，并着手写作此书。"

时间再次回拨到20世纪80年代，伊莎白重回兴隆场后，便再次开启漫长的写作模式。

每天六点，窗外晨曦未明，鸟儿初醒，她就起床工作，核对笔记，整理手稿；吃完早餐后，打一场八段锦，散一会儿步，回家继续写作。整个上午和下午，她静坐于书房，沉浸于过往浩如烟海的琐碎记录和深深回忆之中。深夜，校园步入安静的梦里，北外西院南楼三层的灯光一直亮着，灯下，这位瘦削的老人依旧精神十足地坐在电脑前噼噼啪啪打着字，一字一句斟酌推敲……

因为人类学的再次开启，伊莎白与导师弗思的联系更加密切，弗思继续给予她指导和帮助。

1992年，弗思看过伊莎白写的部分内容后，问她："你所写的东西内容非常丰富，究竟是属于地方史志还是人类学？"

面对老师的疑问，伊莎白反思自己的写作。从一开始的迷惘和混乱中慢慢理出头绪来，她渐渐清楚，且十分肯定，自己所写应该二者兼而有之。

1994年，一部四十五万七千余字的三卷本人类学著作（书名为《经济、政治与社会》），终于脱稿！这厚厚的书稿，几乎是其他常见学术专著的四倍。

那个下午,她写完最后一个字,站起身来,看着窗外,蓦然发现,不知何时大树叶子已差不多掉光,一树枝干道劲傲人。风一阵一阵涌来,带着深秋的寒意,她不觉寒冷,反而有一种从未有过的轻松和惬意。她长长地吐了一口气,然后一个人下楼,在院子里漫步,任风带走浑身久积的疲劳和辛苦。

落日的余晖洒满安静的校园。霞光如同金色的海水,涌荡着,涂染着,淹没着校园的花草树木。这形态万千的花草树木,此刻显得晶莹透亮,伴随着同学们匆匆而过的细微脚步,像一支金色的乐曲在流淌。空气中清凉甜香的气息浸入她的心脾,即便是暮晚时分,她依旧觉得这一切充满了生命的活力和美好!

1996年,伊莎白把书稿发给一些中国问题学者和一些丛书编辑。他们看后惊叹,一位八旬老人,竟然花十余年时间写出这么厚重详细的人类学著作,而且有着非常重要的价值。只是要出版的话,肯定还需进一步提炼。

毕竟年事渐高,伊莎白身体状况、精力也大不如从前,而俞锡玑身体状况更加糟糕,考虑到任务艰巨,伊莎白邀请了认识的一位朋友——国际著名汉学女性主义者、美国东北大学(Northeastern University)历史系教授、哈佛大学费正清东亚研究中心女性研究项目的策划者柯临清(Christina Gilmartin)一起参与新的写作计划。

在伊莎白眼中,这位风华正茂的历史学家,真诚善良,具有高度的专业素养和很强的敬业精神,最重要的是两个人虽然年纪相差三十余岁,但很多观点相似,又互相仰慕欣赏。柯临清接到邀请,欣然接受。很快两个人成为亲密无间的合作者。

她们把研究重点从人类学转向历史学,围绕地方主义观念以及兴隆场人对变革的态度重新组织调查材料。这样一来，国民政府在兴隆场推行的改革事业，尤其乡建工作组从事的实验项目就从原先仅仅是附带提及的话题上升为主题。

伊莎白六次重返璧山，亲自体验生活，收集资料，不辞辛苦地再调查。后来因为身体原因，柯临清和她的儿子柯马凯还多次回到大兴，完成调查等工作。

"回到兴隆场，遇见谁，就和谁聊上一阵。看见什么，她都要寻根问底地探个究竟。"

这是伊莎白在调查走访中留给巫智敏的印象。伊莎白对生活素材的掌握，近乎苛求。"她是一个精力超级充沛的人，更是一个极其认真严谨的人，在写作中，只要有一点不太清楚的地方就会多次打电话或写信来反复考证，细致到哪家人的祖坟在哪个方位，甚至一个小地名的书写。"比如对巫氏宗族的了解，伊莎白曾多次在信中拜托巫智敏帮她调查遗漏之处，2004年，经多次调查寻找资料后，巫智敏给伊莎白讲述了巫氏宗族迁移的大致经过，随后还寄去一部刚刚依据福建巫氏历史资料重修的巫氏族谱；2008年，巫智敏又给伊莎白寄去了一批涉及巫氏客家渊源以及早期发展史的材料。

对人类学的研究，伊莎白抱着这样的态度："这是很有价值的，我感到自豪，因为要是不去作为，很可能这一切都会散失，一定要记录。"

与巫智敏、龙江厚等很多大兴人的书信、电话交流，漫长的写作过程，三位写作者呕心沥血，最终完成了两本关于兴隆场的非常有价值的书稿。

## 2　一定要署上你的名字

出版前谈到署名问题，俞锡玑不愿在书稿上署名，她淡淡地笑着说："素梅，我只是参与了前期的调查整理等一小部分工作，后期的写作，几乎全是你在做啊！这当中的辛苦你不说，我是非常清楚的。"

面对锡玑的谦逊礼让，伊莎白则表现出坦诚和大度，她说："锡玑啊，这本书（《兴隆场：抗战时期四川农民生活调查（1940—1942）》）要是没有你，不可能完成。"

"素梅，我不可掠人之美。"

伊莎白坚持说："不不不，锡玑，你是一名杰出的研究者。你看，就是在后期的写作过程中，你帮着修改，提出过很多意见，还常常从地方档案中准确挖掘出我和柯临清急需的史料，你知道这多么难得……不行，这事你必须听我的，这本书，有我的心血，也有你的功劳，《兴隆场》是我们俩共同的孩子，所以必须要署上你的名字。"[1]

"好吧，素梅，你总是那么善解人意，宽容大度，谦逊过人……我说不过你，署名署名。"

伊莎白最终说服了俞锡玑在书稿上署名，且坚持在整本书中使用了"我们"这一称谓，她觉得这既是她们俩共同的青春记忆，也是二人携手铸造的"青春里程碑"。

俞锡玑的笑声再次响起，很有感染力，伊莎白也跟着大笑起来。平时非常安静的房间，空气变得轻松而快乐。

"真的，说一千道一万，最辛苦的还是你啊！"俞锡玑紧紧握住伊莎白的手。

"哪里，真要感谢的人是你，锡玑，当年要不是有你，带路、沟通、翻译，与乡民亲切交谈，用心仔细地收集资料，我们的调查哪有那么顺利？你被同事们说成'一卷起袖子就做事的人'。"伊莎白快乐地回忆着。俞锡玑马上双手轮换卷袖，一副要动手的爽利劲。

"这个不用谢我。这是缘分！你和中国有缘，我和你有缘！再说，没有你的用心和付出，怎会有今天的出版呢？"俞锡玑笑着说。

"哈哈，几十年过去了，锡玑，你还是一点都没变。"伊莎白打趣道。

"你也没变，还是那个'乖桑桑'的洋美女。"俞锡玑也打趣道。

"哈哈哈哈哈……"

两位老人追忆起那些历历在目的兴隆场往事，身边的年轻人看着两位老姐妹，听着她们的谈话，如沐春风，受益匪浅。

俞锡玑送伊莎白一行下楼，姐妹俩紧紧拥抱，挥手告别，两人都频频回首，依依不舍。

没想到这次相见，成为了姐妹俩最后一面。

2006年8月11日，92岁的俞锡玑走完了她的人生，在北京一家医院平静地离开了人世。

参加完锡玑的葬礼，伊莎白回到家中，抚摸着那些凝聚着两个人汗水和心血的资料，一张一张翻看着她们重回兴隆场时留下的照片，眼前浮现着锡玑的模样和两个人一起走过的沧桑岁月，耳边回响着她中气十足的谈话声和爽朗的笑声……

伊莎白想起自己当年在伦敦时把兴隆场的资料裁成细条，按专题成章，重新打印的情景，除了这本采访手记的出版，她还把采访手记按照专题重新细条梳理审读研究，和俞锡玑合作的另一本关于兴隆场的人类学专著，她觉得一定要坚持写完，因为这是她们为兴隆场为人类学共同留下的珍贵记忆。

六年之后，《兴隆场——抗战时期四川农民生活调查（1940—1942年）》原始采访笔记即将出版的时候，伊莎白年轻的合作者、挚友、同事柯临清在美国猝然去世！

如果说伊莎白早已看透生死，但是柯临清的过早离世还是让她非常震惊，她坐在房间椅子上，看着与柯临清的合影，久久不语，悲痛不已。

斯人已去，年近百岁的老人承受着失去挚友的悲痛打击，但又对生活始终抱着豁达坚强乐观的态度。后来的扫尾工作还得亲自处理。每天，她拿着放大镜，静静地坐在桌前，对书稿进行最后的逐字逐句的校对工作。儿子们怕她身体受不了，给她反复说过后，不得不在家中墙上贴上醒目的纸条：少用眼，多休息！

2012年5月一件不幸的事发生了。

周末，伊莎白一个人在家写作，听到敲门声前去开门，不小心摔倒在地，手臂折断。这可吓坏了大家，大家都非常担心。但伊莎白非常坚强，忍着剧痛，一声不吭，胳膊两天后才接上。医生看到她的情况并不乐观，觉得就算治愈，但能把手举到嘴边就不错了。可是伊莎白惊人的毅力再次征服了病痛，她天天锻炼，后来恢复得不错，能摸到头顶，"我还得完成我的书稿呢，怎么能就这样偷懒呢？"说着抬起胳膊摸了一下自己的头，像个顽皮的孩子，得意地笑了。

此前她一直一个人上下三层楼，手臂虽然康复了，但对老人的身体还是有着很大的影响。即便如此，她依旧坚持对书稿做最后的修订。

2013年1月，伊莎白和俞锡玑合作完成的巨著《兴隆场——抗战时期四川农民生活调查（1940—1942年）》（中文版）历经艰难，终于出版！

这是她和俞锡玑当年在兴隆场所作的田野调查的原始资料，也是社会人类学历史上第一部由西方女人类学家与中国合作者完成的逐户采访式的社区调查，伊莎白以英文做下记录，后来经过整理、翻译成中文。三十六万字，真实地还原了当年兴隆场的历史真实，展现了一幅幅抗战时期重庆世俗风情画卷，内容涉及政治、经济、住房、医疗、教育、婚姻、法律、诉讼、风俗、袍哥组织、宗教信仰、历史沿革等，书中还对乡长、保长、团丁、贫民、雇工、土匪、烟民、孤寡等各阶层人物作了简要勾画，对发生在兴隆场的大到政府改革、权力争夺，小到夫妻吵架、亲戚纠纷、饥民闹事、鬼怪传说等都作了生动细腻的描写，无所不包，内容巨细无遗，堪称兴隆场百科全书，是20世纪40年代四川乡村生活的一面镜子，对于研究中国抗战时期农村的政治、经济、教育、性别关系、乡村建设实验等具有非常重要的意义，同时也极具人类学价值、史料价值和现实意义。

2018年11月，伊莎白和柯临清通力合作，数度回访，几经增删的学术巨著《战时中国农村的风习、改造与抵拒——兴隆场（1940—1941）》也宣告问世！让人唏嘘的是书籍的出版距离最初的调查走访已近八十年时光！

12月11日，伊莎白新书发布会暨103岁寿辰在北京外研社隆重举行。北京外国语大学校长、副校长、专家教授，伊莎白的同事、学生、朋友和家人都参加了这次活动。当身穿蓝色毛衣、黑白碎花背心，满头银丝的老人稳健地步入会场，全场起立，爆发出久久不息的掌声。大家纷纷投去崇敬和赞许的目光，向这位世纪老人表达着最诚挚的祝贺和祝福。当徐建中总编辑代表外研社把沉甸甸的新书送到老人手中时，老人双手颤抖，郑重接过，眼里闪着泪光……"我希望我写的书能引起大家的注意，这是一个时代的历史记录，同时，也能为现在的国家领导人提供借鉴。"

伊莎白与兴隆场的人民同呼吸共患难，曾经的两年时光，一起感受这块土地悲伤的心跳，一起拥抱这块土地凄楚的苦难，用饱含深情的笔触记录了一个立体、饱满、真实、鲜活的兴隆场，《兴隆场》反映的是旧时代中国一个乡镇的民情民俗，也是一个时代农村生活的缩影。百科全书式的社会档案记录，为进行社会改革提供强有力的历史佐证。

两本《兴隆场》，大时代风云录，小乡镇浮世绘。

两本《兴隆场》，是时光堆砌而成的双子峰，是她们不朽青春的纪念碑，也是战火纷飞的岁月关于大后方关于四川关于重庆关于璧山的珍贵记录！

两本《兴隆场》，定格了历史，重现了时光；为我们保留的不仅仅是一段抗战时期的乡村记载，人类学的扛鼎之作，更是一种执着坚毅，永不放弃的精神象征！

**注：**

1. "（俞）锡玑作为一名杰出的研究者，也常常从地方档案中准确挖掘出伊莎白和柯临清急需的史料，俞锡玑是一个非常谦逊的人，她送来的新发现每每带给我们极大快乐。……起初执意不肯在书上署名，因为她始终以为自己一生所做最有价值的事情就是从事医疗社会服务。"——摘自伊莎白与柯临清合著的《战时中国农村的风习、改造与抵拒——兴隆场（1940—1941）》"序言"

# 尾声
# 璧山荣誉市民与今日大兴镇

## 1 您是我们璧山的骄傲

2019年3月，璧山区档案馆与璧山区政协文化文史学习委正在紧张筹备"中国乡村建设历史陈列馆"，时任重庆大学人文社会科学高等研究院潘家恩[1]教授曾研究过大兴有关的乡村建设，对伊莎白对兴隆场所做出的贡献非常熟悉和了解。他说，既然筹备乡建历史陈列馆，那么当年晏阳初他们在璧山搞的乡村建设实验项目肯定少不了，遗憾的是很多当年乡建实验的亲历者都已去世，所幸104岁高龄的伊莎白老人至今健在，只是再回璧山几乎不太可能，但是我们可以到北京去拜望老人。

与柯马凯联系后，璧山档案馆馆长周成伟、副馆长罗杨等来到北京。

当璧山亲人突然出现在家里时，伊莎白又惊又喜。这距离上次柯马凯回璧山已经过去整整七年。

柯马凯说："老妈时常谈及文庙、武庙、船形村、茅莱山等大兴地名，对璧山一直非常挂念。"

周成伟、罗杨把老人以前回璧山的照片恭敬呈上，老人看着那一张张照片，仿佛重回过去美好时光，重回大兴镇。她轻轻抚摸着照片，久久凝视照片中的人和风景，喃喃轻语，眼眶慢慢变得湿润起来……

儿子问起母亲："老妈，您还记得当年在璧山的什么事吗？"

老人的双眼立刻充满光芒："当然记得。那是一段非常有趣的时光，因为我们做了一些我认为相当有历史意义的事情。这些事情非常值得向更多的新生代开放。"

老人兴致极高，与大家聊了很多兴隆场往事。

在她家里，有很多与重庆璧山有关的东西，书房里，整齐码放着十箱当年兴隆场调查资料，书柜正中有与巫智敏的合影照片。

"这是去年巫智敏来北京，我们一起逛颐和园时拍的。"柯马凯指着照片，给大家讲起照片背后的故事。

2018年夏天，巫智敏来北京旅游，很想见见老朋友伊莎白，便电话约她。

那天阳光很好，柯马凯推着母亲来到颐和园与巫智敏见面。老友相见，欣喜不已。

伊莎白紧紧地握着老朋友的手，轻轻问道："巫校长，我们有多久没见面了？"

巫智敏看着眼前的老人认真地想了一下，回答道："书信、电话我们倒是交流多，但见面嘛……2004年你回来后，我们便没有见着了。"

"一晃又是十五年啊！时间过得真快，你看我都是百岁老人了！"伊莎白风趣地笑了。

"我也七十多了，我是古稀老人！"巫智敏也笑了。

"老妈，您现在是正宗的00后，一百多了。"柯马凯也笑着打趣。

伊莎白关切地问起大兴镇现在的发展情况，也问起很多亲人的情况，巫智敏一一道来。听到各位老友、亲人都安好，她非常开心。

清风拂面，心旷神怡，伊莎白来了兴致，索性从轮椅上站起来，自己推着轮椅，带着巫智敏在风光旖旎的颐和园逛了好一会儿。

2019年，伊莎白103岁生日，与巫智敏在北京合影（图片来自巫智敏）

璧山区人民政府授予伊莎白"璧山区荣誉市民"称号
（2019年7月30日，图片来自璧山档案馆）

他们来到玉带桥边，拍了这张珍贵的照片。照片中的伊莎白穿着红色盘扣中式衣服、黑色裤子，头戴一顶蓝印花布帽，面容清瘦，精神很好；巫智敏身穿淡蓝色衬衣、米色长裤，外套一件紫红色的西装，两位老友双手紧握，脸上都流露出相聚的喜悦。照片定格了美好的一瞬。

这是伊莎白非常珍视的照片，冲印塑封后，一直摆放在书架显眼的位置上。

这么多年来，巫智敏和伊莎白联系不断，结下了很深的友谊。

在巫智敏的家里，客厅显眼位置也同样摆放着与伊莎白的合影。他还有一个专门影集，收集与伊莎白有关的照片；还有一个笔记本，零零星星记录着与伊莎白的交往。

他说："她都这么大岁数了，还来自带我逛颐和园，在她心中，我们就是她的亲人，璧山就是她的家乡！"

在八十年的交往中，伊莎白确实与璧山人民结下了深厚的友谊，她把一片真情倾洒在大兴这片土地上。

四月，与乡村建设运动颇有渊源的著名爱国民主人士梁漱溟之孙梁钦宁一行到璧山走访调研，梁钦宁与潘家恩再次提起伊莎白对璧山乡村建设作出的贡献。大家被她的大爱和乡土之情所感动，潘家恩建议授予伊莎白·柯鲁克"重庆市璧山区荣誉市民"称号，让这位为璧山乡村建设作出无私奉献的外国友人"留"在璧山，也让璧山七十五万乡亲记住这位有情有义的外国"老乡"。

7月30日，璧山区政府和外语教学与研究出版社在北京联合举行了伊莎白·柯鲁克"重庆市璧山区荣誉市民"授予仪式。

那天对伊莎白来说，意义非凡。她身穿蓝色衬衣米白色长裤，外套一件黑色的针织背心，精神矍铄，满脸笑容，在两个儿子柯马凯和柯鸿冈的陪同下，准时出现在会场上。

仪式简单而隆重，一本红色的"璧山区荣誉市民"证书，通过璧山区区长秦文敏之手恭敬呈到老人手里，全场再次爆发出热烈的掌声！

老人双手微颤，接过证书，放在胸口。

"很开心，这么多年过去，我终于成为了璧山人。"老人捧着那本红色的证书，仿佛捧着自己的一颗心，开心地说着。

也许，她的眼前浮现出太多太多关于兴隆场的记忆，那曲曲折折的石板路，那栋洁白的小洋楼，还有大片的田野山坡，山峦间的农舍，田间耕田的农夫，还有许多与她倾心交谈的女子……但是很多年来，她是来自外国的众人尊敬和爱戴的"饶小姐"，而现在她终于成为了"璧山人"！

"来了就是璧山人！"这是璧山的宣传语。伊莎白成为了继著名词作家庄奴、著名曲作家古月之后的第三位名副其实的璧山人。来过这片土地，这片土地便刻下了她的足印，记下了她的深情！这本小小的证书凝聚了璧山人民对伊莎白老人无私奉献的深深感激，也是中加友谊的见证！

璧山赠予伊莎白一本档案馆收录的她在璧山的影集。柯马凯也捧出一个铁盒子，里面是伊莎白1940年秋至1941年冬在兴隆场写给父母的上百封家书。这批全英文家书，此前从未向世人公开，具有非常珍贵的学术价值，柯马凯缓慢打开这些泛黄的书信，那段兴隆场时光仿佛从纸页上清晰浮现出来……

此前，伊莎白立有遗嘱，身后将自己的手稿、照片、书信等资料等全部捐赠给她的母校——加拿大多伦多大学，但是，感动于璧山的深情厚谊，伊莎白改变了主意。

"我觉得将当年在兴隆场开展社会调查的十箱笔记手稿以及这些家书原件捐赠给璧山，更有价值和意义。"老人动情地说。她做出决定，将这批资料全部无偿捐赠给璧山。

在伊莎白成为璧山"荣誉市民"之后的两个月,时值新中国七十华诞，

9月29日，习近平总书记为伊莎白颁授了中华人民共和国"友谊勋章"！

104岁高龄的老人是所有获奖者中年龄最大的。

十时五十八分，一个男播音员洪亮的声音正在宣读颁奖词：

"伊莎白·柯鲁克，新中国英语教学的拓荒者，为我国培养了大量外语人才，为中国的教育事业和对外交流、促进中国和加拿大民间友好作出杰出贡献。"

此刻，鹤发童颜的老人在儿子柯马凯的搀扶下徐徐走上领奖台。

老人持有英国、加拿大双重国籍，一个世纪的漫长岁月里，在中国度过了九十多年，见证并参与了中国的百年巨变，她将自己的人生无私奉献给了中国，忠实地观察并记录了中国的革命与建设，为向世界积极介绍新中国做出了卓越的贡献。

中共中央总书记、国家主席、中央军委主席习近平面带微笑，热情与她握手，然后亲手为伊莎白颁授勋章，并为她郑重佩戴于胸前。老人一直满脸笑容，嘴角微微翕动，抑制不住内心的激动，和习总书记轻声交谈；总书记搀扶着双手颤抖的她，拍照合影。

老人眼眶湿热，视线有些模糊。她孩子般单纯的眼睛望着习总书记，脑海中似乎浮现出走过的沧桑岁月，深入中国大地遇见的中国百姓，从校园里走出并走向国际舞台的莘莘学子……人生经纬交织的每一个点，都有一枚红红的中国心。燃烧着，跃动着，绽放如火红的花朵。

此刻，台下所有人注目仰望，无不感动，继而爆发出热烈的掌声！

而远离千里之外的重庆市璧山区，很多璧山人在电视直播中看到这一幕，抑制不住激动的心情，大声说："快看，这位获奖的外国老奶奶是我们璧山的荣誉市民！实在太了不起啊！"

"是啊，我认识她呢！"

"年轻时，她曾在我们璧山大兴住过两年，还开办平民识字班，教大家读书，我婆婆还是她的学生呢！"

伊莎白关于兴隆场的调查资料

"对对,她回过大兴好多次,我还亲自见过她呢!"

……

璧山人为她感到无比骄傲和自豪!

新中国走过的七十年历史中,有着千千万万为党和人民事业作出贡献的杰出人士,同样也有着长期给予中国支持和帮助的国际友人,他们与中国人民一道为中国的发展作出了巨大贡献,这些外国友人不分国界,不分种族,不分肤色,有的身在国外,为推动人类命运共同体而不懈努力;有的扎根中国,从青春到花发,忠诚执着地奉献,勤勉踏实地付出,同样创造着伟大的成绩。

授奖仪式结束后,坐在台下的老人用苍老的手轻轻托起这枚沉甸甸的勋章,细细抚摸着,久久凝视着:辽阔的地球之上,荷花簇拥之中,一双巨手紧紧握在一起,共同放飞着蓝天之下的和平鸽……中国结、万年青、牡丹花、玉璧、兰草等中国特色的物件镶嵌,连缀而成长长的章链。

"中国!中国!……多么好的设计!多么深的寓意!"伊莎白的手触摸着勋章上的每一道纹路,仿佛在感知百年人生的每一个日子,勋章上的花朵、兰草等从掌心里溢出生命的芬芳。

"奶奶,获得友谊勋章,请问您有什么感受?"有人问她。

"非常光荣。但很遗憾,还有很多国际友人,一些老朋友去世了,他们也值得获得这个勋章。"伊莎白轻声说道。

伟大出自平凡,平凡造就伟大。百年人生,鞠躬尽瘁。

从天真的童年到激情的青春,从忙碌的中年,到宁静的晚年,伊莎白内心的梦想从未随着时间的流逝而飘散,那粒种子,在时光深处悄无声息地生长。老人脸上的每一条皱纹、头上的每一根白发都在诠释着信仰的虔诚和追求的执着,理想是不灭的星辰,照亮了她的人生,点燃了她一心为中国奋斗的生命。

老人坐在那里,如同一束光,明亮温暖;又像一片海,深邃浩瀚……她漫长的百年人生历经过多少风雨,生命中收藏多少风景,裹挟着几多惊雷,都沉入那片弥漫着历史云烟的海洋中……

## 2　无偿捐赠"兴隆场记忆"

2020年9月7日,北京初秋的天空是一块透明的蓝水晶,太阳如同红琥珀,静静地发出光芒。温暖,但不灼热。

穿过绿树成荫的大街,璧山档案馆书记龙泽会、副馆长罗杨、璧山电视台记者简易和笔者一行四人,还有潘家恩教授、央视纪录片导演张与静和摄影师一起来到北京外国语大学西院,一起见证伊莎白关于兴隆场的全部资料无偿捐赠璧山的仪式。

园子里,古槐参天,鲜花盛开,阳光透过浓密的树荫洒落一地碎金,碎金随着一阵阵清风在地上、树叶上、花朵上跳动,仿佛小星星在闪烁,非常美丽。

建成于1955年的南楼是一座教工家属楼。四层小楼,有着深深的岁月痕迹,外墙小块青砖很多地方已经开裂,即便重新刷过一层灰白色涂料,依旧看得出残破和碎裂,在新楼林立的家属院中显得又老又旧。伊莎白和丈夫从20世纪50年代住进来后,就再未搬离,虽然有资格多次选择新房,但夫妻俩都把机会留给了其他教师。刚到楼道口,就看见一个靠墙盘旋而上的特别轨道。潘家恩告诉大家:"老楼没有电梯,老人喜欢下楼散步,做操,几年前学校考虑到老人的身体,专门为她增设的。不过只要走得动,她还是喜欢步行上下楼。你看这个轨道都有些生锈,看得出来老人极少使用。"

伊莎白的生活极为简朴,家中陈设破旧简单到你无法想象,甚至可以用寒碜来形容。

从对联残存，锈迹斑斑的大门进去，扑入眼帘的是陈旧破损的家具，但扑面而来的却是浓郁的书香气。除卧室外，几乎所有房间都成了书房，连客厅也不例外。书架上密密麻麻摆放着各种书籍。狭长的客厅兼餐厅，除了一张老式廉价的四方桌、几把椅子外，一台座机电话无处可放，用一张独凳临时搁着。如果用现代人的眼光来看，房间里最值钱的莫过于一台液晶电视。罗杨说，这应该是新换的，其实一年前他们来伊莎白家时，家中还是老式坨坨电视。最引人瞩目的是毛泽东和周恩来的两幅画像和对联。餐桌后面的墙上是1949年伊莎白入北平时买的那幅毛泽东的画像，这幅画陪着她，直到搬进这里，夫妻俩郑重地挂于家中客厅，一挂就是七十多年，再也没有取下来！旁边的对联——"四海翻腾云水怒，五洲震荡风雷激"已经泛黄，但字体依旧遒劲有力。侧面的墙上是周恩来的黑白画，"鞠躬尽瘁，死而后已"的对联无声地诠释着伊莎白的精神追求。靠窗的墙上，是丈夫大卫的画像。大卫离开亲人已经20年了，但他一直微笑着，用亲切的目光静静地看着这个家，看着心爱的妻子。

伊莎白的卧室，是一个小小的房间，靠墙分别摆放着两张几乎罕见的一米的老式木板床，被单洗得褪色发白，薄如蝉翼，一看就是用过很多年。房间里仅有一个立柜、两张椅子、一把老式电扇……所有家具皆是老家具，就算是对很多普通的中国家庭来说，即便不被淘汰，至少也算得上古董。

伊莎白的家，无一不宣示着这套房子的历史、主人的精神世界。一个人的文化、追求和信仰在每一个不经意的细节里散发出来，在房间里弥漫。

担心母亲年事已高身体受累，柯马凯事先与大家商议好捐赠仪式所有细节，然后请母亲出来。

"奶奶，你的娘家人来了！他们来看你！"看见柯马凯走进卧室，照顾老人二十多年的王素珍俯在老人耳边告诉她这个消息。

一听娘家人来了，伊莎白的脸上顿时露出孩子般开心的笑容。

"妈妈，重庆璧山兴隆场的老乡们来了！"儿子大声告诉她。

伊莎白立刻坐起来，整顿衣服，梳理头发。

当柯马凯小心翼翼搀扶着母亲来到客厅，出现在大家眼前的老人容光焕发，精神矍铄，皮肤白皙，一头银白色的短发依旧浓密。老人今天穿得很正式——蓝色暗格衬衣、暗格长裤，脚穿一双黑色皮鞋。

柯马凯逐一介绍，伊莎白微笑着，与大家一一握手问候。她望着说话的儿子，听着他的安排，满是皱纹的脸上，深蓝色的眼睛明亮清澈如少女，仿佛不曾经历红尘俗事。那状态，全然看不出是百岁老人。

捐赠仪式简单而正式。

伊莎白和柯马凯坐在中间沙发上，我和潘家恩分坐两边。柯马凯抱着电脑，播放与大兴镇有关的视频。

视频里曹洪英一出现，伊莎白惊喜地叫了出来。

"曹洪英！"

"对，是她，她拜托我一定要亲自问候您老人家。"

当镜头里出现巫智敏时，她眼睛一亮，脱口而出："这是巫智敏！"

看完视频，柯马凯搀扶着母亲来到餐桌前。那里已摆放好捐赠证书。

捐赠仪式上，龙泽会代表璧山区档案馆对老人郑重说道："伊莎白先生，璧山非常感谢您崇高的奉献精神，感谢您对璧山档案事业的关心与支持，我们一定会遵照您的意愿，妥善保管并利用好这批档案资料。"

伊莎白老人认真听着，表情庄重，点头同意。然后接过笔，在证书上认真签下了自己的名字。

捐赠仪式结束，老人欣然同意与大家合影。程序结束，大家悄然离开。

关门声很轻，回到卧室的老人却听见了，她执意走出卧室，非要亲自送别"亲人"不可。

柯马凯搀扶着颤颤巍巍的母亲，一步一步数着数，下楼来……

# 捐赠证书

尊敬的伊莎白·柯鲁克（Isabel Crook）女士：

感谢您将您拥有的与璧山有关的档案资料捐赠给我馆。我们将遵照您的意愿，妥善保管和利用好这批档案资料。为感谢您崇高的奉献精神，以及您对璧山档案事业的关心与支持，特颁此证，以资纪念。

重庆市璧山区档案馆
2020年9月7日

证书编号：2020003

光线暗淡的楼道，老人佝偻着的身影，让一行人感动得说不出话来。

楼下小花园，大家惊喜发现一棵挺拔青葱的银杏树下摆放着一块并不规整的石头，上面用中英文粗朴地写着："柯鲁克同志千古（1910—2000）"。柯马凯告诉大家，这是父亲去世时母亲亲手种下的树，字是他所写。

伊莎白站在那里，与大卫无声对话。也许，她在告诉丈夫今天娘家来人了，告诉他今天自己完成了一桩人生中重要的心愿，也或许说起几十年前两个人一起在兴隆场的那段时光……

一行人也站在那里，静默地看着老人……

王素珍说，每天，奶奶习惯站在窗前，看着楼下年轻的树；下楼习惯静坐树下，陪着丈夫晒太阳。有时，柯马凯也推着妈妈跨过马路到北外新校区，在广场一角，丈夫的一尊半身青铜雕塑掩映在青松翠柏之间。雕塑底座上，用中英文镌刻着几行字：

大卫·柯鲁克（1910—2000）

英国人，犹太人，共产党人

中国人民的朋友

从1948年起在北京外国语大学及其前身任教

一些特殊的日子，比如大卫的生日、祭日，伊莎白会带上儿孙，还有大卫喜欢的酒来到这里，她站上雕塑边的椅子，伸出一双布满岁月沧桑的手掌轻轻擦拭丈夫身上的灰尘，然后为丈夫呈上一杯酒。一切结束后，她会坐在旁边的椅子上，双眸长时间停在大卫的脸上，无声地与丈夫交流。

教育，是贯穿柯鲁克家族的一项重要事业。写在大卫雕塑底座上的"中国人民的朋友"七个字，更是对整个家族的真实概括。一个多世纪前，伊莎白的父母以传教士身份来到成都，父亲担任华西协和大学教育系主任，母亲倾尽全力办教育，外婆因带外孙女来到中国也教过书。伊莎白夫妇则是把一生奉献给了中国的教育事业。而他们的儿子、孙女亦留在中国，整个家族不乏从事中国教育事业的人。二儿子柯马凯深受祖辈和父母的影响，和朋友创办了北京第一所国际学校——北京京西学校，办学理念中融入了很多中国思想和文化，通过多年努力，京西学校的办学规模越来越大，办学层次覆盖了幼儿园至高中阶段，成为中国最优秀的国际学校之一。柯马凯从母亲手中接过担子，还担任了工合国际的主席，每天从早到晚忙碌着。现在伊莎白的孙女、柯马凯的女儿文杨兰一直留在北京，从事幼教工作。伊莎白的孙子柯霜晨在北京大学医学部临床医学专业毕业后曾到祖辈生活工作过的华西坝，担任过华西医院烧伤整形医生……几个孙辈都在中国工作多年，重孙辈也正在长大，延续着家族与中国的情缘。

柯鲁克家族流淌着对中国人民的深情厚谊，一个世纪以来，一直在为中国奉献和付出。

"一个人的生命从祖先那里就开始了，又向后延续到他的子孙那里。"曾在华西坝生活与学习过的英籍女作家韩素音说得很好。

一个世纪，六代人，都在中国生活和工作。这个家族像一棵扎根中国的大树，向下，紧紧拥抱中国的大地；向上，不断繁衍生长，枝繁叶茂。

穿过斑驳的林荫小道，头戴蓝印花布太阳帽的伊莎白，一开心就起身自己推着轮椅，微弓着身子，慢慢走在光影交织的小路上。老人心情特别好，用中文唱起了歌：东方红太阳升，中国出了个毛泽东。他为人民谋幸福，呼儿嗨哟，他是人民大救星……

大家亦跟着唱了起来，歌声随风飘荡，飘过校园，飘向遥远的记忆，飘向阳光流淌的远方。

老人坐在亭子里休息，四周草木蓬勃，一片繁茂，阳光如水泼下来，溅起一地光芒。她的目光追随着园子里蹦蹦跳跳玩耍的孩子。

"过来玩。"一向喜欢孩子的母子俩，大声一喊，几个天真可爱的小家伙便飞快围了过来。

秋阳明亮，照耀在老人和孩子身上。老人像一束蓝色的光，闪闪发亮；孩子像彩色的光点，跳跃着，飞舞着……

## 3　今非昔比大兴镇

兴隆场时光，一段青春的记忆，一个时代的断章。浮雕式的故事，丝丝缕缕的掌纹，镌刻着寻常百姓的悲和辛，浸透着一个民族的伤与痛。有痛苦、无奈、失望，也有快乐、激情、抗争……

八十年过去了，那段青葱岁月随风远逝，那群曾经踌躇满志的人，踏着细碎的光阴一路向前，走向远方……

时间的风无声吹过，往事只留下光秃秃的褐色枝干，让人偶尔会在回忆里触碰一下。

但伊莎白、俞锡玑、孙恩三、朱秀珍、李文锦等名字和"兴隆场"三个字紧紧相连，他们以赤子丹心和勇敢坚毅铸就了一座纪念碑，一座矗立在璧山人民心中的不朽的纪念碑！

柯马凯说："母亲是个热心人，现在家中到处都摆放着母亲在大兴的照片，她成天摆弄着那些陈旧的黑白照片……"

每当春暖花开的时节，和伊莎白有过多次接触的王安玉总会念叨："伊莎白该回来了！"其实说这话的远不止王安玉，乡亲们聚在一起，反反复复絮叨着伊莎白在大兴的往事，忍不住感叹："老人家真是一个好人！我们很想念她！好想她再回大兴看看……"

青山依旧在，几度夕阳红。唯一不变的是心中那份爱！这份爱像一股源源不断的清泉，流淌在她的生命里，洗涤着自己，也滋养着别人。

伊莎白心中牵挂的兴隆场还是兴隆场，但时间流逝，兴隆场早已不是昔日的兴隆场。

兴隆场华丽转身，大兴镇幸福启航。

以前的兴隆场只有一条街、八十二户人家，落后闭塞；现在的大兴镇有十多条街，四通八达，一座座楼房如同雨后春笋拔地而起，到处呈现欣欣向荣的景象。以前总人口不到八千，现在是璧山第一大镇，人口近六万。

曾经的兴隆场，每天可见的是那些为生活劳碌奔波衣衫褴褛的百姓；现在的大兴镇，到处都是悠闲自得一脸笑容的老人和快乐嬉戏的孩子。

以前的兴隆场仅有零星的家庭纺织业，乡民贫穷，经济落后；现在的大兴镇企业和农业经济迅猛发展，金属厂、机械厂、汽摩机械加工、建筑建材业等企业发展红红火火，很多还成为了璧山的重点企业，农村经济也发展迅速，养鸡、食用菌生产以及梨、桃、葡萄等优质水果种植等各种特色产业发展迅猛。

当年伊莎白他们从璧山到大兴只能步行，需要两个多小时；现在茅莱山隧道打通，从双星大道穿隧道到大兴仅需几分钟。

以前伊莎白徒步踏遍兴隆场的每家每户；现在全镇社社通公路，形成了以镇为中心，各村相连的交通网络体系。

以前无法掩饰的战乱和贫穷；现在触目皆是宁静祥和，繁华富庶。白天，生意兴隆，人群熙攘，一派祥和；夜晚，灯火璀璨，乐声悠扬，歌舞升平……

打造美丽乡村，留住乡愁匠心，随着脱贫攻坚取得决定性胜利，现在的大兴实现了乡村振兴，市场活跃，乡亲们已经过上小康生活。

春光灿烂，阳光明媚，站在茅莱山放眼望去，漫山遍野金灿灿的油菜花如同一片金色的海洋，海洋上漂浮着一簇簇雪白的浪花和绿色的小岛，那是盛开的李花、梨花，和一块块碧绿的麦田。一幢幢漂亮的农家小洋楼点缀其中。

行走在大兴镇的乡间，原野葱茏，暖风拂面，草木清新，花朵芬芳，各种香味扑鼻而来，耳朵里不时传来清脆的鸟鸣和孩子们欢快的歌声……一幅新农村的美丽画卷呈现于眼前。

借时代的东风，大兴镇迅猛发展，速度超乎人们想象。

不仅仅是大兴镇，整个璧山也早已发生了天翻地覆的变化。现在，璧山已成为重庆主城的西大门，驱车半小时，就能开启一段美妙的生态之旅。更重要的是高速公路、轻轨、高铁、云巴、机场，四通八达，人民更是富足安康。

千年的巴蜀名邑，年轻的美丽小城，随着75万璧山人奋斗的双手，越来越年轻，越来越美好！

915平方公里的土地上，山如眉黛，谷似裙绸，河流蜿蜒如飘带，沃野绵亘如梦境。"看似一幅画，听像一首歌。人生境界真善美，这里已包括。"词坛泰斗庄奴的"小城故事"在这儿真实再现。山环水绕，碧玉流翠。恰如这个美丽的名字，璧山，是一块时光雕琢的清透温润的美玉。

"儒雅璧山，田园都市"，静谧安详，与其说璧山是一个大景区，不如说是一个小天堂！

这座抗战时期的文化名城、陪都重庆的迁建区，曾经名人荟萃，学府云集，将岁月映照得熠熠生辉。在时光流转中，大美山水滋养了代代子孙，在历史传承中滚滚向前。

20世纪40年代，璧山掀起的那场轰轰烈烈的民国乡村建设实验，覆盖重庆周边十县一局，成为了乡村建设的典型代表，影响深远，这就

尾声　璧山宋姿带市民与今月大兴镇——339

大兴（李晟摄于 2022 年）

是晏阳初华西实验区。他们在这里开展平民教育和乡村建设思想,开展农村经济、教育、卫生和自治"四大建设",这是乡村振兴的先驱与探索。

伊莎白若能再回璧山,再回大兴,她一定会惊叹,这不就是她当年梦里的世外桃源吗?

"山谷里的兴隆场好像被山峦环抱的世外桃源,真的很美!"想起伊莎白曾经说过的这句话,她心中的田园牧歌梦,现在彻彻底底变成了现实。

又是春天,四月,承载着秋天的心语,也承载着寒冬的风雪。岁月洗涤过的生命迸发出一种清新而纯粹的光芒。

**注:**

1 潘家恩:曾担任西南大学中国乡村建设学院特邀研究员、西南大学乡村振兴研究院特聘专家、重庆大学人文社会科学高等研究院博士生导师,专门从事乡村建设研究,现为西南大学乡村振兴战略研究院副院长、教授。

# 后记
## 遇见与感恩

时隔八十年之后,我来到曾经名叫兴隆场的大兴镇上,随便问当地人:"你知道伊莎白吗?"

"伊莎白?不就是那个在我们这里待过两年的外国友人吗?"

"知道啊!这个外国老人很好。"

"晓得晓得,我们家有与她的合影呢。"

"我还见过她呢!十多年前,她回大兴,我跟她一桌吃过饭,聊过天。"

"我记忆中她回来过六次,现在年龄大了,没回来,我们可想念她了!"

……

在大兴街上,人们或多或少都能讲一些与伊莎白有关的往事,拿出与伊莎白有关的照片、书籍等东西来。

大兴人思念着伊莎白,那些回忆已长成一片泛着柔波的庄稼。福音堂前,闪耀的光影浮动着她青春的模样;大街小巷,习习清风中还恍惚着她走过的倩影;层层梯田,有过她眺望的目光;阡陌小道,有过她深深浅浅的脚印;农家院坝,还留着她温柔的话语……点点滴滴,人们倾诉着对这位外国友人的思念和喜欢,也表达着对这位邻居奶奶一样的老人的热爱和赞美。

伊莎白在兴隆场待了十四个月，但这短短的一年多时间，她与璧山人民同吃同住，深入到每家每户，建立了深厚的情感。作为中加人民的友好使者，她站在人类学的角度，真实详细地记录了抗战时期的兴隆场的政治、经济等乡村生活的全部，同时始终关心着璧山的社会发展变化，用自己的调查和亲历向全世界讲述着中国一个乡村的变化。

早在几年前我就听时任璧山区政协文化文史学习委主任傅应明讲起伊莎白其人其事，对她的传奇人生充满好奇与崇敬。2020年春节，璧山区委宣传部、璧山区文联策划书写伊莎白的人生，特别是她与璧山兴隆场的故事，以此展现大兴镇的民风民俗民情以及近百年一个中国乡村的发展变迁。我一直相信，好的题材，会滋养一个作家的心灵、提升一个作家的思想境界。很幸运，我成为执笔者。

写作过程中，除了走访兴隆场与伊莎白有过交集的乡亲们，我还尽可能地搜集、寻找与伊莎白有关的所有音频、视频、照片、文字等资料，随着研究的深入，我发现伊莎白·柯鲁克一家与中国和中国革命有着久远而深刻的关联。

一张张旧照片、一段段碎片式的往事，连缀起伊莎白漫长的一生。打捞那些被时间遗落的细节，重走一遍她的人生路，这个过程很辛苦，也很幸福。时光溯流中，慢慢解开了她与璧山延续了八十年的情缘，理解了这位国际共产主义者、马克思主义者身上的无私奉献的精神和对中国的一片赤子深情，我想通过抒写伊沙白一生的光辉事迹，激励后来者不忘初心，奋勇前行。

在北外采访时，伊莎白的同事、挚友，年近百岁高龄的陈琳教授，毫不吝惜对伊莎白和丈夫大卫由衷的赞美。"柯鲁克夫妇就是一对真正的国际共产主义战士，值得我们所有中国人尊敬和热爱。我们中国对外的最高荣誉——友谊勋章颁授予伊莎白，她当之无愧！"她的学生好友兼同事靳云秀说:"我们都知道白求恩是加拿大人,是一个非常了不起的国际共产主义战士,来到中国帮助我们。白求恩在中国待了一年多,确实为中国的事业做出了很大的贡献,但你们不知道,伊莎白却为我们中国的事业奉献了一辈子。她来到中国至今超过九十年,在北外任教数十载,毫不夸张地说,她和她的丈夫为北外,为中国的教育事业做出了杰出贡献,我们要感谢他们!他们是当代白求恩!"北外教授张耘也说:"学校分新房,他们不要,一直住在旧房子里;中国经济苦难时期,他们主动要求减去一半工资;面对贫困学生,她们从来都慷慨解囊……她是一个非常谦和、友好,有着大爱和奉献精神的人,伊莎白的内心无比纯粹,是一个高尚的伟大的国际共产主义战士,值得我们学习!"

漫长的抒写过程中,我得到很多人的大力支持和帮助。

首先要感谢伊莎白一家对我的大力支持。在此之前,我从未想过自己会与这个了不起的家庭有任何交集,但随璧山档案馆一起到北京参加伊莎白无偿捐赠兴隆场资料的活动,我认识了老人,走进她的家人。老人的儿子柯马凯先生是一位非常亲切、真诚、热情的人,他不但承担了照顾陪伴母亲的主要责任,也承担与璧山签署协议的所有巨细工作。更让人感动的是,我们在北京几天,非常忙碌的他为我们细心联系了陈琳王家湘夫妇、郑荣成靳云秀夫妇和张耘教授等有关采访对象,亲自开车送我们到采访者家中一起聊天……正因为有了伊莎白及其家人的完全信任和大力支持,我的采访工作才得以顺利进行,而且有着意想不到的收获。那些温暖而感人的细节,如同一场场春雨,总在无人的夜里洒落心田。

同时感谢北外和北外伊莎白的同事、朋友和学生们。近一周的采访,让我看到了一个真实立体的伊莎白。对她越了解越尊崇,越敬慕。其实再往前推,在着手写作之初,也就是2020年4月,潘家恩、张艺英、李军等老师来到璧山,对本书写作内容做了些探讨和指导,后来潘家恩教授还一手促成了北京之行。

我多次去巫智敏老师的家中采访，搜集资料，巫老师从20世纪80年代伊莎白第二次回大兴开始，与之有着四十年的交往，而且是"伊·柯基金"执行人。巫老师是个非常慈祥和细心的人，他毫不保留地把手里收藏的所有资料给我，热心地给我介绍与伊莎白有关的采访对象，比如曹洪英、帅世芳、龙江厚、王安玉、程代安、林华玉、刘成碧等，还有"伊·柯基金"资助的学生吴开荣、周露霞、杨元依等。我通过多种方式联系到他们，或深入实地，或电话、微信采访，在与他们的交流沟通中，了解到更多感人的细节，获益匪浅。

本书写作过程中还得到了璧山档案馆的大力支持，伊莎白的著作以及很多相关资料，我都是从那里获得的，感谢璧山档案馆罗杨、周成伟、龙泽会等给予我的帮助。

感谢重庆市作协、璧山区委宣传部、璧山区文联、璧山区作协、大兴镇政府，感谢为促成本书写作和出版的所有单位，感谢冉冉、蒋登科、欧汉东、傅应明、詹勇、周厚勇、欧文礼、赵兴中、罗永平、刘杨、王才福等领导一直关心、关注着，从写作提纲到每个阶段的推进，直到初稿结束后的多次改稿、研讨，无不凝聚了他们的心血；让我邂逅美德，邂逅信仰，邂逅伟大，邂逅一段惊艳的时光，一段值得我们一代人甚至更多人铭记的历史，邂逅并感恩一段与伊莎白与中国有关的故事和历史。

感谢参与本书修改过程中给予指导的李显福、黄兴邦、李燕燕、许大立、陈新、泥文、谭楷、漆秋香、杨丹、蒋引丝等老师，也感谢我所在的璧山来凤中学校的支持，感谢我的老师、朋友和同事李钢、吴向阳、朱君涛、杨天财、周洪新、张萃、伍安平、柯昌伦、冯茜、钟雪、王言他、秦建、刘荣海、李文英、龚会、郑洪、周睿智、殷艳妮、沈远涛、李晟等的鼓励和支持，也谢谢我的家人一直给我的关爱和陪伴。

此书的出版过程中，重庆出版集团出版社鼎力相助，感谢邱振邦、曾海龙、李云伟等编辑老师在整个流程中不断与我切磋打磨，才使得本书最终呈现于读者面前。

细细回忆这三年多的写作，我得到了来自太多朋友的帮助，谨在此一并表达我最诚挚的感谢和深深的祝福！

2023 年 7 月

补记：

2023 年 8 月 20 日，国际共产主义战士、中华人民共和国友谊勋章获得者、教育家、人类学家、新中国英语教学拓荒人、北京外国语大学专家、终身荣誉教授、璧山荣誉市民伊莎白·柯鲁克于凌晨 00:59 在北京逝世，享年 108 岁。

# 附录一
# 伊莎白·柯鲁克（饶素梅）年谱

| | |
|---|---|
| 1915 年 | 12 月 15 日，出生于四川成都仁济医院。父亲饶和美、母亲饶珍芳都是加拿大的基督教传教士，分别于 1912 年、1913 年从加拿大来到四川成都，参与创办华西协合大学（今四川大学华西医院）。饶和美担任华西协合大学教务处主任，饶珍芳以杜威教育理念创办幼儿园、弟维小学和聋哑学校 |
| 1916—1918 年 | 在成都华西坝生活 |
| 1918 年 | 第一次世界大战结束，母亲带着两个女儿回加拿大 |
| 1919—1921 年 | 在加拿大生活 |
| 1921 年 | 从加拿大第一次重返中国，回到成都华西坝 |
| 1921—1932 年 | 在华西坝加拿大学校上小学、初中和高中。小时候，父母常带着伊莎白姐妹在四川山里游玩，接触到很多中国西部的少数民族人群，让她对人类学渐渐产生了兴趣 |
| 1932—1938 年 | 在加拿大多伦多大学念书，在校期间酷爱冰球运动 |
| 1934 年 | 获加拿大多伦多大学文学学士学位，同时辅修人类学 |
| 1938 年 | 获加拿大多伦多大学儿童心理学硕士学位，毕业后 |

| | |
|---|---|
| | 回到成都,到四川汉源做人类学调查 |
| 1939 年 | 赴四川阿坝藏族部落理县八什闹进行社会调查 |
| 1940 年 | 夏　回成都探亲,结识在成都金陵大学任教的大卫·柯鲁克。大卫是英国记者,曾加入过西班牙反法西斯国际纵队 |
| 1940 年 | 10 月,经晏阳初介绍,参加中华全国基督教协进会创办乡村建设实验区的工作,来到重庆璧山兴隆场 |
| 1940—1941 年 | 与合作伙伴俞锡玑一起对兴隆场进行逐户调查,了解当地农民的经济生活状况,创建食盐合作社。并在这里开办妇女识字班,教孩子唱歌、跳舞等 |
| 1941 年 | 7 月,回到成都 |
| | 7—8 月,和大卫花四十多天时间,重走长征路,并在泸定桥完成红色订婚 |
| | 9 月,重回兴隆场,继续食盐合作社工作 |
| 1941 年 | 12 月,乡村建设实验项目失败,返回成都 |
| 1942 年 | 年初,俞锡玑从重庆来到成都,两人一起重抄、筛选、整理兴隆场调查资料 |
| | 6 月,飞越驼峰到印度,经过南亚大陆,乘船绕过好望角,30 日抵达英国 |
| | 7 月 30 日,与大卫·柯鲁克结为夫妻。婚后,大卫参加英国皇家空军。伊莎白先后在伦敦西区一家书店、伦敦北部的一家军工厂工作。与此同时,继续研究兴隆场调查材料,并拜访伦敦政治经济学院弗思和李德两位人类学者。两位人类学者鼓励她把兴隆场的研究写成书 |
| 1943 年 | 加入英国共产党,继续准备出版尚未完成的《兴隆 |

| | |
|---|---|
| | 场》一书 |
| 1943—1946 年 | 回到加拿大，加入加拿大妇女军。丈夫大卫先后在锡兰、斯里兰卡、缅甸、中国香港、新加坡等地驻防 |
| 1945 年 | 退役，进入伦敦政治经济学院，师从弗思学习人类学。大卫获得退役军人的资助，在伦敦大学东亚学院学习中文 |
| 1947 年 | 11 月，和大卫到达解放区河北省武安县十里店，对十里店开展了为期八个月的土地改革和中国乡村调查 |
| 1948 年 | 6 月，柯鲁克夫妇接受叶剑英、王炳南等共产党员邀请，到石家庄南海山创办中央外事学校，并教授英语 |
| 1949 年 | 2 月，随解放军入城，在入城途中偶遇聂荣臻等元帅，在大前门观看解放军入城式<br>春，外事学校从南海山搬到北平，伊莎白担任英语系教师，大卫担任系主任。<br>8 月，大儿子柯鲁出生<br>10 月 1 日，开国大典上，柯鲁克夫妇在天安门观礼，见证新中国成立 |
| 1951 年 | 二儿子柯马凯出生 |
| 1953 年 | 小儿子柯鸿冈出生 |
| 1955 年 | 父母从加拿大来北京看望女儿一家，并回成都 |
| 1957 年 | 全家回到加拿大，在加拿大宣传中国。六个月后，去往英国 |
| 1958 年 | 回到中国 |

| | |
|---|---|
| 1959—1960 年 | 两次回访十里店，后柯鲁克夫妇合作撰写的《十里店——中国一个村庄的革命》在英国伦敦出版 |
| 1963 年 | 柯鲁克夫妇拒绝英国利兹大学的邀请，继续留在中国 |
| 1964 年 | 两次去大寨考察 |
| 1966 年 | 柯鲁克夫妇撰写的《阳邑公社的头几年》在英国出版 |
| 1966—1967 年 | 回加拿大探亲，在加拿大等地宣传中国 |
| 1967—1973 年 | 丈夫大卫·柯鲁克被诬陷为"国际间谍"和"现行反革命"，关押在秦城监狱，在监禁期间继续坚持学习中文。伊莎白被隔离审查，监管三年 |
| 1973 年 | 伊莎白一家参加在人民大会堂举行的"三八妇女"节庆典，周恩来总理讲话，深受影响 |
| 1976 年 | 回四川，在成都、阿坝等地走访 |
| 1979 年 | 《十里店——中国一个村庄的群众运动》在美国纽约出版 |
| 20 世纪 80 年代 | 《十里店（一）（二）》中文版相继在中国出版，并多次再版 |
| 1980 年 | 2 月，和丈夫重回成都 |
| 1981 年 | 8 月，和儿子柯鲁、儿媳玛妮以及西南师范学院儿童心理学退休教授俞锡玑一起访问大兴镇，收集调查资料 |
| 1982 年 | 退休，重启兴隆场资料调查 |
| 1983 年 | 第二次回到大兴镇，继续收集资料 |
| 1985 年 | 2 月，柯鲁克夫妇第三次回访十里店 |
| 1983—1993 年 | 核对笔记，整理手稿，与俞锡玑切磋修改 |
| 1994 年 | 完成人类学著作《经济，政治与社会》三卷本，共二十五章，全套书共计 45.7 万字；邀请柯临清参 |

| | |
|---|---|
| | 与新的写作计划 |
| 1995 年 | 《柯鲁克夫妇在中国》一书出版 |
| 1997 年 | 5月，第三次回访大兴镇。同行人员柯临清、俞锡玑以及西南农业大学研究生徐祥英 |
| 1999 年 | 6月，第四次访问大兴镇。同行人员柯临清。并与大兴镇政府达成资助贫困学生的助学计划，设立"伊莎白·柯临清助学基金"。伊莎白、柯临清首次捐赠3500元，大兴、同心、大鹏等三所学校的10名品学兼优的贫困生获得资助 |
| 2000 年 | 丈夫大卫·柯鲁克因病去世，享年90岁 |
| 2001 年 | 第五次回到大兴镇体验生活，收集资料，继续资助当地贫困学生 |
| 2004 年 | 4月，第六次回到大兴镇，采访调查 |
| 2006—2012 年 | 伊莎白、柯临清继续资助贫困生。柯临清多次返回璧山大兴镇。"伊莎白·柯临清助学基金"共资助金额十余万元，并一直和多名学生保持通信 |
| 2006 年 | 8月，好友、《兴隆场》作者之一俞锡玑在北京因病去世，享年92岁 |
| 2007 年 | 北京外国语大学授予伊莎白"终身荣誉教授"称号 |
| 2008 年 | 作为人类学家和生活活动家，因突出贡献获得加拿大多伦多大学颁发的"终身荣誉法学博士学位" |
| 2012 年 | 大卫·柯鲁克的半身铜像在北京外国语大学校园内小花园落成 |
| | 7月，好友、合作者柯临清因病去世，享年63岁 |
| | 12月，柯马凯回璧山，看望资助学生 |
| 2013 年 | 2月，原始调查笔记《兴隆场：抗战时期四川农民 |

生活调查（1940—1942）》（伊莎白、俞锡玑著，邵达译，曹新宇校），由中华书局出版

2014年　外国专家局建局60周年之际，根据60年来优秀外国专家情况，在《国际人才交流》杂志与中国国际人才交流与开发研究会联合首次评选中，荣获中国政府授予的"十大功勋外教"荣誉称号，表彰她为中国外语教学水平、教育国际化做出的卓越贡献

2015年　12月，伊莎白100周岁寿辰庆祝活动在北京外国语大学举行，国家外国专家局、教育部、北外等领导，及伊莎白家属、学生参加

2018年　4月14日，改革开放40周年，为铭记外国专家在改革开放进程中的突出贡献和真挚友谊，总结引进国外人才与智力工作服务改革开放的经验成果，国家外专局组织开展了"改革开放40周年最具影响力的外国专家"评选活动，在深圳召开的第十六届中国国际人才交流大会上，伊莎白荣获"改革开放40周年最具影响力的外国专家"

11月，《兴隆场：战时中国农村的风习、改造和抗拒（1940—1941）》（伊莎白、柯临清著）由外语教学与研究出版社出版

12月11日，《兴隆场》新书发布会暨103岁寿辰活动在外研社隆重举行。北外校领导、专家教授、国际友人以及伊莎白的家人和朋友参加了此次活动。下午北京大学举办了《兴隆场》新书研讨会

2019年　6月25日，回到成都华西坝，参观弟维小学和白鹿镇

7月30日，获重庆市璧山区人民政府授予的"重庆市璧山区荣誉市民"称号

9月29日，获中国国家对外最高荣誉勋章中华人民共和国"友谊勋章"，习近平总书记亲自向伊莎白颁授勋章

12月，荣获"环球英才功勋人物"荣誉称号

2020年　9月7日，将璧山兴隆场所有调查资料及书信无偿捐赠给重庆市璧山区档案馆

2021年　9月，参加北京外国语大学80周年校庆

2023年　8月20日，病逝于北京

# 附录二
# 参考书目及资料来源

1.《兴隆场：抗战时期四川农民生活调查（1940—1942）》（伊莎白俞锡玑著，邵达译，曹新宇校），中华书局，2013年1月出版

2.《战时中国农村的风习、改造与抵担——兴隆场（1940—1941）》（〔加〕伊莎白、〔美〕柯临清著，俞锡玑顾问，〔美〕贺萧、〔美〕韩起澜编，邵达译），外语教学与研究出版社，2018年11月出版

3. 巫智敏《伊莎白简介》以及四十年来与伊莎白交往的书信、照片、资料等若干

4. 璧山档案馆有关伊莎白的照片、书信等资料若干

5.《十里店（一）——中国一个村庄的革命》《十里店（二）——中国一个村庄的群众运动》（柯鲁克/伊莎白著），中国文史出版社，2007年7月出版

6.《伊莎白：情系中国农村》（名人专访），人民网—人民日报海外版，2006年

7.《璧山县志》（1996年3月第一版）第546页至547页记载（九·一三空战记录）

8.《国际友人伊莎白与璧山六十五载的情谊》（张兴亮），《重庆政协报》，2005年6月26日

9.《加拿大103岁女学者荣获中国国家勋章》，《加西周末》

10.《新中国英语教学拓荒人回到出生地成都：爱吃麻婆豆腐和回锅肉》（新闻记者颜雪　实习生程琦果），红星新闻

11.《伊莎白·柯鲁克：从不后悔来到中国》（方鸿琴），《中国教育报》，2020年10月8日

12.《我们与伊莎白教授》（张雨嘉　闫孟昭），北京外国语大学电子版-第354期

13.《"红色洋教授"伊莎白：结缘中国一世纪》（刘梦妮），《新华每日电讯》，2014年8月15日

14. 中国网《中国访谈》节目：《国际友人伊莎白的中国人生》，2011年6月27日

15. 视频：《国际友人伊莎白讲述与中国的不解之缘》，人民网，2015年8月24日

16. 视频：《加拿大学者伊莎白·柯鲁克被授予"重庆市璧山区荣誉市民"》

17. 视频：《档案：鞠躬尽瘁百年路——柯鲁克夫妇的中国情缘》

18.《从〈柯鲁克夫妇在中国〉到〈兴隆场〉的出版》（玉树），《中华读书报》，2020年2月19日

19.《柯鲁克夫妇在中国》，外语教学与研究出版社，2010年9月出版

20.《〈兴隆场〉加拿大人类学家在战时四川乡村的旧事》（张艺英），《新京报》，2019年5月25日

21.《国际友人伊莎白与璧山的世纪情缘》（刘畅），《璧山报》，2019年8月2日

22.《一位世纪老人的传奇人生——104岁的伊莎白回家之旅》（向素珍）

23.《伊莎白与柯鲁克的大渡河之恋》，《华西都市报》，2018年

1月3日

24.《这位白鹿友人，刚刚荣获中华人民共和国"友谊勋章"！》，搜狐网，2019年9月20日

25.《伊莎白：情系中国农村（名人专访）》，人民网－人民日报海外版，2006年9月29日

26.《一个多世纪这个家族延续六代的中国情缘》，央视网新闻，2020年1月6日

27.《世纪之恋：中国人民最真挚的加拿大朋友伊莎白纪事》（桑宜川），永远的华西微信公众号，2018年6月1日

28.《怀念大卫·柯鲁克》（陈琳），《中华读书报》，2017年2月15日

29.《画家吕凤子在璧山办艺专》（傅应明），《重庆政协报》，2017年10月13日

30.《重庆璧山：延续千年文脉　留住美丽风情》（赵童　王琳琳　龙搏），《重庆日报》，2020年7月16日

31.《抗战生活史：烽火下的信仰中华基督教协会1940》，凤凰卫视，2015年10月29日

32.视频：《国家勋章和国家荣誉称号颁授仪式》，央视网，2019年9月29日

33.纪录片：《爱上中国：百岁老人的中国故事》，中央电视台，2019年

34.柯马凯采访视频：《我们家这70年》

35.《枫落华西坝》（谭楷著），天地出版社，2018年6月出版

36.《我的中国故事》（My China）栏目与国家外国专家局关于伊莎白·柯鲁克的专题节目，中央电视台

37.《晏阳初全集》第一卷

38.《最后的儒家——梁漱溟与中国现代化的两难》（文恺）1996年

39.《柯马凯：奉献中国教育一个世纪的西方家族》，人民网，2020年9月11日

40.《高鼻梁深眼窝却说一口京片子，这个北京长大的"洋孩子"经历不一般》，《北京日报》，2020年1月15日

41.视频：《柯马凯：我的京味生活》，思客

42.《斯诺》（谭万元　郭六云编著），辽海出版社，1998年10月第1版

43.《伊莎白家族六代人的中国情》（谭楷），华西都市报，2017年12月20日，2018年1月10日

44.《世纪老人伊莎白：每一次选择，都是中国》，央视新闻客户端，2021年2月23日

45.《一个外国人跨越70多年的中国乡土调研》（马海燕），中国新闻网，2019年7月30日

46.《102岁了！参与创建北外的加拿大"成都女孩"，照吃椒盐桃酥跳八段锦》，成都商报社，2017年12月17日

47.《这位加拿大友人获得了"友谊勋章"，也成为了璧山区"荣誉市民"》（石欢），重庆政协报，2019年10月11日

48.《一对外国夫妇和〈人民日报〉的不解情缘》，《党史博览》，2006年第9期

49.《了解现实的中国，〈江村经济〉是跨越时光的一扇窗》，网络

50.《为了新中国的建设：外国老专家伊莎白的中国人生》，中国广播网，2009年9月21日

51.《白求恩大夫》（周而复著），人民文学出版社，1978年出版

52.《手术刀就是战场》,(〔加〕泰德·阿兰,塞德奈·戈登著,巫宁坤译),上海文艺出版社,2005年8月出版

53.《斯诺在中国》(裘克安编集),生活·读书·新知出版社,1982年3月北京出版

54.《告语人民》(晏阳初/赛珍珠著),广西师范大学出版社,2003年1月出版

55.《伊莎白·柯鲁克:革命是由此地的反叛者进行的》(刘健芝),乡村建设研究微信公众号

56.《一对外国夫妇一个中国村庄——戴维·柯鲁克夫妇的记者生活》(段津 高建),《新闻战线》,1992年第10期

57.《兴隆场观感记》(范云迁著),未出版,部分手稿

58.《乡政建设与社区研究——读蒋旨昂的〈战时的乡村社区政治〉》(陈春声),四川大学学报(哲学社会科学版),2022年第3期

59.《鲜为人知的社会学家蒋旨昂》(彭秀良 钟荷),华西坝微信公众号,2022年1月26日

60.《晏阳初传——为全球乡村改造奋斗六十年》(吴相湘著),岳麓书社,2001年7月出版